6 HEURES PLUS TARD

DU MÊME AUTEUR
AU CHERCHE MIDI

Onze jours, traduit de l'anglais (États-Unis) par Serge Halff, 2005.
Code 10, traduit de l'anglais (États-Unis) par Gilles Morris-Dumoulin, 2006.
- 30°, traduit de l'anglais (États-Unis) par Gilles Morris-Dumoulin, 2007.
5 octobre, 23 h 33, traduit de l'anglais (États-Unis) par Gilles Morris-Dumoulin, 2008.
Quatre jours avant Noël, traduit de l'anglais (États-Unis) par Gilles Morris-Dumoulin, 2008.

DONALD HARSTAD

6 HEURES PLUS TARD

Traduit de l'anglais (États-Unis)
par Gilles Morris-Dumoulin

COLLECTION
AILLEURS

le
cherche
midi

Direction éditoriale : Arnaud Hofmarcher

Titre original : *November Rain*

23, rue du Cherche-Midi, 75006 Paris.
Vous pouvez consulter notre catalogue général et l'annonce
de nos prochaines parutions sur notre site Internet :
www.cherche-midi.com

Prologue

Je m'appelle Carl Houseman, et je suis shérif adjoint dans le comté de Nation, en Iowa. Ce vaste comté s'étend sur près de deux mille cinq cents kilomètres carrés pour une population d'un peu moins de vingt mille âmes. Notre plus grande ville en abrite à peine deux mille. Ce qui signifie, entre autres choses, que lorsque notre fille unique Jane Houseman est partie pour le collège, il y avait plus de monde dans son dortoir que dans toute sa ville natale.

J'ai cinquante-six ans, je fais un bon mètre quatre-vingt-dix pour cent vingt kilos, un peu plus, un peu moins selon la saison. J'ai moins de cheveux que l'année dernière et plus que je n'en aurai l'année prochaine. Difficile à dire s'ils se raréfient, vu qu'ils sont uniformément poivre et sel. Je suis le genre de flic que les personnes qui ne tiennent pas à m'énerver qualifient d'« expérimenté ». Dans le cadre des lois de l'Iowa, je suis tellement « expérimenté » que je suis mûr pour la retraite. Mais selon le système du régime de retraite des employés du secteur public, je ne peux tout simplement pas me le permettre.

Ce dossier est celui de l'affaire Schiller. Une affaire sans numéro de code, car elle s'est passée en dehors de notre juridiction. C'est pour cette raison que le dossier officiel ne m'est pas accessible. Même si j'y ai été officiellement assigné. Contre mon gré. Rien que pour les archives.

Washington DC
Extrait d'un briefing technique intitulé « Objectif, résultats, procédure et utilisation »

L'une des faiblesses de l'organisation terroriste type consiste en l'incapacité d'agir selon une chronologie préétablie. Cette incapacité nous offre les meilleures occasions de découvrir leur objectif et d'intervenir de façon décisive avant tout passage à l'acte. Telle est malheureusement la période durant laquelle notre activité s'est révélée le moins efficace. Nous avons le sentiment que cette absence d'efficacité possède deux raisons essentielles :

a/ ressources insuffisantes pour nous permettre de différencier informations exactes et inexactes

b/ erreurs d'interprétation des informations effectivement recueillies dont l'exactitude a été démontrée.

1

Mardi 28 octobre 2003
Pond Square Park
Highgate, Londres, Angleterre

Emma Schiller quitta le Gatehouse Pub et marcha d'un pas vif vers son appartement situé sur la rive sud-ouest du Pond Square Park. Elle avait un peu trop bu et se sentait confuse, vexée de surcroît, et très en colère après un certain Martin Granger ; elle n'était nullement pressée de retrouver ses compagnes de chambre.

Elle alla jusqu'à la lisière sud du petit parc, accompagnée par le crissement des graviers sous ses semelles, et s'assit sur un banc, près des toilettes publiques. L'éclairage lui convenait, bien qu'elle le trouvât un peu trop intense. Le village était presque désert, et même si les marques des voitures parquées sur la place affirmaient le contraire, elle aurait pu se croire chez elle à Maitland en Iowa.

« Une bonne chose que tu n'y sois pas ! » soupira-t-elle à mi-voix. À Maitland, personne ne l'aurait comprise. Le problème avait commencé avec Martin Granger, un jeune prof dont elle avait fait la connaissance au pub, un mois auparavant. Ils avaient engagé la conversation, elle avait aimé sa compagnie et la rencontre s'était terminée au lit, quatre jours plus tard. Emma ne regrettait pas d'avoir couché avec Martin. Absolument pas ! L'attitude d'Emma à l'égard du sexe, au cours des quinze dernières années de ses trente-quatre ans, pouvait se définir en deux mots : ici et maintenant. Toute relation sexuelle prolongée au-delà de six mois lui aurait paru beaucoup trop longue. Elle se débrouillait presque toujours pour y mettre fin à son heure et à sa manière. Elle puisait son équilibre dans ces relations brèves, intimement persuadée qu'aucune ne pourrait durer toute une année ! Elle n'en ressentait ni le désir ni le besoin.

« Cette espèce de petit connard... » ajouta-t-elle en sourdine.

Martin l'avait poussée à violer l'un de ses rares principes dans ce domaine. Ne jamais coucher avec un homme marié, ni même fiancé. Une règle simple et, de toute sa vie, elle ne s'était jamais sentie sérieusement attirée par un homme marié. Jamais eu envie d'être « l'autre femme » dans une relation tripartite de cette sorte.

Ce soir, Martin l'avait informée qu'il était fiancé, que son mariage était proche et qu'il le regrettait sincèrement, mais qu'eux deux, c'était fini. Pis encore, il le lui avait annoncé alors qu'elle le rejoignait à la table de ses copains et demandait à ce minable de la raccompagner chez elle. L'implication de sa requête était claire, pour lui-même comme pour ses amis. Visiblement embarrassé, il avait mis dans sa réponse tout ce qu'il fallait pour que les autres s'imaginent qu'elle avait toujours su qu'il était fiancé !

« L'immonde salopard... »

Alors qu'elle lui avait bel et bien posé la question, avant de coucher avec lui ! Et se souvenait parfaitement de sa réponse : « Fiancé, moi ? Je ne suis pas du genre qui épouse ! »

Donc du genre fréquentable. Elle respira bien à fond. Il fallait faire un trait là-dessus. Et en plus elle était venue ce soir avec ses deux colocataires, Vicky et Jane, qui lui avaient proposé, en repartant, de rentrer avec elles. Deux filles nettement plus jeunes qu'elles, sérieuses dans leurs études et sans aucune vie sentimentale. Elles avaient insisté avant de partir en lui demandant si elle était sûre que cela irait. Mais de quoi se mêlaient-elles ?

Et ce n'était pas le pire... Il y avait eu cette réflexion d'un des copains de Martin dont elle n'avait entendu que la moitié, mais qui contenait, à bref intervalle, les mots « pute » et « américaine ».

Elle l'avait empoigné par le col et lui avait dit : « Ménage tes expressions, petit con de gratte-papier ! » Et quel plaisir elle en avait tiré, sur le moment. Bien qu'à se le remémorer, après coup, ça ne parût pas aussi drôle.

Elle se pencha en avant, la tête dans ses mains. « Eh, merde ! Qu'il aille se faire foutre ! Qu'ils aillent tous se faire foutre ! »

Soulagée par sa conclusion, elle se redressa et s'aperçut alors que quelqu'un se tenait immobile, juste devant elle. Trop près d'elle. Martin, revenu en arrière ?

« Fous-moi la paix ! » gronda-t-elle en achevant de se relever.

Ce n'était pas Martin, mais un grand type au visage buriné.

« Oh, je suis désolée. J'ai bien cru que c'était... »

Le premier coup lui arriva de la gauche, en pleine tempe, la renvoyant presque sur son banc.

« Qu'est-ce que... » hurla-t-elle en se raccrochant de la main droite au dossier.

D'instinct, elle tenta de frapper du pied, au bas-ventre, mais l'homme bondit en arrière et elle rata sa cible. Puis elle se rendit compte que quelqu'un d'autre tentait de l'empoigner par-derrière et se jeta de côté, son pull s'arrachant sous la main de ce deuxième agresseur.

Emma avait toujours été une solide bagarreuse. Même surprise et légèrement soûle, ses réflexes demeuraient intacts. Elle rendit coup pour coup, en appelant au secours, à l'homme qui la frappait. Il l'agrippa, mais elle tordit son mètre cinquante-quatre en sens inverse. Sans cesser de riposter des deux poings, au petit bonheur. Tous deux s'écroulèrent. Elle se releva d'un bond et le laissa sur place, en trois pas rapides. Elle remplissait ses poumons pour se remettre à crier quand le deuxième adversaire sortit de l'ombre, droit devant elle. Plié en deux, l'épaule en avant, il se rua à sa rencontre. Il la percuta au creux de l'estomac, la rejetant à la renverse, et lui plongea dessus, de tout son poids. Malgré sa résistance acharnée, quatre poignes lui tordirent les deux bras, de droite et de gauche. Elle reçut un nouveau coup dans le dos, au niveau des reins.

Quand elle recouvra sa lucidité, tout le corps douloureux, ils l'avaient déjà embarquée dans une voiture. Elle voulut reprendre son souffle, mais se mit à vomir alors que les coups pleuvaient toujours aussi dru et qu'une voix furieuse lui ordonnait de fermer sa gueule.

Quelqu'un s'efforçait de la bâillonner, au ruban adhésif. Le cogneur s'arrêta un instant, aboyant un ordre dans une langue qu'elle ne comprit pas. Le ruban adhésif s'éloigna, remplacé par une main brutale qui la plaqua au creux de la banquette. En vomissant sa dernière Guinness, elle se dégagea, pour ne pas suffoquer. À chaque fois qu'elle essayait de relever la tête, elle encaissait de plus belle, une voix lui rugissant : « Nooon ! »

Elle reprit haleine, hoquetant, crachant et gémissant. Elle identifia, vaguement, le siège du conducteur, puis ils lui saisirent les chevilles et les coincèrent l'une contre l'autre en lui repliant les jambes afin de l'obliger à s'asseoir sur la banquette arrière.

Ils étaient deux contre elle qui pesaient de tout leur poids, enroulèrent le ruban adhésif autour de sa tête sans égard pour ses cheveux, afin de la museler. Elle essaya une dernière fois de se débattre mais reçut, en récompense, un dernier coup au visage. Aux trois quarts inconsciente, elle sentit qu'ils doublaient, triplaient l'épaisseur du bâillon. Puis ce fut le tour des poignets. Puis des chevilles. Qu'ils rapprochèrent, de force, et relièrent finalement ensemble derrière son dos.

Alors, et alors seulement, cessèrent les coups et la violence déchaînée.

« Pute américaine, commenta, tout bas mais très distinctement, la même voix. Appelle-le au téléphone et dis-lui qu'on la tient.

– OK. Elle est vivante ?

– Ne sois pas stupide. Dis-lui qu'on la tient, c'est tout. »

Ce qu'Emma Schiller ne pouvait savoir, et qui ne l'aurait nullement rassurée, ce jour-là, c'est que sa triste aventure n'était pas le fruit du hasard, mais le résultat d'un plan soigneusement préparé depuis des mois.

2

11 janvier 2003
Ashburnham Road
Londres, Angleterre
22 h 35, GMT

Tout avait commencé quelques mois auparavant, lors d'une glaciale nuit londonienne, par ce qui n'était, en fait, qu'une simple rencontre des membres d'un comité. La rencontre du comité d'organisation du Mouvement réformiste londonien pour la libération de Khaled al-Fawwaz et d'Ibrahim Eidarous, ainsi qu'il avait été déclaré à l'origine, réunissait ce soir-là trois personnes aux intérêts similaires. Deux hommes et une femme. Le docteur Robert Northwood, professeur d'anglais, un ingénieur électronicien connu sous le nom d'Imad et Hanadi Tamish, avocate. Leurs relations étaient nées à l'occasion d'un rallye pour la libération de la Palestine, et n'avaient fait que s'approfondir depuis lors. Ce soir-là, à l'appartement du professeur, sur Ashburnham Road, ils s'étaient réunis pour exprimer et confronter leurs intérêts dans la vie.

À l'insu du professeur comme de l'avocate, l'ingénieur électronicien Imad, diplômé en communications internationales, était également titulaire, depuis 1988, d'un grade moins officiel acquis dans un camp d'entraînement d'al-Qaida. Une distinction qui ne figurait pas sur ses cartes de visite. Il est important de préciser que, lors de son séjour dans ce camp d'entraînement, il n'était pas encore membre d'al-Qaida. Il n'avait pas encore, diraient les Américains, franchi le pas et n'avait pu, en conséquence, recevoir l'autorisation de porter le serment de loyauté à Oussama ben Laden. Tout ce qu'il savait, c'était que ses activités futures seraient observées de très près. Tout acte en faveur des objectifs de cette organisation serait automatiquement porté à son crédit.

Hanadi, l'avocate, préconisait la tenue d'un registre. Les deux autres étaient d'autant plus d'accord qu'elle s'était portée volontaire pour assurer le secrétariat du petit groupe.

Et côté présidence ? Bien que feignant la surprise, le professeur d'anglais accepta le choix unanime.

Les deux autres postes étant déjà attribués, celui de trésorier alla à l'ingénieur. Débarrassés de ces préliminaires, tous trois mirent au point leur décision de travailler ensemble à la libération de certains prisonniers politiques détenus au Royaume-Uni, en particulier Khaled al-Fawwaz et Ibrahim Eidarous. Que cette libération soit désormais l'objectif essentiel du groupe fut accepté à l'unanimité et porté au compte-rendu. Il n'est pas inutile de préciser que le professeur et l'avocate n'envisageaient alors qu'une organisation activiste et rien de plus. L'un et l'autre pensaient en termes de pamphlets, de manifs sans violence et de lettres aux médias. Imad l'ingénieur n'avait pas de telles réserves, mais gardait provisoirement ses projets sous cloche.

Le nom de leur groupe ayant déjà été fixé à l'unanimité, ceci ne requit aucune discussion.

Restait la question du site, tâche qui revint à l'ingénieur en électronique dont l'un des collègues, un petit génie de l'informatique, réglerait ce détail en deux temps trois mouvements, sous réserve d'acceptation du logo par l'ensemble des protagonistes.

Au cours de leur première réunion, le thème des religions avait été abordé par la tangente. Bien que le professeur Northwood fût le seul non-islamique présent, Hanadi fit ressortir que la politique et non la religion serait et devrait être l'outil essentiel de leur union. De plus, cette diversité religieuse à l'intérieur du groupe ne pouvait que souligner l'universalité de leur cause, et tant Imad que Northwood l'approuvèrent.

Imad évoqua ensuite une question qui avait occupé la majeure partie de leur première rencontre. D'abord, il exprima l'opinion que l'organisation aurait besoin de « soldats » pour assurer les tâches subalternes, ceci dans la mesure où tous trois assumaient des fonctions professionnelles qu'il leur était impossible de négliger. Ils évoquèrent un recrutement dont l'ingénieur accepta de se charger, avec une seule restriction, de la part d'Hanadi, concernant le mot « soldat ». Lequel, malgré les objections tacites d'Imad, fut changé en « travailleur ».

Ultime problème : élire ou non un « chef des opérations », entièrement distinct de tout éventuel « président » futur. Une fonction, insista Imad, nécessitée par la direction et l'organisation des « travailleurs » qui seraient ultérieurement recrutés.

« Organisateur, c'est le mot, releva Hanadi. Il s'agira d'organiser leurs activités beaucoup plus que de les commander.

– Un peu comme un chef du personnel », souligna le professeur Northwood.

Cette idée du DRH lui plaisait dans la mesure où, d'après l'avocate, ce serait une fonction qui demanderait du temps. Elle aussi revint donc à Imad, bombardé le même jour trésorier, chef du personnel et futur stratège d'un groupe dont la nature exclusivement activiste, aux yeux de Northwood et d'Hanadi, laissait dans le vague la plupart des responsabilités envisageables.

Le sort des gens internés à la prison de Belmarsh préoccupait sincèrement le professeur qui sympathisait même, en partie, avec l'idéologie d'Oussama Ben Laden, en particulier au sujet de la présence de troupes occidentales sur le territoire irakien. Bien que nullement antisémite, il était également contre les opérations israéliennes en Palestine et leur façon, en général, de traiter le problème palestinien.

Professionnellement, d'autre part, Northwood avait le sentiment que sa présence au sein d'un groupe opposé à toute répression politique servirait sa réputation parmi ses pairs. L'université ne pouvait décemment sanctionner un membre de faculté pour sa participation à un groupe activiste de haute tenue éthique et morale, et leur souci pour le bien-être des prisonniers politiques de Belmarsh entrait dans cette catégorie. Sa qualité de non-islamique ne pouvait que souligner ses sensibilités œcuméniques. N'était-il pas, ainsi qu'il aimait le rappeler à ses amis, l'homme de quatre passions : la littérature anglaise, la politique, les femmes et l'histoire du métro londonien. Ou, comme il préférait parfois l'exprimer, sa profession, ses convictions et ses deux marottes.

Autre perspective intéressante, Hanadi lui plaisait beaucoup, intellectuellement autant que physiquement, et ne semblait pas réfractaire à son charme. Le fait qu'elle eût vingt ans de moins que lui ne le dérangeait pas une seconde. Il lui arrivait encore d'entretenir d'agréables relations avec certaines de ses élèves de terminale et il conservait, dans ce domaine, une assurance sans faille. Tôt ou tard, Hanadi s'intéresserait à sa visite guidée du Londres souterrain.

Les tactiques activistes qu'il envisageait, d'autre part, ne comportaient aucune action brutale. Il croyait dur comme fer à l'efficacité de la parole écrite.

Hanadi aussi s'intéressait sincèrement au sort des prisonniers et participerait à toute activité légale susceptible d'aboutir à leur libération. Elle croyait, de son côté, à la force de la loi, aux décisions obtenues par les voies légales. Le cabinet qui l'employait penchait fortement vers la gauche, ses associés seniors approuvaient tacitement l'attitude de la jeune avocate qui, de son côté, tenait leurs engagements en haute estime. Islamiste pratiquante, elle était persuadée que la religion était l'une des causes de l'incarcération de Fawwaz et d'Eidarous. Elle avait de la famille en Palestine et ses parents vivaient au Liban. Elle gardait le contact avec eux et allait les voir au moins deux fois par an. Eux aussi approuvaient grandement ses efforts pour obtenir la libération des prisonniers, même s'ils devaient échouer en fin de compte. Respectueuse et sincère, elle était passionnée par la loi, à l'inverse de l'attitude cynique d'un certain nombre de ses contemporains.

Elle non plus n'avait aucune intention d'user de la violence. Tout acte illégal eût été contraire à sa nature. Certains membres de sa famille cultivaient d'autres penchants, mais elle-même croyait à cent pour cent aux règles des lois islamiques autant que séculières.

Imad, lui, visait trois objectifs : affermir ce pouvoir temporel qu'il avait atteint en devenant le trésorier, le chef du personnel et le stratège du groupe ; recruter un ou plusieurs « travailleurs » non islamiques, but qu'il avait partiellement atteint en faisant nommer le professeur président du groupe ; et, le plus important des trois, en faire une couverture pour des opérations réellement décisives. Ce troisième objectif serait en vue dès qu'il aurait recruté ses « soldats ». Sa seule motivation, vis-à-vis des prisonniers de Belmarsh, était leur utilité potentielle à sa cause. Imad était un terroriste, quoique sans affectation précise pour le moment. Lui aussi avait des parents dans d'autres pays : l'Arabie saoudite, les États-Unis, l'Angleterre, la France, l'Allemagne et l'Égypte. Des oncles, des cousins dont il ne connaissait pas la plupart, mais qui répondraient à l'appel en cas de nécessité.

Il n'avait rien contre la violence. Il croyait aux explosifs et aux armes automatiques.

Le dernier sujet, ce soir-là, fut introduit par le président fraîchement élu : « Vous ne croyez pas qu'on devrait avoir des noms de code ? »

Le ton de sa voix fit comprendre à Imad que Northwood aimerait beaucoup ça. « Imad », après tout, n'était-il pas déjà un nom de code ? Un alias. Il s'en déclara pleinement partisan, conscient que son propre enthousiasme pour cette mesure enfantine renforcerait encore sa position au sein du groupe, et, séduite par l'aspect romanesque de la chose, Hanadi fit chorus.

« Pour moi, déclara sérieusement Northwood, ce sera Marwan. En souvenir des détournements d'avions du 11 Septembre. »

C'était Marwan al-Shehhi qui avait détourné le vol 175 de l'United Airlines pour le précipiter vers son destin : les tours de Manhattan, et le nom de Marwan plaisait à Northwood. Imad savait que Marwan le kamikaze n'aurait pas apprécié l'hommage,mais puisque c'était le désir de cet Anglais, à quoi bon discuter son choix ?

Hanadi ne réfléchit qu'un très court instant.

« J'aimerais prendre Ayat. Pour raison personnelle. »

Ayat Ahkras avait eu dix-huit ans lors de son autosacrifice à l'explosif, près d'un arrêt de bus de Jérusalem. Une cousine d'Hanadi l'avait rencontrée alors qu'elle rentrait pour la dernière fois chez ses parents. Sa mort lui avait infligé un choc et un chagrin aussi profonds l'un que l'autre, même si elle avait admiré, au-delà du fait brutal, le dévouement de la jeune fille à sa cause.

Ni Northwood ni Imad ne le savaient, bien qu'Imad connût le nom d'Ayat Ahkras. Mais Hanadi n'était pas le genre de personne que l'on pût interroger sur ses motivations.

Restait Imad.

« Je garderai Imad. Également pour des raisons personnelles », dit-il en souriant.

Robert Northwood trouva cela légèrement irritant. Cet « homme de mystère » devenait maintenant un homme mystérieux. Il espérait qu'Hanadi ou Ayat, comme elle serait maintenant appelée dans leur cercle, ne remarquerait pas ça.

Cette rencontre-là s'était terminée sur l'accord de se retrouver chaque semaine dans un endroit différent. Un accord informel, amical et inoffensif entre deux amateurs et un professionnel. Ce fut la dernière rencontre du petit groupe dans des circonstances aussi paisibles.

5 juillet 2003
Une enceinte fortifiée, à proximité de Wana, Pakistan

La maison était petite, mais propre et bien entretenue. Son principal occupant était connu, même à l'intérieur du village, comme « l'Homme de la maison ». On ne citait jamais son nom, bien que nul ne l'ignorât, car personne ne voulait qu'il parvînt aux oreilles de quelque étranger au village. « L'Homme » ne restait jamais plus d'une semaine et c'était sa quatrième visite en un an.

Il y avait trois autres de ces places fortes en rapport avec al-Qaida dans les collines proches du village, dont un centre d'entraînement qui avait été naguère une ferme. Plus la petite maison réservée à l'Homme et à ses compagnons. Pas très loin, sur la route qui menait au village, se dressaient des cabanes qui abritaient le groupe de sécurité chargé de protéger la retraite de l'Homme. La ville la plus proche s'appelait Shakai, la plus grande du Waziristan du Sud, et se situait à environ vingt-cinq kilomètres à l'ouest de Wana. Le Waziristan du Sud faisait partie d'une zone tribale voisine de la frontière pakistano-afghane, frontière mal définie, qualifiée de « perméable » par tous les services de renseignement.

Le personnage qui avait fait le long, difficile et parfois dangereux voyage depuis Kaboul, sous l'œil des forces américaines, bénéficiait depuis un an d'une paix relative. Bien que l'invasion de l'Afghanistan par les États-Unis, en octobre 2001, n'avait pas été prévue, dès février 2002, l'Homme et sa suite avaient pu se croire en sécurité. L'aviation américaine n'irait sûrement pas jusqu'à lâcher des bombes sur le territoire pakistanais, ni même dans une zone de nationalité indécise. Quant à leurs troupes spéciales d'opération, toute intervention de leur part demeurait possible, mais fort improbable. Les autochtones étaient sur le qui-vive, et ils avaient des amis dans les services de renseignement militaires pakistanais.

Assis par terre à une petite table basse, l'Homme vérifiait et signait les documents qui seraient pris en charge et expédiés par courrier dans l'après-midi même, mais n'en leva pas moins les yeux à l'entrée de son beau-frère.

« Ce... »

Il s'assura, d'un coup d'œil, qu'il avait bien retenu le titre du rapport posé devant lui.

« ... Mouvement réformiste londonien pour la libération de Khaled al-Fawwaz et Ibrahim Eidarous ? Avons-nous un réel besoin de cette sorte de mouvement ?

– Besoin, non, riposta son beau-frère qui venait de lire la correspondance reçue de Londres. Mais son utilisation peut être intéressante. Il est dirigé par un homme digne de confiance et qui a reçu une bonne formation. Imad Imadhi.

– L'ingénieur ? »

L'Homme se souvenait de lui comme d'un élément de grande valeur potentielle pour l'organisation, quoiqu'il eût été jugé encore un peu inexpérimenté, à l'époque.

« Oui. Il y a aussi, là-bas, des membres de la classe cultivée, nés en Angleterre ou tout au moins citoyens britanniques. Ils réclament des fonds qui peuvent être prélevés dans nos ressources locales. Tout ce qu'on leur demande, c'est de monter une opération. S'ils y parviennent, c'est tout bénéfice. S'ils échouent, et que leurs identités sont révélées, ce sera tout de même bénéfique, à cause de l'effet de choc produit sur les Britanniques. »

L'Homme réfléchissait.

« Je me souviens d'Imad. Ingénieur électronicien, c'est une fonction qui impressionne. Anglais de naissance mais fidèle à nos objectifs, l'effet de choc serait effectivement considérable. »

Il prit le temps de sourire.

« Alors, ils doivent passer à l'exécution du projet envisagé. Il les fera non seulement connaître, mais reconnaître. Avec l'aide d'Allah, ils réussiront.

– Ils proposent de prendre un otage.

– Mais ils devront se montrer exigeants et demander la liberté des cinq prisonniers. Qu'ils soient livrés à l'ambassade d'Égypte. »

Non sans un nouveau sourire de satisfaction anticipée :

« Que toute cette histoire devienne le problème exclusif des Égyptiens !

– Excellent, approuva le beau-frère. Si nous leur suggérions un otage américain ? Afin d'accentuer la tension entre Américains et Britanniques.

– Préviens Hjaer qu'il y aura une manœuvre de diversion. Précise-lui le nom adopté par ce groupe. Quand il l'entendra, il saura que nous leur avons donné le feu vert. Que ces gens-là travaillent pour nous et qu'il ne devra pas se mêler de leurs activités. »

Hjaer était leur principal exécutant à Londres. Hjaer était toujours un homme très occupé.

Tous les documents furent remplis, signés et confiés à un messager du nom d'Hamid Rama, membre à part entière de l'Harkat-ul-Mujahideen, qui parcourut quinze kilomètres à pied dans la poussière pour arriver à Wana au début de la soirée. De là, il voyagea à l'arrière d'un vieux camion Volkswagen qui le déposa à Bannu. Ces cent trente-huit kilomètres avaient pris la journée, avec deux crevaisons en cours de route. Trois cent cinquante kilomètres supplémentaires, en bus, le conduisirent à Muridke, banlieue arabe de Lahore, à cinq cents kilomètres de Wana, où les terroristes avaient d'innombrables sympathisants.

À Muridke, il remit le petit paquet à un nouveau coursier qui entama *illico* son propre périple de mille kilomètres à destination de Karachi. L'acheminement du paquet, depuis le petit village de la frontière afghane, prendrait une huitaine de jours. Une fois à Karachi, le message serait transcrit sur un site de langue arabe qui disparaîtrait quelques jours plus tard.

Simultanément, un e-mail anodin parviendrait à une adresse londonienne, dont le libellé serait cette phrase puérilement énigmatique : « Je vais acheter les chèvres le 23. » Date à laquelle le correspondant consulterait le site provisoire. Placés sur un vieux steamer, les documents originaux arriveraient en Australie dans un mois environ. De là, ils seraient envoyés par la poste royale à leur destinataire de Londres où ils vaudraient confirmation non seulement de l'opération entreprise mais également témoignage de confiance absolue et d'allégeance indéfectible. Une confiance qui ne serait pas trahie.

3

Mardi 28 octobre 2003
Ashburnham Road
Londres, Angleterre

Alors qu'Emma Schiller buvait un dernier verre au Gatehouse Pub avec ses amies, Robert Hastings Northwood, connu des membres de sa cellule terroriste sous le nom de « Marwan », regardait par la fenêtre de son appartement d'Ashburnham Road en regrettant de n'être pas seul. Il loucha vers la pendule. Elle affichait 21 h 55.

Ramenant ses yeux vers la rue, il marmonna : « Elle devrait être à la station de métro, maintenant. »

Il avait plus de quarante ans, il était très mince et de taille moyenne, le cheveu noir et bouclé qui le faisait parfois prendre pour un juif, à première vue. Une erreur qui l'amusait beaucoup et qu'il se gardait de rectifier.

Installé dans le meilleur fauteuil, son nouvel associé approuva d'un signe de tête.

« Oui, on devrait avoir le coup de fil dans un petit quart d'heure.

– On devrait, oui !

– Parfait. »

Ce nouvel associé, connu de Marwan sous le nom de « M. Kazan », était un individu plutôt trapu, d'environ soixante ans, au teint basané, à la chevelure abondante et grise, avec une moustache assortie. Sa seule particularité consistait en une paire d'oreilles d'un calibre inusité. Marwan ne l'avait rencontré que deux fois auparavant, la première remontant à la semaine précédente, lorsque le nommé Imad, l'ingénieur électronicien, l'avait présenté au comité en tant que son « mentor » et directeur technique du groupe.

Northwood-Marwan avait protesté, mais s'était entendu répondre qu'il avait tout intérêt à s'adapter au plus vite. Une surprise qui l'eût fait fuir à toutes jambes si elle n'avait été si profonde et surtout si Hanadi n'avait pas été là. Il n'avait en Imad qu'une confiance limitée, mais il tenait à impressionner la jeune avocate, et puisqu'elle n'avait présenté aucune objection à l'avènement de ce nouveau membre...

En outre, M. Kazan était visiblement trop vieux pour qu'elle pût s'intéresser à lui, alors, où était le mal ? Comme la sœur de Northwood le lui avait dit un jour, il avait parfois tendance à réfléchir avec un autre organe placé beaucoup plus bas que son cerveau.

C'était Northwood-Marwan lui-même qui avait proposé ce plan, si le mot n'était pas trop fort, au cours d'une conversation sans grand intérêt qu'il avait eue avec Imad, en attendant l'arrivée d'Hanadi au restaurant voisin du cabinet de l'avocate. En substance, la prise d'un otage pour attirer sur eux l'attention des autorités. Proposition dont le côté parodique, exprimé avec ironie, semblait avoir échappé à son partenaire attentif.

Imad n'en avait pas moins apprécié le concept et élargi le scénario en spécifiant que puisqu'il y aurait otage, autant que celui-ci fût américain.

« La seule façon d'en tirer le meilleur parti. Pour que tout le monde sache que les Américains sont les vrais responsables, au sens le plus large du terme. Aucun Anglais ne se sentira personnellement visé, s'il s'agit d'un Américain !

– Bien sûr, se hâta de renchérir Northwood. On ne tient pas à risquer une lourde peine de prison. Ce ne sera qu'une mise en scène.

– Comment ça, une mise en scène ?

– Il faudra que l'otage soit dans le coup. Et qu'il puisse ensuite tout raconter.

– On demandera à Hanadi ce qu'elle en pense. Mais continuez. Jusque-là, ça me plaît.

– On enregistrera l'otage sur bande, avec un slogan adéquat en toile de fond. On le décoiffera savamment, on le secouera un peu, on lui fera lire un ultimatum exigeant la libération des prisonniers de Belmarsh. Et deux jours après, aveu de l'imposture ! Aucune violence en jeu. Rien qu'une pièce télévisée... en quelque sorte. »

Il marqua une pause, ébloui par sa propre idée.

« Juste un beau morceau d'art dramatique !

– Et qui prendra-t-on comme otage ? Vous connaissez des Américains ?

– Pardon ? Oh, naturellement. Rien que dans ma classe, j'en ai une bonne demi-douzaine. Des diplômés. Des candidats au doctorat. Pas des gosses. La fin de la vingtaine ou le début de la trentaine.

– Comment un Américain accepterait de jouer ce rôle ? Les prisonniers de Belmarsh, ils n'en ont rien à foutre !

– Je peux être très convaincant... »

Une réplique que Northwood regretta plus d'une fois d'avoir prononcée.

Le regard d'Imad exprimait ouvertement son scepticisme.

« Vous avez quelqu'un en tête ? »

Northwood n'aimait pas laisser une question sans réponse. Promenant les yeux alentour, il tomba sur Emma Schiller, à quelques tables de là.

« Je pourrai en persuader une... »

Imad avait suivi son regard.

« Laquelle ?

– La petite, là-bas dans le coin, avec ce garçon blond. Celle qui porte un pull rouge.

– Sûr de ça ?

– Certain. Elle est américaine et elle s'appelle Emma Schiller. C'est une de mes élèves. Je pourrai la convaincre de faire beaucoup de choses. »

Il ajouta, dans la foulée :

« Un vrai plaisir !

– Certain ?

– Sans aucun doute. »

Une nuit dans son appartement, pensa-t-il. Peut-être un petit tour chez sa sœur, dans la région des lacs, et quelque discussion politique approfondie, peau contre peau, sous la couette...

« Du tout cuit », conclut-il.

Un homme a toujours le droit d'exploiter ses points forts, en toutes circonstances.

Ils n'avaient plus jamais parlé de ce « plan » jusqu'à l'arrivée de M. Kazan dans le groupe. Quand Imad l'avait évoqué, en présence du nouveau venu, Northwood-Marwan avait reculé pas à pas. Jamais il n'avait sérieusement envisagé de passer aux actes. Leur vision des choses était de plus très différente. Ces gens-là n'avaient pas l'air de vouloir faire une approche particulièrement douce. Selon celle d'Imad, Emma Schiller serait enlevée d'abord, convaincue ensuite.

« Je suis sûr que vous saurez l'endoctriner, confirma Kazan avec un de ses drôles de sourires. Nous avons pleine confiance en vous et en votre éloquence. »

Northwood leur expliqua que, sans l'accord préalable de la « victime », toute mise en scène deviendrait impossible.

« Foutaises, trancha Kazan. Notre méthode nous apportera plus de réalisme.

– Votre méthode, riposta Northwood, ne vous rapportera que dix ans de taule. Laissez tomber ! »

Imad accusa le coup. Kazan se contenta de sourire encore.

« Il vaut toujours mieux connaître le vrai caractère de ses associés, docteur Northwood. Merci pour votre franchise. »

Le lendemain matin, aux aurores, Northwood fut réveillé en sursaut, dans son propre lit, par trois hommes en noir porteurs de masques de ski. Deux s'assirent sur le lit, de part et d'autre, le coinçant sous ses couvertures. Debout près de sa tête, le troisième ne le quittait pas des yeux. Ils avaient allumé toutes les lumières de la chambre.

« Vous êtes bien le professeur Northwood ? »

Il avait envie de vomir, le professeur ! Mais il parvint finalement à répondre oui. L'homme récita lentement, comme un écolier qui débite une leçon apprise par cœur :

« M. Kazan vous fait dire ceci... Le plan proposé sera appliqué à sa manière. Vous ne figurerez sur aucune cassette, mais vous convaincrez la personne. Nous sommes chargés de lui rapporter votre accord. »

Northwood, terrifié, ne pouvait prononcer une seule syllabe. L'homme dut prendre son mutisme pour un désaccord, car il insista : « Ne faites pas l'idiot. Vous avez encore de belles années devant vous. »

Des armes sortirent d'un peu partout. Bien inutilement. Robert Northwood avoua, par la suite, qu'il n'avait jamais rien vu d'aussi convaincant, de toute son existence.

« Dites à M... M. Ka... Kazan que je suis d'accord. »

Penché vers lui, l'homme l'embrassa tendrement sur le front.

« Bonne nuit, professeur. Dormez bien. Faites de beaux rêves. »

Sans un mot de plus, les visiteurs se retirèrent, éteignant méthodiquement toutes les lampes, et disparurent dans les ténèbres.

Depuis cette date, Northwood, quoique déjà très mince, avait perdu quatre bons kilos, ne dormait plus que par à-coups et prenait chaque jour des comprimés antidiarrhée. Il s'était procuré un solide gourdin avec l'intention de le garder auprès de son lit. Puis l'avait finalement rejeté à l'idée que ses agresseurs pourraient s'en servir pour le battre à mort lors d'une nouvelle visite.

Son seul espoir à présent ? Que tout cela n'eût été qu'une épreuve destinée à tester sa sincérité, son dévouement à la cause. Et qu'une fois déclaré faisable, le plan serait abandonné. Il le souhaitait de toutes ses forces.

Le Mouvement réformiste londonien pour la libération de Khaled al-Fawwaz et Ibrahim Eidarous avait beaucoup changé en quelques mois. Les choses étaient devenues tellement plus lourdes à porter, tellement plus graves. Le premier changement majeur avait affecté la personnalité d'Hanadi-Ayat. Beaucoup plus renfermée, elle s'affichait désormais comme une ennemie déclarée de l'Occident et devenait obsédée par ses obligations envers sa famille. Northwood se demandait pourquoi ses chances de la séduire s'étaient évaporées. Il savait, par expérience, que toute relation avec une « femme de devoir » était vouée, d'avance, à l'échec. Il n'avait plus aucune chance de l'intéresser.

Imad avait changé, lui aussi. Plus dogmatique, moins purement politique dans son approche du problème. Ils avaient publié, dans la presse locale, un article plutôt bien accueilli qui avait poussé Northwood à croire en une simple marche pacifique de protestation, devant la prison de Belmarsh. Autre espoir effacé par les déclarations antibritanniques et antiaméricaines d'Imad et d'Ayat, concentrées sur la guerre en Iraq. Plus les professions de foi ouvertement antisémites et propalestiniennes dans la bouche d'Hanadi.

Northwood s'interrogeait sur l'origine de ces changements. Si l'opinion qu'il avait de lui-même avait été plus réaliste, sans doute se serait-il rendu compte qu'il avait perdu tout contrôle du mouvement. Plus que ça, le mouvement semblait aller dans un sens qui le déconcertait, mais, ne voulant pas admettre qu'il était dépassé, il préférait se convaincre d'avoir encore le contrôle.

C'était cette même confiance en lui qui lui avait fait suggérer, sans trop y croire, cette histoire d'otage qui leur permettrait de négocier la libération des prisonniers. Il n'avait alors pas cru que sa proposition serait retenue. C'était en réalité à ce moment-là que Northwood-Marwan avait échoué.

Que penser, aujourd'hui, de ce M. Kazan dont il ne savait pratiquement rien ? Plutôt bien éduqué, quoique d'un niveau intellectuel apparemment très inférieur. Probablement arabe d'extraction. Absent dans l'annuaire du téléphone.

Détail caractéristique : pas un instant Northwood ne songea que « Kazan » pouvait fort bien ne pas être son véritable nom.

Autre aspect de la soirée qui le mettait mal à l'aise, l'absence, aujourd'hui, de ce garde du corps qui avait accompagné Kazan lors des deux premières rencontres. Pourquoi pas ce soir ? L'homme avait-il fait partie du trio qui s'était introduit dans sa chambre ? Autant d'anomalies qui détruisaient l'image idéale du mouvement, à sa création. Mais reconnaître sa frayeur croissante serait reconnaître son échec. Inacceptable !

Et maintenant, cette attente, rompue de temps à autre par le son cristallin du fume-cigarette de Kazan heurtant la coupe de Waterford convertie en cendrier.

Vingt-deux minutes s'écoulèrent avant que la sonnerie du téléphone portable de Kazan fracassât un silence de plus en plus insupportable.

Il décrocha calmement.

« Oui ? »

Il écouta un instant : « Exactement à 20 h 40. »

Écouta de nouveau puis ordonna : « Vous attendrez toute la nuit s'il le faut. Est-ce parfaitement clair ? »

Et raccrocha.

« Il semble qu'elle soit en retard. Vous avez leur numéro ?

– Oui.

– S'ils ne rappellent pas avant minuit, vous suspendrez l'opération. »

Northwood-Marwan eut un soupir de soulagement. Ce n'était qu'un test, après tout !

Et puis Kazan se pencha pour écraser son mégot dans la coupe de porcelaine.

« À condition, bien sûr, qu'ils n'aient pas rappelé entre-temps. »

La fausse note indésirable, après l'espoir fou. Mais il ne faut jamais perdre espoir.

« Puis-je vous offrir quelque chose ? À boire ou à manger ?

– Non, merci.

– J'ai du très bon café. À la cardamome.

– Buvez-le ! »

Kazan se renversa contre le dossier de son siège, et se tourna vers la fenêtre.

Que contemplait-il avec cette attention ? La placette illuminée, au sein de la bruine nocturne ? Il ne vint pas à l'idée de Northwood-Marwan que Kazan pût l'observer, *lui*, dans le reflet de la vitre.

Il se rendit à la cuisine pour s'y préparer du café, humilié de s'entendre donner des ordres, sous son propre toit. Qui était au juste ce Kazan ? « Un homme d'une autre génération », d'après Imad. Très actif au Moyen-Orient contre les Américains et les Britanniques, il était donc prudent de le traiter avec égard. Il avait failli se faire tuer, là-bas, en plus d'une occasion.

Un risque qu'il courait lui-même, et pas au Moyen-Orient, mais à Londres, en participant à une opération terroriste ! Sauf que, jusqu'à preuve du contraire, l'opération serait probablement remise. C'était un simple test. Dans quelque temps, fort de sa supériorité intellectuelle sur ce type, il se retirerait du mouvement pour revenir à ses seules activités pédagogiques et mondaines.

Qu'Imad lui ait menti faisait partie des choses qui ne lui étaient pas venues à l'esprit.

Tandis qu'il versait une cuillère de café lyophilisé dans chaque tasse et ajoutait de l'eau avant de les mettre au micro-ondes, il se souvint comment Imad avait été impressionné par la manière traditionnelle dont il faisait son café. Il n'avait jamais dit à personne qu'il avait appris à le faire ainsi uniquement pour impressionner Imad et ses amis.

Ce qu'il regretterait alors, c'était la méthode qu'il avait cru devoir employer pour conquérir Hanadi. Un homme a toujours tort de quitter ses sentiers battus pour tenter d'obtenir ce qu'il a toujours obtenu auparavant en restant simplement lui-même.

En apercevant Kazan par l'entrebâillement de la porte, il se rappela une vieille sentinelle postée à l'orée d'un désert. Sur le qui-vive, mais morte d'ennui.

Âgé, alerte, ennuyé et ennuyeux : un salopard. Un vieux crapaud à la bave empoisonnée. Un peu réconforté par sa deuxième tasse, Northwood réintégra le salon en s'informant d'un ton aussi léger que possible : « Sans nouvelles avant minuit, on repoussera simplement l'opération, ou on la remettra définitivement ? »

Il parlait un peu plus fort pour couvrir le bruit du micro-ondes. Malgré tout, aucune tension ne semblait percer dans sa voix, même si c'était au prix d'un gros effort.

« J'en déciderai, le moment venu... »

Kazan s'empara d'un livre qui traînait sur la table basse et s'y plongea ostensiblement. Il n'avait pas haussé le ton. Tout juste si Northwood l'avait entendu.

« Naturellement. »

Le crapaud jouerait son rôle jusqu'au bout. Peut-être parce qu'il ne savait pas lui-même ce qu'il allait faire. Northwood consulta sa montre, à la dérobée. Surtout, ne trahir aucune impatience. Mais il n'était encore que 22 h 24. Près de quatre-vingt-dix minutes avant minuit. Avant la remise, provisoire ou définitive, de l'opération. Plût à Dieu qu'elle fût définitive. Ce n'était qu'un test, après tout.

L'alarme du micro-ondes sonna et il versa l'eau chaude. Si Imad avait été présent, il aurait mis l'eau à bouillir sur le gaz pour l'impressionner.

Comment avait-il pu suggérer cette connerie ? Il s'agissait d'un de ces trucs purement hypothétiques qui viennent lors de conversations tardives, quand on se sent détendu et invincible. Et qui, neuf fois sur dix, ne sortent jamais de l'abstraction. Sauf si quelque Kazan éprouve le besoin de s'en mêler.

Il alla rechercher une demi-tasse de café à la cuisine et réitéra sa proposition, en l'élevant à la hauteur de son visage.

« Fi sehtuk ? »

C'était une des rares formules de politesse qu'il connaissait en arabe mais il se rendit compte qu'il avait fait une faute en même temps qu'il la commettait.

« Contentez-vous donc de votre propre langue !

– À votre santé ! »

Si le crapaud s'imaginait l'intimider avec son manque d'éducation...

En reposant le livre qu'il feuilletait, intitulé *Londres au-dessous de la surface*, Kazan déclara :

« Un ouvrage très intéressant.

– C'est un peu ma marotte. Le métro, les égouts, les tranchées des câbles...

– J'ai vu ça.

– J'en écris un moi-même actuellement sur le sujet.

– C'est ce que m'a dit Imad.

– J'ai des tas de plans anciens. Vous aimeriez les voir ?

– Non. »

Pas question d'apprivoiser le crapaud. Il était maintenant 22 h 40. La sonnerie du téléphone lui fit presque renverser sa dernière gorgée de café. Il l'encaissa comme un coup de poing au plexus. Il avait tellement espéré ne pas l'entendre.

Tout doucement, il posa sa tasse. Décrocha à la troisième sonnerie.

« Oui ? »

Il écouta un instant. Pressa le téléphone contre sa poitrine pour annoncer : « Ils la tiennent. »

Il dut s'éclaircir la gorge avant de pouvoir ajouter : « Excusez-moi... Ils l'ont capturée... comme prévu. »

Kazan l'observait attentivement.

« Parfait.

– On continue ?

– Oui.

– Vous parlez sérieusement ? »

L'autre ne baissa pas les yeux. Resta silencieux.

« Continuez, parvint à transmettre le professeur au téléphone.

– On y va ! »

Puis le silence se fit au bout du fil. Il raccrocha. Le mal était fait. Irréversible. La terreur était de retour. Le monde tournait à l'envers. Ce qui l'étonnait le plus, c'était que les nommés Anton et Hamza aient vraiment réalisé leur kidnapping. Ils étaient tellement stupides, tellement amateurs. Tout le contraire de pros efficaces. Mais ils l'avaient fait. Il allait maintenant falloir compter avec la situation en place. Il remarqua, en reprenant sa tasse, que sa main ne tremblait pas. Était-ce un bon signe ? Il avait toujours entendu dire qu'une main ferme était un gage de sang-froid.

Le silence s'éternisait. Et Northwood-Marwan faillit se suicider en voulant déclarer à M. Kazan que ce plan était absurde et qu'il vaudrait mieux libérer cette fille avant que la situation n'achève de pourrir. Sinon, il n'aurait d'autre ressource que de se rendre à la police.

Par bonheur pour lui, Kazan parla le premier, alors qu'il cherchait les mots pour le dire.

« Toujours aussi émotif, apparemment ? Imad a pourtant une très haute opinion de vous. Je pense que c'est uniquement la nouveauté de la situation. C'est ce que je mentionnerai dans mon rapport.

– Merci beaucoup. »

Tout ce qu'il avait trouvé à répondre.

« Une bonne chose que votre famille soit fière de vous, appuya Kazan. Je vais informer Ayat que l'opération est en cours. »

Il baissa la voix.

« Veillez à ce que rien ne lui arrive de fâcheux. Elle possède à nos yeux une valeur inestimable. »

Et puis, en levant la voix, il ajouta : « Je suis prêt. »

Quelqu'un frappa aussitôt à la porte qui s'ouvrit, livrant passage au garde du corps qui avait accompagné M. Kazan les deux fois précédentes. Il avait dû se tenir aux aguets, de l'autre côté de la porte, depuis son arrivée. Northwood-Marwan n'en revenait pas. Il se souvenait parfaitement d'avoir fermé cette porte à clef, après l'entrée du personnage.

« Je vous recontacterai demain soir, dit M. Kazan. Suivez vos instructions à la lettre. »

Il sortit là-dessus. Le garde du corps sourit à Marwan, et referma soigneusement la porte derrière lui.

Le professeur se laissa choir sur le premier siège disponible. « Emma... Emma, c'est pour une bonne cause... mais je regrette vraiment... » Il respira profondément, retint sa respiration et la relâcha d'un seul coup. Il avait voulu dire quoi, le crapaud, avec ses instructions ? Quelles instructions ? Pour qui le prenait-il ? Si le vieux salopard n'avait pas été aussi intimidant, il le lui aurait demandé. Et que signifiait cette vanne sur sa foutue famille ? Savait-il vraiment qui étaient certains des membres de sa famille ? Rien ne paraissait impossible.

Hanadi en saurait davantage. Il se contenterait de la suivre. Rien de trop grave pour le moment. Un kidnapping, une déclaration, la libération d'un otage. Tout se passerait bien, sans que personne ne prenne de gros risque, Emma Schiller comprise. En somme, il tenait fermement les rênes, comme toujours, et veillerait à ce que tout se passe sans incident fâcheux.

4

Lundi 10 novembre 2003
Maitland, comté de Nation, Iowa, États-Unis
13 h 32, heure légale

En ce lundi 10 novembre 2003, j'étais dans mon bureau de shérif adjoint du comté de Nation et je profitais d'une semaine particulièrement paisible pour rattraper mon retard en matière de paperasse. J'avais déjà terminé mes rapports sur deux cambriolages et j'allais m'attaquer aux onze boîtes aux lettres qui avaient été détruites le long d'un chemin de gravier de dix kilomètres quand l'intercom sonna.

J'y répondis par un « Ouais ? » sans autre préambule. À l'intercom, ça ne pouvait pas être un appel public.

C'était Norma, notre nouvelle secrétaire.

« Carl, le shérif vous attend dans son bureau. »

Un tantinet contraire aux habitudes. Pas qu'il veuille me voir, mais qu'il me fasse demander par Norma et qu'elle lui donne son titre officiel au lieu de l'appeler Lamar. Généralement, Lamar Ridgeway, shérif de Maitland, passait plutôt la tête par l'entrebâillement de ma porte en gueulant mon nom. Son propre bureau n'était pas à plus de quinze mètres du mien.

« OK, j'y suis en cinq secondes. Le temps de sauvegarder mon boulot... »

J'avais perçu le léger sifflement de l'intercom qui laissait entendre que son téléphone était sur haut-parleur et qu'elle n'avait pas parlé dans le combiné. Souvent, cela signifiait que la porte du bureau de Lamar était ouverte et qu'il pouvait donc entendre ma réponse. Tout comme les éventuelles personnes qui seraient avec lui. Le bureau de Norma était juste à côté du sien.

Tout en prenant le temps de sauvegarder le dernier rapport entamé, je conclus que Lamar devait avoir à cœur d'impressionner favorablement quelque visiteur en s'abstenant de brailler mon nom d'un bout à l'autre du couloir et qu'il avait recommandé à Norma de le gratifier de son grade au lieu de son nom de famille. Je ne suis pas pour rien l'enquêteur du service, et ma longue expérience m'a également enseigné que si Lamar se montre courtois, civilisé et soucieux des formes, c'est généralement mauvais signe.

Son bureau est aussi le plus agréable du service. Les rideaux et les tapis sont assortis, le fauteuil de cuir à haut dossier ne sort pas des réserves de l'armée américaine et son bureau est le seul du service qui soit en bois et non en plastique. Plus encore, il détient la plus grande partie de notre mobilier, soit trois sièges confortables et un canapé de même fabrication. Il y avait également, naguère, une table roulante pour le café, qu'il a remplacée par une vieille bobine de câble téléphonique d'un mètre vingt de diamètre. Ceci à seule fin de prouver au public qu'il n'entend pas gaspiller en superfluités l'argent des contribuables.

Au tournant du couloir, Norma me dédia une petite grimace d'avertissement, et je vis que le boss recevait beaucoup de monde. Rien que des gens que je connaissais. Norman Gunderson, directeur de l'école secondaire ; Allen Jones, président de la Banque d'épargne Northland et son concurrent Willy Morton, de la Banque de l'Union des fermiers, assis sur les chaises ; Olivia Young, du cabinet légal Wilkins, Hughes et Young, installée sur le canapé auprès de Mike Ludwig, propriétaire du supermarché Ludwig. Le révérend Samuel Thiese et le père Virgil Lahre étaient debout à l'entrée du bureau. Kayla Eder, rédactrice en chef du journal du comté de Nation était perchée sur le nouveau classeur à tiroirs flambant neuf du shérif. Tous étaient membres de la communauté et fréquents visiteurs, à l'exception de Kayla et d'Olivia. Il y avait incontestablement quelque chose dans l'air et je savais, d'avance, que je n'allais pas aimer ça. Une telle réunion de membres éminents d'une communauté locale n'annonce jamais rien de bon. Sinon que, au simple travail de police, va se superposer le système complexe des copinages et autres relations privilégiées.

Je saluai tout le monde et Lamar amorça : « Carl, on a une question à te poser. »

Bonne entrée en matière. J'aime les questions. Et Lamar avait l'air plutôt content de lui.

« On a une réunion au sujet de la fille de Janine Schiller, Emma.

– Oh ? Bien sûr. »

Un petit drapeau rouge claqua dans ma tête. Emma était une vieille amie de Jane, notre fille, et d'une autre de leurs copines nommée Vicky. Toutes trois étaient à Londres, en stage de prédoctorat, logées dans l'appartement d'une employée de l'ambassade des États-Unis rapatriée chez nous pour quelques mois. Une cohabitation qui les enchantait. Enfin, qui les avait enchantées, jusqu'à la semaine précédente. Le 28 octobre, Emma Schiller n'était pas rentrée.

Jane me l'avait confirmé par e-mail, jour après jour. Elle était extrêmement inquiète. Elle admettait que celle qui avait disparu sans laisser de traces, neuf jours auparavant, avait une certaine tendance à draguer ou à se laisser draguer lors de ses sorties, et à coucher dès le premier soir.

« Ce qui ne l'empêche pas, avait ajouté Jane, de prolonger parfois une bonne nuit jusqu'à huit jours ou plus. »

Lamar, informé, avait répondu par le classique : « Et merde ! C'est une attitude de mec ! » À ce moment-là, personne ne doutait de sa proche réapparition. Depuis lors, toutefois, le temps avait passé, et j'en étais à me demander si la pauvre fille nous honorait encore ou non de sa présence en ce monde.

En bonne fille de flic, Jane avait, dès le premier jour, signalé la disparition d'Emma au poste le plus proche de la police métropolitaine. Elle affirmait qu'ils prenaient l'affaire très au sérieux, mais jusqu'à présent leurs efforts n'avaient donné aucun résultat.

L'histoire d'Emma était passée sur la plupart des stations locales, Cedar Rapids, Dubuque et Waterloo, deux ou trois fois, et même dernièrement sur CNN. Le fait que sa mère, Janine Schiller, fût mère de deux filles et qu'elle eût perdu son mari lors du même accident qui lui avait coûté l'usage de ses jambes avait quelque peu gonflé l'intérêt de chacun pour cette affaire. Une vaste campagne « sauvez Emma » était née et ambitionnait de transporter Janine Schiller à Londres. Malheureusement, cette dernière se déplaçait dans un fauteuil roulant qui rendait l'entreprise quasiment impossible. Malgré tout, elle bénéficiait de l'affection générale bien que personne ne pût faire grand-chose pour elle.

« Comme j'étais en train de le rappeler, disait Lamar, de la voix grave et posée qu'il utilisait pour parler en public, nous sommes en rapport avec Scotland Yard, mais cette collaboration n'a rien donné jusque-là. » Non sans un regard circulaire destiné à renforcer l'impression que nous étions quotidiennement en contact avec le « Yard ». En réalité, c'est moi qui avais joint la police métropolitaine britannique par télétype, l'avant-veille. Je suis enquêteur et c'est mon job de coopérer avec les autres départements. Si la nécessaire coopération avec New Scotland Yard n'avait jamais été définie dans la fiche métier de mon poste, cela ne rendait celui-ci que plus intéressant. Bien que Lamar eût consciencieusement écouté mon rapport verbal, le fait que l'agence en question s'appelât *New* Scotland Yard depuis plus d'un siècle persistait à lui échapper. Mais bon, tous les boss sont comme ça.

« Carl, poursuivit-il, ces personnes sont venues me voir parce que la collecte des fonds marche bien et qu'elles voudraient engager quelqu'un pour aller voir là-bas comment ça se passe.

– Vraiment ? »

Ils allaient engager un détective privé. Une idée qui ne m'était pas venue. Je me demandais qui ils avaient en tête.

« Oui, ils souhaiteraient engager Lloyd Boyd. »

Lloyd Boyd, alias Loidy Boidy, était un privé de Dubuque qui travaillait surtout pour les compagnies d'assurances et se spécialisait dans les photos prises à la sauvette, par exemple, de faux blessés du dos soulevant un bloc-moteur. Il avait été flic en Illinois avant d'être viré pour infraction grave.

Ils attendaient mon verdict. Je le leur livrai sans fioritures.

« Non, pas Lloyd. C'est un idiot et un magouilleur à qui on ne peut pas faire confiance.

– C'est ce que je leur ai dit, approuva modestement Lamar.

– On a eu affaire à lui. Il ne vaut pas un clou et il n'a aucune conscience professionnelle. Il y a de bons privés dans le secteur. J'en connais un à Cedar Rapids. J'ai même son numéro. Je m'en porterais garant de nuit comme de jour.

– Ça aussi, je le leur ai dit. »

Lamar semblait de plus en plus satisfait. C'était une année d'élection et ça ne lui ferait pas de mal de leur donner de bons conseils. Non, Lamar ne pensait pas qu'à la politique. C'était un bon shérif. Mais il y tenait, à sa prochaine réélection. Donc, au renouvellement de son assurance médicale par l'administration du comté.

J'avais commis une erreur en proposant Mike. Je la réparai en ajoutant : « Mais je doute que ce soit la bonne solution. Si je faisais partie de leur police métropolitaine et qu'un privé américain, même un bon, ramenait sa fraise, je crois que je lui conseillerais de rentrer chez lui avant de foutre le bordel dans tout le dossier ! »

Lamar rayonnait à présent.

« C'est exactement ce que j'ai dit que tu leur répondrais. »

J'étais heureux de lui faire plaisir, mais je devenais soupçonneux. Mon petit drapeau rouge approchait du sommet de sa hampe. C'est alors que le révérend Thiese intervint : « Cela fait près de dix jours que la pauvre Emma manque à l'appel. Quelqu'un doit faire quelque chose, au plus vite, et puisque les fonds recueillis le permettent... »

Je me retins de lui répondre : « Sans blague, Sherlock ? » Dix jours, c'était déjà trop pour espérer la retrouver en vie. Tout le monde le savait, mais personne n'oserait le dire. Et je n'avais pas l'intention, non plus, de partager avec eux le peu d'informations que je possédais sur les débordements de sa vie sexuelle. La meilleure voie de recherche, peut-être...

Autant m'en tirer avec une pirouette :

« Un point de vue que je ne contesterai pas...

– D'autant, appuya Allen Jones, que nous avons à peu près tous ici voix au chapitre. Et plus de vingt mille dollars en caisse. Assez pour les billets et pour le séjour. Achetons les billets et envoyons là-bas quelqu'un de confiance. On lui doit bien ça, à cette pauvre Janine Schiller.

– Je le pense aussi. »

À quoi bon les contredire ? Mike me serait reconnaissant d'avoir parlé pour lui et me ramènerait sûrement un souvenir de Londres. Même si les flics anglais lui faisaient carrément la gueule.

« Londres est une grande ville, rappela le père Lahre. Plus nous attendrons, plus la piste sera froide... »

Froide ? C'était le jeu de mots du siècle. Aussi froide, sans doute, que la disparue, à cette heure. Je m'entendis répliquer, dans un haussement d'épaules :

« La piste est déjà aussi froide qu'elle le sera jamais. On l'a vue dans un pub mardi soir dernier, et depuis plus personne. On l'a vue partir en même temps qu'un tas de gens. Nul ne sait avec qui elle était venue. Aucune piste réelle, dans aucune direction. Elle a disparu, point final.

– Vous pensez donc, intercala Olivia Young, qu'il s'agit d'une entreprise impossible ?

– Impossible... non. Je n'aime pas le mot "impossible". Improbable, c'est le mot. Aucun point de départ, en dehors du fait de sa disparition. Et la police métropolitaine britannique est l'une des meilleures au monde, en hommes comme en matériel technique.

– Est-ce qu'ils ont un bon système d'alerte enlèvement ? »

Mike Ludwig, sarcastique. Et plutôt mal inspiré en la circonstance.

«Je ne sais pas comment ils travaillent. Mais ils ont des experts dans toutes les méthodes connues, et probablement quelques autres. »

Lamar souriait. Pourquoi me laissait-il faire tout le boulot ?

« Vous savez que notre fille Jane partageait un appartement avec Emma. C'est elle qui a signalé sa disparition. Elle m'a dit que la police anglaise faisait le maximum. Mais sans le moindre témoignage...

– Et les sources d'information se raréfient de jour en jour, avec la mémoire des gens qui étaient là... »

Encore Mike Ludwig. Je soupirai, fatigué : « Croyez-moi, les flics, là-bas, sont super. Ils connaissent leur ville sur le bout du doigt et c'est un atout majeur pour résoudre ce problème... s'il doit être résolu. »

Allen Jones se leva brusquement.

« N'empêche qu'un œil neuf... Quelqu'un à qui nous pourrions faire confiance et qui leur parlerait, les yeux dans les yeux. Leur dirait à quel point cette affaire nous concerne... »

Ma seconde erreur fut de lui répondre, en toute bonne foi :

« Voilà environ deux ans, on a eu un très bon contact avec un de leurs officiers, un nommé Blyth. C'est un agent du FBI qui a eu ce contact, en décembre 2001, alors que nous étions sur la même affaire, et je me souviens d'avoir assisté à leur conversation. Ce n'est pas tellement loin, et si Blyth n'est pas mort ou n'a pas pris sa retraite...

– C'est ce que je leur ai dit, triompha Lamar. J'avais simplement oublié son nom. »

La preuve, tout au moins, que Lamar lisait mes rapports.

« Je ne vois pas ce que nous pourrions faire d'autre...

– À part t'envoyer là-bas ! m'asséna Lamar, sans autre préambule.

– Moi ?

– Oui, toi. Tu es officier de police. Tu es un bon enquêteur. Et tu t'entends bien avec les étrangers.

– Les étrangers ? Les Anglais ? M'envoyer moi ? Tu rigoles ?

– Pas le moins du monde. Je suis très sérieux. Et nous sommes tous d'accord pour t'en charger.

– Je ne peux pas, Lamar. Sincèrement. C'est plutôt éloigné de ma juridiction, non ?

– Observateur, c'est tout ce qui te sera demandé. Pas besoin de juridiction. »

La décision était déjà prise. Mon petit drapeau rouge ne m'avait pas trompé. Ils m'avaient tous piégé comme un bleu.

« Rien ne prouve qu'ils admettront ma présence... et j'ai trop à faire ici. »

Les yeux de Lamar brillaient de malice. Il savait exactement à quel point j'étais occupé, depuis une quinzaine de jours.

« Je crois qu'on pourra se passer de toi pendant une semaine ou deux.

– Et je n'ai même pas de passeport. Ça va demander dix jours...

– Ce n'est pas ce que dit Olivia. »

Sur un geste de Lamar, Olivia Young affirma, souriante :

« En vingt-quatre heures, on vous décrochera votre passeport, à Chicago. On l'a déjà fait pour un de nos clients. Un jeu d'enfant.

– Et mes vaccins légaux ? Si jamais je me révèle allergique... »

Olivia éclata de rire.

« Pas de rappels de vaccins pour l'Angleterre ! »

Je commençais à me sentir cerné, coincé de toutes parts.

« Jamais le personnel de police du comté ne m'accordera une permission sans demande déposée depuis trente jours, et je ne peux pas me permettre de perdre quinze jours de paie. »

Ce qui était vrai. Douloureusement vrai. Et ce faux jeton de Lamar : « Je les ai eus au téléphone il y a dix minutes. Par bonheur pour tout le monde, il te reste quinze jours de congé. »

Nos congés étaient sacrés. Absolument intouchables. Je n'en croyais pas mes oreilles.

« Non, pas mes vacances...

– Allons, Carl. Je ne te ferais pas une aussi sale crasse. On va appeler ça "assignation spéciale".

– Quoi ?

– Étant donné que personne ne sait ce qui se passe, qui prouvera que cette affaire n'est pas liée à quelque chose de local ?

– Par exemple ?

– Oh... n'importe quoi. Même le terrorisme n'est pas exclu. Tu le sais aussi bien que moi. Ou bien une question de laboratoires de méthamphétamine. On sait tous les deux qu'il existe plus de labos de méth qu'on ne peut en découvrir. Ou alors, une vieille connaissance qu'elle aurait connue lors de ses années d'étudiante ou quelque chose comme ça.

– Encore plus improbable, Lamar !

– On s'en fout. On s'en foutra jusqu'à ce que tu aies vu tout ce qu'il y avait à voir... là-bas ! »

Soyons honnête. J'en faisais un maximum pour trouver tous les arguments qui me permettraient de ne pas partir, mais d'un autre côté je brûlais de voir comment cette fameuse police métropolitaine fonctionnait et j'étais heureux à l'idée d'aller voir ma fille à Londres. Je me voyais déjà remplir ma vieille valise de frusques disparates. À chaque réponse de Lamar, j'y rajoutais quelque chose. Il faudrait que quelqu'un me prête un parapluie...

« Bien. Si c'est comme ça...

– C'est la seule façon envisageable.

– Par quelle agence de voyage ? »

J'avais quelques pulls potables, mais seulement deux ou trois pantalons assez décontractés. Plus des jeans. Bien sûr.

« Nous avons déjà pris votre billet et fait votre réservation par Internet, expliqua Norm Gunderson. La confirmation a été reçue juste avant que je rejoigne tout le monde. »

Comme il était directeur de l'école, peut-être pourrait-il accorder à ma femme la permission de m'accompagner ? Sue était professeur d'anglais, et puisque j'avais son boss sous la main...

« La réglementation est la même que dans le service du shérif. Pas de permission sans demande antérieure de trente jours. J'ai essayé, croyez-moi. Mais pas moyen de lui assigner une mission spéciale, comme Lamar l'a fait pour vous.

– Naturellement. »

Qu'il aille donc lui-même l'expliquer à Sue !

Ce qu'il avait fait le matin même, alors que je n'étais encore au courant de rien :

« Elle a bien compris que je ne pouvais pas la laisser partir sans demande préalable. On a même étudié la clause de force majeure pour raison familiale, mais rien à faire. Emma n'est pas votre fille.

– OK. Je pars quand ?

– Demain vers 19 heures, dit Lamar. Il faudra que tu y sois deux heures avant le décollage.

– À Cedar Rapids ?

– Non, à Chicago. Aéroport O'Hare.

– Vous pourrez parquer votre voiture chez ma mère, à Evanston, suggéra le révérend Thiese. La navette de l'aéroport vous y cueillera, et vous économiserez un bon paquet en frais de stationnement.

– En plus, précisa Lamar, ça coûterait deux fois plus cher par Dubuque ou Cedar Rapids.

– Voilà, dit Kayla Eder. Les tickets pour la navette et l'embarquement. Ne les perdez pas. Un plan pour passer par chez Ida Thiese, à Skokie, et votre réservation, à l'hôtel de Londres. Ne les perdez pas non plus. »

Je feuilletai les papiers qu'elle me remettait. Tout était parfait. À mon nom et tout.

« Il faut que vous alliez au 33 du boulevard Jackson Ouest, à Chicago, pour y prendre votre passeport. Voilà la liste des pièces que vous devrez présenter. Votre billet d'avion est déjà entre les mains des gens du service passeports. Dans cette petite enveloppe, vous avez deux exemplaires de la photo qui figure sur votre permis de conduire. On a réservé sur American Airlines, à cause de votre taille. Il y a plus d'espace entre les fauteuils. Même si Lufthansa aurait été moins cher. L'atterrissage se fera à l'aéroport d'Heathrow, en plein Londres. Autrement, il aurait fallu que vous alliez à Gatwick et la navette est hors de prix.

– D'accord. »

Je me sentais totalement dépassé. Tout ça n'était plus de mon âge. Mais l'excitation croissante que je sentais grimper au plus profond de mes tripes commençait à me prouver le contraire.

« Votre hôtel est à Kensington, ajouta Olivia. Près des bureaux d'une firme avec laquelle on travaille, et pas trop loin de New Scotland Yard. Trajet facile en métro, également, jusqu'à l'adresse de votre fille, à Highgate.

– Oh ? Très bien. »

Elle, au moins, savait que c'était *New* Scotland Yard.

« J'y descends au moins deux fois par an. Le coin vous plaira, et les transports sont aisément accessibles. Pour seulement soixante-deux livres la nuit.

– Combien en dollars ?

– Actuellement, autour de cent onze.

– Alors, plaisanta Kayla, ne vous payez pas un hamburger parce que vous verrez un sept suivi d'un tiret et de deux zéros. Ça équivaut à près de treize dollars. »

Formidable. Notre attribution, pour les repas, était de quinze dollars. Par jour. Pour trois repas.

Lamar devait lire dans mes pensées car il s'esclaffa : « C'est bon ! Tu peux te permettre de perdre quelques kilos. »

5

Lundi 10 novembre 2003
Chiswick, Londres, Angleterre
21 h 36, GMT

Debout près de la seule fenêtre du minable logement, le jeune homme connu sous le nom d'Hamza regardait à travers une des fentes du rideau. La lumière jaune d'un lampadaire révélait, de l'autre côté de la rue, la présence des trois voitures qui stationnaient à cet endroit depuis près de deux heures. En dehors d'elles, la rue était déserte. Hamza poussa un long soupir qui allégea sa tension interne.

« Rien encore. »

Des sons étouffés parvenaient de la chambre adjacente. Alarmé, il quitta son poste et alla ouvrir la porte.

« Tout va bien ?

– Au poil », haleta Anton, son complice.

Hamza se pencha pour examiner la captive. La respiration d'Emma Schiller était toujours aussi difficile, mais à présent qu'Anton lui avait rattaché les chevilles et se tenait assis sur ses tibias, elle ne pouvait plus donner des coups de pied dans le mur comme elle l'avait fait jusque-là. Ses poignets collés au ruban adhésif et son bâillon n'avaient pas suffi à la maîtriser. Il avait pris sur lui de libérer ses chevilles écorchées par l'action répétée du ruban de plastique. Il était impossible de faire autrement pour la conduire aux toilettes. Elle pouvait manger, en revanche, avec les poignets entravés. Il l'avait bâillonnée aujourd'hui pour la première fois, sachant qu'ils allaient avoir de la visite. Le scotch était probablement plus efficace que le bâillon de tissu, mais ils ne pouvaient pas le lui imposer de façon permanente. Elle était beaucoup plus forte et beaucoup plus résistante qu'il ne l'avait escompté, surtout de la part d'une personne aussi frêle. Secouant la tête, il murmura : « Ça va. Ne lui fais pas de mal. »

Leur mission n'était pas de la torturer, mais de la garder isolée de tous, en aussi bon état que possible.

Anton, irrité, repoussa ses cheveux bruns sur son visage enflammé.

« C'est à elle que tu devrais le dire ! »

S'occuper d'Emma n'était pas une tâche de tout repos. Au début, ils avaient décidé de toujours porter leurs masques de ski en sa présence, mais vingt-quatre heures sur vingt-quatre, c'était trop pénible. Puis ils avaient essayé de lui couvrir le visage d'un grand sac en papier, créant ainsi d'autres problèmes. Pour la nourrir ou l'emmener aux toilettes, ils devaient remettre leurs masques et lui ôter le sien. C'était encore plus difficile qu'ils n'avaient osé le prévoir.

De même que cette consigne d'éviter tout contact sexuel avec la prisonnière, sans lui interdire l'usage de la salle de bains ! Ils avaient tenté de l'y enfermer avec une main collée à la cheville. Le bruit qu'elle avait fait en voulant franchir, malgré cette entrave, la petite fenêtre haut perchée leur avait permis de la rattraper juste à temps. Depuis lors, un des deux entrait avec elle dans la salle de bains, laissant la porte ouverte pour que l'autre pût s'assurer qu'il n'y aurait pas d'attouchements charnels. Même difficulté dans le cas des toilettes, corvée embarrassante pour eux-mêmes et certainement humiliante pour Emma.

Et ce n'était pas tout. Hamza avait découvert, à ses dépens, que leur otage était capable d'exécuter des sortes de ruades pivotantes d'une violence incroyable dont ses cuisses portaient les marques. Alors que Marwan s'était vanté de l'avoir trouvée douce et très sensuelle au lit ! Il y pensait encore lorsqu'elle leur décocha un nouveau coup de pied qui manqua, de justesse, le ventre d'Anton.

« Arrête ! s'étrangla Hamza. Plus de bagarres, je t'en prie ! »

Il était sincère. Terrifié à l'idée qu'Anton pût perdre les pédales et la blesser plus ou moins gravement. Une perspective dont ils auraient à rendre compte !

Hamza s'appelait, de son vrai nom, Jamal Essabar. Il était né à Londres, vingt ans plus tôt, de parents arabes. Son père était comptable, sa mère assistante sociale. Tant politiquement que sur le plan de la religion, ses parents étaient modérés mais souffraient néanmoins des injustices perpétrées contre leurs frères musulmans. Diplômé du King's College en informatique, Hamza possédait aussi une licence d'anglais, un bagage dont il tirait une solide confiance en lui-même. Il avait appris récemment qu'à l'école on l'avait surnommé « le Morveux ». Aucun de ses condisciples ne se hasardait à lui donner ouvertement ce sobriquet, mais il l'avait découvert par la bande, et ne l'avait pas digéré.

Lui-même et son associé Stefan Wentik, dit Anton, avaient été recrutés par Imad deux mois auparavant. Ils l'attendaient, cette nuit, pour enregistrer une dernière cassette et en terminer avec la jeune femme. Un bon débarras ! Pour être remboursés aussi, car ils avaient dû payer de leurs propres deniers la location de ce trou à rats. Un aspect de la question dont ils n'avaient pas parlé à Marwan. Ils étaient censés se dévouer entièrement à la cause, sans en attendre salaire ni félicitations. Hamza connaissait Marwan depuis trois ans et le considérait comme le meilleur prof qu'il eût jamais eu. Son nom de code, il l'avait choisi, sur son exemple, parmi les pilotes kamikazes du 11 Septembre. Malgré cette grande admiration qu'il portait à son mentor, Hamza était déterminé à lui demander des fonds. Il était presque fauché et ne pouvait plus demander d'argent à son père.

« D'après toi, qu'est-ce qu'ils vont en faire, après cette nuit ? »

Anton haussa les épaules.

« L'emmener loin, très loin. Même l'Antarctique sera encore trop près ! »

Hamza hocha la tête. L'Antarctique, peut-être pas. Mais le Bangladesh, par exemple. Le Bangladesh rural. Le Bangladesh cul-terreux. L'idée le fit sourire. Il prononça le nom à mi-voix. Anton s'abstint de lui répondre.

Déçu, Hamza retourna à la fenêtre. Rien n'avait changé entre-temps. Sa copine, Pamela Arpino, aurait apprécié, elle, ce « Bangladesh cul-terreux ». Habitué à la voir tous les jours avant cette prise d'otage, elle lui manquait énormément. Mais laisser Anton seul avec Emma Schiller n'était pas concevable. Même s'il avait évité d'en parler à Pamela.

Un sursaut le parcourut des pieds à la tête. Quelqu'un frappait à la porte. Il alla coller son œil au judas. La lumière du palier était tout juste suffisante pour lui permettre d'identifier l'un des deux hommes. Marwan, la petite cinquantaine, grand, mince, en col roulé sous une veste anthracite. Presque aussi grand mais plus âgé, avec pas mal de kilos en trop, l'autre type avait les cheveux, les sourcils et la moustache gris. Il était en chandail rouge ou marron sous une veste de sport gris clair et portait une serviette de cuir. En leur ouvrant la porte, Hamza aperçut, à l'arrière-plan, un troisième homme posté dans l'entrée de l'immeuble. Il ne connaissait pas l'homme à la serviette et ne tenait pas à le connaître. Il avait compris, déjà, que moins on en savait, moins on courait de risques inutiles.

« Bienvenue, messieurs.

– Hamza, le présenta Marwan. Un de mes collaborateurs. »

M. Kazan acquiesça d'un signe de tête.

« Je veux la voir.

– Naturellement. Par ici. Anton lui tient compagnie.

– Parfait, approuva Kazan. Elle ne doit jamais rester seule. »

Au passage, Hamza intercepta le regard de Marwan et chuchota :

« Paiement ?

– Ne sois pas si cupide, Hamza, articula Northwood-Marwan avec sa diction méticuleuse d'Anglais cultivé. M. Kazan doit vérifier la marchandise et enregistrer la prochaine vidéo. Ensuite, nous réglerons la transaction. Ensuite. Pas avant. »

Marwan, constata Hamza, paraissait aujourd'hui plus impatient, plus excité que d'ordinaire. Il avait failli oublier de mettre son masque avant d'entrer dans la chambre. Étant donné que l'otage le connaissait, cela aurait pu être une catastrophe. Il les suivit dans la pièce voisine alors que son complice dévoilait le visage d'Emma et que le vieux déclarait : « Je suis M. Kazan. »

Attachée, bâillonnée, la captive clignait des yeux, dans la lumière soudaine. Elle avait peur, mais s'efforçait de le cacher.

« Je vais apparaître auprès de vous sur la prochaine cassette. Ce sera un grand plaisir d'être vu à vos côtés. »

À l'oreille de Marwan, il ajouta : « Je veux qu'elle exprime... beaucoup d'émotion, sur cette bande. »

Northwood-Marwan fit un pas en avant, prêt à jouer son rôle. C'était la première fois que la jeune femme le revoyait depuis son enlèvement. Elle reconnut sa silhouette, sa voix, son costume et tenta de parler, sous son bâillon, en se redressant à demi. M. Kazan la repoussa doucement sur sa couche. Le regard d'Emma l'assassinait. Il se pencha pour lui caresser la joue.

« Ce n'est pas de la colère que j'attends de vous. »

Puis, à l'adresse d'Hamza, montrant du doigt la serviette de cuir : « Enfilez-lui ça. »

Le jeune homme, surpris, bafouilla :

« Oh ? On va la laisser s'habiller elle-même.

– Vous allez vous en charger ! »

À la fille : « Debout ! »

Aucune réaction.

« Debout ! répéta Kazan. Vous y avez tout intérêt, si vous voulez revoir votre famille. »

Emma ne bougea pas.

Kazan sortit de sa poche un trousseau de clefs de voiture et franchit le pas qui le séparait de la prisonnière. Il poussa une des clefs sous l'oreille droite d'Emma et lui appliqua une pression violente. La jeune femme émit un cri de douleur étouffé par le ruban plastique qui la muselait. Mais se releva d'un bond.

« Maintenant, habillez-la avec ce que j'ai apporté. »

Hamza ouvrit la serviette.

« Tout ce qu'il y a là-dedans, c'est un vieux sweater et...

– Je ne vous ai pas demandé de me décrire le contenu du sac. Habillez-la, c'est tout.

– Eh bien...

– Faites ce que je vous dis de faire. Avec l'inscription par-devant. »

Hamza déplia le vêtement. Noir sur blanc, l'inscription disait, en capitales d'imprimerie : « Plus de guerres. Plus de mensonges. » Autour du slogan, s'éparpillaient des taches rouges qui devaient représenter le sang répandu. Hamza se racla la gorge.

« Vous croyez que c'est la bonne formule...

– Assez de questions. Faites ce que je vous dis de faire. C'est à votre portée ? Habillez-la. »

Revêtue du sweater, Emma était assise sur une chaise pliante, les mains liées derrière le dos. M. Kazan rectifia calmement la position de sa tête.

« Voilà. La tête bien droite, cette fois-ci. Que la caméra vous voie bien en face. »

Il recula d'un pas afin d'inspecter son ouvrage.

« Parfait. C'est très bien ainsi. »

Il régla la lumière et l'angle de la caméra.

« Qui se charge de filmer ?

– Moi, dit Hamza.

– Vous démarrez quand je vous le dis, et vous stoppez à mon signe.

– Entendu. »

D'une poche intérieure, Kazan tira un masque de coton tressé, d'une faible épaisseur, qu'il arrangea soigneusement sur son visage, s'assurant que ses cheveux n'étaient pas en vue et les fentes des yeux bien en place. Ôtant sa veste, il passa derrière Emma, arracha le ruban adhésif en ordonnant :

« Démarrez !

– Bon Dieu, ça fait mal ! » cria Emma. Puis, en s'adressant à Northwood : « Qu'est-ce que vous foutez ici ? Aidez-moi, Robert, pour l'amour du ciel ! Qu'est-ce que vous foutez avec eux ? Sortez-moi de là ! »

Il ne répondit pas. Kazan frappa Emma à la nuque et jappa : « La ferme ! »

Emma Schiller était ce qu'elle était, mais n'avait rien d'une dégonflée. Même après ces longs jours de captivité, elle n'entendait pas se laisser traiter de cette manière.

« Va te faire foutre, espèce de vieux... »

Un nouveau coup, à la tempe, lui imposa silence.

« Faites ce que je vous dis. Ne me mettez pas en colère. C'est la première fois que vous avez un but dans votre existence pathétique. Alors agissez en conséquence.

– Cessez de la frapper, intervint Northwood. Elle est sans défense. »

Sous son masque, M. Kazan paraissait encore plus redoutable.

« C'est mon travail. Qui est-elle pour vous, sinon un moyen d'action ?

– Je... n'aime pas faire inutilement du mal.

– C'est ce que tu dis à toutes celles que tu baises ? »

La voix d'Emma était plus faible, mais sa volonté demeurait intacte.

Kazan l'empoigna par les cheveux et en tordit lentement une grosse mèche, sur la nuque, l'obligeant à renverser la tête en arrière.

« Arrêtez, vous me faites mal...

– Tant que vous direz des grossièretés...

– Bon Dieu, Robert ! Faites quelque chose ! Venez à mon secours ! »

M. Kazan la frappa de nouveau. Sans cesser de lui tirer les cheveux. Elle hurla.

Hamza accusa ce dernier coup comme s'il l'avait reçu lui-même. Il filmait la scène en souhaitant de toutes ses forces que M. Kazan ne frappe plus Emma.

Anton ne partageait pas cette sensibilité excessive.

Ce fut plus long que le jeune Hamza l'avait espéré. Emma n'y mettait pas du sien. Elle parlait à tort et à travers, interrompait Kazan, s'agitait sur sa chaise.

De guerre lasse, M. Kazan lui fit remettre son bâillon, puis chargea Anton de se coucher aux pieds d'Emma, hors du champ de la caméra, afin de lui immobiliser les chevilles.

« Vous êtes sûr que vous ne pouvez pas réaliser un doublage ? »

Surpris, Hamza soupira :

« Comment ça ?

– Un doublage, répéta Kazan. Synchroniser ma voix. Ce n'est pas dans vos cordes ?

– Pas avec ce matériel. Vous voulez une cassette. Je ferais mieux avec un DVD, mais je n'ai pas ce qu'il faut...

– Ça va, ça va. Continuons. »

Marwan, à bout de force, supplia : « Emma, dites ce qu'il veut. Ce sera la dernière fois, et vous pourrez rentrer chez vous. »

Elle le foudroya du regard.

Il se pencha pour essayer de rétablir, d'une main, un peu d'ordre dans sa chevelure.

« Je vous en prie. Il faut que vous le fassiez. Taisez-vous pendant que M. Kazan lit sa déclaration. Ensuite, vous pourrez partir. »

Sans le quitter des yeux, lentement, Emma exprima son accord.

En cinq minutes, tout fut terminé. M. Kazan avait dit ce qu'il avait à dire aux côtés d'une Emma qui bougeait juste assez pour montrer qu'elle était en vie. Ils n'en exigeaient pas davantage, à ce stade.

Kazan et Northwood-Marwan passèrent dans le salon tandis que les deux jeunes gens rangeaient le matériel et ramenaient Emma sur sa couche. Pâle et malade de honte, le professeur essayait, vainement, de se rendre invisible. Débarrassé de son masque, Kazan s'épongea le front et la nuque à l'aide de son mouchoir avant de s'informer d'un ton chargé d'une ironie incisive :

« Vous allez survivre ou non ?

– Naturellement. »

Northwood se percha, les jambes molles, sur l'accoudoir crasseux d'un des vieux fauteuils.

« Je suis simplement heureux que tout soit terminé.

– Pour moi, c'est terminé. Pas pour vous. Il vous reste une chose à faire.

– Laquelle ?

– Disposer de la femme. Il faut qu'elle disparaisse.

– Qu'elle disparaisse ? C'est hors de question. Vous parlez de la tuer ? Ça n'a jamais été dans le plan. Vous êtes fou !

– Je ne vous demande pas de le faire vous-même mais elle doit mourir. Il ne faudra néanmoins pas le faire avant le 21 de ce mois. J'aurai encore besoin d'elle. »

Northwood-Marwan se remit sur pied, s'approcha de la porte.

« Il n'en a jamais été question. Je ne le permettrai pas. À moins que je ne fasse plus partie de ce groupe, j'y ai toujours mon mot à dire. Elle sera relâchée, comme prévu.

– Sa disparition a toujours été prévue. Et clairement discutée.

– Pas avec moi !

– Exact. Vous n'êtes pas le seul en cause. La date est fixée. Elle mourra ensuite. Vous n'aurez pas à le faire vous-même. »

Indiquant, du menton, la chambre où les deux jeunes gens s'occupaient d'Emma.

« Ceux-là le feront pour vous, si vous leur en donnez l'ordre.

– Pas question !

– Vous connaissez la réponse. Pas avant le 21. C'est primordial. Tout le plan s'écroulera si vous la tuez trop tôt.

– Quel plan ? Pas le mien. Je ne suis pas un tueur. Ce serait un meurtre. Comment convaincrais-je la cour de sa participation volontaire, si elle est déjà morte ? Et la presse ? Un cadavre agissant de son plein gré ? Ne soyez pas stupide. Si je dois continuer à collaborer au mouvement, ce sera à mes conditions, pas aux vôtres. Elle sera libérée...

– Vous trouverez un moyen de faire ce que je vous dis. Les conséquences pour vous-même, en cas d'échec, sont clairement exprimées... »

Marwan se pétrifia sur place. Très claires, en effet.

« C'est une menace ?

– Pas le moins du monde. Ce n'est pas comme si vous deviez le lui expliquer. Si vous avez des problèmes de conscience, amusez-la jusqu'à la date convenue.

– Je n'ai pas l'intention de lui mentir. »

L'éternel sourire de M. Kazan s'élargit encore.

« Mentir ou tuer, quel est le pire ? »

L'esprit en feu, désespérément, le professeur objecta :

« Mais... mais je suis le... le président de ce groupe !

– Eh bien, monsieur le président, riposta Kazan, sarcastique, donnez votre démission. Imad et moi vous rappelons qu'elle doit vivre jusqu'au 21 octobre. C'est notre décision, pas la vôtre. Elle sait que vous l'avez enlevée et amenée ici, elle a certainement vu vos deux... » Après une courte pause : « ... membres du groupe ! Elle devra collaborer jusqu'au bout. Et puis disparaître. Sincèrement, Marwan. Ou Robert. Vous saviez que ça finirait comme ça. Ou bien êtes-vous un tel idéaliste ? »

Northwood-Marwan trouva la force d'éjecter, dans un dernier geste de défi :

« Alors, trouvez quelqu'un d'autre pour faire votre sale boulot !

– Ne soyez pas si trouillard, ironisa froidement M. Kazan. Vous tenez toujours les rênes. Soyez créatif. Soyez versatile. Elle collaborera jusqu'à la fin. Et vous ferez ce qui doit être fait. »

Puis, dans un nouveau sourire : « Ou peut-être mourrez-vous tous ensemble. »

Quand Hamza revint dans le salon-cuisine, M. Kazan se séchait les mains sur l'évier. Il acheva de se recoiffer dans le petit miroir mural et tendit la main.

« Donnez-moi la cassette terminée. »

Northwood-Marwan approuva d'un signe et Hamza s'exécuta.

« Ne nous décevez pas », lança Kazan, à Marwan plus qu'à Hamza.

Il ouvrit la porte. S'assura de la présence, au bout du couloir, de son garde du corps. Ajouta : « Je resterai en contact. » Et s'escamota.

« Ce mec me fout les jetons ! commenta Hamza, après sa sortie.

– C'est le mot qui convient ! »

Northwood-Marwan se sentait de plus en plus mal à l'aise. À deux doigts de vomir. Son cerveau tournait à grande vitesse.

Garder Emma sous clef jusqu'au 21 ? Où ? Comment ? Et surtout comment la sauver ? Il avait besoin de rentrer chez lui et de réfléchir longuement, à tête reposée.

« Quand est-ce qu'on la relâche ? »

Marwan respira profondément.

« Le plan a été changé. Il faut qu'on la garde encore une douzaine de jours. »

Tirant son portefeuille, il y préleva quelques billets.

« Voilà cinq cents livres. Vous veillerez sur elle jusqu'au 21. Pour une quelconque raison que vous n'avez pas à savoir, elle doit rester ici jusqu'au 21 octobre. »

Le plus dur était fait, même si, pas plus que les deux jeunes comparses, il n'avait la moindre idée de la raison pour laquelle Emma devait rester captive jusqu'au 21.

« N'essayez surtout pas de me contacter. »

D'ici au 21, ses pouvoirs de persuasion le tireraient d'affaire d'une façon ou d'une autre.

« C'est moi qui vous convoquerai, avant cette date. »

Hamza avait encore une question qui le cloua sur place.

« Je rêve ou M. Kazan a dit qu'elle allait mourir ? »

Comment se sortir de celle-là ? Son esprit errait d'idée en idée et ne s'arrêtait nulle part. Il avait besoin de temps. Il avait besoin de réfléchir. Et son seul atout était Emma Schiller.

« Il en a évoqué la possibilité. Mais c'est toujours moi qui conduis la voiture. Je vais l'emmener quelque part pour un jour ou deux, et je convaincrai M. Kazan de la libérer. Je vous en soulagerai bientôt. Et quand ce sera fait, il y aura cinq mille livres de plus pour vous deux.

– Doucement, releva Hamza. C'est pas comme ça qu'on a commencé ! »

Il ne souhaitait pas plus d'argent. Cinq mille livres, c'était plus qu'ils n'en attendaient, Anton et lui. Il désirait seulement en finir avec la surveillance d'Emma et lui éviter de souffrir davantage. Il y pensait avec une intensité presque douloureuse.

« Vous avez fait, lui rappela Northwood, serment d'allégeance. À moins que tu ne l'aies oublié ? »

Il y eut un court silence. Puis : « On ne s'est engagé à rien de si... de si terrible. Et comment la garder ici ? Ce n'est pas une pension de famille... »

Hamza se retourna vers Anton, faisant appel à son avis. Et pour la première fois depuis que Northwood-Marwan était entré dans l'appartement, Anton exprima sa façon de penser :

« On peut tout faire si on y met le prix. J'ai entendu Kazan, et je sais comment il raisonne.

– Tu comprends l'anglais ? s'étonna Marwan, stupéfié.

– C'est évident, non ?

– Imad, reprocha Marwan à Hamza, m'a dit qu'il était bulgare. C'est toi qui le lui avais certifié ?

– Oh, il est bulgare !

– Sincèrement ?

– Troisième génération, précisa Anton. Mon grand-père a obtenu l'asile politique en 1947. Juste après la guerre. »

Écœuré, Northwood désigna la porte de la chambre.

« Faites votre boulot. Veillez sur elle jusqu'à nouvel ordre de ma part. Vous ne voudriez pas que je m'adresse à quelqu'un d'autre, non ? Quelqu'un dont la famille n'aurait pas émigré... »

Hamza attrapa l'allusion au vol. Quelqu'un qui aurait été beaucoup plus proche d'al-Qaida et qui commencerait par faire place nette...

« Ça va, Marwan. Tu ne seras pas déçu.

– Je l'ai été une première fois. Veillez à ce qu'il n'y ait pas de récidive. »

Il ouvrit la porte.

« Je veux qu'on reste en bons termes. Kazan représente une force qu'on ne peut pas négliger. Je crois qu'il faut à tout prix suivre ses instructions... »

Et si, pensait-il, Emma pouvait être transférée, en secret, quelque part hors d'atteinte de Kazan et de ses sbires, et qu'il arrive à la persuader de sa loyauté à son égard... N'y avait-il pas là un moyen potentiel de sortir du pétrin ?

« Je vous suggère de ne pas traîner ici. Déménagez aussi rapidement que possible. Dès ce soir si possible. N'annulez pas le loyer. Trouvez un autre appart loin de ce quartier pourri sans laisser à quiconque votre nouvelle adresse.

– Vous voulez qu'on déménage avec elle ?

– C'est exactement ce qu'il faut faire. Discrètement. Sans attirer l'attention. Et n'essayez pas de me joindre. Je vous appellerai avant le 21. Sur votre portable. Aucun contact jusque-là. Compris ?

– Sûr, dit Anton. Le 21. Absolument.

– D'ici là, je convaincrai M. Kazan de prendre d'autres dispositions. »

La porte se referma derrière Marwan.

Dans le silence qui suivit, Hamza respira un bon coup avant d'exhaler :

« Et maintenant, on joue à quoi ?

– Aux cons. En attendant la suite.

– Pas moi. Je n'ai jamais été d'accord pour la tuer. Il s'agissait juste de l'alpaguer et de la leur remettre.

– Mais maintenant, c'est marche ou crève. J'ai pas envie de crever. Et je veux toucher le fric.

– Mais il est pas encore dans la poche...

– Alors, qu'est-ce qu'on fait ? Tu le connais bien, ce mec ?

– Marwan ? Je l'ai rencontré au club.

– C'est pas son vrai nom. »

Hamza réfléchit une seconde. Et décida de mentir.

« Je ne le connais pas. Elle l'a appelé Robert. C'est peut-être ça. Je vais tâcher de me renseigner.

– Et l'autre ? Tu sais qui c'est ?

– Non. Jamais vu avant aujourd'hui. Mais je suis sûr que M. Kazan n'est pas non plus son vrai nom.

– Magnifique ! Eux, ils savent qui on est. »

Avec un geste de dégoût vers la chambre adjacente : « Sans parler d'elle dans la pièce à côté. Une jolie condamnation à perpète, en cas de malheur. Si tu décides de ne pas finir ton boulot, tu leur donnes l'occasion de faire ce qu'ils veulent avec elle. Et ils peuvent nous avoir sans problème. C'est nous qui l'avons enlevée, je te rappelle. »

Les hauts murs d'une réalité sinistre se refermaient autour de Jamal Essabar, dit Hamza.

« Mais...

– Attends que je te le traduise dans une langue que tu comprends. Ou bien on fait à la nana ce qu'ils veulent qu'on lui fasse ou c'est à nous trois qu'ils feront ce qu'ils veulent, OK ?

– On n'aurait jamais dû...

– Boucle-la. C'est une perte de temps. On l'a fait, point à la ligne. Maintenant, on essaie de s'en sortir au mieux. »

De retour chez lui, dans son appartement d'Ashburnham Road, Robert Northwood fit l'inventaire de la situation. C'était quelqu'un qui avait besoin de sentir qu'il avait le contrôle sur une situation mais ce n'était pas vraiment le cas à ce moment-là. D'une façon ou d'une autre, il lui faudrait, d'ici au 21 octobre, convaincre Emma Schiller de marcher avec lui. N'était-il pas son ami, son sauveur, n'avait-il pas été son amant, et combattu de toutes ses forces le nouveau plan des Kazan et consorts ?

Ce ne serait pas le plus difficile. À condition de lui parler, de passer du temps avec elle, voire de la droguer, si nécessaire... Seigneur Dieu !

Il avait lu, dans un vieux polar, que les otages étaient toujours maintenus dans un état de frayeur et d'incertitude afin d'affaiblir leur résistance. Hamza et Anton s'en chargeraient. Qu'elle cuise un bout de temps dans son jus et elle n'en serait que plus heureuse de le revoir. Surtout quand il lui raconterait ce qu'il aurait mijoté afin de lui sauver la vie...

Kazan avait-il vraiment l'intention de la tuer ? Sans aucun doute. Le tuerait-il, lui aussi, s'il ruait dans les brancards ? Même réponse. Ne jamais faire confiance à un Arabe. Qu'il se soit fourré de son propre chef dans cette situation impossible ne lui venait même plus à l'esprit. Il n'avait pas de temps à perdre en considérations négatives de cette sorte.

Préparer, d'abord, les arguments qu'il exposerait à Emma Schiller. Il lui fallait un peu de temps pour ça. On était le lundi 10. Demain et le jeudi 13, il avait ses deux cours hebdomadaires et il n'était pas question de les manquer. Toute absence injustifiée risquerait d'attirer sur lui une attention inopportune.

En revanche, il pouvait prendre un minicongé du vendredi 14 jusqu'au mardi suivant, le 18. Quatre jours pour récupérer les rênes. Presque cinq s'il partait à 15 heures, après ses cours du jeudi. Cinq nuits au chalet de son beau-frère au sud de Bothel, dans la région des lacs. Plus qu'il n'en fallait pour reprendre les choses en mains, y compris Emma Schiller.

Pas un instant, comme toujours, il ne songea que ce beau projet n'était avant tout qu'une fuite aveugle devant une réalité tyrannique et difficile à gérer. Son cerveau ne fonctionnait pas du tout de cette façon-là.

Il appela sa sœur afin de lui demander s'il pourrait squatter leur chalet pendant quelques jours. Permission accordée. Personne d'autre n'était prévu à cette époque de l'année, et le cellier était rempli de conserves. Afin d'éviter toute question, il prétendit qu'il devait corriger la thèse d'un ami et n'y parviendrait jamais s'il le faisait à la maison.

Le vrai problème, bien sûr, ce serait Kazan. Mais dès qu'il aurait Emma sous la main, au chalet du Lac, il se retrouverait en position de force. Il pourrait même appeler la police. Mais l'image de Kazan, Imad, Hamza et des autres témoignant contre lui le mettait mal à l'aise. Il aurait mieux fait d'appeler la police dès maintenant, mais il venait de demander à deux hommes de tuer Emma dans quelques jours. Comment aurait-il pu le nier ? Il lui fallait amener Emma jusqu'à lui, la convaincre qu'il était le nouveau Galahad et espérer que son témoignage le sortirait d'affaire. Et foin des difficultés imprévues qui pourraient surgir entre-temps...

Le plan idéal. Et si quelque indiscrétion filtrait dans la presse... pourquoi pas un livre, un bon gros best-seller qui battrait tous les records de vente ? Il voyait déjà sa photo au dos de la couverture. Il se surprit à sourire, pour la première fois de la journée. À lui le prochain succès littéraire...

Très content de lui-même, Robert Northwood se glissa dans son lit et dormit comme un loir.

6

Lundi 10 novembre 2003
16 h 40, heure légale

Assis sur une chaise du centre de communication, je posai soigneusement ma tasse de café sur la console de l'imprimante.

Sally Wells, ma coordinatrice préférée, me tournait le dos et pianotait furieusement sur le clavier du télétype.

« Je suis à toi tout de suite, Carl. Tu dois vraiment te rendre à Londres ?

– Ouais. »

Elle pressa la touche de transmission et me fit face.

« Qu'est-ce qui te vaut ce coup de veine ?

– C'est une longue histoire et, crois-moi, coup de veine n'est pas le mot qui convient. C'est un peu comme pour ta promotion... »

Elle venait d'être promue chef coordinatrice et se débattait avec un tas de problème d'horaires et de vacances.

« Tu as raison, concéda-t-elle. Tu pars quand ?

– Demain matin. Il me faut tout un tas de numéros d'appel, et toutes les infos en ta possession sur Emma Schiller, sa vie, son œuvre.

– Je ne pense pas avoir grand-chose. Tu as sa date de naissance ?

– Non. Mais elle est un peu plus vieille que Jane. Je dirais 1972... peut-être 1971 ou 1973.

– Merci pour la précision. Je vais voir ce que je peux te sortir.

– Même une blague d'adolescence. Ou un excès de vitesse. Tout ce que je peux emporter à Londres. »

Bizarre de m'entendre dire ça.

« Tu vas vraiment bosser avec Scotland Yard ?

– Il paraît. Et c'est New Scotland Yard depuis près de cent ans.

– Ça ne nous rajeunit pas. Toute infraction enregistrée, même mineure ?

– Et tout cancan que tu aurais entendu, sur elle ou sur sa famille. Je sais déjà que son oncle, Virgil Breckenridge, a pris dix ans pour détournement de fonds, à Saint Louis, voilà des années. C'est le seul membre de la famille qui ait un casier, à ma connaissance. »

Elle s'était remise à pianoter dare-dare.

« Il y a aussi sa cousine... Addie Donnigan. Vous l'avez coffrée, toi et Mike, avec cinq ou six autres personnes pour trafic de méth, l'année dernière.

– Sans blague ! Je ne savais pas qu'Addie était sa cousine. On a toujours des surprises... »

Sally avait changé de visage.

« Tu crois qu'elle est morte ?

– Emma ? J'espère que non.

– Dis la vérité, Carl. Qu'est-ce que tu en penses vraiment ? »

J'y allai mollo :

« Tout est possible. Mais neuf-dix jours après sa disparition, c'est sans doute le pire moment pour me parachuter là-bas. Il est à la fois trop tôt et trop tard.

– Ne sois pas si négatif.

– Moi, négatif ? »

Je m'octroyai une bonne gorgée de café.

« Gentiment pessimiste, c'est tout.

– Moi aussi, je pense qu'elle est morte. Tu as une idée du motif ?

– Aucune idée. Tu le penses vraiment ?

– Malheureusement, oui ! J'ai parié cinq dollars dessus. Qu'est-ce qui pourrait lui être arrivé d'autre ?

– Peut-être une prise d'otage...

– Pas de lettres, pas de coups de fil, pas de demande de rançon, on n'enlève pas les gens pour des prunes, Carl.

– Tu as raison. Contre qui as-tu parié ?

– Norma. Elle est tellement naïve. Et cinq dollars sont déjà ça de pris.

– D'accord, mais juste au cas où tu te tromperais, peut-être me dire tout ce que tu sais sur elle.

– Rien de spécial. Pas un modèle de conduite, d'après la rumeur.

– Comment ça ?

– Eh bien, elle était réputée pour coucher le premier soir. »

C'était rare que Sally me donne des informations que je connaissais déjà.

« Sûre ?

– Il y a eu beaucoup de garçons, j'ai entendu dire.

– Tu plaisantes ? Et comment sais-tu cela ?

– Tu connais ma tante Megan, de Manchester ?

– Oui, vaguement. »

Je l'avais rencontrée une seule fois, quand elle était venue apporter un gâteau de Thanksgiving à Sally, au standard. Les gens d'ici font cette sorte de surprise.

« Sa fille était au collège d'Iowa avec Emma.

– Je ne le savais pas. »

Ni même qu'elle avait une fille.

« Quand la nouvelle est arrivée d'Angleterre, elle m'a téléphoné pour me dire qu'Emma avait toujours été "très demandée" au collège.

– Elle s'appelle comment ?

– Stanton.

– Stanton ? C'est son nom de famille ?

– Non, ballot, c'est son prénom. Stanton Becker. Tu as l'intention de lui parler ?

– Note-la comme source d'infos éventuelle, si besoin est. Portée sur le sexe, ce n'est pas vraiment une exception, de nos jours. Et ça n'en fait pas vraiment un motif, mais on ne sait jamais. Jalousie, peut-être. As-tu déjà entendu parler de frasques avec des hommes mariés ?

– Non ! J'ai juste dit qu'elle était très demandée, mais ce n'était tout de même pas une pute, nom de Dieu ! »

Je faillis m'étrangler en riant.

« Je n'ai pas dit ça.

– La majorité de nos concitoyens de Maitland pensent également qu'elle est morte. D'après les on-dit.

– Eh bien, ça fait de nous un groupe.

– Mais tu sais, s'ils pensent qu'elle est morte...

Ah, tu as raison, ils ne diront rien de mal sur elle.

En tout cas, pas durant les quelques semaines après ses funérailles. Et au sujet de Jane ? Tu n'es pas inquiet au sujet de Jane ? Qu'elles aient été colocataires et tout ? »

Si. On y avait pensé, Sue et moi. Mais Jane, au téléphone, s'était mise en colère. Rien à voir avec elle ni avec Vicky. Peut-être une mauvaise rencontre, dans un de ces pubs que la disparue avait coutume de fréquenter ? Quant à interrompre son stage sous prétexte d'un danger possible, elle n'allait sûrement pas le faire, surtout après s'être donné tout ce mal... En fait, la phrase clef de Jane avait été la suivante : « Eh, p'pa, elle est peut-être simplement en train de s'envoyer en l'air avec un beau mec... »

À Sally, j'avouai notre inquiétude, mais rien n'indiquait un rapport quelconque entre la disparition d'Emma et ses deux compagnes de chambre. Même la police métropolitaine n'avait découvert aucune raison d'évoquer cette hypothèse.

« Je vous comprends, tous les deux. Mais je suis sûre que tu vas être content d'aller voir ta fille de l'autre côté de l'océan...

– Tu as raison, ma grande, mais que je sois auprès d'elle ou pas, Jane est une grande personne qui n'ira pas se fourrer dans des sales coups. Tout ce qui m'ennuie, c'est qu'ils n'aient pas encore déniché le moindre truc susceptible de nous conduire dans une direction quelconque. D'où le classement automatique dans la catégorie "hasard". Un seul indice, un minuscule témoignage, et tout repartirait comme en quarante, mais d'ici là... OK, je repasse demain, avant de partir, pour piquer tes notes. Dès que j'en aurai un, je t'enverrai mon numéro, à Londres...

– Qui aura l'idée de t'appeler là-bas ?

– Tous ceux qui seront assez riches pour payer les communications.

– Ooooh, tu n'as pas honte ?

– Et n'oublie pas de leur envoyer un télétype pour leur annoncer mon arrivée, en précisant bien que je viens les voir au sujet de la disparition d'Emma.

– Déjà fait, il y a une heure, sur l'ordre de Lamar.

– Bravo. Et tâche de m'avoir un numéro que je puisse appeler sur place. Celui de l'enquêteur chargé du dossier serait l'idéal.

– Ça va demander un peu de temps. À cause du décalage horaire.

– Six. Ils ont six heures d'avance sur nous. 4 heures du matin ici égale 10 heures du matin chez eux.

– Pigé.

– Tu ne devrais pas le noter ?

– Je suis encore assez jeune pour m'en souvenir, non ?

– Détends-toi. Et transmets le flambeau à tout le monde. Je ne voudrais pas être réveillé par un "Comment ça va ?" à trois plombes du mat, heure de Londres. »

Avant de rentrer chez moi pour y peaufiner ma valise, je passai la tête dans le bureau de Lamar.

« Rien d'autre ?

– J'espère que tu n'es pas en rogne de partir là-bas ?

– Non. Surpris, simplement. Mais pas d'espoirs disproportionnés. Je suis sûr que je vais faire chou blanc sur toute la ligne.

– Possible, mais ça vaut l'essai.

– Ton attitude me surprend encore plus que tout le reste. »

Je travaillais avec Lamar depuis plus de vingt ans, et cela ne lui ressemblait pas de faire ça.

« Ferme la porte, Carl. Et ne répète pas ce que je vais te dire. »

Même avec la porte fermée, il baissa la voix d'un ton.

« *Primo*, je suis sérieux quand je te dis que ça vaut l'essai. Mais... Rocky va se représenter, et, ce coup-ci, ce sera ric-rac. »

Rocky, c'était Harold Stone, déjà candidat, par deux fois, au poste de shérif. Trois ans auparavant, il avait récolté un nombre de suffrages assez surprenant pour un candidat inexpérimenté qui n'avait jamais porté une étoile de toute sa vie mais racontait aux électeurs que s'il était élu, il laisserait la bride sur le cou de ses hommes, avec consigne de faire simplement « tout ce qui était juste ».

« Lamar. Tu rigoles ?

– Non. Et si tu doutes de ce que tu vas pouvoir faire de bien à Londres, demande-toi si ça te plairait de bosser pour Rocky.

– Tu ne le vois tout de même pas gagner !

– Personne ne pensait que je gagnerais la première fois, moi non plus, tu te rappelles ? »

Si je me rappelais ! L'affaire avait été tangente. Très tangente. Lamar avait triomphé de Burgess, au ballottage, après un suspense ébouriffant.

« Mais Burgess était un gros nul. »

Je regardai Lamar droit dans les yeux.

« J'ai dépassé l'âge de la retraite, Lamar. Si Rocky l'emporte, cette fois, je laisse tomber la carrière de flic ! »

Il s'esclaffa :

« Si Rocky l'emporte, je ne serai plus là pour le voir. Mais les gens de Maitland méritent mieux qu'un Rocky.

– C'est le moins qu'on puisse dire !

– Alors, bon voyage, Carl. Ça ne grèvera pas notre budget d'un dollar. Rocky ne pourra pas en faire un argument. La motion a été approuvée par le Conseil, rien à craindre non plus de ce côté. Et si tout marche bien, tu nous ramèneras des points d'Angleterre. »

Puis, redevenant sérieux :

« Si Rocky émet des critiques, la plupart des personnalités locales lui arracheront la tête !

– C'est pour ça que tu n'y vas pas toi-même ?

– Mes responsabilités sont sur place.

– Quel vieux singe tu fais ! Expert en toutes les grimaces.

– Je me tue à te le répéter.

– Je t'enverrai une carte postale.

– Envoie-moi une carte de leur pont à deux niveaux. J'adore ce truc. Si possible une photo quand il est levé pour laisser passer les bateaux.

– Promis. Je te tiendrai au courant de tout. »

J'ouvrais la porte quand il me fit signe de revenir en arrière.

« Attends, je n'ai pas fini. »

Une fois le battant repoussé, à l'abri de toute oreille indiscrète :

« Tu es d'accord avec moi ? Elle est probablement déjà morte.

– Je suis d'accord avec toi.

– Mais il y a toujours une chance. »

Ce n'était pas vraiment une question. J'y répondis quand même :

« Pas bien grosse, mais en l'absence de toute certitude... Juste une chance infime de la récupérer en vie... Et qui s'amenuise encore de minute en minute.

– S'ils retrouvent le corps, tu m'en informeras en priorité.

– Absolument. Mais bon sang, Lamar, si elle est morte, elle ne sera peut-être pas retrouvée avant des années... si on la retrouve !

– Tu as quinze jours devant toi. Même si tu n'as rien à me dire au sujet d'Emma, parle-nous d'autre chose.

– Quelque chose de professionnel qui te débarrasse de Rocky ?

– Ce serait le plus chouette. Mais il n'y a pas que Rocky. Trouvons ce qui est arrivé à cette gosse. J'ai encore en tête ce putain d'accident de la route qui a tué son père... Bon sang, tu y étais, toi aussi ! »

J'étais même arrivé le premier, mais il avait oublié ce détail. Déjà, il enchaînait :

« Je veux que tu t'assures, en plus, que ce n'est pas lié à quelque chose qui s'est passé ou qui se passe ici, sous le nez de tous.

– Je ferai de mon mieux.

– Et... Carl ?

– Je t'écoute.

– Je ne rigole pas au sujet du terrorisme et de la méth. Surtout de la méth.

– On a eu les deux ! »

Et sur mon élan :

« Tu crois que je devrais emporter une copie du dossier terrorisme pour le montrer aux flics de Londres ?

– Ça ne peut pas nuire. Élimine simplement ce que les féds veulent garder sous cloche. Raconte-leur tout ce que tu veux, mais pas par écrit.

– Alors, il va falloir ouvrir le coffre. »

On disposait d'un coffre-fort à double serrure où l'on gardait sous clef nos petits secrets de jeune fille. Chacun de nous avait la combinaison d'une des serrures.

« On va faire les copies nous-mêmes. Norma n'est pas encore habilitée à lire ces dossiers.

– Judy n'est pas là, demain ? »

Beaucoup plus ancienne que Norma, la petite dernière, Judy pouvait toucher à tout, et j'avais hâte de rentrer chez moi.

« Si. On va lui confier le boulot, et l'envoyer à Londres par courrier. Comme ça, tu n'auras pas besoin de le trimbaler à l'aéroport. »

Excellente idée. Il y avait là-dedans des tas de trucs confidentiels, recherches, perquisitions et autres, et je ne tenais pas à charrier l'ensemble dans mon bagage à main. En plus du poids, des colis se perdent ou bien sont volés, dans tous les aéroports.

Je rapportai à Lamar le peu que j'avais glané sur Emma. Son seul commentaire fut :

« On risque d'apprendre des trucs, dans ce job, qu'on préférerait ne pas savoir.

– Plutôt deux fois qu'une !

– Pense à l'effet que ça nous ferait s'il s'agissait de ta fille ou de la mienne. Toutes ces choses que certains comprennent ou racontent de travers.

– J'espère qu'on ne vivra jamais ça. Ni toi ni moi. »

Lamar l'avait pourtant vécu. En partie. Une de ses nièces avait été assassinée et tout un paquet de révélations malsonnantes sur sa vie privée continuaient d'affecter Lamar. Elles affectaient tout le monde, en réalité. Non qu'elle eût mené une vie particulièrement dissolue mais elle avait simplement tendance à faire des choses bizarres.

J'allais partir pour de bon quand le téléphone s'éclaira dans le bureau voisin. Pas de sonnerie. Elle était débranchée chaque soir pour ne pas déranger le patron. Puis ce fut le tour de l'intercom. On entendit Sally annoncer :

« Lamar ? Carson Hilgenberg au téléphone.

– Merde ! » gémit le shérif en me tendant mon propre dossier.

Carson Hilgenberg était le nouvel avocat général du comté et il avait été élu en remplacement de l'ancien alors que personne d'autre ne briguait l'emploi. C'était un garçon encore jeune et pas très futé, même si ses intentions étaient toujours bonnes. Il était heureusement secondé par une secrétaire à la hauteur qui gérait son emploi du temps, lui procurait les documents adéquats et surveillait même, semblait-il, sa tenue vestimentaire.

« On se revoit demain matin, conclut Lamar. Juste avant que tu partes. Je me demande ce qu'il veut, cette fois-ci. »

Je passai dans mon bureau, avec mon dossier, attrapai le vieil attaché-case dans le casier poussiéreux, y glissai le dossier, auprès d'une barre chocolatée dont j'avais oublié l'existence, et rebouclai la mallette. On ne sait jamais quand on aura besoin d'une bonne barre chocolatée.

Je marchais vers la sortie quand Lamar me rappela :

« Une minute !

– Oui ?

– J'ai une mauvaise nouvelle. »

Comme il venait d'avoir l'avocat général au bout du fil, j'en déduisis que je ne partais plus parce qu'une quelconque affaire portée devant la cour exigeait ma présence effective et que Carson Hilgenberg avait oublié de m'informer.

« Une audience du tribunal ?

– Pire que ça.

– Crache-le, nom d'une pipe.

– Carson Hilgenberg est du voyage.

– Ha ! Ha ! Ha ! Très drôle !

– C'est pas du bidon. Carson Hilgenberg part pour Londres, lui aussi. Il m'avait dit qu'il essaierait, quand on a parlé de toi, hier.

– Tu te fous de moi ou quoi ?

– Je ne pensais pas qu'il y arriverait. Notre unique avocat général... Mais il a un congé à prendre, alors il t'accompagne. Et c'est pas tout.

– Je ne peux pas imaginer plus affreux.

– Vous partagerez la même chambre. Désolé, Carl. C'est juste un de ces trucs qui arrivent... »

Carson Hilgenberg, en fait, se représenterait lui aussi aux prochaines élections. Il avait demandé à Lamar des tuyaux pour organiser sa campagne, s'imaginant sans doute que ce qui marchait pour un shérif marcherait de même pour un proc. Lamar avait commis la double erreur de lui signaler mon départ et d'ajouter que cette enquête autour d'une personne disparue originaire de Maitland serait d'un bon effet politique en période d'élection. D'où la décision de Carson Hilgenberg de m'adjoindre sa douteuse expérience juridique.

« Il a dit qu'il apporterait ainsi au shérif adjoint toute l'assistance légale nécessaire. J'ai essayé de l'en dissuader, mais sans résultat. Il a cinq dossiers en cours pour les trois semaines à venir, mais il a précisé qu'en cas d'urgence le proc d'État serait disponible.

– Pas question, Lamar. Je ne supporte pas cette petite merde.

– Il prend ça sur ses vacances.

– C'est pas une excuse. Il n'est avocat général du comté que depuis un an. Les fonctionnaires du comté n'ont qu'une semaine de congé par an durant les cinq premières années. »

J'étais sûr d'avoir trouvé la parade.

« Il va là-bas en mission. Exactement comme toi. Mais il prend sa semaine de congé pour impressionner les électeurs. En plus de ça, il n'est fonctionnaire du comté qu'à demi puisque le comté ne lui paie qu'une moitié de son salaire. Sa position est parfaitement légitime. »

Lamar souffrait autant que moi.

« Il va falloir que tu le tiennes à l'écart, d'une façon ou d'une autre. On ne peut pas le laisser s'en mêler. C'est absolument impossible.

– Ne compte pas sur moi pour l'enlever des pattes de la police anglaise. Je ne l'ai pas demandé, et je n'ai pas l'intention de veiller sur ses plumes !

– Pense à Emma, suggéra Lamar.

– Ça, c'est déloyal. On ne part pas en expédition. Il faut que tu reparles au Conseil, Lamar. Pas possible qu'il n'y ait rien à faire. »

Il haussa les épaules.

« Carson a été officiellement élu. »

Puis, d'un ton qui excluait toute alternative :

« Je sais que tu es de force à le neutraliser, Carl. »

7

Lundi 10 novembre 2003
17 h 33, heure légale

De retour au bercail, je commençai par appeler notre fille Jane, à Londres. Avec le décalage horaire, je l'attrapai tout juste alors qu'elle allait se mettre au lit. Son « allô » exprimait une certaine lassitude.

« Salut. C'est papa.

– Oh ? Rien de neuf, p'pa. Emma est toujours manquante. Comment va Margaret ?

– En pleine forme. »

Margaret était la petite chienne de Jane, un beagle qu'elle nous avait confié pendant son séjour en Angleterre.

« Je suis navré d'entendre qu'Emma n'est toujours pas revenue. Je serai à Londres vers 9 h 30, le 12 au matin.

– Quoi ? Tu viens ici ? C'est pas possible !

– Assignation spéciale du service.

– Assigné à quoi ? Et m'man ?

– Refusé par l'école. »

Puis, en guise de plaisanterie :

« Assigné à seconder New Scotland Yard, quoi d'autre ?

– Je ne voudrais pas te vexer, p'pa, mais je doute qu'ils aient besoin de toi. »

Dans un éclat de rire, le premier depuis la disparition d'Emma : « Quel aéroport ? Et dans quel hôtel ? »

Je lui donnai tous les renseignements nécessaires. On se retrouverait à l'hôtel vers 15 h 30, après ses cours.

« On fera un dîner en famille. Attends un peu que je l'annonce à Vicky. Elle se fait un mouron terrible au sujet d'Emma.

– Autre chose. Carson Hilgenberg, le nouvel avocat général. Il est du voyage... »

Deuxième éclat de rire. Sans gaîté particulière.

« Tu me fais marcher ? »

Carson était un sujet de conversation fréquent à Maitland.

« Non, non.

– Ton voyage va être long, p'pa. »

Vers 18 h 15, Sue eut un sursaut.

« Je parie que tu n'as pas pensé aux traveller's cheques.

– Oh, merde. »

Les banques fermaient leurs guichets à 16 h 30. Un coup de fil à Allen Jones, de la Banque d'épargne de Northland – un des « conférenciers » qui était présent lors de la petite réunion dans le bureau de Lamar –, et je sautai dans ma voiture. Il me reçut en personne, avec une seule question : « En cent ou en cinquante ? »

J'avais eu l'intention de prélever cinq cents dollars sur notre compte joint, mais Allen me persuada d'en emporter mille. Ce qui laissait un peu moins de quatre cents au crédit du ménage Houseman. Je lui suggérai donc d'en virer mille autres prélevés sur notre compte d'épargne, une opération qui le mettait presque dans le rouge lui aussi.

« Vous avez votre acte de naissance ?

– Foutre non. Il est dans notre compartiment, au sous-sol. »

Un autre coup de fil et Sue rappliqua avec la clef. On ouvrit la boîte, on sortit le document dont Allen me fit faire une photocopie. Tout en posant les problèmes qu'il n'avait pas osé soulever dans le bureau de Lamar.

« Qu'est-ce que vous pensez de ses chances d'être encore en vie, Carl ?

– Dur à dire.

– Non, sincèrement, juste entre nous. »

Je marquai une courte pause.

« Très minces. Elle est trop proche de sa mère pour faire une fugue tardive et la laisser sans nouvelles. »

Sue soupira :

« J'espère que tu te trompes.

– Et moi donc !

– Je suis d'accord, reprit Allen, pour dire qu'elle ne ferait pas ça à sa mère. Si elle est morte, combien leur faudra-t-il de temps, d'après vous, pour retrouver son corps ?

– Question de hasard. L'un des principaux facteurs dépend de la façon dont le corps a été éliminé. Certains... procédés sont plus faciles à déceler que d'autres. »

Il inséra les traveller's cheques porteurs de sa signature dans deux portefeuilles en papier qu'il me tendit.

« Si vous avez besoin de plus, faites-le-moi savoir, Carl. On vous accordera un découvert sans agios en moins de deux heures.

– Merci.

– Et sans poser de questions. Sauf une.

– Laquelle ?

– Si vous devez payer un informateur, dites-le-moi. Sans forcément me donner la raison. Ce ne sera ni un prêt ni un découvert. Je le sortirai directement de mon compte personnel.

– Mon Dieu, Allen, vous n'aurez pas à faire une chose pareille.

– Ce sera ma contribution. Je sais que ce n'est pas un investissement très rentable ! Encore une dernière chose... »

Il rit de bon cœur.

« Ne payez pas plus d'infos que vous n'en aurez besoin. »

On se coucha de très bonne heure pour être en route de bon matin. C'était un horaire normal pour Sue qui avait l'habitude avec son école, mais moi, je me levais rarement avant 10 heures du mat, puisque je prenais mon service à midi.

Impossible de dormir.

« Tu as pensé à deux paires de chaussures ?

– Hon-hon.

– Et à ton parka ? »

Je hais les parkas. Presque autant que les cravates.

« Pas de place. »

Elle m'avait convaincu d'en acheter un, l'année dernière, et je ne l'avais porté qu'une seule fois.

« Je suis sûre qu'il y a toute la place qu'il faut. Je vais le ranger dans ta valise.

– Je n'aurai pas besoin d'un parka.

– Oh que si. Fais-moi confiance. Je veux que tu te sentes à l'aise. Là-bas, on s'habille mieux... que tu ne t'habilles en général. »

Sue avait digéré sa déception de ne pouvoir m'accompagner, et rit franchement quand elle apprit pour Hilgenberg.

« Ta ceinture marron aussi. Pour aller avec ton pantalon beige. »

Je murmurai dans l'obscurité :

« Si tu essayais plutôt de trouver le sommeil...

– C'est toi qui devrais dormir. Ce n'est pas ton heure habituelle. Tu es sûr d'avoir ton passeport ?

– À Chicago, on l'obtient dans la journée. C'est pourquoi je dois me lever si tôt.

– Lamar t'y conduit ?

– Quoi ?

– Je te demande...

– Seigneur Dieu ! Je ne peux pas laisser ma voiture-patrouille à Chicago pendant quinze jours, et encore moins la nôtre... »

J'allumai ma lampe de chevet et décrochai le téléphone.

« Heureusement que tu penses à tout.

– J'essaie. »

Modeste, avec ça. J'appelai le bureau et identifiai la voix au bout du fil.

« Betty ? C'est Houseman.

– Tu devrais dormir.

– Je sais que tu appelles Lamar à 6 heures. Demande-lui s'il veut bien me conduire à Chicago...

– Une minute. »

Je l'entendis feuilleter des papiers, puis, moins d'une minute plus tard :

« Je viens de l'apprendre par ma collègue voilà trois quarts d'heure : tu vas à Chicago dans la voiture de Carson Hilgenberg.

– Oh ? Formidable ! répondis-je avec un manque d'enthousiasme qui fit pouffer Betty.

– Je dirai à Lamar que tu as appelé.

– Merci. »

Elle ajouta que Carson passerait me prendre à 8 heures.

« Enchanté. »

Mais le ton n'y était pas. Je raccrochai alors que Sue désirait savoir : « Tu as l'air tout bizarre. Qu'est-ce qu'il y a ? »

Je le lui dis. Elle trouva ça encore plus drôle. Quelques instants plus tard, alors que je commençais à plonger dans le coaltar, elle me recommanda :

« Ne distrais pas trop Jane de ses études. Elle n'aimerait pas ça.

– Bien sûr que non.

– Et veille à sa sécurité.

– Ça va de soi. »

J'étais, de nouveau, totalement réveillé.

« Rien n'indique qu'il puisse exister un lien quelconque entre Jane et la disparition d'Emma. Il y a juste une possibilité que Jane soit au courant de quelque détail.

– Si tu tombes sur une raison de t'inquiéter, tu nous la renvoies à la maison, en vitesse. »

Je glissai mon bras sous sa tête.

« J'ai commencé à m'inquiéter en apprenant que sa copine avait disparu. Mais il faut voir les choses comme elles sont. Elle est majeure et vaccinée. Je ne pourrai pas "nous la renvoyer", comme tu dis. Seulement le lui suggérer fermement. Ça te rassure ?

– Beaucoup. »

Dix minutes plus tard, environ, alors que je replongeais, elle articula : « Emma est morte, pas vrai ? »

J'étais déjà trop reparti dans les vapes pour lui répondre autre chose que :

« Sûrement.

– Quoi ? »

Ce fut une longue nuit.

Elle n'oublia pas le parka. Elle parvint à le caser dans la valise. Je ne sais pas comment, mais il y était. Je savais déjà que je ne pourrais pas l'y remettre à mon retour.

Carson Hilgenberg klaxonna vers 8 h 20, derrière chez moi. Sue était partie pour l'école, en me renouvelant ses recommandations pour la sécurité de Jane et en me répétant que je devais la persuader de quitter Londres s'il le fallait. Comme si je pouvais l'obliger à faire ça...

Je chargeai ma valise et mon sac à dos dans la Ford Expédition de Carson.

« Embarquez, mon vieux. Et vogue la galère... »

Il devait avoir vingt-six ou vingt-sept ans. Ce qui signifiait qu'il avait environ trente ans de moins que moi. Élu à un poste dont personne ne voulait, il avait fait son droit au radar et loupé une première fois l'examen du barreau d'Iowa, pour finalement être reçu au deuxième essai, il y avait de ça deux ans. J'avais tendance, prétendait Sue, à le qualifier de débile un peu trop souvent. Lorsqu'elle m'avait demandé de citer les deux personnes qui, selon moi, méritaient cette épithète, je lui avais répondu : « Carson Hilgenberg et Carson Hilgenberg. »

Un mot tout de même en sa faveur : il était débile au sens le plus large du terme, mais il était gentil, amical et pas du tout désagréable. Plutôt bien élevé, il était toujours à côté de ses pompes, et possédait un sens de la cordialité et de la convivialité parfois désarmant. C'était impossible de le détester, même s'il vous portait sur le système en quasi-permanence. Un de ces types qui vous irritent sans qu'on sache très bien pourquoi.

« Salut, Carson.

– Je crois qu'on ne va pas se déplacer pour rien chez les Angliches, non ?

– Espérons-le. »

J'essayais de boucler ma ceinture de sécurité quand il démarra en catapulte, sans même me laisser le temps de refermer la portière. Tout à fait son style. Jusqu'à Chicago, il me régala de ses souvenirs de la fac de droit. J'étais passionné. Durant une de ses rares accalmies, j'avouai mes inquiétudes au sujet de mon passeport.

« Ho, Carl, vous inquiétez pas, c'est du tout cuit. J'ai un de mes frères de fac qui l'a eu de cette façon-là. Pas de problème.

– Heureux de l'entendre.

– C'est la fois où on est allés en Italie. »

Et il commença à me raconter l'Europe, l'hôtellerie, la restauration, les bons vins de France et les parties fines avec les élèves non encore diplômées.

« J'étais un peu leur guide touristique. En plus de l'assistant de leur instructeur.

– Et il vous autorisait à sauter ses ouailles ?

– C'était ma tournée d'éducation sexuelle. Mais ce n'était pas moi qui prenais les cours.

– Je vois. Donc en France et en Italie ?

– En Angleterre aussi. Dans le pays de Galles. Vous avez un coin de prédilection là-bas, Carl ?

– Jamais quitté les États-Unis.

– Sans blague ?

– Notre fille est à Londres. On comptait aller la voir après ma retraite.

– Une ville que vous aimeriez, c'est Assise. »

Je savais que c'était en Italie. Sa description nous emmena jusqu'à la 53 Jackson West. Rien à voir, sans doute, avec ses voyages en Europe, mais j'étais heureux de sa connaissance impeccable de Chicago. Je n'aurais jamais trouvé sans lui. Il avait raison. C'était du tout cuit. Moins d'une heure pour ressortir avec le passeport en poche.

Résultat des courses, on atteignit l'aéroport à 15 h 30, pour un vol qui décollait quatre heures plus tard. Enregistrement des bagages, recherche du portail d'embarquement, détection des objets métalliques.

« Même pas de revolver ? »

Carson n'en revenait pas. Et j'étais heureux d'avoir placé mon badge sur le plateau.

« Pas d'arme de service pour prendre l'avion ! »

Ce qui n'empêcha pas le bidule de s'emballer sur mon passage. Je me retrouvai donc assis sur une chaise de bois, exploré au détecteur à main et sommé d'ôter mes chaussures.

« C'est l'étui de mes lunettes de lecture. Il est en acier. J'ai oublié de le sortir de ma poche de chemise.

– Voyons un peu », trancha l'homme de la sécurité.

C'était bien ça, comme de juste. Carson, passé sans incident, essaya de m'être utile en lançant :

« J'aurais parié que c'était votre badge. »

Le gars de la sécurité eut un sourire.

« Vous êtes flic ?

– Moi, oui. Pas lui. Il est avocat.

– Vraiment ? Je ne m'en serais pas douté. »

Une déclaration qui m'apporta un certain réconfort.

On parcourut tranquillement à pied quelques centaines de mètres jusqu'au portail K 12, entre des magasins, restaurants et bars de toutes sortes.

« Cet aéroport, dis-je à Carson, ressemble à un grand centre commercial, avec des avions à l'arrière-plan. »

Il apprécia la comparaison.

On s'installa dans le hall d'attente, avec des sandwiches et du café noir hors de prix, en discutant à bâtons rompus de l'objectif du voyage.

« Vous savez, Carl, opina Carson, je parie qu'elle est morte.

– Qui ça, Emma ? »

Bien sûr, Emma. Restons courtois.

« Je ne sais pas ce que vous en pensez, mais pour moi, elle gît quelque part au fond d'un marais ou d'une quelconque pièce d'eau. Il faudra des années pour la récupérer. »

En baissant la voix :

« Vous vous souvenez de cette famille de je ne sais plus quelle lande d'Écosse qui mangeait carrément ses victimes ? Incroyable, non ? »

Le café était à peine buvable.

« Pourquoi venez-vous, si vous êtes certain qu'elle est morte ?

– Hé, grand chef, c'est la chance de ma vie. Quelques vérifications de routine, et tout le temps du monde pour se balader. Aux frais du service public ! »

Le mot « balader » en disait long sur sa conscience professionnelle.

« Peut-être bien que oui. Mais c'est tout le contraire d'un voyage d'agrément. On a des tas de choses à faire. On risque d'être très occupés nuit et jour. »

Il avait sans doute raison mais j'espérais tout de même qu'il se trompait. Et je n'appréciais pas son attitude.

« Vous, Carl, je ne sais pas. Mon intention est de passer une heure à Scotland Yard, d'écouter leur rapport et d'attendre les événements. S'ils découvrent quoi que ce soit, ils nous rappellent...

– C'est New Scotland Yard.

– Quoi ? »

Je lui expliquai le distinguo.

« Oh ?

– C'est toujours mieux d'utiliser les termes corrects...

– Ouais, merci. Hé, vous croyez qu'il y a des restos de la chaîne Hooters, à Londres ?

– Non, je ne le pense pas...

– Dommage. Je m'en assurerai à l'arrivée. Ils font ces sandwiches au tartare et au fromage... Vous y avez goûté ?

– Bien peur que non.

– Et leur sandwich cubain ? »

Je secouai la tête.

« Vous n'avez jamais déjeuné dans un Hooters ?

– Non.

– Et dans un Cinnabon ?

– Non plus.

– Vous avez de la veine. Il y en a un juste derrière nous. »

On remorqua nos bagages jusqu'à la terrasse en question et je me retrouvai bientôt avec un énorme panini à la cannelle absolument délicieux qui me réconcilia un tantinet avec l'existence. Carson ouvrit son ordinateur portable afin de consulter ses e-mails.

« Cela marche sans fil. Je ne peux vraiment plus m'en passer. »

Le mien, dans mon sac de gym posé à mes pieds, réclamait toujours une prise de courant.

Pas de messages, apparemment. Il replia l'engin, balaya les miettes qui traînaient sur sa carrosserie.

« On ne nettoie pas souvent les tables dans cette gargote. C'est parce qu'ils partagent l'espace avec d'autres concessions. Un problème juridique. »

Non sans s'essuyer la bouche avec une serviette en papier :

« Je souhaite qu'on trouve quelque chose, une fois qu'on y sera.

– Au sujet d'Emma ?

– Ouais.

– Moi aussi.

– Vous savez, j'ai ouï-dire qu'elle avait deux colocataires. Je pourrai peut-être m'en choper une ?

– Rien qu'une, si vous savez ce qui est bon pour vous. »

Et sous son regard interrogateur : « Une des deux est ma fille. »

Il était incorrigible.

« Mais je pourrai draguer l'autre ?

– Seulement l'autre, si vous tenez à voir vos trente ans. »

La foule, autour de nous, changeait à peu près toutes les quarante-cinq minutes. L'heure de notre vol approchant, je commençai à chercher du regard les éventuels détourneurs d'avion ou porteurs de bombes. Ce n'est pas franchement une saine occupation dans la mesure où, quand on essaie de repérer des suspects, on en trouve forcément, sans aucune assurance de tomber sur les bons. Mais ce petit jeu me donna une idée.

« Regardez ce type, Carson. Le mal rasé mal fringué avec son petit sac. Est-ce que vous lui trouvez l'air d'un pirate ? Je parle très sérieusement.

– Eh bien...

– Observez-le attentivement.

– Bon Dieu, Carl, vous avez raison ! Vous croyez qu'on devrait le signaler ?

– Oh, non. Regardez maintenant la fille, à sa droite, dans la rangée de derrière. Beaucoup de kamikazes sont des femmes, en cette triste époque. Avec la tenue qu'elle a, elle pourrait en cacher des choses dans ses poches... Ou dans ses cheveux...

– Vous ne le pensez pas vraiment... Non, non, d'ailleurs elle est passée au détecteur, comme tout le monde.

– Mais un complice a pu lui refiler quelque chose par-dessus le comptoir. Ils ne vérifient pas les employés de l'aéroport aussi bien que les passagers. »

Je commençais à m'amuser comme un grand.

« Quoique dans le genre suspect, j'élirais plutôt le barbu au sac à dos. Vous le voyez ? On dirait qu'il se planque derrière ce pilier...

– Eh merde !

– Je vais dormir un peu. Surveillez tous ces gens-là. Vous me réveillez à la moindre alerte.

– OK.

– Donnez-moi une petite demi-heure. »

Là-dessus, je me tassai sur mon siège et fermai les yeux, laissant Carson à ses doutes. Pas moyen de dormir vraiment, mais au moins il fermait sa gueule.

Notre avion était un 777. Un gros appareil. On transporta nos bagages à main jusqu'à la classe économique, places 24 D et E. La deuxième et la troisième dans une rangée de cinq. Difficiles à atteindre et d'un confort plus que relatif. Moins de dix centimètres d'inclinaison dans le dossier.

« Combien d'heures de vol ?

– Sept. Un peu plus, un peu moins.

– Merveilleux. »

J'étais au milieu. Carson, à ma gauche, parut littéralement enchanté de trouver une belle Anglaise entre lui et l'allée. Il lia conversation en un temps record, insistant sur sa qualité d'avocat général, non seulement du comté de Nation, mais de tout l'État d'Iowa. Elle sembla très impressionnée. Bien qu'éprouvant de la pitié à son égard, c'était pour Carson la distraction rêvée.

Sept heures et trente minutes plus tard, on atterrit à l'aéroport d'Heathrow, Londres. Selon mon horloge biologique, il était à peu près 3 heures du matin. Selon l'heure du méridien de Greenwich, il était 9 heures et la journée commençait. On en avait gagné une. On était le 12 et, d'après mes jambes, il était temps d'aller à l'hôpital.

8

Mercredi 12 novembre 2003
10 h 26, GMT

Tout se passa beaucoup mieux que je ne m'y attendais. Deux heures après l'atterrissage, on était à notre hôtel, occupés à défaire nos valises. Toutes mes inquiétudes au sujet de mon passeport semblaient bien insignifiantes, après coup. Seulement deux questions m'avaient été posées à mon débarquement sur le sol britannique.

La première sur le but de mon voyage. Travail ou tourisme.

« Travail.

– De quelle nature ?

– Je suis officier de police et j'ai rendez-vous ici avec New Scotland Yard. »

En possession de mon badge et de ma carte d'identité, l'homme juché sur le petit podium n'en avait pas demandé davantage, mais il avait fallu que j'attende Carson empêtré dans une histoire de mission officielle et confidentielle. Pas d'erreur, il était très doué !

« Vous voulez quel plumard ? »

Il désigna le plus éloigné de la fenêtre.

« Celui-là... si ça vous est égal ?

– Complètement. Rendez-vous dans quatre heures. »

Le temps de m'allonger, il n'y avait plus personne.

Je me réveillai à 13 h 22, heure locale. 1 h 30 de l'après-midi. Génial. Mais j'aurais du mal à dormir ce soir. En outre, je mourais de faim, j'avais mal dans le dos, et Carson brillait par son absence.

Je pris une douche, m'habillai et me sentis déjà un peu mieux. En ouvrant les rideaux, je vis le joli parc de Kensington et une grande bâtisse de brique rouge dont je me promis de demander l'historique.

Nous étions au cinquième étage du Thistle de Kensington, dans High Street. Un groupe de gosses ayant approximativement l'âge d'être en quatrième attendaient le moment de la traverser. Ils portaient tous le même costume, jupes ou shorts verts, vestes assorties. Deux femmes les accompagnaient, en gilets fluo. Ils traversèrent au changement de couleur et disparurent sous les arbres, à l'intérieur du parc. C'était la première fois que je voyais de vrais écoliers anglais. Cool.

J'ouvris la fenêtre. Il devait faire à peu près dix-huit degrés et le ciel était partiellement dégagé. Ce n'était pas exactement ce qu'on m'avait annoncé sur la pluie et le froid perpétuels. À ma droite, un svelte clocher d'or pointait entre les arbres. Un autre renseignement à recueillir. Quand je rentrerais, je voulais pouvoir raconter ce que j'aurais vu. Il me faudrait une bonne carte touristique.

J'achevais de m'imprégner de l'idée que j'étais à Londres quand Carson fit son entrée, les bras chargés de sacs.

« Hé, vous êtes réveillé ?

– Apparemment. Où étiez-vous donc ?

– Parti faire des courses dans un petit magasin à deux pas d'ici. Je rapporte du vin, des boissons gazeuses, des biscuits secs et du fromage. »

Il remontait un peu dans mon estime.

« Laissez-moi vous dire, Carl, qu'on n'est plus en Iowa. Les femmes d'ici sont incroyables. J'en ai croisé une douzaine d'un mètre quatre-vingts, blondes, absolument splendides. En moins d'une heure.

– Content pour vous.

– Sincèrement, grand chef. Je n'avais jamais réalisé à quel point j'aimerais la vie citadine.

– Vous avez appelé New Scotland Yard ? »

J'espérais bien que non, mais il fallait que je m'en assure avant d'appeler moi-même.

« Non. J'ai préféré vous attendre. On ne fera ça que demain, non ?

– Sûrement pas. On commence tout de suite. »

Première surprise : le numéro que m'avait donné Sally était celui d'un standard général, à New Scotland Yard. Je demandai le service des personnes disparues et tombai sur un officier du nom de Garret qui me dit que son service tout entier travaillait sur l'affaire. Puis il voulut savoir qui j'étais et pourquoi je m'intéressais à ce dossier précis.

L'explication demanda plusieurs minutes. Il me répondait très courtoisement, mais l'ensemble de sa conversation dégageait un net parfum de « qu'est-ce que ce type vient foutre dans nos pattes ? » Je n'étais pas choqué dans la mesure où s'il avait posé la question, je n'aurais su que lui répondre.

Finalement, on m'informa que l'officier Trowbridge nous recevrait le lendemain matin. Je notai le numéro du service des personnes disparues, leur donnai celui de l'hôtel, et ce fut tout pour ce premier soir !

« Alors ? questionna Carson.

– Ça ne va pas être facile. Le type avait l'air un peu, comment dirais-je... éberlué ! Il est vrai que, à leur place, je réagirais sans doute de la même manière.

– Pourquoi ?

– Je suis sûr qu'ils ne trouveraient même pas l'Iowa sur une carte. Mais ils savent que c'est à l'autre bout de la planète et tout ça pour une affaire sans trace de crime ni de violence... pour le moment.

– Elle a disparu, non ? »

Je m'emparai d'un biscuit.

« Mais rien ne prouve que ce ne soit pas de son plein gré. Il doit y avoir des centaines de personnes qui disparaissent dans une ville de cette taille.

– Et qui réapparaissent, pour la plupart, ou sont retrouvées d'une façon ou d'une autre.

– Bien sûr.

– Combien de temps, en moyenne, avant de pouvoir conclure que rien de fâcheux ne leur est arrivé ?

– Bonne question. Beaucoup moins de temps, je pense, que dans le cas d'Emma Schiller.

– Je suppose qu'il n'y a encore aucun avocat général assigné au dossier ? »

Dur dur de ne pas envoyer une vanne en réponse à ce genre de déclaration. Après tout, il n'y avait encore aucun crime évident. Absurde d'assigner un avocat général à une affaire qui n'existe pas encore. Mais je me bornai à répondre : « Non, certainement pas. »

Peut-être n'était-il pas si débile, après tout ? Juste équipé d'un cerveau qui fonctionnait autrement.

« Alors, on y va demain tous les deux, à leur commissariat ? »

New Scotland Yard n'était sans doute pas exactement un « commissariat », mais je la laissai filer aussi, celle-là. Il était avocat général. Proc. Pas flic.

« Il vaut mieux qu'on y aille ensemble, effectivement. Deux pour le prix d'un. Ils nous prendront sans doute un peu plus au sérieux. »

Cinq minutes plus tard, à tout casser, le téléphone sonna. Jane ? Malheureusement pas. Un certain inspecteur Whitcomb annonçait sa visite en compagnie d'un sergent, d'ici à moins d'un quart d'heure. Rendez-vous en bas, dans le grand hall, si nous étions d'accord.

« Naturellement. Pas de problème.

– Parfait. À tout de suite. »

Je transmis la nouvelle à Carson qui estima que c'était bon signe.

« Oui. Je l'espère aussi.

– C'est tout ce que ça vous inspire ?

– Voyons d'abord comment ça va se passer. »

Le grand hall de l'hôtel comportait une vaste salle de repos meublée de fauteuils confortables réunis par trois ou par quatre autour de petites tables. Thé ou café à toute heure. Sue aimerait cette ambiance. Un luxe discret, d'autant plus évident que Carson et moi étions seuls dans la salle.

Bientôt, deux hommes entrèrent, en parka, et se dirigèrent droit vers nous. Taille moyenne, bon physique, l'air assuré. Trente et quarante ans, ou quelque part entre les deux. Des flics. Sans aucun doute.

« Monsieur Houseman ? » s'informa le plus jeune.

Je me levai. Il y avait vingt bons centimètres entre lui et moi. Et près de cinquante kilos, par-dessus le marché. Je lui tendis la main.

« Je suis Houseman. Et voilà Carson Hilgenberg.

– Inspecteur Whitcomb, riposta-t-il en sortant sa carte. Et sergent Trowbridge. »

On se serra la main. Un garçon essuyait une table, à courte distance.

« Deux thés, je vous prie. »

On s'installa autour d'une table.

« Le sergent Trowbridge m'a dit que vous étiez shérif ? »

Avec une sorte d'amusement sous-jacent, presque imperceptible.

« Shérif adjoint du comté de Nation, en Iowa. »

Je lui présentai mon badge.

« Carson est l'avocat général de notre comté.

– Ah, un juriste. »

Whitcomb examina mon badge, et me le rendit.

« Très joli. Et c'est vraiment une étoile. J'ai toujours associé les shérifs américains aux cow-boys et aux fusillades entre vachers. Ce n'est plus exactement comme ça, j'imagine ?

– Non. Ou bien rarement. Et nous ne montons plus à cheval. »

Il sourit.

« J'ai cru comprendre que vous vous intéressiez à une affaire de personne disparue, c'est exact ?

– Une jeune femme de notre comté, du nom d'Emma Schiller. »

Le sergent Trowbridge cita le nom en même temps que moi.

« Un nom qui nous est à tous familier, commenta Whitcomb. La question qui se pose et qui nous intrigue, c'est pourquoi vous a-t-on expédié ici alors que rien encore ne tend à prouver qu'un crime ait été commis ?

– Nous avons tenté de vous l'expliquer dans un télétype envoyé par l'intermédiaire d'Interpol. Il est arrivé ce matin, je crois. »

Whitcomb regarda Trowbridge.

« Exact, sergent ?

– Exact. J'ai demandé les infos de routine après l'appel du shérif Houseman, ce matin. Le centre de communication me les a fournies.

– Interpol, distilla Whitcomb, est notoirement lent. Quand ce télétype est-il parti ?

– J'ignore la date exacte. Il y a trois ou quatre jours.

– Vous voyez ? Ils offraient leur assistance, mais ne mentionnaient pas votre arrivée imminente. »

Je fis un petit effort pour détendre un peu l'atmosphère.

« Ce sera pour la semaine prochaine. En attendant... »

J'expliquai les événements qui avaient décidé de notre voyage à Londres.

« Politique locale ?

– Partiellement. Mais mon shérif est profondément affecté par la disparition d'Emma. Nous le sommes tous.

– C'est bien compréhensible. »

Whitcomb parut se souvenir d'un détail.

« Ah, le sergent Trowbridge m'a signalé que vous portiez le même nom qu'une des colocataires de la jeune femme disparue. Appartiendrait-elle à votre famille ?

– Jane Houseman est ma fille.

– Ah. Une autre source d'intérêt pour cette affaire. »

Las peut-être de se sentir exclu, Carson intervint :

« Nous connaissions tous Emma.

– C'est bien normal, approuva Whitcomb. Et c'est sympa de votre part d'être venus nous aider. Mais je ne saurais trop vous déconseiller de poser des questions à la ronde. Si quelqu'un refuse de vous répondre, n'insistez pas. Ce pourrait être pris pour du harcèlement, surtout que vous êtes très loin de votre juridiction... Et s'il s'avère qu'il y a eu crime, vous ne pourriez que brouiller le tableau, voire empêcher l'enquête d'aboutir.

– J'en suis parfaitement conscient. Croyez-moi. Je sais aussi que, dans le cas d'une piste à suivre, toute intervention inopportune risquerait de dissuader un ou plusieurs témoins éventuels.

– Très juste ! » souligna le sergent Trowbridge.

Approbation spontanée qui lui valut un regard éloquent de son supérieur. Je notai sur mes tablettes mentales qu'il n'était pas impossible que Trowbridge eût trouvé quelque chose.

« Juste pour la bonne règle, reprit Whitcomb, vous n'avez emporté aucune arme à feu ?

– Bien sûr que non. Nous n'aurions jamais fait quelque chose d'aussi contraire à la loi.

– Bien ce que je pensais. Les armes à feu sont illégales sur le sol britannique. Parfait. Trowbridge vous a apporté une copie de son rapport. Vous allez en prendre connaissance et rappeler le sergent, si vous désirez lui poser des questions. »

Je le remerciai en m'emparant de l'enveloppe que me remettait Trowbridge.

« Vous avez trouvé quelque chose ? »

Je voulais observer sa réaction. Était-ce une illusion ou l'expression du sergent, sa façon de hocher la tête n'avaient-elles pas préparé une réponse affirmative ? Tuée dans l'œuf par l'intervention de l'inspecteur Whitcomb : « Pas vraiment. Mais soyez bien sûrs que nous restons sur la brèche... »

Je me grouillai d'enchaîner : « On a tout de même l'intention de parler aux gars qui étaient dans ce bistrot le soir où elle a été vue, bien en vie, pour la dernière fois. Ainsi qu'à quelques-uns de ses condisciples, si possible. Et bien sûr à ses colocataires. Ma fille ne refusera pas de me répondre. Une partie de notre... mandat consiste à nous assurer qu'il n'existe aucune connexion avec quoi que ce soit qui se serait produit récemment de l'autre côté de l'Atlantique. »

J'avais une bonne raison d'évoquer cette éventualité. Leur inspirer une certaine curiosité, d'abord, et s'ils nous cachaient quelque chose, les pousser, peut-être, à nous proposer un marché. Donnant donnant, un principe qui a cours dans la police comme ailleurs. Pas dans l'immédiat, sans doute, mais s'ils piétinaient sur place, ils se souviendraient, à contretemps, de la connexion américaine.

Beaucoup plus tôt que je ne l'escomptais, Whitcomb releva :

« À quel... genre de connexion pensez-vous ?

– Oh, notre comté a par exemple la réputation d'être une des sources majeures de méthamphétamine. On ne sait jamais si quelque producteur n'en a pas doublé un autre et s'il n'y a pas entre eux... disons une querelle de territoire.

– À l'échelle internationale ? »

Whitcomb était carrément sceptique.

« Pas impossible. Nous avons là des producteurs-dealers dont les revenus se chiffrent, chaque année, en centaines de milliers de dollars. Ils se font payer en cash, en ecstasy, en héroïne... voire en sexe, mais, je le subodore, sur un plan strictement local. »

Carson et Trowbridge honorèrent ma faible facétie d'un bref ricanement. Pas Whitcomb. J'ajoutai sans trop appuyer :

« Difficile de préciser. L'unique connexion internationale qu'on ait pu prouver, ces trois-quatre dernières années, était avec le Danemark !

– J'en suis stupéfié », confessa Whitcomb.

Et il paraissait sincère.

« Pas autant que nous ! »

Cette fois, tout le monde s'esclaffa en chœur, et Trowbridge relança :

« Vous pensez qu'Emma Schiller pourrait être impliquée dans un trafic de drogue ?

– Pas que je sache. Et pourtant, nos archives sont riches ! Se droguait-elle personnellement ? Je l'ignore. Si vous le désirez, je vais en discuter avec ma fille. Elle a pu voir quelque chose...

– J'ai déjà posé la question, affirma Trowbridge. Et je n'ai rencontré que réticence. Vous savez ce que c'est... »

Si je le savais ! Personne ne veut dénoncer un ami. Encore moins médire d'une morte. C'est un réflexe universel. Jane et Vicky n'échappaient sûrement pas à la règle.

Pour la seconde fois, Carson éprouva le besoin d'ajouter son grain de sel.

« Bon an mal an, on doit vous signaler des centaines de disparitions.

– Des milliers, rectifia Trowbridge. Et sur cent personnes disparues, quatre-vingt-dix-neuf rentrent tout simplement chez elles au bout de quelques jours.

– C'est encourageant, explosa Carson. Pas vrai, Carl ?

– Très ! »

Mais aux yeux de pessimistes comme moi ou le sergent Trowbridge, sur chaque millier de disparitions, dix n'en étaient pas moins définitives !

« Combien de temps ça dure, en moyenne, avant le retour au bercail ? »

Whitcomb haussa les épaules.

« Comme ça, au pied levé... impossible à dire.

– Moins d'une semaine ?

– Trowbridge verra ça pour vous, et vous en fera part. »

D'après la nouvelle expression de Trowbridge, toutefois, j'aurais parié que le sergent avait en tête toutes les dernières statistiques, mais il ne parlerait pas davantage en présence de son supérieur.

Ce dernier conclut en se levant :

« Ce sera tout pour aujourd'hui. Au moindre fait nouveau, vous serez les premiers informés. Inutile de nous raccompagner. En cas d'urgence, vous avez nos numéros... »

Après leur départ, on se recommanda du café.

Carson baignait dans la joie.

« Ils sont chouettes, non ? Je me sens bien mieux après leur visite. Pas vous ?

– Pas vraiment.

– Mais pourquoi ?

– D'accord, ils ont été chouettes. Communicatifs et tout. Mais je crois qu'on n'est pas à la veille d'être reçus au siège de New Scotland Yard. C'est pour ça que, au lieu de nous y accueillir, ils sont venus nous trouver ici. Whitcomb a dû se dire que nous recevoir au Yard donnerait à notre présence un air trop officiel. Comme un gage d'acceptation tacite. Ils ne veulent pas de nous en tant que confrères et coenquêteurs. Juste en tant que témoins potentiels, sans privilèges particuliers, sans autres concessions que leur rapport et les articles de presse disponibles. D'où cette réunion dans un lieu public...

– Carl ! Vous ne seriez pas un peu parano sur les bords ?

– Je dis juste ce que j'aurais pu faire moi-même si j'avais été à leur place. Il n'y a rien d'autre dans le dossier d'Emma que sa disparition pure et simple. Rien qui suggère un crime quelconque.

– D'accord, mais est-ce qu'il ne vous semble pas que... »

Je levai la main.

« C'est précisément là que réside le problème. "Il nous semble que." On ne dispose d'aucune info précise et celles qu'on a ne vont pas très loin. »

Après un instant de réflexion :

« J'ai eu l'impression que Trowbridge en savait un peu plus long. Serait-il tombé sur quelque chose ?

– Quelque chose qu'ils ne partageraient pas avec nous ?

– Vous voulez parier ?

– OK. Je ne sais plus quoi dire. Et vous croyez qu'ils ont un jacuzzi dans cette boîte ? Ou peut-être un sauna ? »

9

Mercredi 12 novembre 2003
15 h 01, GMT

De retour dans la chambre, on lut le rapport du sergent Trowbridge. Il était très complet et énumérait les faits connus, nommait les endroits, indiquait les heures et les dates. Le hic, c'est que tous les noms de famille, à part ceux de Jane, de Vicky et d'Emma, avaient été lourdement caviardés.

C'était frustrant, mais tout de même pas la fin du monde. Il nous restait au moins les prénoms. Je commençais à me demander si, prévenu plus tôt, le sergent ne serait pas allé jusqu'à remplacer totalement les personnes par de simples numéros.

« Hé, protesta Carson dès la première page, ils ont noirci tous les noms !

– Rien que les noms de famille. Ils jouent la sécurité. À part ça, c'est un excellent rapport. »

La dernière apparition d'Emma en public remontait au Gatehouse, un pub d'Highgate. D'après l'agent Gullford, premier officier appelé sur l'affaire, cinq sujets mâles étaient arrivés au bistrot entre 17 h 30 et 18 h 30. Des instits et des ingénieurs civils qui se connaissaient entre eux, prénommés Hugh, Todd, Martin, Peter et Walter.

« Il va falloir qu'ils nous donnent leurs noms de famille.

– Vous croyez qu'on en aura besoin ? »

Au moins, il savait lire.

« Si on veut les interroger...

– Oh ? Ce sera plus long que je ne l'imaginais, grand chef. »

Je soupirai dans ma barbe :

« Même chose pour moi. Quoique pour des raisons différentes... »

D'après l'inspecteur Gullford, le témoin suivant qui était arrivé au pub, autour de 18 h 20, n'était autre que Vicky Bergen restée à travailler, dans leur appartement, sur quelque devoir en retard. Elle avait rendez-vous avec Emma et Jane à 18 h 30 pour leur souper rituel du vendredi soir. Emma sortait de son propre cours et Jane d'une entrevue avec leur conseiller académique, un certain Robert. L'absence de tous ces noms ne facilitait pas les choses.

Venues ensemble de Londres en métro, avec correspondance à Great Portland, Emma et Jane avaient fait le reste du chemin à pied depuis la station d'Highgate. Elles n'avaient, selon Trowbridge, rien remarqué de particulier.

Ce repas du vendredi soir était un luxe qu'elles s'accordaient chaque semaine, leur seule sortie en commun du week-end. Il y avait eu du poisson au menu et chacune d'elles avait bu deux bières. Rien d'excessif, si toutefois Emma s'était arrêtée là, ce que ses deux amies ne pouvaient savoir.

Vers 20 h 30, Jane et Vicky étaient rentrées à l'appart, l'une à cause de sa lessive, l'autre d'un travail dont elle entendait se libérer le soir même. À leur départ, Emma était en grande conversation avec un des garçons d'une table voisine dont elle s'était entichée et qui s'appelait Martin. Martin comment ? Inconnu au bataillon. Instit, semblait-il.

Je passai la page deux à Carson.

« Peu de chose là-dedans. »

En page trois figuraient les interrogatoires, par le sergent Trowbridge, des cinq sujets mâles interviewés d'abord par l'agent Gullford. Ils confirmaient les déclarations de Jane et de Vicky. Tous se souvenaient que, après « le départ de ses copines amerloques », Emma était venue s'asseoir à leur table. Elle y avait bu une bière de plus, deux peut-être, et cherché des noises au nommé Martin. Lequel, apparemment, ne lui avait pas encore parlé de ses proches fiançailles alors que, depuis un temps indéterminé, ils couchaient ensemble.

Hugh, Todd, Walter et Peter s'étaient montrés fort discrets sur ce point, mais le principal intéressé, Martin, avait admis cette relation intime amorcée le mois précédent. Un compte-rendu qu'il faudrait censurer avant de le communiquer à la maman d'Emma, là-bas, au pays.

Je découvris en outre que l'explication tardive entre Emma et Martin n'avait pas été sans douleur.

« Les autres sujets mâles, avait écrit Trowbridge, témoignent d'une discussion assez vive entre le sujet Emma et le sujet Martin, qualifié par celle-ci, dans sa rogne, de "foutu salopard d'hypocrite" et de "salaud" pour avoir omis, jusqu'au bout, de l'informer de son mariage imminent. »

Les cinq sujets mâles avaient quitté le club ensemble tandis qu'Emma rejoignait ses copines. Il était alors, selon tous les témoignages, « entre 20 h 30 et quelques minutes et 21 heures ».

Je remis la page trois à Carson et commençai la page quatre. Un motif pour le sujet Martin ? Plutôt mince, à moins qu'il n'appréhende la rencontre d'Emma avec sa future épouse...

Trowbridge n'avait rien négligé. Dans le personnel du Gatehouse dûment consulté, s'était trouvée une certaine Mary, « sujet féminin de 23 ans, de race blanche, barmaid en service ce soir-là », pour témoigner d'une ébriété légère chez le sujet Emma, de son retour auprès de ses amies « en faisant la gueule » et de son départ un petit quart d'heure après celui des cinq sujets mâles, vers 21 heures ou 21 h 15, « sans même laisser un pourboire au vestiaire ». Cette Mary, en fait, avait été la dernière personne à l'accompagner jusqu'à la sortie.

La page cinq était une liste des témoins potentiels avec dates de naissance, adresses et numéros de téléphone. Là aussi, hélas, seuls subsistaient, en clair, les prénoms. Classés dans l'ordre alphabétique des noms de famille absents. Ça nous faisait une belle jambe...

La page six, enfin, tirait la conclusion que « rien n'indique, à ce stade, qu'il y ait eu agression perpétrée contre le sujet Emma Schiller. Je soussigné, en compagnie du sergent Givens et de l'agent Gullford, ai contacté tous les témoins identifiables et prospecté l'itinéraire entre le Gatehouse et la résidence du sujet Emma. Sans recueillir d'autre indication utile. Les habitants du village d'Highgate susceptibles d'avoir remarqué quoi que ce soit ont été informés par voie de presse et par avis stratégiquement affichés. »

Bon travail de police, le langage mis à part. Et pour finir : « L'enquête de proximité n'a relevé la présence, dans le secteur du Gatehouse ou dans celui que le sujet Emma fréquente d'ordinaire, d'aucun sujet titulaire d'une condamnation ou d'une interpellation antérieure, l'absence de tout *modus operandi* rendant la conclusion particulièrement aléatoire. L'officier soussigné recommande la poursuite de l'enquête jusqu'à ce que la personne disparue ait été retrouvée. »

Le dernier paragraphe avait été complètement caviardé lui aussi. Huit lignes au moins. Merde, alors ! De même qu'une annexe où ne subsistait, en clair, que la signature de Trowbridge. C'était maigre et, pourtant, c'était plus que je n'en avais espéré. Quelques points de départ, entre autres choses.

« Bon travail de police, Carson. Pratiquement à partir de zéro.

– Qu'est-ce qu'on va pouvoir faire ?

– Je n'en sais trop rien. Fouiner de notre côté. Les lignes noircies nous disent que Trowbridge a dû dénicher quelque info qu'ils gardent pour eux. Mais je n'ai aucune idée de ce que ça peut être.

– Vous pensez qu'on a une chance de tomber sur la même ?

– Hélas non. Il dispose de moyens que nous n'avons pas. Des archives. Des indics. Des références à tout un tas de dossiers antérieurs. Sans parler d'un million de flics !

– On ne pourrait pas dénicher un de leurs indics ?

– Carson... Imaginez que tous ces gens-là soient transférés de Londres à Maitland, en quête des preuves d'un crime bien camouflé. Voire de pas de crime du tout. À quel genre d'indic s'adresseraient-ils ?

– Sais pas. C'est plus votre boulot que le mien !

– Exact. Leur meilleure chance, dans ce cas, serait quelqu'un comme... Georgia Benson, par exemple ! »

Georgia était quelqu'un de très gentil, serveuse dans un resto, parfaitement honnête mais la plus grande cancanière du comté. Elle était réputée pour se tromper quatre-vingt-dix-neuf pour cent du temps.

« Et vous pensez que... ?

– C'est le problème. Qu'on se dégote un indic et il vaudra sensiblement ce que vaut Georgia. Surtout dans la mesure où on n'a pas de quoi payer ses infos. »

Je n'oubliais pas la proposition d'Allen Jones, mais je préférais la conserver pour mon usage exclusif.

« Alors ? On en profite pour visiter la ville avant de rentrer bredouilles ?

– Pas si vite. On débarque ! On va parler aux gens. Il y a toujours une chance. Et Trowbridge changera peut-être son fusil d'épaule. »

Non sans un coup d'œil à ma montre :

« Et pour commencer, on va bavarder avec les filles.

– On leur fait lire le rapport ?

– Pourquoi pas ? Elles auront peut-être...

– ... une intuition ? »

Il se marrait, mais l'esprit féminin réserve parfois des surprises, alors je répétai :

« Pourquoi pas ?

– On les invite à dîner ?

– Une foutue bonne idée. Au Gâte-Sauce. Pour être sûrs d'y parler de notre affaire.

– C'est-à-dire au Gatehouse ?

– Pas ce que j'ai dit ?

– Non, vous avez dit au Gâte-Sauce. »

Nos discussions devenaient quasiment conjugales.

10

Mercredi 12 novembre 2003
16 h 14, GMT

Jane et Vicky nous appelèrent d'en bas à 16 heures pile. J'étais tout prêt à descendre, mais Carson avait besoin d'un léger répit. Selon sa propre expression : « J'aime bien faire une bonne première impression sur les dames. »

Dix minutes plus tard, avec un Carson bien peigné et sentant l'eau de Cologne, je rejoignis « les dames » au rez-de-chaussée. Je serrai fort ma fille dans mes bras. J'étais diablement heureux de la revoir.

« Oh, p'pa, je suis bougrement contente que tu sois là. C'est Carson Hilgenberg ? Mon Dieu, c'est bien lui ! »

Elle lui serra la main. Vicky de même, qui se remémora :

« Tu étais combien d'années derrière nous, à l'école ? Quatre ? Cinq ?

– Cinq, je crois.

– Et maintenant ténor du barreau, avocat général et tout le tremblement ! »

Carson buvait du petit-lait.

« Oui... Qui eût pu croire ça ? »

Vicky ajouta, explosive :

« Dire que je t'ai baby-sitté une fois ou deux. Génial !

– Moi aussi, renchérit Jane. Quand j'étais en première. Toi, tu devais être en sixième ou en cinquième.

– Oui, probablement.

– Tu aimes toujours les spaghettis au fromage ? demanda Vicky.

– Non, plus vraiment.

– Est-ce qu'on t'appelle encore Lowly ? continua Jane.

– Non.
– Lowly ? Pourquoi on vous appelait Lowly ? demandai-je, intrigué.
– Tu te souviens de ces livres d'enfants écrits par Richard Scary ? Celui que tu avais l'habitude de me lire, dit Jane.
– Oui.
– Tu te souviens du personnage de Lowly Worm ? »
Je riais.
« Tu plaisantes ! »
Le ton de la soirée était fixé. Carlson devait être aussi mal à l'aise qu'il était possible de l'être et j'enchaînai, pour le soulager un peu :
« Nous pensions vous proposer de dîner dehors. Est-ce que ça vous dirait d'aller au pub d'Highgate ?
– Au Gatehouse ?
– Oui. Il va falloir qu'on y aille, de toute manière. »
Jane se retourna vers Vicky.
« Ça te va, ou tu préfères...
– Non, non, au Gatehouse, ce sera très bien. »
Je devais avoir l'air un peu intrigué, car Jane expliqua :
« On n'y est pas retourné depuis la disparition d'Emma.
– Oh, alors ailleurs...
– Mais non, protesta Vicky. Au contraire.
– OK. Comment on y va ? En taxi ? »
Elles m'expliquèrent que le métro était la seule façon de se déplacer à Londres. Moins chère et presque aussi rapide que le taxi.
« On va vous acheter vos passes, dit Jane. La station la plus proche est celle de Kensington, dans High Street. »
Cela avait beau être la plus proche, elle était au moins à dix minutes. Je désignai, en passant, la grande bâtisse de brique rouge dans le parc.
« C'est quoi, ça ? On le voit de notre chambre.
– Le palais de Kensington, dit Jane. C'est là où vivait la princesse Diana.
– Oh, bien sûr... »
Une belle bâtisse, mais qui ne correspondait guère à ma conception d'un palais. Peut-être que j'avais vu trop de films de Disney.
La circulation était particulière, c'était le moins qu'on puisse dire. Le premier réflexe à acquérir, pour traverser les rues :

regarder dans la direction opposée. Aux États-Unis, de votre côté de la rue, les voitures vous arrivent de la gauche. À Londres, elles arrivent de la droite. Dans les quartiers touristiques, les chaussées doivent être recouvertes de touristes américains écrasés.

On longea un groupe de petites boutiques, puis on atteignit une zone de grands magasins.

« Ta mère adorerait ces vitrines. Promets-moi de ne pas lui en parler. »

On traversa Church Street pour passer au bureau de l'American Express troquer des traveller's contre des livres anglaises. À près de deux dollars, exactement un soixante-dix, pour une livre, j'allais avoir tout intérêt à surveiller mes dépenses.

On retraversa la rue et, du côté sud, signalée par un large cercle rouge barré de bleu, s'ouvrait la station de métro : Kensington High Street, en lettres blanches.

Je m'attendais à une gare de chemin de fer, à une station de bus ou à quelque chose comme ça, et c'était un centre commercial de plus, boutiques de vêtements ou d'alimentation cernant un vaste espace dégagé. Intéressant, non ?

« Tu vois cette vitrine, m'indiqua Jane, l'index pointé. C'est chez Benjy's. On y bouffe bien sans perdre de temps. Sandwiches sous emballage, salades et barres chocolatées. Il y en a plein la ville. »

OK. Je jetai un œil au passage. Bouteilles d'eau, en plus. Bon à savoir.

Au-delà de Benjy's, commençait la station proprement dite.

Nous procurer nos passes ne fut pas aussi simple. Je m'approchai du guichet, avec Jane à mon bras.

« Je voudrais acheter un passe. »

Et c'est là que les choses se compliquèrent.

D'abord, on me conseilla de prendre le passe d'une semaine, moins cher et plus pratique que le passe quotidien, à renouveler tous les jours. D'accord. Puis on me demanda dans quelle zone de Londres j'avais l'intention de circuler, mais ma fille vint à mon secours en criant dans l'hygiaphone :

« Zone cinq !

– Photo ! jappa le préposé.

– Pardon ?

– Photo. Pour votre passe. »

Je pensai qu'il voulait une preuve de mon identité et lui montrai mon permis de conduire.

« Non, non. Il m'en faut une pour votre carte. »

C'était la première fois que je lisais, sur un visage, l'expression « sois patient, c'est un Américain ».

« Il me faut une photo séparée. Pour l'insérer dans votre passe. Si vous n'en avez pas, vous pouvez en faire une dans cette cabine, en face. »

Bientôt, la cabine automatique cracha l'habituelle série de photos figées dans le temps et l'espace. Quand il en ressortit à son tour, Carson remarqua, ému : « Je n'ai pas utilisé ce bidule depuis le collège. Un jour, je m'y étais foutu à poil. »

Entre-temps, une queue s'était formée devant le guichet, alors, il fallut attendre un peu plus, mais finalement, on eut en main le fameux passe.

« Vous devez l'avoir toujours sur vous et le présenter à chaque fois qu'on vous le demande... »

Il y avait tant de monde derrière nous, à ce stade, que je ne n'en demandai pas plus. Il ne restait qu'à glisser le coupon dans la fente et franchir le tourniquet.

« Voilà un plan du métro, me dit Jane. Ne le perds pas. Il est imprimé assez gros pour que tu le voies sans lunettes.

– Merci.

– Fais toujours attention à l'espace.

– Quel espace ? »

Elle se mit à rire.

« Il y en a un, quelquefois, entre le wagon du métro et le bord du quai. Ne mets pas le pied dedans. Tu pourrais te casser une jambe.

– Merci du conseil. »

J'ai toujours aimé les trains, et le métro de Londres trouva le chemin de mon cœur. Il était bondé, mais ça faisait partie de l'agrément.

« Tu as ici un grand plan mural. Viens que je te montre le topo. C'est fastoche.

– Je l'espère bien.

– On veut aller à Highgate. C'est sur la ligne Nord. La noire. Ici, on est sur la ligne circulaire. La jaune.

– Pigé.

– On prend la circulaire jusqu'à Kensington Sud. On change et on attrape la correspondance pour la ligne de Piccadilly jusqu'à Leicester Square. C'est la bleu foncé, là. On rechange ici pour la ligne Nord qui va à High Barnett, et on descend avant High Barnett. À Highgate.

– Sûr. À condition de tout savoir.

– Tu t'y habitueras. C'est simple comme bonjour. »

Je consultai mon plan de poche. Je venais de penser qu'on allait devoir rentrer à High Street Kensington, après la bataille.

Carson recevait de Vicky le même briefing accéléré. J'espérais qu'il aurait bien compris, mais lui pensait surtout à se tenir tout près d'elle. Contrairement à Jane qui ressemblait à sa mère, avec son mètre soixante, Vicky mesurait près d'un mètre soixante-quinze pour soixante kilos à peine, les yeux marron, les cheveux châtains. D'après ce que Carson m'avait dit au sujet des grandes femmes, elle était tout à fait son genre, enfin, le genre qui l'attirait. J'étais heureux que Jane ne fît qu'un mètre soixante.

Le trajet Kensington-Highgate me produisit l'effet d'un film projeté à vitesse excessive, et brouillé en conséquence. La profondeur, en revanche, à laquelle descendait le métro, par endroits, m'impressionna beaucoup. Ainsi que l'âge des boyaux souterrains aux murs de briques. J'essayai de me représenter leur pose à la main, l'une après l'autre, et finis par y renoncer. J'en avais le vertige.

On parvint à Highgate vingt minutes plus tard, comme promis. On émergea de la station dans un vaste hall vitré, entouré d'arbres. On suivit les usagers pour déboucher sur un coin de rue qui donnait accès à une sorte de petit village.

« Ne me dis pas qu'on est encore à Londres !

– Mais si, p'pa ! Quoique plutôt loin du centre.

– Ah oui...

– Mais ce n'est pas assez loin pour avoir coupé aux bombardements pendant le blitz m'a-t-on expliqué. »

On approchait de la façade d'un café.

« C'est notre pub ?

– Oh, non. Le nôtre est là-haut. »

Jane montrait le long raidillon qui grimpait vers un autre groupe d'immeubles.

« Hé, dit Vicky. Il se fait tard. Pourquoi on n'irait pas tout de suite au Gatehouse, avant que ce soit plein ? Et chez nous ensuite ?

– Chez nous, appuya Jane, c'est à deux rues du Gatehouse, de l'autre côté de la colline.

– Je suis pour aller dîner d'abord », confirma Carson.
On était tous de cet avis.

Un petit kilomètre jusqu'au Gatehouse. En montée d'un bout à l'autre. Rues étroites, chaussées *idem*, je me sentais presque dans mon élément.

« Sans vouloir mêler le plaisir et le boulot, est-ce que c'est par là que vous passez toujours, toutes les trois ?

– Habituellement, oui.

– La nuit où Emma a disparu, vous avez pris ce même chemin, toutes les deux ?

– Bien sûr. »

Peu de circulation, pédestre ou motorisée.

« C'est toujours aussi tranquille ?

– La plupart du temps. »

Mes jambes commençaient à protester contre la grimpette. On marchait d'un pas vif et je n'arrêtais pas de parler.

« Pas besoin de jogging après ça. Le soir en question, vous n'avez rien remarqué d'inhabituel ?

– Rien du tout. On y allait dare-dare, en bavardant comme des pies. J'avais ma veste sur le bras parce qu'il faisait beau pour la saison. Emma n'avait pas pris de veste. On avançait vite et personne ne nous courait derrière. »

Ce dernier détail aurait pu paraître insolite si ce n'était précisément ce que je tentais de vérifier. On n'était pas plus suivis aujourd'hui que cet autre soir.

« Personne d'embusqué ou bien en attente nulle part ?

– Personne que j'aie remarqué.

– Hé, Vicky ! »

Elle et Carson, qui marchaient devant nous, s'arrêtèrent.

« La nuit de la disparition, comment es-tu allée au pub ? lui demandai-je.

– Depuis chez nous, à l'orée du Pond Square Park. C'est de l'autre côté du village.

– Rien remarqué de particulier ? Quelqu'un ou quelque chose ?

– Non. Le détective Trowbridge nous a posé la même question. C'était plus tellement frais dans nos têtes, mais nos réponses ont été les mêmes.

– J'ai son rapport ici. »

En tapotant ma poche.

« On va le relire quand on sera arrivés. »

Le Gatehouse était au rez-de-chaussée d'un immeuble de deux étages, blanc, avec une façade tarabiscotée de style Tudor. Je ne savais pas exactement à quoi je m'attendais. Probablement à un bar sombre, enfumé, avec une cible de fléchettes bien en évidence. Rien de pareil. L'intérieur était décoré de bois blond, bien éclairé, et quelques couples ou groupes de quatre étaient déjà attablés autour d'un apéro ou d'un hors-d'œuvre. Plus quelques jeunes, là-bas dans le fond.

Brouhaha modéré des conversations. Atmosphère paisible, décontractée de fin de journée.

On prit une table proche d'une des fenêtres donnant sur la rue, près d'un meuble chargé de fleurs. Les affaires avaient l'air de marcher, et la serveuse semblait connaître tout le monde. J'en pris note pour la suite. Elle salua Jane et Vicky par leurs prénoms, se présenta sous celui de Mary, et nous demanda si nous voulions boire quelque chose. On commanda des bières et on se pencha sur le menu. Jane intervint :

« P'pa, c'est peut-être pas très bon pour ton régime, mais tu devrais essayer le plat du jour.

– À savoir ?

– Juste ce que tu te ferais si m'man te laissait faire. Saucisse, purée de pommes de terre et fayots en croûte avec beaucoup de sauce. »

Vendu.

En attendant, je passai aux filles le rapport Trowbridge.

« Voyez si quelque chose vous inspire. »

Jane et Vicky se penchèrent sur les feuillets dactylographiés.

« Tous les noms sont rayés, constata Vicky. Quelle connerie !

– Ils ne tiennent pas à ce qu'on s'en mêle. »

Aucune inspiration géniale, mais au moins elles nous révélèrent les noms de famille de Todd, Hugh, Martin, Walter et Peter.

« Hugh Watson et Peter Sloane, dit Jane.

– Todd et Walter Granger, précisa Vicky. Je crois qu'ils sont cousins. Sûrement pas frères.

– Et Martin Farmer. »

Il suffisait de demander.

« Les autres noms recouverts ?

– Notre conseiller académique, soupira Jane, s'appelle Robert Northwood. J'ai son numéro de téléphone et ses horaires de cours. Je ne connais pas le nom de famille de Mary, mais c'est notre serveuse de ce soir. »

Je griffonnai tout ça vite fait en marge du rapport.

« OK. Robert Northwood...

– Le professeur Northwood, spécifia Vicky. On a un cours avec lui. C'est le seul auquel on assistait toutes les trois ensemble. Jane est d'ailleurs une sacrée veinarde car elle l'a aussi comme conseiller. Le mien s'appelle George Bennett. Il est en première année de postdoc et il est un peu maboul.

– C'est vrai que je suis vernie », approuva Jane.

Elle avait hérité du professeur Northwood à la suite d'un accident de bateau survenu au docteur Lymington, son conseiller initial.

« Il est fantastique, ajouta Jane.

– Beau, en plus de ça ! » sourit malicieusement Vicky.

Jane rougit un brin.

« C'est son cerveau que j'apprécie. »

Et cet abruti de Carson : « Y a pas de mal à glaner les bonnes notes de toutes les façons possibles ! »

Un léger sursaut m'apprit qu'il venait d'encaisser un coup de pied sous la table. Je n'en étais pas l'auteur, et si Jane avait eu cette réaction, il aurait fallu appeler une ambulance. Bravo, Vicky !

Au retour de Mary, j'attendis qu'elle eût noté toutes nos commandes avant de l'informer : « Excusez-moi. Je suis le père de Jane. On pourra vous parler quand vous aurez un moment ? »

Elle eut un sourire.

« Je finis mon service dans une petite heure. Ce sera très volontiers.

– Merci. Je vais revoir la maman d'Emma Schiller à mon retour en Amérique, et j'aimerais pouvoir lui en dire un peu plus.

– Oh, oui, sa pauvre mère, je me mets bien à sa place. »

Elle avait l'air de le penser vraiment.

« Bravo ! s'esclaffa Jane après que Mary se fut éloignée. Très fort de lui avoir caché ta qualité de flic.

– Parce que je ne le suis pas vraiment. Je ne serais pas plus éloigné de ma juridiction si j'étais sur la planète Mars. Je suis un touriste américain qui se trouve être flic dans un autre pays. Ça t'ennuie ?

– Pas vraiment. Mais je veux être là quand on te demandera quel métier tu fais. »

Le directeur de l'établissement vint s'asseoir à notre table alors que nous en étions au dessert.

« Bonsoir, messieurs-dames. Ned Bunting. Je suis gérant de l'établissement et je remplace le directeur pendant ses vacances. Mary me dit que vous vous intéressez à la jeune femme disparue.

– C'est le mot qui convient.

– Et vous êtes venu d'Amérique... Ami de la famille, alors ? »

Je lui présentai Jane.

« En fait, je suis le père de mademoiselle.

– Je ne vois malheureusement pas en quoi je pourrais vous aider.

– Je vous serais reconnaissant d'essayer. N'importe quoi plutôt que de rester dans le vague. Je ne vous dirai qu'une chose : aux États-Unis, je travaille dans la police. Donc autant dire que je suis habitué à trier le peu d'infos disponible.

– Alors, elle est morte ? »

Mi-affirmation, mi-question.

« C'est pour ça que vous êtes là ? »

Il concluait un peu vite, mais il n'était pas le premier.

« J'espère que non. »

Et je lui donnai l'explication sommaire de ma présence et de celle de Carson à Londres.

« Oh ? La politique ?

– Entre autres raisons. Mais surtout parce que toute la ville de Maitland partage l'angoisse de sa mère et du reste de la famille.

– C'est grand, Maitland ? Première fois que j'en entends parler.

– Entre quinze cents et deux mille habitants.

– Un hameau.

– En quelque sorte, dit Carson. Un peu comme un grand immeuble.

– Vous êtes officier de police, vous aussi ?

– Membre du barreau. C'est lui qui est shérif.

– Shérif ! Avec les cow-boys, les braquages et tout le reste ? »

L'éternelle plaisanterie.

« Ça peut y ressembler de temps à autre. Mais je ne suis jamais monté à cheval et les étuis de nos armes ont un cran de sûreté. On ne pourrait pas tirer les premiers, même si on en avait envie.

– Mais vous êtes armé ?

– Obligés de porter une arme, même hors service. »

J'ajoutai, par habitude, ou parce que Lamar est bien connu pour avoir des espions partout :

« Je suis shérif en second. Le shérif est élu. Les shérifs adjoints sont engagés.

– Je vois. »

Il louchait vers ma hanche. Je le rassurai :

« Non, je ne suis pas venu avec. Ce serait illégal, dans ce pays.

– Simple curiosité, avoua-t-il en souriant. Si le service se calme un peu, je vais voir si je peux pas vous envoyer Mary pour un petit moment. »

Avant l'arrivée de Mary, Jane voulut savoir :

« Pourquoi tu lui as dit tout ça ?

– Parce que c'est venu comme ça. Mais Mary sera plus à l'aise avec son accord. Tu me laisseras parler, veux-tu ? Au moins cette première fois.

– Naturellement. »

Mais son regard me rappela celui de sa mère dans des circonstances analogues.

Mary nous rejoignit, sans perdre de vue sa clientèle, visiblement impatiente d'en finir avec le boulot. Elle nous accorda cinq minutes. Elle n'avait rien remarqué d'anormal autour d'Emma. Elle était formelle sur ce point. Elle se contenta de répéter ce qu'elle avait dit à Trowbridge, y compris l'attitude d'Emma vis-à-vis de Martin.

« Vous n'avez pas vu qui que ce soit partir juste derrière elle ? »

Après une seconde de réflexion :

« Non, je ne crois pas.

– Ni donner un coup de téléphone ?

– Non. Mais n'importe qui peut appeler d'un portable dans les toilettes. Là, je n'aurais pas pu le remarquer. »

Je me reportai au rapport de Trowbridge avant de poser la question sacro-sainte qui termine la plupart des interrogatoires :

« Vous ne voyez rien d'autre ? Rien que je n'aie pensé à vous demander ? »

Elle ne voyait pas. Ou, du moins, elle répondit qu'elle ne voyait pas. Et je ne la connaissais pas suffisamment pour déceler s'il s'agissait d'un mensonge. Je tentai un dernier coup de sonde :

« Vous n'avez rien entendu qui ne vous aurait pas été destiné ? Des choses que les gens se disent entre eux ou disent des autres derrière leur dos. Ça doit bien vous arriver de temps en temps... »

Une chance pour elle d'exprimer son opinion sans qu'elle puisse lui être attribuée.

« Eh bien... oui, peut-être. Je ne me rappelle pas qui, mais l'autre soir quelqu'un a ricané qu'elle s'intéressait un peu trop à la population mâle du secteur.

– Vraiment ? »

Je jetai un coup d'œil à ma fille, dont le visage proclamait l'intention très nette de voler au secours d'Emma.

« Comme dans le cas de Martin ?

– Bien possible. Vous êtes au courant, pour Martin ?

– Juste qu'ils sortaient ensemble. »

C'est toujours mieux de dissimuler un détail ou deux.

« Oh, oui. Je ne veux pas médire d'une... »

Non sans une pause significative : « ... absente... mais elle avait tendance à... comment dire... être toujours très demandée. »

Les derniers mots furent prononcés dans une sorte de murmure précipité.

« Quelqu'un d'autre que Martin ? »

J'interceptai, de nouveau, le regard de Jane.

Elle était en colère, mais s'abstiendrait d'intervenir.

« Oh... c'est ce que j'ai entendu, point final... Même à son école, disait-on.

– Vraiment ? »

Là, j'étais assez surpris.

« Bien sûr. Elle est venue, voilà des semaines, avec un... professeur. Et ils n'avaient pas du tout l'air de parler études. »

Subitement mal à l'aise :

« Je ne veux pas me faire l'écho de simples ragots...

– Nul ne vous en accuse. Vous connaissez son nom ? Celui du prof ?

– Non. »

Il y avait un risque de tarir la source, mais comment avancer autrement ?

« De quoi avait-il l'air ? Il faut absolument que je lui parle. Il a pu voir quelque chose ou quelqu'un qu'il ne relie pas consciemment à la disparition d'Emma.

– Pas facile de le décrire. »

Je ne connaissais pas du tout les Anglais. Pensait-elle à une petite récompense ou bien craignait-elle de trop en dire ? Je lui accordai le bénéfice du doute.

« Je vous serais reconnaissant d'essayer. »

Puisqu'elle en avait parlé, elle ne pouvait pas oublier à quoi ressemblait ce prof. Tous les témoins se ressemblent sur ce point.

Enfin :

« Oh... grand, brun. La quarantaine ou plus. Mince. Bronzé. Sportif peut-être. Bien habillé. Pas en costume, mais un pantalon décontracté à la mode. Probablement cher. Il portait aussi un joli polo. Et il avait de belles dents blanches. »

Tout ça gratos. Je relevai les yeux vers Jane et Vicky.

« Vous pensez à quelqu'un ?

– Non. »

Il était évident que Jane ne parlerait pas en présence de Mary. Et Vicky non plus, à sa suite.

« Eh bien, merci, Mary. Vous m'avez beaucoup aidé. Et je suis sûr que vous brûlez de retourner au travail.

– À votre service. »

Elle se leva, en tirant sur son tablier.

« Un dernier détail. Il était venu dans une de ces voitures gris métallisé... Une Aston Martin, je crois. Tout à fait dans son style.

– Sans blague ? »

Carson, dans une sorte de sursaut.

« Vous êtes bien sûre ? Une Aston ?

– Ou l'équivalent.

– Seigneur Dieu, Carl. Une bagnole à un quart de million !

– Oh, non, protesta Mary. Plutôt dans les cent trente mille. »

Le genre de fille qui devait plaire à Carson.

« Vous parlez en livres sterling, Mary. Moi je parle en dollars.

– C'est à peu près la même chose, non ? »

Un professeur ? Un membre de l'enseignement ? Jane relevait un sourcil. Signe certain que quelque chose ne collait pas quelque part. Perplexe, je revins à Mary. Avec mon sourire le plus amical.

« Peut-être que ce n'était pas une Aston Martin, après tout ? Pourquoi pas une Honda ? »

Elle me rendit mon sourire.

« Sans doute. Je ne suis pas très calée en matière de voitures. »

Carson explosa :

« Mais vous connaissiez le prix d'une Aston Martin !

– Absolument pas. Seulement le cours du change. »

À mon tour de rire.

« Excellent. Mais gris métallisé, tout de même ?

– Oui.

– Rien d'autre dans cet ordre d'idées. »

Je m'amusais comme un petit fou. Et je crois que ça se voyait.

« Avis aux amateurs, conclut la serveuse. La presse se préoccupe beaucoup plus de sa vie sexuelle que de sa disparition. Ils disent des horreurs. Vos journaux américains, je n'en sais rien, mais ici, ils peuvent être d'une grossièreté...

– Merci... Merci infiniment, Mary. »

On se serra la main.

« S'il vous revient quelque chose... »

La question de pure routine. La dernière de tous les flics que je connais. Aussi naturelle que la pluie et le beau temps.

« ... je n'oublie pas de vous en parler », dit-elle.

Tout à fait comme de la pluie et du beau temps.

11

Washington DC
Extrait du briefing des services de renseignement intitulé
« Recherche, recueil des infos, affinage et utilisation »
19 avril 2002

Le décalage entre le temps où un projet est pensé par des terroristes et le temps de leur passage à l'acte peut entraîner une grande confusion parmi les services occidentaux. Par exemple, si une réaction est attendue en réponse à un événement particulier, l'attaque qui s'ensuivra passera forcément pour cette réponse, alors qu'en réalité l'attaque en question pourra être la réponse à quelque événement remontant à de nombreuses années. Il y a là une coupure entre les adversaires découlant du fait qu'ils se meuvent dans des mondes totalement différents. Nous vivons au rythme de l'ordinateur et tout échange de données ou toute communication verbale étrangère au temps réel est considéré comme obsolète. En quelque sorte, il nous arrive de penser trop vite, pour notre malheur.

Mercredi 12 novembre 2003
20 h 03, GMT

Carson et moi raccompagnâmes Jane et Vicky à leur appartement où elles nous offrirent une tasse de café. Pour un accommodement provisoire, c'était un endroit fort agréable. Chacune des filles avait sa propre chambre, et la cuisine était fort bien équipée.

« J'ai eu l'impression, au pub, que vous saviez de qui parlait cette chère Mary quand elle a cité l'homme à la belle auto.

– Ça va, maugréa Jane. Écoute, p'pa, je ne le tiens pas d'Emma, mais Vicky, si.

– Elle parlait sans doute du professeur Northwood. Robert. Pas pour avoir de bonnes notes ou quoi que ce soit. Emma le trouvait sincèrement super. Elle le voyait en dehors de nous. J'ignore jusqu'où sont allées les choses.

– Tu as quand même une idée ?

– Elle a sûrement couché avec lui. C'était sa marotte, les relations ultracourtes.

– Je peux la comprendre. Aucun problème.

– C'est un peu con, opina Carson, d'avoir à rompre avec son professeur *avant* la fin des cours. Un truc à se faire recaler, non ?

– Sincèrement, intervint Jane, je ne crois pas que le professeur Northwood, lui non plus, rêvait de s'engager à perpète ! »

Je m'éclaircis la gorge.

« Mais il a une voiture gris métallisé ? Très chère ou pas ?

– Oui, p'pa. Une Honda.

– Plus dans ses moyens ?

– C'est mon avis. Je ne sais pas combien il se fait par mois, mais ça doit être assez coquet. »

Jane se retourna vers Vicky.

« Tu as une idée de ce que gagnent les profs, en Grande-Bretagne ?

– Pas vraiment. Mais assez pour vivre, je pense ! »

Je demandai à voir la chambre d'Emma, et Jane m'en ouvrit la porte. J'y jetai un œil sans toucher à quoi que ce soit. On ne savait encore rien de précis sur son sort et je ne me sentais pas le droit de fouiner dans ses affaires. Ce que j'espérais découvrir, c'étaient des photos, des pense-bêtes, n'importe quoi qui puisse m'orienter dans la bonne direction.

La seule photo visible était sur le bureau d'Emma. On la voyait avec Janine, sa mère, son papa décédé et sa petite sœur Monica, dans des temps meilleurs. Je connaissais à peine Monica, qui était née bien après. Il n'avait pas dû se tisser beaucoup de liens entre ces deux sœurs séparées par une quinzaine d'années, et Jane me le confirma.

« Emma tenait-elle un journal ?

– À l'école et au collège, elle en avait un. Mais je ne l'ai jamais vu. »

J'aurais aimé m'en assurer, mais pour ce qu'on en savait, Emma pouvait nous retomber dessus à toute heure du jour ou de la nuit.

Juste le temps d'y penser avant que Vicky ne nous rappelle dans le salon.

« Rappliquez tous. Vite, bon sang ! »

On arriva à temps pour découvrir le visage d'Emma sur l'écran de la télé. Encadrée de deux hommes masqués, poignets entravés, cheveux en bataille et la lèvre enflée. À part ça, elle semblait en bon état physique. Sa tête allait de gauche à droite, comme si elle parlait aux deux hommes. Ses lèvres bougeaient, mais il n'y avait pas de son.

La voix disait : « Pas de bande sonore sur cette cassette, mais le message reçu affirme que la jeune Américaine disparue, Emma Schiller, est en bonne santé, et qu'il y aura d'autres bandes à suivre, qui préciseront leurs exigences. »

La caméra recula, et je découvris un drapeau, à l'arrière-plan. Avec un écriteau en caractères arabes.

Ils nous repassèrent le contenu de la cassette. Jane grogna : « C'est pas vrai ! »

Et ce fut tout. On attendait la suite.

Au début de la bande, figurait un *London Times* déplié dans le champ, mais impossible d'en déchiffrer la date.

« Le lendemain de sa disparition, sans doute ? Toute fugue galante de sa part est désormais exclue. On devrait avoir très vite des nouvelles de New Scotland Yard. »

Carson proposait un verre à la ronde, mais je n'avais vraiment pas soif. Sauf d'infos complémentaires.

« On sait ce qui lui est arrivé, maintenant !

– Chut, p'pa ! »

Puis ils lancèrent la publicité. Sûrs de bénéficier d'une bonne écoute entre deux flashes à sensation. Vicky coupa le son.

« Elle avait l'air tellement effrayée...

– Vous avez vu sa lèvre ?

– Elle n'avait pas l'air trop épuisée. »

Les trois répliques jaillirent simultanément, et je me fendis de la mienne :

« Elle est vivante. C'est ça, la bonne nouvelle.

– Mais p'pa, qui l'a enlevée ? Qui sont ces salauds ? Pourquoi elle ?

– Ils n'ont encore rien revendiqué.

– C'est des putains de terroristes. Quoi d'autre ?

– Oui. Mais ça nous redonne une chance de la récupérer en vie. Scotland Yard ne va pas lâcher prise. »

Si elle était toujours en vie. Cette bande n'était probablement pas du jour.

« Mais, p'pa, il est rare que les otages en réchappent. »

Jane était proche des larmes.

« C'est plus fréquent que tu ne le crois. Ils n'ont encore rien demandé. »

Pour la première fois de ma vie, sans doute, je déplorai la fin des pubs et le retour de l'actualité. Elle fut consacrée à la visite du président Bush en Angleterre, dans quelques jours, et à l'hypothèse inévitable d'un chantage visant à faire cesser l'intervention américaine en Iraq.

« C'est votre opinion, Robert ? »

Qui que puisse être « Robert », il avait son franc-parler.

« Ce pourrait être une demande de retrait des troupes yankees en Iraq. D'où l'enrôlement d'une citoyenne américaine.

– L'enrôlement ! je m'exclamai. Comme si elle était volontaire !

– P'pa ! »

À la télé, une certaine « Édith » avait repris le micro.

« Robert, les techniciens affirment que c'est la copie d'une copie. Qu'est-ce que vous en dites ?

– Difficile de vous répondre, Édith, mais j'ai profité de la coupure publicitaire pour y réfléchir. C'est une étudiante. La bande est de mauvaise qualité, ce n'est pas un travail de professionnel. Se peut-il que le photographe soit un étudiant, lui aussi ? Auquel cas nous pourrions peut-être parler d'un coup monté. Est-ce une tentative de convaincre le président Bush de mettre un terme à ses erreurs ? Nous ne pouvons que l'espérer, pour le mieux... »

Même aux pires instants de la télé américaine, je n'avais jamais assisté à une politisation aussi fulgurante d'un événement encore inexpliqué. J'étais sûr qu'on était bons, après ça, pour une longue séance de blabla sans intérêt.

« Recoupez le son, Vicky. On a besoin de faits concrets, et c'est ce qu'ils n'ont pas. »

Vicky s'exécuta. À contrecœur. J'appuyai :

« On sait qu'il ne s'agit pas d'un putain de coup monté. Excusez mon langage.

– Pas de problème, dit Vicky.

– Il faut qu'on appelle chez nous. C'est probablement déjà sur CNN ou ça ne va pas tarder. Quelle heure est-il en Iowa ?

– À peu près 14 h 30. Appelons d'abord Janine. Je ne veux pas qu'elle voie sa fille dans les médias...

– Utilise ton portable. Au cas où Scotland Yard nous téléphonerait. Ou quelqu'un d'autre. »

Elle et Vicky se relayèrent pour appeler Janine Schiller. Quatre fois. Quatre fois occupé. Puis notre téléphone sonna. Vicky décrocha et fondit en larmes. C'était sa propre mère. Elle raccrocha en lui disant qu'elle allait la rappeler sur son portable, pour libérer notre poste fixe.

Le téléphone se remit à sonner immédiatement. C'était Sue. Jane se mit à pleurer, elle aussi, mais se reprit tout de suite.

« Je te rappelle sur mon portable, m'man. Il faut qu'on libère ce numéro. »

Si seulement New Scotland Yard pouvait se manifester...

Carson eut l'heureuse idée de me passer son portable. J'appelai notre numéro spécial et tombai sur Sally, qui paraissait méchamment stressée.

« J'y crois pas, Carl. On est deux coordinatrices et deux secrétaires au standard et toutes les lignes n'arrêtent pas de sonner. Les médias sont en pleine crise.

– Il faut que je parle à Lamar.

– Tu as vu la bande ?

– Ouais. Vous l'avez eue avec du son, là-bas ?

– Non... Oh, Lamar, c'est Carl...

– Ligne douze... Garde-la quand vous aurez terminé, jappa Sally. J'ai des trucs...

– Carl ?

– Oui, patron. C'est le cirque par chez vous, non ?

– Non, qu'est-ce que tu crois ?

– On a fait quelques interviews aujourd'hui. Mais on vient juste de voir la cassette.

– Vous avez appelé Janine ?

– Ça sonne toujours occupé.

– Je vais envoyer quelqu'un lui dire de raccrocher et de t'appeler. T'es où ?

– Chez les filles. Janine a le numéro.

– Tu en dis quoi ? Terrorisme ? Est-elle toujours en vie ?

– Pas maintenant...

– Tu ne peux pas parler maintenant ?

– Exactement. »

Je ne voulais rien ajouter de négatif aux conversations qui se croisaient autour de moi.

« Plus beaucoup de chances de la récupérer vivante, non ?

– Tu l'as dit.

– Fais tout ce que tu peux. Que fait Scotland Yard ?

– Exactement ce qu'on ferait à leur place. »

Il prit le temps de le digérer et ordonna :

« Ne te laisse pas stopper pour si peu.

– Tu me connais.

– Quoi ? Oh, d'accord. Reprends Sally. Elle a quelque chose pour toi. Bon courage. »

Sally reprit aussitôt la ligne.

« Le FBI nous a contactés, environ trente secondes avant ton appel. C'est à toi qu'ils voulaient parler, et quand je leur ai dit que tu étais à Londres, ils sont tombés sur le cul. Je leur ai donné ton numéro. Un de leurs agents sur place va te contacter.

– D'ac. Tu as donné quel numéro ?

– Celui de ton hôtel.

– Cool.

– Tu as une idée de ce qui se mijote ?

– Sally, si j'en avais la moindre, je te l'aurais déjà communiquée. »

Janine Schiller nous rappela enfin. Jane et Vicky se passèrent le relais. Elles n'arrivaient pas à parler longtemps sans éclater en sanglots. Puis elles me la passèrent.

La maman d'Emma était plus calme que je ne l'espérais. Je les avais bien connus, elle et son défunt mari. On avait toujours été en excellents termes.

« Carl, je suis heureuse que tu sois à Londres. On en est tous très heureux. »

Je l'imaginais si bien chez elle, entourée de ses sœurs, de ses frères et de ses cousins.

« Je fais tout ce que je peux, Janine. Je suis en rapport avec les gens de Scotland Yard. Eux aussi font tout ce qu'ils peuvent.

– Donne-leur un bon coup de main comme tu sais si bien le faire. Ne les laisse pas abandonner les recherches.

– Ils ne feront jamais ça, tu peux en être sûre.

– Promets-moi simplement de ne pas les lâcher.

– Promis. »

Que faire d'autre dans un cas semblable ? Ce n'était pas le moment de lui expliquer à quel point j'étais loin de ma juridiction ni de lui avouer mon rôle de spectateur vaguement privilégié.

« Et l'avocat général ? Il est là, lui aussi ?

– Carson Hilgenberg ? Sûr.

– Il doit bien te seconder.

– Très bien.

– Je pourrais lui parler ?

– Tout de suite. Je te le passe. »

Carson accepta l'appareil que je lui tendais et ne tarda pas à hocher la tête.

« Oui, madame... Oui, madame Schiller. »

Je mis quelques secondes à me souvenir que Janine avait dû l'avoir comme élève, à l'école.

« Non, madame Schiller, on ne vous décevra pas... »

Avec un regard désespéré à mon adresse : « Au revoir, madame Schiller. Carl me fait signe qu'il a encore quelque chose à vous dire. »

Le moyen de me repasser le téléphone ?

« Simplement que je vais vous tenir au courant, Janine. Par téléphone et par e-mails. Vous aurez les rapports à mesure qu'on les aura...

– Carl, vous voulez bien parler à Martha une minute ? »

Martha Dressler était la sœur de Janine.

« Mais naturellement. »

Pas facile de se défiler quand on connaît bien son monde.

« Carl ? Qu'est-ce que tu en penses vraiment ? »

Je lui répétai ce que j'avais dit à Janine.

« Tu ne crois pas que ce serait bien qu'on vienne ? »

Oh, misère ! « On », dans cette famille, ça voudrait dire au moins cinq ou six personnes. Seul mon entraînement professionnel m'empêcha de laisser choir l'appareil et de m'enfuir en hurlant.

« Je ne sais pas, Martha. Ils nous ont parlé, à nous, parce qu'ils savent que, en cas de zèle de notre part, ils pourront nous évincer. Mais vous, vous risquerez d'avoir affaire à leur service de relations publiques, et... »

Les rouages tournaient dans ma tête. Quelques membres de la famille d'Emma squattant la réception de New Scotland Yard pouvaient représenter un gros avantage. La presse locale s'en mêlerait et inciterait peut-être quelque témoin, voire quelque informateur plus ou moins vénal, à prendre contact.

« Alors ?

– Écoutez... »

Et je lui dis ce que je pensais en ajoutant : « Il faudrait que ce soient des gens très sereins quoique un peu durs à cuire. Et qui se tiennent à l'écart de nous autres, pour ne pas nous coller les paparazzi sur le poil. Tu penserais à qui, Martha ? Et à combien de personnes ? »

Elle n'hésita même pas.

« Trois d'entre nous maximum. On peut être là dans deux jours.

– D'accord.

– Harriet, Wendy et moi. »

Une autre sœur, plus une belle-sœur.

« Wendy parce qu'elle pleure si joliment. »

Martha n'était pas née de la dernière pluie, et elle était capable, en période de crise, de déplacer des montagnes.

« Bonne initiative ! »

Elle me félicita de ma propre prestation, puis gâcha un peu le coup en ajoutant :

« Toi qui n'étais pourtant pas si brillant à l'école secondaire...

– Je cachais mon jeu.

– Tu le cachais bien ! »

Puis, oubliant tout persiflage :

« Crois-tu que ça va bien finir, cette histoire d'otage ?

– On va croiser les doigts et faire le maximum.

– Je compte sur toi. On se voit dans deux jours. »

Silence lourd après l'agitation générale. Tout le monde se taisait, probablement conscient d'avoir dit tout ce qui pouvait se dire. Finalement, Jane demanda si quelqu'un désirait du café ou du thé. Et pendant qu'elle et Vicky passaient dans la cuisine, le téléphone sonna de nouveau.

« Vous avez vu la cassette ? s'enquit le sergent Trowbridge.

– Juste ce qu'ils ont montré à la télé.

– Il y a un peu plus à dire. Pas des masses, mais un peu plus tout de même.

– Je suis preneur.

– Nous pensons que l'absence d'audio prouve qu'elle a refusé de coopérer verbalement. Ils auraient voulu qu'elle lise un texte préparé, et elle a refusé.

– Qu'est-ce qui vous le fait croire ?

– C'est l'opinion de notre spécialiste de la lecture sur les lèvres.

– Ah oui ?

– Ils n'ont aucune expérience de ces choses. Ils auraient pu la droguer pour la rendre plus docile. C'est sûrement leur première expérience du genre. Des amateurs.

– C'était l'impression dégagée.

– Oui. »

Sa voix se fit plus grave.

« Ça risque de devenir... hasardeux, vous savez. Pour elle.

– Entièrement d'accord.

– Vous pouvez parler librement ?

– Pas tout à fait.

– Il y avait un message écrit, avec la cassette. Ils s'annoncent comme le "Mouvement réformiste londonien pour la libération de Khaled al-Fawwaz et Ibrahim Eidarous". Et encore comme les "Lions sur le front du jihad en Angleterre".

– Jamais entendu parler ni de l'un ni de l'autre.

– Assez bizarrement, nous non plus, soupira-t-il avec une pointe de sarcasme. On a consulté d'autres sources. Inconnus au bataillon. Il ne faut pas perdre de vue qu'il peut s'agir d'un coup monté, ou d'une manœuvre pour attirer notre attention dans le mauvais sens.

– Ont-ils dit ce qu'ils voulaient ?

– Pas encore. Juste qu'ils reprendraient contact. Sans date spécifique. Pourrions-nous en discuter demain ?

– Ici ou à notre hôtel ?

– Pourquoi pas là où vous êtes ?

– Vers quelle heure ? »

J'essayais de prolonger le dialogue en tentant de digérer cette histoire de jihad.

« On vous appellera avant. D'ici là, ne parlez pas de ces noms de groupe à qui que ce soit. On le fera en temps voulu.

– C'est juré. »

Je sais très bien garder les secrets. Même si ça n'est pas toujours facile.

« Qu'est-ce qu'ils ont dit, p'pa ?

– Peu de chose que nous ne sachions déjà. La bande était un peu plus longue, mais ne contenait rien de significatif.

– Rançon ? s'informa Carson.

– Pas encore. Un message écrit disait simplement que les kidnappeurs reviendraient à la charge.

– Mon Dieu, gémit Jane. Pauvre Emma. Combien de temps va durer cette sinistre comédie ?

– Sans doute pas très longtemps. »

J'avais dit ça uniquement pour encourager les filles, car il ne semblait pas y avoir de garantie d'une heureuse issue à cette histoire. Mais je crois que nous en étions tous parfaitement conscients.

On convint de se retrouver après les cours, le lendemain. À peine dans la rue, Carson éprouva le besoin d'exprimer ses doutes.

« Après cette maudite cassette, j'ai encore plus peur pour Emma.

– Pareil de mon côté.

– Trowbridge vous a dit quelque chose que vous n'avez pas répété aux filles ?

– Qu'on avait affaire à des amateurs. Ce qui n'améliore pas les choses pour Emma. »

On marcha quelque temps en silence. Personne dans les rues. Juste un couple pressé de rentrer. Je remarquai les lampadaires de la Southwood Lane.

« Jamais vu des lumières aussi jaunes !

– C'est vrai. J'étais en train de me demander si je n'avais pas trop bu.

– Non. Elles sont vraiment jaunes. »

On redescendit la côte jusqu'à la station de métro. Des marches et des marches avant d'atteindre le quai.

« Vous croyez qu'elle est retournée dans le centre, cette nuit-là ?

– Emma ? Pourquoi diable ?

– Sais pas. Elle aurait pu avoir un rendez-vous. Juste histoire de causer, je suppose. Ce métro est particulièrement sinistre.

– Je me demande... si elle avait un téléphone portable. Je ne crois pas que New Scotland Yard aurait négligé ce détail, mais ça ne figure pas dans le rapport. »

Le mien, de portable, était resté à Maitland pour la bonne raison qu'il n'aurait pas fonctionné en Angleterre. Jane et Vicky en possédaient un et sans doute également Emma. Je pris bonne note d'appeler Jane en arrivant à l'hôtel.

Quelques instants plus tard, on découvrit que les métros de Londres s'arrêtaient à minuit. On trouva un petit café tout près de la station, on persuada l'équipe de nettoyage de nous appeler un taxi. Un de ces gros engins noirs qu'on voit dans tous les films britanniques vint rapidement nous prendre.

Une fois à bord, je reçus une nouvelle leçon. Je n'avais jamais réalisé à quelle vitesse on pouvait être identifiés comme citoyens des États-Unis. Je ne dis rien de plus au chauffeur que l'adresse de notre hôtel. Et sa réaction fut instantanée :

« Américains ?

– Oui. Fraîchement débarqués.

– Vous avez entendu parler de cette Américaine, celle qu'ils ont prise en otage ?

– Oui.

– C'est vraiment une abomination. Attraper quelqu'un dans la rue, le menacer et tout.

– Effroyable, confirma Carson.

– J'ai entendu dire qu'elle créchait par ici, à Highgate. Vous la connaissez ?

– Oui, on la connaît », admit Carson avant que je puisse l'en empêcher.

Je le fusillai du regard, mais je ne crois pas qu'il s'en rendit compte.

« Alors, là, messieurs, vous avez toute ma sympathie. Il y a quelques années, un de mes cousins a été tué par l'IRA. Terrible pour sa femme et ses gosses. Il rentrait du boulot quand la bombe a éclaté, dans une boutique. Il a été tué sur le coup.

– Mes condoléances.

– Où va le monde ? Comme je le dis toujours... »

Il nous regardait par-dessus son épaule gauche. Pour quelqu'un comme moi, qui ai toujours piloté des voitures avec conduite à gauche, c'était déstabilisant.

« J'espère qu'elle va bien s'en sortir.

– Le ciel vous entende.

– Une honte que la politique s'en mêle. Avec le terrorisme et tout le bazar, on a intérêt à veiller au grain. »

L'expression même de la sagesse populaire.

À 22 h 10, on était à l'hôtel. Le clignotement du téléphone annonçait un message. Je décrochai alors que Carson filait aux toilettes.

« Il y a... un nouveau message... pour la chambre 515 », égrena sans émotion la voix synthétique.

Puis le sergent Trowbridge déclara :

« Shérif Houseman... ici le sergent Trowbridge à New Scotland Yard. Il est 19 heures. Fait nouveau dans l'affaire Emma Schiller. Rappelez-moi au... »

Ni papier ni crayon sous la main. Je finis par trouver ce qu'il fallait, mais dus réécouter le message afin de pouvoir noter le numéro.

« Qu'est-ce qui s'passe ? s'enquit Carson.

– C'est Trowbridge. Du nouveau dans le dossier d'Emma... »

Un autre flic m'apprit que le sergent Trowbridge n'était pas à son poste. Je déclinai mon identité. Il s'exclama :

« Oh, c'est vous, le shérif américain ?

– Shérif adjoint. Oui.

– Je crois que Trowbridge doit être arrivé à Stevenage. Notez le numéro de son portable. Je sais qu'il veut vous parler... »

À la sixième ou septième sonnerie, Trowbridge répondit à mon appel.

« Houseman. Il y a du nouveau dans l'affaire Emma ?

– J'en ai bien peur. On a découvert un corps. Difficile à identifier pour le moment. Vous pourriez nous assister ?

– Probablement. »

Un corps ? Alors qu'on venait de la voir à la télé ?

« Dans quel état ?

– Je préfère ne pas trop parler au téléphone. Nous sommes au poste de police de Stevenage. Pourriez-vous venir immédiatement ? Quelqu'un vous attendra à l'arrivée du train. Entretemps, nous aurons regagné l'hôpital. »

Il me donna toutes les indications nécessaires. Je transmis la nouvelle à Carson, enfilai une veste et empochai mes notes.

« On doit aller à la gare de King Cross et prendre ce qu'il appelle un "bon train" pour un bled nommé Stevenage. Il m'a recommandé un express qui nous déposera là-bas dans une heure environ.

– Mais on vient de la voir à la télé. Ça ne peut pas être elle. »

Lui aussi enfilait une veste.

« Je le souhaite. Mais je ne pense pas qu'ils nous appelleraient s'ils n'en étaient pas pratiquement certains. »

12

Jeudi 13 novembre 2003
0 h 39, GMT

On arriva juste à temps à la gare de King Cross. Les taxis ne sont pas bon marché à Londres, mais puisque le métro fermait à minuit...

Le trajet en train nous parut très long. Nous avions hâte d'en avoir le cœur net...

Un enquêteur de la police du Hertfordshire, un certain Julian Richards, s'assura de notre identité, nous serra la main et se déclara heureux que nous ayons pu venir. Puis on grimpa dans sa voiture de patrouille, que je trouvai petite et inconfortable, mais qui nous conduisit directement à l'hôpital Lister.

Trowbridge nous accueillit sur le seuil de la morgue.

« Désolé de vous importuner, mais nous pensons sincèrement avoir mis la main sur votre personne disparue.

– Vous avez bien fait de nou appeler.

– Juste un court briefing avai d'entrer. Elle a été découverte au début de la soirée. En fait, pai cet officier... »

Il désignait Richards qui ajouta modestement :

« Presque par hasard.

– On dit qu'il fait parfois bien les choses.

– Elle était dans un petit réfrigérateur d'où il a été très difficile de la sortir, expliqua Trowbridge. Tout ce qu'on a pu dire au départ, c'est qu'il s'agissait d'une femme petite aux cheveux brun roux. Le signalement correspond au moins à trois personnes disparues à Londres, plus deux autres en Angleterre. Maintenant qu'on l'a sortie du frigo et qu'elle commence à dégeler, on va pouvoir en dire davantage... »

Ma première impression fut qu'il faisait plus chaud dans la salle d'autopsie que je ne m'y serais attendu. Puis j'aperçus le corps et compris pourquoi. Je n'avais jamais vu une chose pareille. Sur la table d'examen gisait une femme nue, emperlée d'humidité, et... cubique ! Elle avait les chevilles croisées et ramenées en arrière. Ses mollets touchaient ses cuisses pressées contre sa poitrine, bras repliés de chaque côté du torse dans une position analogue à celle des membres inférieurs.

Plaquée sur son épaule droite, selon un angle anormal, sa tête s'écrasait littéralement dans l'espèce de niche formée par ses quatre membres. Sa longue chevelure s'était agglomérée du côté droit et se dressait, raide, entre ses pieds. Beaucoup plus pâles que le reste du corps, les zones extérieures de sa chair étaient aplaties comme par quelque vitre invisible. Tous les hommes présents dans la salle évitaient soigneusement de regarder son sexe exposé de façon obscène par sa posture impossible.

Les chevilles et les poignets écorchés portaient les marques de liens absents. Elles étaient affreuses à voir et très bien délimitées. Plus je les contemplais, moins j'aurais pu dire s'il s'agissait effectivement d'entraves écartées ou des meurtrissures causées par le traitement inhumain qu'elle avait subi. Elle n'avait plus de peau sur les deux genoux. Rien que des croûtes. Ce qui signifiait que cela avait été fait avant sa mort et s'ajoutait à l'horreur du tableau d'ensemble.

« C'est affreux ! »

Je me penchai vers le visage dissimulé en grande partie par sa posture contrefaite.

« Ça pourrait être Emma, la couleur des cheveux correspond. »

Le front et le côté droit du visage avaient également beaucoup souffert. Elle avait été sauvagement frappée de son vivant, sans doute à l'aide de quelque instrument contondant.

Je me retournai vers Trowbridge.

« Combien de temps avant qu'elle puisse être dépliée ?

– Le médecin légiste va s'en occuper incessamment. Il attend un second légiste et il est allé prendre un thé après l'avoir extraite de ce truc-là. »

Il désignait le petit réfrigérateur poussé dans un coin, avec le dessus découpé et posé en biais contre le mur.

« Elle était là-dedans ?

– Elle y était.

– Seigneur Dieu, ça ne paraît pas possible. »

Trowbridge consulta ses notes.

« Dimensions intérieures : cinquante-cinq centimètres sur cinquante-cinq et sur cinquante-deux.

– Emma mesurait un peu plus d'un mètre cinquante. Jamais je n'aurais cru cette horreur possible.

– Nous prouverons qu'une forte pression a été exercée sur la porte du réfrigérateur afin de pouvoir l'y enfermer. Vous pouvez distinguer les craquelures sur la face intérieure... »

Un claquement de porte marqua la sortie précipitée de Carson dans le hall.

« Vous tenez donc un suspect ? »

Si le frigo avait été découvert dans une maison, ils avaient leur coupable présumé. S'ils l'avaient découvert dans un local commercial, ils avaient, tout au moins, un bon point de départ avec la liste de ceux qui pouvaient s'en servir.

« Je ne suis pas encore habilité à vous en dire davantage. S'il s'agit effectivement d'Emma Schiller, je me trouverai alors en position de le faire.

– J'espère pouvoir l'identifier formellement. Je détesterais imposer à Jane et à Vicky cette horrible formalité.

– Je vous comprends parfaitement. Croyez-vous que votre ami va reprendre son sang-froid ?

– Carson ? Je l'ignore. »

Je continuais à examiner le corps.

« C'est de la chair de poule, sur ses bras et sur ses cuisses ?

– En quelque sorte, mais reculez, voulez-vous ? Nous ne devons risquer aucune contamination.

– Combien de temps après la mort cette "chair de poule" peut-elle se manifester ?

– Je vais me renseigner, promit Trowbridge. Je n'en sais fichtre rien.

– Moi non plus. Mais ça pourrait être intéressant. Elle n'avait évidemment aucune raideur quand on l'a introduite dans ce frigo. Et d'après les marques sur les fesses, elle a dû y être poussée peu de temps après la mort. La lividité cadavérique...

– Venez. »

Il marchait vers la porte, bien décidé à m'éloigner de la victime. J'enchaînai lentement :

« J'ai eu affaire, déjà, à des cadavres congelés, mais en plein hiver, à l'extérieur. Cette chair de poule est un phénomène bien connu... »

Trowbridge fit entendre un bruit de gorge qui ressemblait presque à un accès d'hilarité.

« Il fait vraiment très froid par chez vous ? demanda Richards.

– La nuit la plus froide que j'aie endurée, dans le cadre de mon boulot, le baromètre est descendu à moins quarante-sept degrés Fahrenheit.

– Seigneur, râla Trowbridge. Je pensais qu'il n'y avait qu'au Canada qu'on atteignait ces températures extrêmes.

– C'était un coup de vent qu'ils nous avaient envoyé d'Alberta.

– Combien ça fait en degrés Celsius ? » voulut savoir Richards.

Je consultai Trowbridge du regard.

« À peu près pareil, je crois. Est-ce que les deux échelles ne convergent pas, vers moins quarante-cinq ?

– Il me semble.

– Mais c'est la première fois que je vois un corps artificiellement congelé. Je crois que ce serait plus long dans un frigo, parce qu'il n'y fait pas aussi froid.

– Il avait été débranché depuis un petit moment », précisa Richards.

Et Trowbridge trancha : « Ne tirons pas de conclusions hâtives. »

Richards accusa le coup, et la boucla ferme.

En ressortant de la salle d'autopsie, on retrouva Carson sur un banc du hall, la tête renversée en arrière, les yeux clos, la respiration méthodique.

« Ça va, Carson ?

– Je n'oublierai jamais ce que j'ai vu.

– Mais si. Ça va s'estomper. Avec le temps. »

Assis ou debout, on attendit les toubibs.

« Une chose, dis-je aux deux policiers. Elle ne s'y est pas casée toute seule, dans ce frigo.

– C'est exact.

– Vous avez le corps, vous avez le frigo. Sans vouloir me répéter, vous avez donc au moins un suspect.

– Plus de discussions là-dessus avant l'arrivée de l'inspecteur Whitcomb. »

Je remarquai le sourire de Richards. Il n'était pas mécontent. Il m'apparut aussi que Carson et moi-même étions les seuls « civils » dans cette enceinte. Ou les autres personnes disparues n'avaient pas de famille, ou Trowbridge et compagnie étaient sûrs que la morte était bien Emma Schiller. Avec une forte probabilité en faveur de cette seconde solution.

Il était plus de 1 heure du matin quand les deux médecins légistes réintégrèrent la morgue, en compagnie de leurs infirmières. Avant leur retour, on avait jeté un œil, à deux reprises, dans la salle d'autopsie où la morte commençait à se déplier. C'était presque magique. La fois précédente, elle avait acquis l'apparence d'une énorme araignée à quatre pattes dont les membres affleuraient le dessus de la table. Les bras levés étaient presque à la verticale, les jambes ouvertes à quarante-cinq degrés. Pour quelque raison mystérieuse, les pieds relevés pointaient encore vers les tibias. Seuls les talons étaient en contact avec la table, plantes repliées vers l'intérieur selon un angle parfaitement insolite.

« Docteur Mallampalli, se présenta l'un des légistes. Rama Mallampalli. Et voilà le docteur Barrington et les infirmières Barnett et Wellesley. »

Il s'adressait directement à Carson et à moi-même. On se présenta à notre tour. On échangea de cordiales poignées de main.

« Vous venez de l'Amérique profonde ? Qu'est-ce qui nous vaut cet honneur ? Notre invitée congelée ici présente ?

– Si toutefois c'est bien celle à qui l'on pense...

– Messieurs... allons-y gaiement. »

On rallia la salle d'autopsie à la suite de l'équipe médicale où Mallampalli, toujours très enjoué, déclara :

« Je crois qu'on peut réduire le chauffage. »

Pendant que l'infirmière Barnett allait régler le thermostat, le médecin constata, sur le même ton jovial : « Oh, mais nous sommes presque sur le dos, à présent. Shérif, venez voir son visage. Il est bien visible, à ce stade du dégel. »

Je le rejoignis, baissai les yeux et jurai dans ma barbe.

« Bon sang, c'est elle. C'est Emma. Plus aucun doute ! »

On espère toujours, jusqu'à la dernière seconde...

« Sûr ? demanda Trowbridge.

– Vous voyez cette minuscule cicatrice, au-dessus de l'œil droit. J'étais là quand elle se l'est infligée.

– Donc absolument sûr.

– Hélas oui. »

Je me penchai un peu plus.

« Cette marque, autour de son cou. C'est la trace d'un lien ou un pli naturel de l'épiderme ?

– Je le déterminerai quand je pourrai mieux le voir. »

Mallampalli enfila des gants de latex pour appuyer sur le genou gauche de la victime partiellement dégelée. L'articulation manquait encore de souplesse.

« Je dirais qu'il faut attendre encore huit heures avant de pouvoir démarrer l'autopsie. Je ne veux pas risquer d'endommager les tissus. »

Il pivota sur lui-même afin de nous sourire.

« Et encore moins de me frigorifier les pattes quand j'entrerai dans le vif du sujet. Alors, vous connaissiez la victime ?

– Ma femme et moi étions des amis de ses parents, et c'était une bonne copine de ma fille. Elle n'était pas beaucoup plus âgée.

– Sincères condoléances.

– Merci.

– Vous assisterez à l'autopsie ?

– Je ne crois pas, intervint Trowbridge. Y assisteront seulement deux des officiers affectés à l'affaire. »

C'était bon pour moi et je le leur signifiai. Je déteste assister à l'autopsie de personnes que j'ai bien connues. C'est la meilleure façon de gâcher le souvenir qu'on en garde.

« Et les résultats ? poursuivit Mallampalli. Je les communique à ces mêmes officiers ?

– Oui. Si le shérif Houseman souhaite en recevoir une copie, elle lui sera adressée par l'équipe des enquêteurs. »

Rien non plus contre ça. On en aurait fait autant à la maison. Je consultai ma montre. 1 h 30.

« Excusez-moi, deux ou trois coups de fil à donner, en guise de faire-part. »

J'ajoutai, avant que Trowbridge puisse me contredire :

« Aux États-Unis. Et aussi pour informer ma fille et son amie.

– Je crains que ce soit hors de question pour le moment ! »

Je me retournai. L'homme qui venait de parler ainsi devait approcher de la soixantaine. Plus d'un mètre quatre-vingts, très mince, vêtu d'un sweater et d'un pantalon de jean. Il montra à Trowbridge une carte et une sorte d'insigne. J'étais trop loin pour les voir, mais je ne les aurais sans doute pas identifiés, de toute manière. Trowbridge, lui, bondit littéralement au garde-à-vous. Tout juste s'il ne claqua pas des talons en débitant d'une seule traite :

« Sergent-Trowbridge-officier-chargé-du-dossier !

– Il y a un endroit où on peut parler ? »

Provisoirement négligé, le légiste rappela son existence :

« Docteur Mallampalli et docteur Barrington. Je suis surpris de vous voir dans nos murs. »

Ou je me trompais, ou les deux toubibs avaient réagi fortement, eux aussi, à la présentation des pièces officielles exhibées par le nouveau venu.

Qui s'adressait maintenant à moi :

« Vous êtes le shérif adjoint Houseman ?

– Oui.

– Pourquoi ne viendriez-vous pas, vous aussi ? »

C'était moins une question qu'un ordre courtois.

« Avec plaisir. »

Pensez si j'avais l'intention de manquer ça ! Carson non plus, qui s'annonçait à présent :

« Je suis Carson Hilgenberg, avocat général du comté de Nation, Iowa, États-Unis.

– Vraiment ? Eh bien, vous allez nous attendre dans le hall, ce ne sera pas long. »

À l'infirmière Barnett, il suggéra :

« Veillez à ce que monsieur ne manque de rien. Café et la suite. »

Elle regarda Mallampalli qui se contenta d'approuver avec enthousiasme, d'un grand signe de tête.

L'homme parla ensuite à l'agent Richards.

« Veuillez tenir compagnie à M. Hilgenberg, je vous prie. Aucun coup de fil de personne à l'extérieur. »

Il parlait très gentiment, mais on n'avait pas envie de le contredire.

« Salle d'autopsie interdite pour l'instant. Aucune discussion autour de cette malheureuse.

– Par ici, conclut Mallampalli en nous introduisant dans une petite salle de conférence.

– Je m'appelle Adrian Blyth, déclara le nouveau venu une fois la porte refermée. Du MI-5. Je crois que nous connaissons tous les deux un agent du FBI nommé Pollard. »

Il me tendit la main. Je la lui serrai.

« C'est à vous que George a parlé de Skripkin. »

MI-5 ? Excusez du peu. Service secret. J'étais très impressionné. Il souriait.

« Tout à fait. Désolé de vous rencontrer dans de telles circonstances. »

On s'installa. Mallampalli parla le premier :

« Votre intervention change-t-elle quelque chose à l'attribution de notre rapport d'autopsie ?

– Tout à fait. Le docteur Haworth va venir vous assister. Il aura peut-être un de ses collaborateurs avec lui. Vous nous ferez votre rapport, avec un exemplaire à la branche spéciale SO13. La presse sera informée en temps utile.

– Rapport dicté ou dactylographié ?

– Dactylographié par vous-même, de préférence.

– En faisant confiance à mon orthographe ! »

Le docteur Mallampalli sourit une fois de plus.

« Très heureux de vous avoir revu.

– Toujours un plaisir de travailler avec vous. Toute pièce à conviction sera remise au sergent Trowbridge ici présent et classée sous le numéro de code que j'indiquerai.

– Ce sera fait, confirma Trowbridge.

– Y a-t-il quelque chose, s'informa le docteur Barrington, que nous devrions particulièrement signaler au labo ? »

Blyth fronça les sourcils.

« Elle a servi d'otage. Il se peut qu'ils lui aient administré une saleté quelconque afin de la rendre plus docile. Difficile à dire avec le peu que nous savons. Maintenant, si messieurs les médecins veulent bien nous excuser, nous avons des questions moins scientifiques à mettre au point entre nous. »

Après le départ des légistes, Blyth se percha sur le coin du seul bureau disponible.

« Sergent, voulez-vous vérifier si, dans cet autre frigidaire, il n'y aurait pas de quoi boire. De l'eau, de préférence. »

Trowbridge sortit trois bouteilles, une par tête de pipe. Blyth, un peu plus décontracté, amorça :

« En premier lieu, shérif, toutes mes excuses. Si j'avais été prévenu plus tôt – avec un coup d'œil significatif à l'adresse du sergent –, je vous aurais épargné la procédure d'identification.

– Pas grave. C'est une des raisons de ma présence à Londres. Qui plus est, je préfère avoir souscrit moi-même à cette formalité plutôt que ma fille. »

Ce qu'il avait sous-entendu, d'ailleurs, c'était plutôt : « J'aurais évité de vous mêler à l'enquête, mais maintenant que vous êtes là... »

« J'ai cru comprendre que vous connaissiez bien cette malheureuse ?

– Pas mal. C'est une petite ville où tout le monde se connaît.

– Vraiment ? Comme c'est sympathique. Laissez-moi vous dire, pour commencer, que le MI-5 n'est pas un service policier. Nous n'arrêtons personne ni quoi que ce soit d'analogue. Ça, c'est le travail du sergent Trowbridge. Nous sommes de bons citoyens qui allons à la chasse aux infos, et ne tuons personne.

– Une honte ! ricana Trowbridge.

– Parfois, oui. Néanmoins, il nous arrive d'être utiles. À présent, shérif...

– Carl fera l'affaire. Sincèrement.

– D'accord. Eh bien, Carl, puisque vous êtes dedans jusqu'au cou, je vais solliciter de votre part une petite collaboration.

– J'en serais ravi.

– Officieuse. Pas moyen de faire autrement. Et confidentielle. Rien ne devra sortir d'ici. Voilà... »

Dans un soupir :

« Nous avons reçu une seconde cassette. Ou, plus exactement, la BBC a reçu une autre cassette de ce même groupe qui s'intitule "Mouvement réformiste londonien pour la libération de Khaled al-Fawwaz et Ibrahim Eidarous" ou "Lions du front pour le jihad en Angleterre". »

Le temps d'un pâle sourire, puis :

« Avec de tels titres, comment s'étonner que nous ayons affaire à des amateurs ? Cette fois, cependant, l'exigence est claire, même si c'est toujours sans texte parlé. Ils veulent la libération de tous les prisonniers politiques incarcérés à la prison de Belmarsh, sous inculpation de TCSE. Faute de quoi ils tueront l'otage.

– Mais maintenant qu'elle est morte, à quoi ça rime ?

– C'est la conclusion logique, en effet. Non que nous aurions libéré les prisonniers si elle était encore de ce monde. Mais ils annoncent une troisième cassette avec quelques exigences supplémentaires et c'est pourquoi personne ne doit savoir encore qu'elle nous a quittés. Juste un petit bout de temps. »

S'attendait-il à des questions stupides de ma part ? Je ne voulais pas avoir l'air plus idiot que je ne l'étais, et Trowbridge devait partager mon sentiment. Je souhaitai savoir, en fin de compte :

« Que signifient les initiales du motif d'inculpation de ces messieurs ?

– Oh, pardon. Terrorisme et crime contre la sécurité de l'État. Un sigle créé en 2001, peu de temps après le 11 Septembre, qui étend les motifs possibles d'interpellation et de détention. »

Je dévissai le bouchon de ma bouteille d'eau minérale.

« Oh ? J'ai la nette impression d'aller nager où je n'ai pas pied.

– Je m'en excuse. Mais il faut vraiment que vous fassiez quelque chose pour nous. En souvenir de ce que l'ami George et vous-même avez vécu voilà deux ans, sous la même rubrique. Êtes-vous prêt à nous accorder votre collaboration pleine et entière ?

– Vous l'avez déjà. »

Et je le pensais.

« Tout d'abord, garder sous cloche, jusqu'à nouvel ordre, la mort d'Emma Schiller.

– Mon Dieu... s'il le faut... »

Même si ça grinçait dur dans ma tête.

« Ça signifie que je vais revoir ma fille en la laissant se torturer avec cette idée d'otage... sans lui révéler que son amie est morte ?

– Exactement.

– Trois de ses proches parents vont faire le voyage dans l'espoir d'obtenir sa libération. Eux non plus ne doivent pas être informés ?

– Non. J'ai bien peur que non. Je n'ignore pas que c'est beaucoup demander.

– Beaucoup. Ainsi que de mentir à mon patron, ne fût-ce que par omission. »

Et devant l'absence de riposte :

« Lui non plus ne doit pas le savoir ?

– Non. Pas encore.

– Pendant combien de temps ?
– Aucune idée.
– Même approximative ?
– Non. Pas trop longtemps, j'espère. Ça dépendra de nombreux facteurs actuellement indéterminables. »

J'attendis l'énumération de quelques-uns de ces facteurs. Elle ne vint pas. Ni ne viendrait avant l'heure !

« OK. Si c'est comme ça, c'est comme ça.
– Parfait... Vous venez de parler de votre patron. Pour quelle raison au juste êtes-vous ici vous-même ? »

Il avait l'air de quelqu'un qui est déjà au courant, mais qui ne peut pas y croire. Je le lui expliquai de mon mieux. Il fit semblant de comprendre.

« Merci, Carl. Au moins, nous savons où nous en sommes.
– Mais votre position est plus facile que la mienne. Je ne peux pas faire grand-chose. Puis-je au moins avoir l'assurance que ces salopards auront ce qu'ils méritent ?
– Là, je crois que je puis vous le certifier. Je vous renouvelle mes regrets pour n'avoir pu vous éviter cette corvée. Si j'avais été informé à temps... »

Une certaine exaspération transparaissait dans sa voix. Il regardait fixement Trowbridge, moins, sans doute, pour lui infliger le blâme que pour lui prédire quelque discussion ultérieure sur le même sujet.

« Vous aviez déjà entendu parler de ce fameux groupe ? »

Blyth tira d'une de ses poches un bloc-notes électronique, le consulta brièvement et le referma.

« Pas la plus petite allusion antérieure. Ça sonne un peu comme si quelqu'un avait réuni deux ou plusieurs groupes. Ce doit être une création récente, par de vulgaires amateurs...
– Vous me passerez les infos si vous en apprenez davantage ? »

Il ouvrit la bouche pour refuser, puis changea d'avis.

« Oh ? Vous cherchez toujours une connexion entre ces rigolos et ceux que vous-même et l'agent Pollard avez rencontrés aux États-Unis, c'est ça ?
– Je l'espère et le crains à la fois. Mais j'y pense.
– Vous avez un lien en tête ? Ou avec Emma Schiller ?
– Non. Mais je tiens à m'en assurer.
– Je vous informerai de tout développement ultérieur. Vous me passerez le dossier de votre affaire américaine ?

– Le maximum disponible. Au plus vite. »

Je savais que Lamar et Sally feraient de leur mieux, dans la mesure du possible.

« Je ferai de même, dit Blyth en tournant alternativement le bouchon de son eau minérale dans les deux sens.

– Eu égard aux circonstances, vous avez un suspect en vue ?

– Pas exactement. »

Étonnant, non ?

« Oh ? Vous avez déjà quelqu'un sous clef ?

– Encore moins. »

Je faillis leur demander, à tous les deux, s'ils avaient reçu ce putain de frigo par la poste, et puis j'y renonçai. Finalement, ils n'avaient pas l'air de me mener en bateau. Ils ne me diraient pas, simplement, tout ce qu'ils savaient ou ce qu'ils apprendraient par la suite. C'était de bonne guerre. Il me suffisait d'imaginer ce que je ferais si les rôles étaient inversés.

À l'aller, dans l'avion, j'avais beaucoup pensé à ce qui se passerait si Emma était morte. Et que faire, à présent, pour les funérailles ? Il faudrait un cercueil. Arranger son retour au pays. Je m'humectai la gorge avant de m'en ouvrir à Blyth.

« Je ne vois pas comment je vais pouvoir organiser tout ça sans rien dire à personne. »

Visiblement, il n'y avait pas songé une seconde. Mais il n'était jamais à court de réponses.

« Nous vous aiderons de tous les côtés. Nous avons des tas d'amis bien placés. Et je vous promets de raccourcir l'attente au maximum. Quand on vous dira que vous pouvez y aller, tous les arrangements auront été pris d'avance.

– Merci. Et Carson ? Il n'est que procureur et pas très dégourdi. Il sait qu'elle est morte. Encore un problème.

– Pouvons-nous y faire quelque chose ?

– Sûrement. Il y a de la place, à la prison de Belmarsh ? »

Il apprécia mon sens de l'humour.

« J'espère que nous n'aurons pas besoin d'aller jusque-là.

– Ça ne vous ennuierait pas de préparer le terrain avant que je lui parle ? Je vais le tenir à l'œil, mais je serais plus tranquille si j'avais une base solide.

– D'accord. À propos, comment êtes-vous arrivés ici ? »

À cause des histoires de Lamar et tout ? Je croyais le lui avoir déjà dit. Puis je réalisai que la question était beaucoup plus simple. Et plus littérale.

« Oh ? Ici, à Stevenage ? Taxi et train. »

J'avais une excuse. J'étais très fatigué.

Blyth se retourna vers Trowbridge.

« Vous auriez dû penser à assurer leur transport. Surtout à cette heure.

– J'étais déjà sur place, se défendit le sergent.

– Alors assurez-le pour leur retour. Dans les meilleures conditions possibles. »

En cinq secondes, l'agent Richards fut mis à notre disposition et nous emmena au volant de sa propre voiture de patrouille.

13

Jeudi 13 novembre 2003
1 h 46, GMT

Sur le chemin du retour, sous la conduite de notre chauffeur particulier, Carson et moi bavardâmes comme deux pies. J'ignorais ce que Blyth avait pu lui dire, mais une chose l'avait frappé :

« Bon sang de bois ! Si on parle trop tôt, on va finir en taule.

– Exact, approuva Richards. Secret officiel et tout le tremblement. C'est grave.

– Donc, on ne parlera pas trop tôt. D'accord, Carson ?

– Pas exprès, bien sûr. Mais enfin, Carl...

– Je sais. La taule. Ce sera moins difficile que vous ne l'imaginez.

– Absolument, opina Richards.

– On peut toujours avoir un lapsus, non ?

– Il ne s'agit pas de mentir, Carson, mais de taire ce qu'on sait. Le plus dur sera d'avoir l'air profondément choqué quand on pourra tout dire. J'ai horreur de jouer la surprise et l'affliction. Mais on y arrivera.

– Ouais, sûrement. Ce Blyth est du MI-5. Collègue de James Bond, c'est ça ?

– Exact, acquiesça Richards. Quoique 007, c'est plutôt MI-6, la section affaires étrangères. MI-5, c'est le secteur national. »

Il était tout émoustillé. Moi aussi, dans un certain sens.

« Comme chez nous le FBI et la CIA, commenta Carson. Mais quand ce ne sera plus un secret officiel, quand tout le monde saura, on pourra en parler, non ?

– Des événements de cette nuit ? Pas sans l'autorisation expresse des autorités.

– Carl, ça va pas être facile !

– Écoutez-moi bien. “Quand tout le monde saura” est une situation qui n’arrivera jamais, en tout cas dans les trente ans à venir. Tout simplement parce qu’on ne pourra *jamais* faire savoir ce que l’on sait, d’accord ? »

Je devais vraiment le préparer à affronter la situation. J’étais pour ma part préoccupé en imaginant que si jamais ma fille découvrait que je lui avais caché la mort d’Emma alors que j’étais dans le coup, elle ne me le pardonnerait jamais.

« Jamais ?

– Pas tant que je serai de ce monde. Après ma mort, vous pourrez le raconter à tout le monde, vous serez ainsi tout seul à aller en prison.

– Vous êtes vraiment sérieux ?

– Après ma mort...

– Mais vous avez déjà fait ça ? »

Je voyais que ça commençait à rentrer.

« Non, pas vraiment. Enfin si, quelquefois, mais pas dans des cas similaires. Souvent, pour affaires de drogue, quand on arrête un camé et qu’on lui tire les vers du nez. Sur ses infos, on remonte jusqu’à un ou plusieurs dealers. Il ne faudra néanmoins jamais prononcer son nom, pour qu’il ne risque pas de se faire descendre. Mais le mieux est de ne pas y penser. Ne vous attardez pas là-dessus. Avalez cette histoire et restez silencieux. C’est comme un secret professionnel dans une relation entre un avocat et son client, vous voyez ? »

Il rumina un instant.

« Mais les gens raisonnent, Carl. Tôt ou tard, ils pigent le topo. Jane et Vicky ne sont pas idiotes, loin de là.

– Je sais.

– Qu’est-ce que je suis censé faire alors ? Changer de sujet ?

– Habilement », suggéra Richards.

Carson n’était toujours pas convaincu. Je n’avais guère confiance en ses facultés de comédien et tentai un ultime argument :

« Si vous ne pouvez pas vous empêcher d’en parler, parlez-en avec moi. Comme ça, on sera deux à gamberger. »

Cette perspective parut le détendre un brin. Pas moi. Pour changer de sujet, Richards nous confia qu’il avait été dans la police métropolitaine pendant une dizaine d’années avant son transfert à Stevenage, quatre ans auparavant. Je lui racontai quelques petits souvenirs de Maitland et on se mit à bavarder comme deux vieux copains de régiment. Les histoires de flics sont un peu comme les histoires de guerre. Elles se ressemblent toutes. Ça marchait si bien entre nous que je risquai un nouveau petit coup de sonde :

« Ni suspect ni arrestation, d'après Blyth et Trowbridge. Ni même aucun point de départ. Qu'elle soit personnelle ou publique, vous avez au moins l'adresse où vous avez déniché ce foutu frigo ! »

Richards eut un petit rire amusé. Voire supérieur.

« Malheureusement, c'est pas du tout comme ça que ça s'est passé, mais, dans votre position, vous ne pouvez même pas imaginer la vérité. J'ai bien envie de vous mettre à la page. »

La tête tournée vers nous, le regard interrogatif :

« Hé, les gars, vous pouvez garder un secret de plus ? »

Je montrai Carson du doigt.

« Moi, oui. Lui, je sais pas. »

Richards rit tandis que Carson protestait : « Ils ne me boucleront pas deux fois. Accouchez, mon vieux. »

Notre chauffeur en mourait d'envie.

« Vous savez que c'est moi qui ai découvert le corps. À la suite d'une infraction au code de la route. »

Il marqua une pause, pour l'effet.

« Elle était dans le frigo, d'accord, mais le frigo était à l'arrière d'une bagnole.

– Sans blague ?

– Il y avait cette petite bagnole, une Jazz avec un hayon à l'arrière. Elle se déplaçait étrangement, roulant doucement, s'arrêtant, jusqu'à finalement s'engager dans un sens interdit, pour revenir en arrière. Je me suis mis à lui filer le train et le gars est devenu nerveux, vous voyez le genre ? J'attendais qu'il en fasse une sévère pour le stopper. Alors, il a écrasé le champignon et commencé à prendre ses virages à la corde. J'ai fait ni une ni deux. J'ai allumé le gyro, déclenché la sirène et je l'ai collé comme de la glu. »

Richards s'animait, revivant sa poursuite nocturne avec un net enthousiasme.

« J'étais en contact avec la base pour leur dire que j'en tenais un quand il a stoppé comme ça. D'un seul coup. »

Il claqua des mains et reprit son volant.

« À cause de la chaussée mouillée, je le dépasse sur mon élan. Je descends de voiture à toute vitesse et je vois deux types qui cavalent comme des sprinters aux JO, dans deux directions différentes. Ils n'ont même pas pris le temps de refermer leurs portières avant de foncer dans le brouillard. »

Nouvelle pause, vrai suspense. On apprécie tous cet aspect de notre boulot.

« Je pique ma pointe de vitesse après le conducteur, et puis je vois en passant que la putain de voiture repart tout doux, en suivant la pente. Point mort et pas de frein à main, je me dis. Faut l'arrêter avant qu'elle accélère et rentre dans le décor, au risque de blesser quelqu'un. Je stoppe si sec que je me casse la gueule, et quand je me relève, la caisse a déjà quitté la route et télescopé un tronc. Le capot se relève, l'airbag se déclenche, le hayon s'ouvre, c'est plein de vapeur, une vraie catastrophe.

– Oh, merde ! »

Je suis friand de ces histoires autant que le voisin.

« Merde, comme tu dis. Me v'là avec un véhicule sur les bras, qui se serait arrêté de toute manière, et deux abrutis en fuite, sans dire quoi ni qu'est-ce.

– J'aurais aimé voir ça.

– Tu connais la marche à suivre. J'appelle le poste, mon sergent me dit de rester sur les lieux, alors, en attendant, je fouine dans la caisse, histoire de voir si je trouve la raison de leur débandade. C'est comme ça que je tombe sur ce frigo poussé à l'arrière, contre les sièges. »

Sur un ton beaucoup moins excité, il se remémore la scène :

« J'ai eu un mal de chien à l'ouvrir. J'ai d'abord pensé à de la contrebande ou au larcin d'un vol dans une grande surface, et tout ce que je trouve... »

Silence à l'intérieur de la voiture de patrouille.

« Ben, vous savez ce que j'ai trouvé. J'ai failli tourner de l'œil. Totalement inattendu, quoi. Le vrai coup de barre !

– Vous êtes parvenus à retrouver le propriétaire grâce aux plaques d'immatriculation ?

– Elle avait été volée dans la nuit à Chiswick, sur Elliott Road.

– Chiswick ?

– C'est ça. Un proprio pas bien futé puisqu'il l'avait laissée sur le parking avec les clefs sur le tableau de bord. Juste pour un moment, voyez le genre ? Vous voulez qu'on y fasse un saut ? C'est pas loin de votre hôtel.

– Cool ! »

Il peut toujours être utile de voir le lieu d'un crime ou d'un délit pour y respirer l'atmosphère.

« Réglo, le proprio ?

– La police métropolitaine n'a rien eu à déclarer contre lui. Mais, dis donc, tu ne vas pas piétiner mes plates-bandes ?

– Promis. Ici, je ne retrouverais pas ces deux mecs en un million d'années. »

Et je pensais ce que je disais.

Elliott Road était un endroit très sombre, sans rien de particulier à noter. En fait, Richards ne se souvenait plus à quel niveau de la route se situait le parking, et tout était remarquablement calme et désert à cette heure. Mais, au moins, je connaissais désormais le lieu du vol de la voiture. Ce genre d'éléments disparates peut parfois se révéler utile.

On rentra à l'hôtel à 4 heures passées. Je n'étais même pas fatigué, à cause du décalage avec l'Iowa. J'aurais bien mangé quelque chose, mais il n'y avait pas de room-service ni rien d'ouvert à proximité.

« Incapable de dormir, se résigna Carson. Je ne pense qu'à Emma. Elle était si jolie. »

Je me remémorai ce visage tuméfié, ces taches livides.

« Vous n'aviez jamais vu de cadavre ?

– Non.

– C'est dur, la première fois. Les victimes de meurtre ne se ressemblent plus. Le relâchement des muscles déforme le visage. Surtout s'ils ont été mis dans des positions impossibles, ou congelés, ou je ne sais quoi...

– Oui, mais cette première vision... pas recouverte ni rien...

– Elle n'était plus vraiment elle-même.

– Et devoir faire comme si elle était toujours là. Ces salauds ne respectent rien. »

Je faillis lui rire au nez.

« Vous vous y ferez.

– Et risquer de finir en taule.

– Ça, c'est le bouquet. Un avocat n'est jamais mis en prison pour avoir menti, et vous vous y retrouveriez pour avoir dit la vérité ! Bon sang, Carson, vous pourriez devenir célèbre !

– Vous croyez qu'il pourrait y avoir un rapport avec les terroristes qui vous avaient coincés dans une grange, vous et le gars du FBI ? »

J'en avais pris l'initiative et remarquai que lui aussi adoptait, pour me parler, un ton plus familier, plus amical, qui gommait notre différence d'âge.

« Non, je n'y crois pas. Bien que la motivation politique m'ait coupé le sifflet. Et qu'il s'agisse d'une Américaine.

– Comment ça ?

– Un truc parmi d'autres.

– Mais encore ?

– Je crois que les Anglais y voient un rapport avec la visite du président Bush, la semaine prochaine.

– Vous rigolez ?

– Réfléchissez un peu, et vous verrez.

– C'est pas prouvé, Carl. C'est juste une idée en l'air.

– Vous n'y penseriez pas, si vous étiez Scotland Yard ou MI-5 ? Ils ne peuvent pas ne pas y penser. Surtout leur service secret. Ils n'ont pas le droit de négliger quoi que ce soit et c'est pour ça qu'ils cachent la mort d'Emma. Ils veulent voir la troisième cassette. Voir s'il y a quelque chose sur la visite du président américain.

– Mais nom de Dieu, Carl, les deux types qui se sont carapatés en laissant Emma dans le frigo *savent* qu'elle est morte !

– Naturellement. S'il s'agit vraiment de deux pauvres crétins œuvrant en solo, c'est fini. Il n'y aura pas de troisième cassette. Mais s'ils ont vraiment derrière eux un groupe de terroristes garantis bon teint, ça ne fait que commencer. À la place de ces deux types, est-ce que vous diriez à ceux du Mouvement réformiste machin-truc que vous avez largué l'otage dans les pattes des flics ?

– Ben non, mais...

– Surtout si les journaux ne parlent pas d'un cadavre découvert à Stevenage. Quelle que soit la motivation en cause, personne n'ira se vanter auprès du boss d'avoir foiré la mission convenue.

– Vu comme ça...

– Et d'après le contexte, ces gens qui ont tué Emma n'ont rien de professionnels chevronnés. D'accord ?

– D'accord. »

Ça commençait tout doucement à mordre.

« Supposez maintenant qu'ils aient derrière eux un vrai pro. Quelqu'un qui leur foute la trouille. Quelqu'un pour le compte de qui ils ont kidnappé Emma, au départ...

– Pour l'utiliser à quoi ?

– C'est dans cette direction qu'il va falloir chercher... je pense. »

14

Jeudi 13 novembre 2003
Chiswick, Londres, Angleterre
2 h 58, GMT

Hamza et Anton, les deux « soldats » du mouvement réformiste pour la libération des prisonniers de Belmarsh, arpentaient Mayfils Avenue, crevés, glacés jusqu'à la moelle mais pourtant requinqués par leur ultime succès. Ils avaient réussi à déjouer toute poursuite depuis Stevenage en empruntant un itinéraire compliqué, en se terrant dans les toilettes d'une gare, puis en donnant à un chauffeur de taxi une adresse éloignée de leur destination, après avoir échangé, sur sa banquette arrière, des noms créés de toutes pièces.

Le fait qu'il n'y ait pas eu poursuite leur avait totalement échappé. Ils approchaient maintenant de l'appart d'une certaine Hanadi Tamish, connue sous le nom d'Ayat, que Marwan leur avait un jour présentée dans son bistrot favori. Elle s'était engagée à leur prodiguer conseil et assistance s'ils se trouvaient jamais en mauvaise position.

La jeune femme ne leur avait inspiré qu'une confiance limitée. Trop jeune à leurs yeux pour être vraiment avocate. N'avait-elle pas commis l'erreur de leur remettre sa carte de visite ? Son adresse étant la seule qu'ils connaissaient, à l'exclusion de celle de Marwan ou de tout autre membre du groupe, c'était chez elle qu'ils se rendaient. Aller chez Marwan, d'ailleurs, eût été totalement hors de question.

Qu'ils courent le risque d'être filés jusque chez Hanadi n'était que le signe supplémentaire de leur amateurisme. Ni l'un ni l'autre n'auraient admis qu'ils avaient eu très peur, ni qu'ils continuaient d'agir sous le joug de la panique.

Toute la machine s'était déréglée durant cette maudite journée du 11 novembre, alors qu'ils s'efforçaient de ne laisser derrière eux, dans ce minable appartement, aucune trace susceptible de les faire repérer. Contrairement à leur attente, Emma ne s'était pas laissée docilement transférer d'un endroit à un autre. Malgré l'utilisation massive de leur ruban adhésif, elle avait bel et bien éliminé Hamza d'une terrible ruade au bas-ventre. Anton, qui l'avait ceinturée par-derrière, s'était retrouvé seul contre la furie déchaînée. Bien qu'elle eût chevilles et poignets entravés, cette ruade avait projeté Hamza sur le sol carrelé que sa tête avait heurté violemment. Il n'avait pas perdu conscience mais, quelques instants plus tard, Anton l'avait entendu vomir dans la salle de bains.

Étouffée par ce bâillon qui l'empêchait de respirer par la bouche, Emma n'avait pu résister bien longtemps aux efforts d'Anton. Lequel, furieux d'avoir à l'affronter seul, s'était mis à lui cogner la tête contre le mur, les barreaux métalliques du lit et la table de chevet au dessus de marbre. Très vite, elle avait saigné du nez, puis, sur un dernier coup plus violent que les autres, s'était écroulée sous les poings de son adversaire.

Tandis qu'il était allé s'occuper d'Hamza proche de la syncope dans la pièce voisine, Emma Schiller avait aspiré et avalé du sang puis vomi, suffoqué et perdu connaissance.

En revenant des toilettes, il l'avait retrouvée inerte sur le parquet.

« Réveille-toi, putain ! »

Pas de réponse. Plus alarmant encore, sa tête ballottait de droite et de gauche alors qu'il la secouait en criant, et ses ongles devenaient tout bleus. Anton éprouva soudain la sensation que c'était lui, et non Hamza, qui avait encaissé cette ruade.

« Tu vas te réveiller, oui ? »

En arrachant le ruban adhésif qui lui fermait la bouche, un flot de sang et de vomi jaillit entre ses lèvres bleuâtres. Il chercha sa carotide, scruta ses grands yeux ouverts. Les pupilles, aurait dit un médecin, étaient fixes et dilatées. Plus de doute, elle était morte.

Entraîné aux soins de premier secours, il pensa au bouche-à-bouche. Il examina celle de la prisonnière et décida qu'elle serait plus facile à manier morte que vivante.

L'esprit d'Anton tournait à pleine vitesse. Trois choses l'occupaient. Emma était morte ou bien près de l'être. C'était lui qui l'avait tuée. Et une semaine trop tôt, d'après les instructions reçues de gens qui n'hésiteraient pas à le tuer lui-même pour son erreur.

Il récupéra une partie de sa lucidité à son retour dans les toilettes, auprès d'Hamza toujours prostré.

« Relève-toi, connard ! La garce est morte !

– Quoi ?

– Tu l'as trop secouée. Elle en est crevée. »

Les traits d'Hamza se crispèrent, moins de souffrance que de terreur.

« Moi, je ne l'ai pas...

– Elle est morte, c'est tout. C'est pas moi qui l'ai tuée. Elle a dû se cogner le crâne quand tu es parti à la renverse et que tu l'as entraînée par-dessus.

– Non, elle n'a pas... je ne l'ai pas... »

La douleur lui brouillait encore les méninges et sa frayeur croissante ajoutait à sa confusion. L'avait-il frappée au-dessus de la ceinture ? C'était lui qui avait été frappé, pas elle, juste avant cette double chute...

« J'ai pas pu lui cogner la tête. Même accidentellement. Je la tenais à deux mains. J'ai pas pu la tuer. C'est plutôt toi... »

Hamza parvint à se mettre sur pied, refusant de céder encore à la nausée. Il se traîna dans la chambre et se pencha sur Emma.

Sa mort ne faisait pas le moindre doute. Elle semblait bizarrement... dégonflée. Objet plutôt qu'être de chair et d'os. Comment aurait-il pu la tuer ? Confronté au fait brutal, il n'arrivait pas à en concevoir la réalité irréversible. C'était impossible. Impensable. Ce n'était pas son œuvre, mais il ne se souvenait de rien après cette douleur atroce au bas-ventre. Sauf de l'avoir laissée seule avec Anton.

« Je ne l'ai jamais frappée à la tête. Tu l'as lâchée, et elle s'est cognée. Qu'est-ce qu'on va faire ? »

Anton se chargea de penser pour deux :

« Sûr que je l'ai lâchée. J'avais pas envie de morfler dans les couilles comme toi. Mais c'est toi qui l'as entraînée. N'essaie pas de me coller ça sur le dos.

– Je ne voulais pas... »

Le corps d'Emma Schiller fascinait Hamza. L'hypnotisait. Il répéta faiblement :

« Qu'est-ce qu'on va faire ? Marwan a dit... Elle est morte. Allah ait pitié de nous !

– Tu as la trouille, pas vrai ? Moi aussi. Mais je ne te lâcherai pas. On lui montrera un macchabée bien frais, le moment venu. Pas le bon. Un qu'on aura tué nous-mêmes. D'accord ? »

Hamza le regardait sans comprendre. Anton, désarçonné, proposa une autre solution.

« On dira qu'on l'a tuée après le 21. Voilà ce qu'on peut faire ! On lui collera une balle dans la tête quelques heures avant que ce Kazan vienne voir si on l'a fait.

– Mais elle est morte. Elle est déjà morte !

– Alors, on va la congeler. On la sortira la veille, le temps qu'elle dégèle. Et on l'exécutera fraîche et rose, sortie du frigo. »

Hamza ne comprenait toujours pas.

« Ça nous donnera le temps, tu piges ? Le temps de nous retourner et de pouvoir réfléchir. »

Hamza l'approuva d'un signe de tête. Il commençait tout juste à comprendre.

« Ils ne s'apercevront de rien ?

– Qu'est-ce que tu crois qu'il va faire, Kazan ? Tirer un couteau de sa poche et l'autopsier à la sauvette ?

– Ben... non... Pas si on s'y prend bien... si on leur dit qu'ils étaient en retard et qu'elle a essayé de se barrer. Que ce n'est donc pas de notre faute... »

Son esprit se fermait à la réalité et acceptait cette nouvelle version.

« C'est ça. Il faut la congeler.

– Génial, non ? Comme qui dirait, il faut la mettre en conserve.

– Attends... Non, ça marchera pas parce que Marwan veut la récupérer avant ça. Il a parlé d'un plan... »

La désillusion après le soulagement éphémère, c'était trop. Hamza se mit à pleurer. Anton lui tapa sur l'épaule.

« Chiale pas, connard. Marwan veut qu'on la déménage aujourd'hui, oui ou merde ?

– Ou... oui.

– Alors, on va la déménager. Il ne va pas nous recontacter avant plusieurs jours. On la transporte ailleurs et on raconte à Marwan qu'on n'a pas pu le joindre pour lui donner l'adresse. Ce sera sa faute, pas la nôtre. Marwan peut aller se faire foutre de ma part. Y a pas de danger de son côté. C'est M. Kazan qui est à craindre. C'est lui qui nous fera tuer si on foire. Tu réalises ? »

Hamza hocha la tête. Il « réalisait » pleinement.

« Haut les cœurs ! conclut Anton. Place au déménagement. Le plus dur est fait.

– Comment ça, le plus dur ?

– Regarde le bon côté, tu veux ? Au moins, on n'aura pas besoin de la buter nous-mêmes. »

Le seul frigo disponible était celui de la cuisine, un petit modèle carré visiblement trop juste. Ils envisagèrent de la transporter d'abord quelque part où ils disposeraient d'un plus gros réfrigérateur, mais comment l'y transférer dans de bonnes conditions ? C'était impossible.

« Si on attend, elle va raidir et ce sera foutu. »

Anton culbuta le petit frigo jusqu'à le vider de son contenu.

« Pas le choix ! »

L'opération ne fut pas de tout repos. Il fallut la déshabiller. Tout vêtement se roulait en boule et augmentait le volume du corps à empaqueter. Après avoir tenté de la rentrer les pieds devant, ainsi que la tête, ils découvrirent qu'en introduisant les fesses d'abord, en lui repliant les bras en travers de la poitrine et en lui remontant les genoux au même niveau, ce devait être faisable.

« Voilà, haleta Anton. Elle y est. Ou presque. »

« Presque » excluait une longueur de dix à douze centimètres, du côté des pieds et du haut de la tête.

« Pas encore fait, soupira Hamza. Elle dépasse.

– Fermons le bidule. Et asseyons-nous dessus à tour de rôle, jusqu'à la congélation. Après, on aura tout le temps du monde. »

Ils se relayèrent à peu près toutes les demi-heures. En parlant de choses et d'autres.

Anton :

« Elle avait les nichons un peu petits à mon goût. Et toi, qu'en penses-tu ?

– Dis pas ça. Elle est morte. On lui doit le respect.

– C'est toi qui l'as tuée, réaffirma Anton. C'est à toi de la respecter. Mais c'était rien de plus qu'une pute américaine. Dis la vérité. Toi aussi, tu pensais qu'elle les avait trop petits. »

Hamza se bouchait les oreilles.

« Arrête de dire ça. Ne parle pas d'elle de cette façon. »

Anton ricana :

« En tout cas, c'était sa vraie couleur de cheveux. »

Il rattrapa Hamza à mi-chemin de la porte.

« Te barre pas ! Je vais pas le couver tout seul, ce putain d'œuf ! Il est à toi ! »

Hamza revint en arrière.

« J'assume. Mais on n'a pas le droit de se moquer d'elle. Si c'est moi qui ai causé sa mort, j'ai le devoir de protéger au moins son honneur.

– Les Américaines n'ont pas d'honneur !

– Fais-le pour moi. »

Anton réfléchissait. Il était convaincu, à présent, d'avoir bien fait croire à Hamza qu'il était le coupable. Et il se chargerait de le dire à M. Kazan. Si Hamza était persuadé d'avoir tué l'otage, à quoi bon le contredire ? C'était tout bénef pour lui ! En compensation, il reconnut : « Pour toi, d'accord. Désolé. »

Telle avait été la première partie de la catastrophe. La deuxième intervint le lendemain soir, le 12 novembre, quand il fallut descendre le frigo et son contenu désormais gelé. Les deux garçons reconnurent qu'il serait dangereux que Marwan ou, pire, M. Kazan, débarquent à l'improviste et découvrent ce qu'il s'était passé. Hamza eut donc l'excellente idée d'évacuer le secteur au plus vite, de trouver quelque part un logement quelconque et d'y rester peinards jusqu'au 21.

« Tant qu'il y a de l'électricité, on peut la laisser là.

– Et ceux qui nettoient la pièce ? s'inquiéta Anton. Nous ne pouvons vraiment pas rester ici. Mais on ne peut pas la trimbaler sur une moto, il nous faut une voiture.

– Ma mère en a une. À Portsmouth. Je peux aller la chercher.

– Je ne reste pas seul avec cette salope. Si par hasard tu oubliais de revenir...

– On ne peut pas y aller tous les deux. Et puis jamais ma mère ne te confierait sa voiture.

– Oublie ta mère alors. Je me charge de nous en trouver une. »

Déjà, Anton enfilait sa veste et marchait vers la sortie.

« Sois prêt à partir dès que je reviens. Moins on s'attardera dans cette turne... »

Hamza appréciait de plus en plus la loyauté ostensible d'Anton et son esprit plein de ressources. Il détestait l'attitude qu'il avait eue à l'égard d'Emma, mais personne n'est parfait.

Ce qu'il ne savait pas, c'est que Marwan le préférait à Anton et lui ferait automatiquement porter le chapeau en cas de malheur. Anton ne restait avec Hamza que par souci de sa propre sécurité. Il n'était loyal qu'envers lui-même.

Moins d'une heure plus tard, Anton revint. Ils n'avaient qu'un étage à descendre pour gagner la sortie de derrière. À bout de force, ils posèrent le frigo sur le trottoir, tout près d'une Honda Jazz de couleur verte.

« Ça te va pour la balade ?

– Où est-ce que tu l'as piquée ?

– Disons empruntée.

– Bref, volée.

– Pas de grands mots. »

Sa désinvolture parlait pour lui. Et le rehaussa dans l'esprit d'Hamza. Une fois Emma chargée à bord, et dans la mesure où la mère d'Hamza vivait au sud de la capitale, ils mirent cap au nord. Juste pour éviter d'éventuelles recherches de M. Kazan...

« Destination ? questionna Hamza qui, de plus en plus, se fiait aux initiatives d'Anton.

– La A1 nous conduit au nord, loin des secteurs surpeuplés. Newcastle-sur-Tyne, ça te va ? J'y suis allé une fois, avec un pote. C'est l'endroit rêvé pour se planquer.

– D'accord, mais c'est très loin, non ?

– Encore plus que ça ! Je prends le volant, tu assures la navigation. »

Ils roulèrent jusqu'à Stevenage, à cinquante kilomètres au nord. Anton avait faim. Hamza se plaignait que le réservoir était presque vide.

Stevenage était une toute petite ville, mais en pleine nuit il était facile de s'y perdre. Ils se demandaient combien de temps Emma pourrait se conserver avant qu'ils puissent rebrancher le frigo ou qu'une fuite quelconque ne les trahisse, mais Anton était optimiste.

« Elle est congelée solide, pas de pétard avant des heures. Cesse de te casser la tête.

– Combien d'heures pour Newcastle-sur-Tyne ? Sept ? Huit ? »

La voix d'Hamza montait dans l'aigu.

« Environ six heures.

– La carte dit qu'il y a une station d'essence sur le tronçon de Cutty, juste à côté de notre route. Tourne à gauche à la prochaine intersection. »

Juste pour qu'il se taise. Anton tourna sur la route de Broadhall.

« Et maintenant ? »

Hamza avait la tête collée sur la carte.

« Gauche... En direction du nord. Tu prends Monkswood Street, tu continues jusqu'à la rue du Roi George, et ensuite ça devrait être juste à côté, sur notre droite...

– Quoi ? On est déjà sur Monkswood. En quoi ça se transforme ?

– Continue !

– Mais où ?

– Là, juste là, sur ta droite !

– Putain, je me suis planté à cause de toi, dit Anton qui s'engagea finalement sur Fairlands.

– Attends... il y a une route là-bas... fais demi-tour, tu pourrais la récupérer par là... passe par là et tourne. »

En entrant sur un parking, Hamza vit une voiture de police stationnée sur leur gauche. Anton ralentit et s'apprêta à faire demi-tour quand Hamza le prévint :

« Non, non, pas ici ! Il y a une voiture de flics ! »

Anton, qui s'était presque arrêté, accéléra de nouveau et tourna à droite. C'était une impasse. Ils reculèrent et se trouvèrent juste devant la voiture de police.

« Il nous suit ! gémit Hamza. Il nous colle au cul. Fais pas le con.

– On va lâcher la caisse. Tu m'écoutes ? On va tâcher de filer dans deux directions opposées. Rendez-vous là-bas. »

Il désignait un point précis, pas très éloigné de la route. Un projo s'alluma derrière eux. Puis une sirène se fit entendre.

« Oh, le con ! C'est à nous qu'il en veut. Cramponne-toi. »

Anton risquait à tout moment de perdre le contrôle du véhicule. Et la voiture de police les serrait de près. Ils entendaient la sirène.

« Dès que je stoppe, tu cavales.

– On ne peut pas la laisser là. Le frigo est truffé de nos empreintes.

– Tu veux rester sur place et les effacer ? hurla Anton en poussant le frein au plancher. Fonce ! »

Après une course effrénée, ils se retrouvèrent sur le parking d'un centre commercial. Hamza prit Anton dans ses bras.

« Ça va, grogna Anton. Ne risquons pas d'attirer l'attention. »

Ils étaient tous les deux heureux et excités d'avoir semé ce flicard, et encore inconscients des conséquences.

« Tu vois la gare, là-bas devant ?

– Oui.

– On y va séparément. Rendez-vous sur le quai dans une dizaine de minutes.

– Pourquoi pas ensemble ?

– Ils vont rechercher deux mecs, connard. C'est pour ça qu'on se sépare. »

Ils durent attendre, à découvert, le premier train pour Londres. Personne ne les remarqua, et pour cause. Les quais étaient déserts.

Il était plus de minuit quand le bon train arriva. Puis le taxi leur coûta le reste de leur argent de poche. Mais c'était ça ou se taper cinq kilomètres à pinces jusque chez Hanadi, sur Brewery Square, à deux pas de la Tour et de la Tamise.

À l'adresse donnée, ils pressèrent le bouton correspondant au nom d'Hanadi. Ils n'avaient pas pensé un instant qu'elle pouvait être mariée, ni vivre en colocation.

Une voix féminine ensommeillée répondit à leurs coups de sonnette réitérés :

« Oui ?

– Marwan nous envoie. »

Pas faux, dans un sens.

Il y eut un silence. Jusqu'à ce qu'un des deux pressât de nouveau le bouton d'appel.

« Qui êtes-vous ? »

D'une voix complètement réveillée.

« Anton et Hamza. Souvenez-vous. Vous nous avez donné votre carte. »

Elle s'en souvenait, car ils faisaient partie des quatre personnes que Marwan lui avait présentées.

« Quand vous entendrez le *buzzer*, entrez et montez l'escalier. Appartement de gauche. »

En passant un sweater et chaussant des sandales, Hanadi conclut que Marwan devait avoir des ennuis avec la police. Depuis le passage de la cassette à la BBC, avec cette histoire d'otage, elle avait appréhendé ce genre de réveil nocturne. Marwan lui avait parlé d'un otage « consentant » menacé d'une exécution fictive. Redoutable dans tous les cas, car, simulée ou non, l'affaire entraînerait les mêmes conséquences.

Elle avait songé à prendre conseil auprès de son père, et puis y avait renoncé. Elle ne voulait pas avoir l'air de ne pas être totalement engagée dans l'action amorcée. Combien de fois ne l'avait-il pas exhortée à bien choisir son camp, puis à ne jamais l'abandonner, une fois impliquée ?

On frappait doucement à la porte. Elle reconnut, par le judas, les deux jeunes gens mal habillés qu'elle connaissait et ouvrit les trois verrous.

Ils étaient visiblement très perturbés. Et très indécis. Ils lui racontèrent l'intervention inopportune de ce flic de province, à Stevenage, et l'abandon forcé de leur voiture.

« Stevenage, c'est au nord, je pense ?

– À une heure de route.

– J'ignore ce que je peux faire pour vous. Je ne comprends pas ce que vous alliez faire à Stevenage en pleine nuit... ni à n'importe quel moment, d'ailleurs.

– On l'avait avec nous, dit Hamza. Dans le compartiment arrière.

– Quoi ? Qui aviez-vous avec vous ?

– Vous savez bien. L'otage. Emma Schiller. »

Hanadi retint son souffle.

« Vous voulez du café ? J'ai besoin de réfléchir à tout ça... Alors, elle est entre les mains de la police ?

– Impossible autrement, confirma Anton.

– Quand vous l'avez dit à Marwan, quelle a été sa... suggestion ? »

Elle fut vaguement surprise qu'il ne l'eût pas avertie de cette visite. Probablement par souci de sécurité. Simple précaution élémentaire.

« On ne lui a pas téléphoné, admit Hamza. On est venu directement parce que c'est vous, l'avocate, vous comprenez ? »

Elle remplit la bouilloire.

« Oh ? Marwan n'est pas au courant ?

– Non. Et nous pensons qu'il vaut mieux ne pas l'en informer.

– Je ne partage pas votre avis. Cette Emma Schiller va raconter tout ce qu'elle sait.

– Ça n'ira pas très loin ! s'esclaffa Anton.

– Je ne la connais pas, mais je sais qu'il s'agit d'une étudiante américaine. Croyez-moi sur parole, elle va tout raconter à la police ! »

Les deux garçons échangèrent un regard.

« Non, dit tristement Hamza. Elle ne leur racontera rien du tout... parce qu'elle est morte. »

Hanadi se raccrocha, d'une main, au bord du comptoir.

« Morte ? »

Elle était étrangement terrifiée à l'idée que Marwan eût été son exécuteur.

« Qui l'a tuée ?

– Lui », dit Anton, désignant Hamza du regard.

Le choc fut encore plus violent pour la jeune femme. Elle s'adossa au comptoir pour conserver son équilibre.

« Vous circuliez dans votre voiture avec le cadavre d'une femme que vous veniez d'assassiner ? La police va vous retrouver tout de suite...

– Pas possible, rigola Anton. C'était pas notre voiture. Je l'avais volée. »

Hanadi, avocate débutante, n'avait jamais eu à plaider dans une affaire criminelle. Et ces deux types lui apportaient, sur un plateau, un meurtre doublé d'un vol de voiture !

« Ils vont relever vos empreintes...

– Je t'ai pas dit qu'on aurait dû essuyer le frigo ? glapit Anton.

– Le frigo ? »

Ils lui racontèrent toute l'histoire. Dans tous les détails. Anton insistant sur la culpabilité de son partenaire. Ils parlèrent de M. Kazan, et de l'ordre donné par Marwan de conserver l'otage jusqu'au 21.

Hanadi était stupéfiée. Rien de tout cela n'était dans le plan original.

« Vous voulez dire que c'est ce M. Kazan qui vous a ordonné de la garder jusqu'au...

– Non, non. Marwan. Face à face. »

Ils s'étaient installés dans la cuisine, et buvaient du café.

« Vous ne pouvez pas rester ici. En quoi pourrai-je vous être utile si je vais en prison avec vous ? Elle est morte. Elle ne pourra plus vous décharger en disant qu'elle était consentante. »

Anton protesta :

« Vous croyez que Marwan aurait pu accréditer cette fable ? »

Elle poursuivit comme si elle ne l'avait pas entendu :

« Il faut que vous partiez. Mais où ? »

Ils n'en avaient aucune idée. Elle fit appel à sa formation juridique pour conclure :

« Nous avons tous besoin de réfléchir. D'échafauder un plan d'action. Vous devez disparaître de la circulation pendant quelque temps.

– Nous planquer ? traduisit Anton. Génial... C'est la fac de droit qui vous apprend ce genre de chose ? »

Elle le foudroya du regard.

« Ce que je voulais dire, c'est que *vous* avez besoin de réfléchir, et vite. Une activité qui, bien évidemment, ne vous est pas familière. Si vous voulez que je vous aide, il faut que vous y mettiez du vôtre. Vous comprenez ça ? »

La question demeura sans réponse. Hanadi enchaîna :

« Trouvez un endroit où la police n'ira pas vous chercher mais où nous pourrons toujours vous joindre, et vice versa. Avec des provisions d'avance et un bon moyen de communication. Clair jusque-là ?

– Limpide, dit Hamza. Mais à part mon appartement, le vrai, et ma mère à Portsmouth... Et toi, Anton ?

– Pourquoi pas l'endroit où on est allés avec Marwan ? La vieille station de métro abandonnée de Down Street ? »

Hanadi ne put s'empêcher d'exprimer sa surprise.

« Il vous y a emmenés, vous aussi ? »

Elle l'avait suivi dans sa visite guidée de l'ancienne station désaffectée. Il lui avait expliqué que ces visites étaient rares, les autorisations difficiles à obtenir, et qu'il ne fallait jamais être plus de six à la fois. Elles lui étaient accordées, disait-il, à cause de l'ouvrage qu'il préparait sur le Londres souterrain.

« Ça me semble un peu compliqué d'organiser une visite pour ça...

– Non, mais Marwan possède son propre chemin ! s'exclama Anton. Il est chez lui, là-bas. Il passe par un immeuble, puis par un sous-sol qui servait d'abri il y a quelques années.

– Il l'a découvert, renchérit Hamza, en parlant de son futur bouquin et de ses cours de fac sur le sujet au propriétaire d'un immeuble voisin dont la cave est à moins de deux mètres de la muraille du métro. Je crois qu'il y a peu de monde au courant, à part lui et ce fameux voisin.

– Et nous, ajouta Anton.

– Et pourquoi ne resteriez-vous pas simplement dans la cave ?

– Parce que, gouailla Anton, il arrive que les proprios d'à côté y descendent, à la cave ! Elle n'est pas abandonnée comme l'ancienne station de métro. Faut toujours réfléchir jusqu'au bout, Votre Honneur ! »

Hanadi se sentit rougir de colère et de confusion à la fois, tandis qu'Hamza précisait :

« Il y a un restaurant au rez-de-chaussée. Dans la cave, ils entreposent des légumes, des bouteilles et je ne sais quoi. Ils laissent toujours la clef sous une petite pierre pour les livreurs.

– C'est beaucoup trop près du palais de Buckingham. Ça doit être surveillé, supputa Hanadi.

– Mais pas si près que ça, protesta Anton. On ne voit même pas Buckingham du resto.

– Et comme c'est un restaurant, plaisanta Hamza, on pourra leur emprunter de quoi bouffer, la nuit. Ils n'y verront que du feu.

– Tueur... et maintenant voleur !

– Ta gueule, Anton ! éclata Hamza, révolté. C'était un accident, et tu le sais !

– Accident ou pas, quelle différence ? Demande à l'avocate. »

Hanadi secoua tristement la tête.

« Aucune, j'ai le regret de le dire. Après un kidnapping, la mort de la victime, même par accident, est un meurtre... Pour vous deux ! »

Sa réponse précise calma un instant les deux hommes.

M. Kazan, dont le véritable nom était Ahmed Bhatti, tenait une petite boutique d'antiquités dans Great Portland Street, à quelques pâtés de maisons de Regent Street dans le quartier de Marylebone. Levé à 6 h 45, comme chaque jour depuis trente ans, il prépara son café. Le moment était venu de passer à la suite du plan. Vers 7 h 10, juste avant de partir pour son magasin, il appela, à son domicile, l'inspecteur-chef John Bassingham, du service spécial de New Scotland Yard.

« Ici, les Bassingham, répondit gaiement l'épouse du policier.

– Pourrais-je parler à John ?

– Je vous le passe. »

Elle pensait avoir reconnu la voix d'un de ces correspondants de son époux qu'elle appelait les « irréguliers de Baker Street ». Il lui répugnait d'employer les termes réservés d'ordinaire aux indics.

En attendant John Bassingham au téléphone, M. Kazan réfléchit au but de sa mission. Imad avait été le premier à proposer de recruter, pour des raisons pratiques, un Anglais non-musulman. L'opération prévue serait de nature expérimentale, une diversion destinée à cacher la véritable opération. La participation d'un membre non-musulman avait été d'ailleurs fortement critiquée comme une grossière erreur de tactique.

Imad n'avait pas changé d'avis. D'après lui, ce simple fait ferait réfléchir les Anglais, en conférant au mouvement une sorte d'universalité. Tout ce qui contrarierait les infidèles ne pourrait être que bénéfique.

Un des imams concernés avait soutenu sa thèse et Kazan n'avait pas oublié le sourire triomphant d'Imad.

« Oui ? dit John.

– Ici, Ahmed. Comment allez-vous, ce matin ?

– Merveilleusement bien, riposta l'inspecteur-chef. Et vous-même ?

– Aussi bien que possible. Le temps passe si vite.

– Vous avez une pièce à me proposer, pas trop chère ? »

C'était la phrase convenue pour indiquer que la ligne n'était pas sur écoute et que l'inspecteur-chef était seul.

« Rien de sensationnel. Tout ce que j'ai de nouveau, c'est un bronze à l'effigie d'Antoninus Pius Sestertius, que vous aurez le droit de me voler pour une dizaine de livres. »

Le nom de la pièce romaine changeait d'une conversation à l'autre, mais l'allusion au « vol d'une dizaine de livres » indiquait que M. Kazan, lui aussi, était seul.

Jusqu'à la fin des années 1980, M. Kazan ne s'était guère intéressé au terrorisme, sinon pour blanchir, dans son propre intérêt, les fonds importés en Angleterre par certains groupuscules. Mais, en 1982, l'un de ses cousins de Tripoli s'était fait tuer à Beyrouth, lors de l'occupation israélienne, alors qu'il appartenait à l'Organisation de libération de la Palestine. Bien qu'il ne fût pas membre de l'OLP, Kazan s'était découvert une prédisposition à l'anti-israélisme et à l'antiaméricanisme.

« Alors, qu'est-ce que vous avez pour moi, aujourd'hui ?

– Cette malheureuse jeune Américaine, celle qui a été prise en otage.

– Oui ?

– Allah soit avec elle. J'ai ouï dire qu'un groupe de fanatiques la détenait prisonnière. Vous ne l'ignorez pas, naturellement.

Mais je me suis laissé dire aussi que le leader de ce groupe était un Anglais.

– Vraiment ?

– Il s'appellerait Robert Northwood. Professeur d'anglais à l'université de Londres.

– Vraiment ? répéta l'inspecteur-chef, un ton plus haut.

– C'est ce qu'on m'a dit. Je ne le sais évidemment pas *personnellement.*

– Bien entendu. »

L'inspecteur-chef pesa soigneusement chaque mot :

« C'est surprenant. Vous avez une idée de la façon dont il a été embringué dans cette affaire sordide ?

– J'hésite à le dire parce que ce n'est qu'une conjecture, mais il serait même à la tête du groupe en question.

– Vraiment ?

– C'est une information basée sur une seule et unique déclaration. Je n'ai aucune certitude et ne veux de mal à personne.

– Naturellement.

– C'est tout ce que je sais. Voulez-vous que j'essaie de me renseigner un peu plus ?

– Comme toujours.

– Je vous passerai tout de suite ce que j'aurai découvert.

– Merci. Et encore bravo.

– Merci à vous, conclut M. Kazan avec une pointe de fierté dans la voix. J'espère que cela vous sera très utile. »

L'inspecteur-chef raccrocha. Ahmed s'était porté informateur, quelques années plus tôt, dans une affaire d'escroquerie, et ils étaient restés en contact. Quand Bassingham avait été affecté à la branche spéciale, en particulier à SO13, l'unité antiterroriste, Ahmed s'était révélé utile à deux reprises, ce qui faisait de lui un informateur digne de confiance. Sa qualité d'indic confidentiel coulait de source. Enregistré sous sa véritable identité, il était nanti d'un numéro de code qui servait à le désigner lors de toute communication.

L'inspecteur Bassingham appela un autre inspecteur.

« Freddy ? Ici, John. 6Z19 vient de m'appeler. Renseigne-toi sur un certain Robert Northwood. Professeur d'anglais à l'université de Londres. On se retrouve dans mon bureau à 9 heures. »

Ayant réglé le plus gros problème du jour, M. Kazan descendit à sa boutique d'antiquités, heureux de se sentir aussi bien dans sa peau et maître absolu de la situation en cours. Il ne pouvait évidemment pas savoir qu'Emma était morte. Il ignorait également que l'existence d'une certaine station de métro abandonnée, voisine d'un restaurant qu'il connaissait bien, avait été compromise par l'amour-propre surdimensionné d'Imad. Imad s'était vanté d'avoir découvert, et le restaurant, et la station désaffectée. Du moins Imad n'avait-il pas exagéré en prétendant utiliser les caves du resto comme lieu de stockage après avoir obtenu du restaurateur islamique l'autorisation d'y circuler à sa guise. Il avait toutefois gardé pour lui qu'il tenait ses connaissances d'un certain Robert Northwood, dans la crainte, d'ailleurs justifiée, que M. Kazan n'opposât alors son veto.

Assis dans sa boutique, Kazan attendit un autre de ses « clients spéciaux », un nommé Nadeem qu'il connaissait depuis toujours, orchestrateur de la future utilisation des explosifs entreposés. C'était Nadeem qui avait coordonné les deux plans prévus : le premier étant l'enlèvement de l'Américaine qui était davantage une diversion pour attirer l'attention de la police anglaise. Le deuxième plan était une idée de génie. Il s'agissait de l'attaque de la famille royale, avec la collaboration d'un trio de complices infiltrés dans les cuisines de Buckingham. Il avait fallu deux ans pour les mettre en place, mais c'était fait et bien fait ! Il ne manquait plus que le feu vert pour passer à l'exécution.

En tant que représentant agréé, en Angleterre, des financiers retranchés dans les montagnes d'Afghanistan, le feu vert de Kazan était indispensable, et il le donnerait avec beaucoup d'enthousiasme.

Bien que très différents, Nadeem et M. Kazan formaient un tandem d'une parfaite efficacité. Nadeem, le penseur versatile et fanatique religieux capable d'inspirer les kamikazes, possédait une riche expérience du terrain qui lui permettait d'improviser, au pied levé, face à toute situation imprévue. S'il avait été le sujet d'un briefing au MI-5, sa motivation première eût été déclarée religieuse.

M. Kazan, lui, ne croyait qu'aux plans mûrement médités, suivis à la lettre. Tout changement de la dernière heure le plongeait dans l'angoisse. Mais c'était aussi un parfait stratège d'une patience illimitée. Lors d'un briefing du MI-5 ou du FBI, sa motivation première eût été déclarée politique.

À l'origine, l'attaque avait été préparée pour l'anniversaire de la reine en 2004. Mais, réadapté à la mi-octobre pour coïncider avec la visite du président Bush, le plan était désormais fixé au 21 novembre. Ce jour-là, l'essentiel de la famille royale, ou du moins tous ceux qui comptaient aux yeux de Nadeem, seraient sur place. Le 21, Bush devait quitter Londres afin de rencontrer à Sedgefield, dans le nord de l'Angleterre, le Premier ministre Tony Blair.

D'après Nadeem, les effectifs des services secrets américains stationnés autour de Buckingham, ainsi que la plupart des agents britanniques, seraient déplacés vers le nord, la tension engendrée par la présence du président des États-Unis tomberait d'un cran et, toutes proportions gardées, ce serait l'occasion idéale pour passer à l'acte.

Une partie des explosifs stockés au restaurant, déguisés en plaques de fromage, dormait dans les cuisines du palais depuis plus d'un mois. Enrobés de fromage de chèvre, ils avaient passé, sans incident, une inspection effectuée par un chien détecteur de bombes. Dans des poches spécialement aménagées, les trois infiltrés pourraient transporter sur leur personne jusqu'à dix kilos de Semtex.

Un autre contingent d'explosifs pénétrerait dans la place à bord d'un camion qui effectuait quotidiennement la livraison de fruits frais issus du minimarché proche de la vieille entrée de Down Street. Les explosifs seraient transférés de la cave du restaurant par une porte de secours qui ne pouvait s'ouvrir que de l'intérieur.

Une première explosion serait déclenchée dans le jardin du palais de Buckingham, contre le mur nord. Probablement sans péril pour la famille royale, mais avec un effet suffisant pour stresser le personnel de sécurité interne.

Conformément à l'exercice standard, les « royaux » seraient alors escortés jusqu'à la zone de sécurité aménagée dans les profondeurs du palais. Ainsi concentrés, ils seraient des cibles faciles pour les trois kamikazes infiltrés. Le premier se ferait sauter à proximité du premier obstacle. Et le second ouvrirait le chemin au troisième qui entraînerait avec lui, dans la mort, l'ensemble de la famille royale. Si le personnel de sécurité était alors aussi tendu et raréfié qu'ils l'espéraient, le deuxième kamikaze irait peut-être même jusqu'au bout, permettant au troisième d'exterminer tout ce qui bougerait encore.

Démasqués prématurément, les trois suicidés volontaires se feraient exploser, même sans attenter aux jours de la famille royale, et cette manifestation ferait, dans tous les cas, son petit effet.

Telle était la raison pour laquelle Emma Schiller devait rester en vie jusqu'au 21. La diversion qu'elle représentait devait demeurer plausible jusqu'au dernier moment. C'est pourquoi la troisième cassette allait demander une entrevue avec le président américain. La mention du nom du président n'allait que renforcer la sécurité autour de lui et les services de sécurité britanniques se déplaceraient vers le nord en plus grand nombre, afin d'assurer la protection de l'illustre visiteur.

Mais pour ça, il était primordial que l'otage pût être exhibée, bien vivante, jusqu'au 21 novembre.

15

Jeudi 13 novembre 2003
5 h 48, GMT

J'avais affreusement mal dormi. Carson encore plus mal que moi. Un bruit familier m'avait réveillé en sursaut au milieu de la nuit. Assis sur mon lit, j'avais vu, dans une sorte d'éclairage stroboscopique l'autre animal en train de jouer au solitaire sur son ordinateur portable. Je me retournai et finis par me rendormir.

Ce qui me réveilla de nouveau à 5 h 48, je n'en ai aucune idée. Mais c'était le genre de réveil dont on sait, dont on sent que, crevé ou pas, il sera définitif.

Je passai dans la salle de bains aussi doucement que possible, et ce fut apparemment le bruit de la douche qui fit office de réveille-matin pour Carson. À mon retour, il était assis dans son pieu, avec la télé allumée, et regardait par la fenêtre.

« Une belle journée. Comme hier. Une température agréable et pas de pluie en perspective. Ou pas tout de suite.

– Salut. La douche est bien chaude.

– Qu'est-ce qu'on va raconter aux filles ?

– Le moins possible. Comme si on la recherchait toujours. »

Il n'avait vraiment pas l'air joyeux. J'essayai de le requinquer :

« Pensez à autre chose. Le tueur est là, dehors. Ou les tueurs. On va voir si les filles se souviennent d'autre chose. N'importe quoi qui puisse nous aider. On peut faire au moins ça, non ?

– Si. »

Mais il n'était pas du tout convaincu. Pendant qu'il prenait sa douche, j'essayais d'organiser mes notes de la veille. En prévision d'autres conversations à venir. Je sais, par expérience, que plus on parle d'un problème, plus il y a du nouveau, plus on se débarrasse de l'accessoire pour se concentrer sur les faits et sur les événements à venir. À la fin de ma sélection dans le foutoir de mes notes, j'envoyai un premier e-mail à ma coordinatrice favorite, supersally@comtenationsherif.gov. Voilà ce que je lui écrivais :

SALLY IL VA NOUS FALLOIR DES TAS D'INFOS SUR NOTRE SÉANCE DANS LA GRANGE AVEC GEORGE ET HESTER. TOUT LE DOSSIER. LA CASSETTE AVEC EMMA NOUS DIT QU'IL S'AGIT TRÈS PROBABLEMENT DE TERRORISME. PEUT-ÊTRE PAS LES MÊMES QUE LES NÔTRES MAIS JE VEUX M'EN ASSURER. VRAIS NOMS ET NOMS DE CODE SVP. S'IL FAUT DEMANDER L'AIDE DE GEORGE ENVOIE-MOI SON NUMÉRO DE TÉLÉPHONE ET JE M'EN CHARGERAI.

DIS À LAMAR QUE JE LUI ENVOIE UN AUTRE E-MAIL. SOIS SÛRE QU'IL LE LISE.

BONNE NOURRITURE ET PAS ENCORE DE PLUIE.

CARL

Le deuxième e-mail fut envoyé à Sue sur les adresses Suehouseman@maitland.k12.io.us et eshouseman@aol.com, juste histoire d'être sûr qu'elle le recevrait soit à la maison, soit à son école :

SALUT TOUT VA AUSSI BIEN QUE POSSIBLE. LES BRITISH FONT DU BON BOULOT. TU AS SÛREMENT VU LA CASSETTE. JE CROIS QU'IL VA Y EN AVOIR UNE AUTRE. JE TE SUGGÈRE FORMELLEMENT DE NE PAS LA REGARDER. LA MINE D'UNE VICTIME EMPIRE AVEC LE TEMPS.

JANE VA BIEN. QUOIQUE TRÈS AFFECTÉE. ELLE SE REMETTRA MAIS IL LUI FAUDRA UN PEU DE TEMPS. VICKY VA BIEN AUSSI.

IL M'EN COÛTE DE LE DIRE, MAIS JE NE COMPTE PAS TROP SUR UN HEUREUX DÉNOUEMENT.

HÂTE DE RENTRER. TU ME MANQUES.

JE T'AIME.

CARL

Le troisième e-mail fut envoyé à boss@comtenationsherif.ia.gov. Lamar serait le seul à le recevoir grâce à un mot de passe. S'il ne l'avait pas oublié, il aurait donc mon message. Et s'il lui était sorti de la tête, Sally lui dirait de consulter son adresse codée.

LAMAR

NEW SCOTLAND YARD FAIT UN SACRÉ BON BOULOT. VOIS SI TU PEUX CONTACTER GEORGE POLLARD AU FBI ET SI LE DCI PEUT ME METTRE EN RAPPORT AVEC HESTER GORSE. ENVOIE-MOI TOUTES LES INFOS DISPONIBLES SUR NOTRE HISTOIRE DE LA GRANGE.

RIEN DE RASSURANT ICI POUR EMMA. ESSAIE DE PRÉPARER LES SIENS AU PIRE. BIENTÔT UNE TROISIÈME CASSETTE. J'AI DEMANDÉ À SALLY DE M'ENVOYER ILLICO LE DOSSIER DE NOTRE AFFAIRE DE TERRORISME. JE SAIS QUE ÇA REPRÉSENTE DU FRIC MAIS C'EST IMPORTANT. COURRIER TROP LENT ET ÇA URGE. ÇA URGE VRAIMENT.

AURAI BESOIN D'UN CONGÉ AU RETOUR.

CARL

J'avais besoin de tous les noms du dossier, des alias, des signalements. J'étais à peu près sûr que c'était sans rapport, mais il faut toujours vérifier.

D'après mes calculs, il devait être 1 heure de l'après-midi en Iowa, ou du matin. J'étais trop fatigué pour faire la preuve par neuf. Je classai les doubles de mes e-mails et regardai par la fenêtre, comme Carson au milieu de la nuit. Le café instantané, dans ces petits tubes, n'est pas du tout dégueulasse. En mélangeant un décaféiné et un non-décaféiné, on obtient une bonne tasse de très bon café. J'achevais de vider la mienne quand Carson ressortit de sa douche.

« Vous avez appelé les filles ?

– Non, je me donne encore une petite demi-heure. »

Un bruit de sabots me ramena à la fenêtre. Il s'agissait d'une colonne de cavaliers, dans High Street. À deux de front, ils pénétrèrent dans le parc. Ils portaient des uniformes militaires et deux d'entre eux des gilets fluo. Des gardes montés ? Ils devaient emmener leurs chevaux à l'exercice. Cool ! Mais le temps que je pense à empoigner mon caméscope, ils étaient déjà hors de vue.

J'attendis 6 h 45 pour appeler Jane et Vicky. Elles venaient de se lever afin de se rendre à leurs cours. Je leur dis que Carson et moi allions revoir la police londonienne et qu'on se retrouverait à Highgate avant de dîner, vers 16 h 30.

Je descendis déjeuner avec Carson. Détendu et repu de vrai café, je me demandais si je n'allais pas remonter pioncer une petite heure ou deux dans la chambre quand une femme entra dans la salle à manger, nous repéra immédiatement et nous fonça dessus.

« Pardonnez-moi, mais vous êtes américains ? »

Elle, sûrement pas. Très britannique, au contraire. Elle portait l'uniforme des touristes américains, blue-jeans et baskets, exactement comme nous. Mais comment diable nous avait-elle identifiés ? Désignés par le réceptionniste, sans doute. Un menu problème qui resterait irrésolu.

« Oui, nous le sommes.

– Je m'appelle Sarah Mitchell. Vous êtes ici à cause de la jeune Américaine kidnappée ? »

Droit au but, c'est toujours préférable.

« C'est vrai. Que peut-on faire pour vous ?

– Je suis la correspondante du *National Sun Express.* »

Elle paraissait certaine que nous connaissions son canard et je n'essayai pas de la décourager.

« Vraiment, et alors ?

– J'aimerais vous interviewer.

– On n'a strictement rien à dire.

– Mais on peut bavarder un moment. »

En s'asseyant carrément à notre table et précisant à mi-voix :

« Il se peut que je dispose d'une info que vous aimeriez avoir. »

Je suis curieux de nature. Et plutôt courtois avec les dames.

« Peut-on vous offrir un café ? Ou bien à déjeuner ? »

Non que ça m'emballe de grever le budget. Elle devait avoir dans les trente-cinq ans. Jolie. Cheveux châtains coupés très courts. Long cou, longs doigts soignés. Polo marron clair. Taille moyenne. Avant qu'elle ne s'asseye, je l'avais estimée à un mètre soixante-deux, soixante-trois.

« Vous êtes bien policier au service des États-Unis ? »

Qui diable avait pu le lui dire ? Mais à quoi bon le nier ? Je connaissais suffisamment la presse américaine pour savoir que toute dénégation ne ferait qu'empirer les choses.

« Exact.

– Vous avez emporté votre flingue ? »

Je désignai son polo plutôt bien garni.

« Vous, vous paraissez bien armée ! »

Ma grossièreté allait-elle la décourager ? Apparemment non. Elle avait même le sourire.

« Dois-je en déduire que vous n'avez pas l'intention de me répondre ?

– Cela dépendra des questions. Pour la première, non, je n'ai pas emporté ce qu'on appelle une "arme de service". Pas un flingue en vue ! Vous avez une carte sur vous ? De quoi prouver votre identité ? »

Je regardais Carson. Qui louchait toujours sur ce joli polo bien rempli aux endroits réglementaires.

Elle présenta sa carte de presse.

« Et vous ? »

Je sortis mon badge.

« Oh ? Belle pièce ! Et lui, il est flic aussi ?

– Avocat général, dit Carson.

– Et vous portez également une étoile ? Puis-je savoir comment vous vous appelez ? »

Je lui rappelai qu'elle m'avait promis une info inédite.

« Commençons par là. On verra ensuite. »

Elle se redressa contre le dossier de sa chaise.

« Vous saviez que cette... Emma sortait avec un jeune homme, à Highgate ?

– Oui. »

Elle parut légèrement déçue.

« Alors vous savez aussi qu'elle était sortie avec un de ses professeurs.

– En quelque sorte. »

C'est-à-dire pas vraiment. Déjà plus intéressant.

« Vous savez que ce prof est un activiste dans un mouvement pro-islamiste ? »

De mieux en mieux. Inutile de feindre davantage.

« Aucune idée. »

Elle avait retrouvé le sourire.

« Il l'est ! Pétitions, marches pacifiques et autres démarches pour la libération de prisonniers terroristes incarcérés à la prison de Belmarsh. Intéressant, non ? La même couleur politique que le groupe qui a enlevé Emma. Je peux vous en donner un peu plus... en échange d'une interview.

– Pourquoi ne pas vous adresser directement à la police ?

– Pas d'atomes crochus entre nous. Et je suis sûre que les gars et les filles de la branche spéciale en savent beaucoup plus que moi. »

Elle parlait d'or. Et pendant ce temps-là, à l'autre bout de la salle à manger, un type se décarcassait pour nous filmer en douce, comme s'il avait une chance de passer inaperçu.

« C'est votre cameraman ?

– Qui ça ? »

Foutue hypocrite !

« Oh, oui, c'est Bobby. Il nous arrive de travailler ensemble.

– Chez nous, la presse demande d'abord, en général... avant de filmer à la sauvette.

– Vous êtes de l'Amérique profonde, pas vrai ?

– C'est péjoratif ?

– Non, et je suis sûre que c'est très sympa, mais pas exactement... cosmopolite. La presse, ici, est quelque peu différente.

– Merci pour les renseignements. Rien de plus au programme ?

– Après l'interview ! »

Elle souriait. Dans le cadre d'une journée de travail, peut-être, mais je lui rendis son sourire. Elle commençait à éclairer une matinée plutôt morose.

« Vous voulez savoir quoi ?

– Commençons par le but de votre voyage. »

Je le lui décrivis brièvement. Sans parler des futures élections locales. J'insistai plus sur notre souci d'assister à l'étranger une de nos concitoyennes. Elle accepta cette version et je décidai de ne plus jamais y mêler la politique. Pas la peine de compliquer les choses.

« À présent, petite futée de journaliste que je suis, j'ai remarqué que votre nom coïncidait avec celui d'une des colocataires d'Emma Schiller. Quel est le rapport ?

« Jane Houseman est sa fille. »

Carson choisit toujours son moment pour intervenir dans la conversation.

Les yeux de Sarah Mitchell pétillaient de malice.

« Vraiment ? Une coïncidence, après tout ?

– Rien de miraculeux. Une petite ville dans un comté rural. La population est réduite, les gens se connaissent tous et beaucoup d'entre eux sont plus ou moins apparentés. »

Ça sonnait bancal et pourtant c'était vrai. Elle se retourna vers Carson.

« Vous pensez que votre partenaire, ici présent, peut avoir besoin d'une assistance légale ? Ou peut-être l'une des filles ?

– Non. Ma motivation est la même que celle de Carl et du shérif, son boss. »

Vrai encore, mais toujours aussi bancal pour quelqu'un qui ne connaissait pas Maitland.

Au cours de l'interview désirée, on ne parla évidemment pas de la mort d'Emma, ni même de nos rapports avec New Scotland Yard. J'insistai beaucoup sur la façon géniale dont ils faisaient leur boulot. On souligna également le nombre des personnes concernées par le sort d'Emma.

Je fis signe au photographe de nous rejoindre à mi-course. Il avait l'air sympa, et pas trop intéressé par toute l'affaire. On lui paya sa tasse de thé.

À la fin de l'interview, je m'informai :

« Comment s'appelle ce professeur ?

– Pardon ?

– Celui avec qui Emma sortait. Vous me l'avez promis, en échange de l'interview.

– Oh, celui-là ? Robert.

– Robert qui ?

– C'est tout ce que je sais. »

J'étais sûr qu'elle mentait et qu'elle gardait ce nom de famille pour une autre interview. Dommage pour elle. J'étais également à peu près sûr de le connaître, ce nom.

Après leur départ, on se retrouva désœuvrés, avec une longue journée devant nous et pas grand-chose à faire. Il était encore trop tôt pour aller attendre les filles à Highgate. On décida de se balader un peu dans High Street. Carson avait besoin d'un adaptateur pour son rasoir électrique. On se paya, en outre, un vrai téléphone portable britannique qui me servit d'abord à appeler Trowbridge pour lui en donner le numéro.

Le palais de Kensington était juste en face. On traversa le parc qui par un heureux hasard portait le même nom, et on s'arrêta devant le portail sud.

C'était tristounet sous cette avalanche de feuilles mortes. Les grilles de fer forgé aux pointes dorées à l'or avaient une certaine gueule. Seuls trois petits bouquets étaient attachés aux barreaux, chacun avec un message. Ce n'était pas l'abondance florale aperçue à la télé quand Diana était morte, mais le geste demeurait poignant.

Au bout d'un moment, Carson suggéra :

« On pourrait peut-être faire quelque chose de plus gai ?

– Ouais. Allons voir ce que c'est que ce gros truc doré, là... »

On contourna la statue blanche de la reine Victoria, au carrefour de deux sentiers. On lut l'inscription, pour être sûrs de ne pas dire de bêtises.

« C'est bien celle qui avait épousé le prince Albert ? »

Carson et moi avions fréquenté la même école secondaire.

« Tu as appris ça en classe de littérature ? Victoria jeune fille ?

– Je crois, oui. C'était un... Saxe-Coburn, je crois...

– Le genre de truc qu'on apprend, et qui ne servira jamais à rien. »

Le gros monument doré avait bien été érigé à la mémoire du prince Albert. Un remerciement de la reine Victoria. Très impressionnant. On passa un quart d'heure à déchiffrer les noms des savants et à essayer de deviner qui étaient les plus petites silhouettes. On descendit les marches du mémorial, on retraversa High Street et on se retrouva devant un énorme bâtiment de brique circulaire. Le Royal Albert Hall.

« J'aimerais, commenta Carson, que quelqu'un perpétue aussi bien mon souvenir. Elle devait l'avoir en très haute estime. »

Suivi d'un silence. Apparemment, on avait eu la même association d'idées.

« Faudra qu'on fasse quelque chose pour Emma quand cette histoire sera terminée.

– Absolument.

– Quelque chose de gentil. »

Je me retournai pour admirer, de l'autre côté de la rue, le monument étincelant.

« Quelque chose de très, très gentil. »

Washington DC
Briefing du service de renseignement intitulé
« Recherche, récolte des infos, affinage et utilisation »

Les groupes de terroristes actuels sont fortement influencés par des croyances religieuses fondamentalistes. Certaines organisations du passé, comme les Brigades rouges et Baader-Meinhof, politiquement poussées à une violence qu'on estimerait aujourd'hui anodine, pensaient surtout à diffuser un message, alors que les mouvements d'aujourd'hui sont fanatisés et fondent leur objectif central sur un grand nombre de victimes. Plutôt que de mener campagne pour quelque chose qui leur appartienne légitimement en propre, ces nouveaux groupes sont agressifs, ne raisonnent qu'en termes de vengeance, et tuent quiconque s'oppose à leurs activités, que leurs actes leur rapportent ou non quelque avantage. Il semble parfois que leur seul objectif soit de tuer tous ceux qui leur barrent la route, rendant toute négociation politique nulle et non-avenue.

Les vrais fondamentalistes peuvent justifier toute action comme étant l'expression de la volonté d'un être suprême, et justifient ainsi leur mépris de toute obligation due au reste de l'humanité. Ils n'en sont que plus coriaces face aux techniques habituelles d'interrogatoire.

Ce phénomène a produit d'autres effets remarquables. Convaincre ces fanatiques religieux de renoncer à leur cause est extrêmement difficile, voire impossible.

16

Jeudi 13 novembre 2003
12 h 29, GMT

J'avais appelé le sergent Trowbridge vers 10 h 45 et dit au standardiste que je serais de retour à mon hôtel entre midi et 1 heure. Pour économiser un peu de fric, on s'était acheté des sandwiches, des frites et une bouteille d'eau chez Benjy's. Le plus dur était de planquer tout ça, en traversant le hall, pour ne pas avoir l'air de manger dans la chambre comme des clodos.

On venait de terminer quand Trowbridge me rappela.

« Nous serions très heureux de vous parler dans le courant de l'après-midi. Disons vers 15 heures ?

– D'accord. »

Inutile, je le savais, de lui demander à quel sujet. Il voulut savoir lui-même, très courtoisement, si nous avions quelque chose de neuf. Je lui parlai de l'interview.

« Je ne suis pas sûr que ç'ait été très indiqué. À qui avez-vous parlé ?

– Juste une seconde. »

Je sortis de ma poche la carte qu'elle m'avait remise et je lus :

« Le *National Sun Express.* Une journaliste du nom de Sarah Mitchell. »

Silence à l'autre bout du fil. Puis :

« Ce n'est pas une bonne chose de partager avec la presse le peu que nous savons. J'espère que vous ne lui avez rien dit d'important.

– Elle savait déjà qui nous étions. Elle en savait long sur l'affaire. On n'a rien dit qu'on devait taire.

– Je l'espère.

– Ne vous mettez pas martel en tête. Elle nous a tout de même appris quelques petites choses. Au sujet d'un professeur, de ses rendez-vous avec Emma et de son appartenance à un certain groupe. »

J'y allais mollo, pour le cas où la ligne serait sur écoute. Savait-il de qui je parlais ? Selon toutes les apparences, la réponse était affirmative.

« On va vous envoyer tout de suite une voiture. Ne parlez plus à qui que ce soit, j'insiste, à qui que ce soit. Même pour lui demander l'heure. La voiture sera là dans cinq minutes. Prenez directement l'ascenseur et attendez dans le hall. Un officier en uniforme arrivera très vite.

– OK, sergent. Sans problème. »

Je raccrochai et transmis à Carson :

« En bas dans cinq minutes.

– Bon pour moi. Qu'est-ce qui s'passe ?

– Il avait dit rendez-vous à 15 heures mais je crois qu'il n'a pas trop apprécié le coup de l'interview. Quand j'ai parlé du prof, il a pris le mors aux dents. Je crois qu'on se prépare à une après-midi intéressante. »

Quand on descendit, au bout de trois ou quatre minutes, le flic en uniforme était déjà là.

« Vous êtes les deux messieurs des États-Unis ? »

Je notai sur mes tablettes de demander à qui de droit ce qu'on pouvait avoir sur le visage de tellement ostensible. Une voiture de patrouille nous attendait le long du trottoir, aussi discrète que n'importe quel autre véhicule non-banalisé.

Nous appréciâmes le voyage.

Le poste de police de Paddington Green, près de la station de métro d'Edgware Road – ce serait commode pour rentrer à l'hôtel –, c'était un local beaucoup plus moderne que je ne m'y étais attendu, en verre et en béton. Il devait avoir cent ans de moins que nos locaux de Maitland.

On se soumit au contrôle de sécurité, on reçut un laissez-passer provisoire, on nous escorta jusqu'à l'ascenseur et on retrouva, au deuxième étage, le sergent Trowbridge dans un bureau portant le numéro 221, en très petits caractères. D'après l'épaisseur de la porte et les tuiles acoustiques du plafond, il s'agissait là d'une petite salle d'interrogatoire insonorisée.

Une fois la porte refermée, il se détendit légèrement.

« On m'a déjà appelé deux fois depuis que j'ai rapporté à certaines personnes ce que vous avait dit Mme Mitchell. Vous pouvez vous vanter d'avoir fait sensation.

– J'en suis désolé. »

Et je le pensais.

« Ne vous inquiétez pas. Blyth, que vous avez rencontré hier soir, ne va pas tarder à nous rejoindre. Sans doute avec son équipe spéciale. Asseyez-vous donc. »

On obéit alors qu'il enchaînait :

« Un système de surveillance et de sécurité a été mis en place, ce matin, autour de votre fille et de son amie Vicky. »

J'en sursautai malgré moi.

« Courraient-elles un danger quelconque ?

– Non, non. On n'envisage aucun danger réel imminent. C'est juste une précaution. Il y a quelqu'un d'assigné à chacune de ces deux personnes. Dans l'après-midi, on arrangera une petite réunion pour vous expliquer la procédure. »

Toujours cette distinction policière entre surveiller et veiller sur. Jamais de risque inutile, faute de prévoyance. En tant que flic, j'appréciais la mesure prise. En tant que père de Jane, je me sentais à la fois rassuré et vaguement en rogne. Une combinaison pas très confortable.

Dix longues minutes plus tard, on frappa à la porte et Blyth fit son entrée, accompagné de trois jeunes gens : une athlète aux yeux bleus de vingt-cinq ans et d'un mètre quatre-vingts ; un garçon presque aussi grand avec des lunettes, aux cheveux taillés en brosse ; et finalement un rouquin de plus petite taille qui devait frôler la trentaine.

« Salut, dit Blyth. Je vous présente Alice, Mark et Geoffroy. Ils sont tous les trois incroyablement énergiques et, par bonheur pour moi, font partie de mon équipe. Je les appelle Véra, Chuck et Dave. »

J'y allai de mon éclat de rire. Pas Carson. Probablement un écart générationnel ?

Alice nous serra la main.

« Ne faites pas attention à ce qu'il raconte. Enchantée de faire votre connaissance. »

Bonne introduction. Mark et Geoffrey ne se montrèrent pas moins courtois. Mark nous buvait des yeux.

« Première fois que je rencontre un vrai shérif américain. Génial !

– Montrez-lui votre badge », conseilla Trowbridge.

Je m'exécutai. Mark répéta :

« Génial. Tous les shérifs ont cette étoile ?

– Au moins en Iowa. Et je ne suis que shérif adjoint. »

Dans l'hilarité qui suivit :

« C'est nous qui faisons le vrai boulot. Le shérif administre la boutique.

– Comme partout dans le monde !

– Un peu de respect, je vous prie, intercala Blyth, ou je serai forcé d'en parler à maman ! »

Il nous fit asseoir à la ronde avant de poursuivre sur le même ton léger :

« Donc, vous avez rencontré notre irremplaçable Sarah Mitchell ?

– Au petit déjeuner. À notre hôtel.

– Ces femmes ne respectent rien. Vous connaissez ce genre de presse à manchettes, ce journalisme à sensation et à gros coups de barre ? »

Je savais ce qui allait venir et préférai prendre les devants.

« OK. Désolé. On s'est fait piéger.

– Trop tard pour y couper. Vous avez parlé, en fait, à la plus sensationnaliste des journalistes à sensation. Que lui avez-vous dit au juste ?

– Moi, rien, intervint Carson. C'est Carl qui lui a parlé. Je n'ai pas dit un mot. »

Il avait toujours peur de la taule ou quoi ? Il valait le coup, dans le rôle du petit frère. J'élevai un peu la voix :

« Moi non plus, je ne lui ai rien dit au sujet de Stevenage. Elle savait qui on était. Je lui ai donné la raison de notre voyage, en éliminant le côté politique. Elle avait remarqué que Jane et moi portions le même nom. Comment aurais-je pu lui cacher que j'étais son père ? C'est tout. Et je lui ai soutiré une ou deux petites choses en échange.

– Elle s'est fait prier pour vous les donner ?

– Pas vraiment. Je n'avais aucun moyen de pression sur elle. Elle savait que notre Emma Schiller sortait beaucoup. Je lui ai répondu que je le savais. Sans lui dire que je pouvais même lui en apprendre, sur ce point ! Puis elle a demandé si je savais qu'elle sortait avec un de ses profs, et même jeu de ma part.

Alors, elle a fait un pas de plus, parce qu'il n'y aurait pas eu d'interview si elle n'avait pas lâché un peu de lest !

– Bravo, approuva Alice.

– Et alors ? insista Blyth.

– Elle a dit que le prof en question s'appelait Robert. Puis elle m'a demandé si je savais que c'était un activiste du groupe qui a enlevé Emma Schiller et qu'il avait exprimé ses objectifs dans cette fameuse cassette.

– Celle qui est passée à la télé ?

– Oui... Une minute... Non ! Il n'y avait rien sur la cassette. Pas de voix, pas d'audio. Une petite note jointe, c'est ça ? »

J'interrogeai, du regard, le sergent Trowbridge, qui fit un signe affirmatif.

« Un message écrit... mais qui n'a pas été publié.

– Effectivement, souligna Blyth. Ce qui sous-entend quelque bon contact bien placé. Pas grave, mais ce que j'aimerais savoir, c'est où elle a décroché l'info sur ce prof nommé Robert !

– Pas moi qui vous le dirai. »

De nouveau cette étincelle malicieuse dans les yeux de Blyth.

« N'en soyez pas si sûr, shérif adjoint Houseman. Pourquoi pensez-vous qu'elle vous ait dit tout ça ? »

J'y gambergeai une minute.

« Oh, d'après votre réaction, messieurs, je dirais qu'elle a recueilli le tuyau quelque part auprès d'une source bien informée, et que, pour me l'avoir passé aussi facilement, elle n'en connaît pas vraiment la valeur. Je crois aussi qu'elle connaît le nom de famille qui va avec Robert, et ne me l'a pas donné parce qu'elle exigera autre chose en échange. Ou qu'elle espère simplement faire bouger les choses, peut-être ?

– Pas mal, souligna Blyth. Sa feuille de chou sera dans les kiosques avec les éditions du soir. Le miracle de l'informatique. Attendons de voir ce qu'elle aura fait imprimer.

– Ou peut-être en veut-elle personnellement à ce Robert ?

– Pas impossible, ponctua le nouveau grain de sel Carson.

– Pas impossible non plus, renchérit Blyth, qu'on vous demande de rester dans ses bonnes grâces, au cas où elle en saurait plus et n'en concevrait toujours ni la signification ni l'importance.

– Merci pour le cadeau.

– Attendons d'abord de voir son article. Comment va votre fille et son amie... Vicky, c'est ça ?

– Pas mal, je pense. Je ne les ai eues qu'au téléphone ce matin. Vous êtes d'accord pour que je leur demande qui est ce Robert ? Elles savent que leur copine sortait avec un prof. Il s'agit peut-être du même.

– Allez-y franco... si ça ne vous dérange pas qu'un de nous soit de la partie.

– Pas du tout. On a rendez-vous au métro d'Highgate, à 16 h 30.

– On y sera. »

Pas d'objection. On bavarda un quart d'heure de plus, assez pour qu'ils nous disent qu'un ou deux « menus développements » devraient se produire avant peu, et qu'ils nous en feraient part. Pas question pour nous, évidemment, de prendre contact avec le prof ni toute autre personne ayant pu participer au kidnapping d'Emma.

« Naturellement, si de votre côté il se présente quelque chose, vous nous tenez tout de suite au courant.

– Absolument. »

Alice intervint :

« Je comprends ce que ça doit vous faire de ne pas pouvoir dire la vérité à votre fille. C'est une situation pénible.

– Ça ne va pas s'améliorer, mais... merci !

– Si je peux faire quelque chose, appelez-moi. »

Elle me remit sa carte.

« Un alibi, peut-être. Ou une diversion. »

Elle parlait sérieusement. J'appréciai son geste plus que je n'aurais su le lui dire.

J'en profitai pour lui donner notre nouveau numéro de portable. Ou du moins j'essayais, car je ne parvenais pas à me souvenir du numéro et le papier sur lequel je l'avais noté était resté à l'hôtel.

« Vous pouvez le retrouver dans les paramètres », suggéra Carson.

Après une minute un peu trop longue, je lui tendis l'appareil. Il pressa une série de touches et lut presque instantanément le numéro de téléphone.

« C'est à ça que ça sert, les gamins », rigola Blyth.

Quelques instants plus tard, on se retrouva les mains vides, Carson et moi, à devoir tuer le temps jusqu'à l'heure de notre rendez-vous. C'était d'autant plus difficile que j'imaginais tous les autres en train d'étudier des indices, d'opérer des recoupements, de suivre des pistes et de mener des interrogatoires plus ou moins musclés. Rien n'est plus insupportable, dans un cas semblable, que l'inaction.

On décida de visiter le musée de Victoria et d'Albert, le V. and A., comme ils disent. Tout plutôt que se battre les flancs en attendant de filer à Highgate. Il était près de 15 h 15 quand on en ressortit, et c'est alors que Carson toucha au sublime :

« On devrait avoir honte de faire ce qu'on fait.

– Quoi donc ?

– Jouer les touristes. Au lieu de mener notre enquête parallèle...

– J'aimerais beaucoup mieux faire mon métier de flic ! Mais, nom de Dieu, j'ai essayé de les convaincre, tous, qu'on aurait les bras liés. C'est pas notre affaire. On n'a aucun statut officiel. On ne peut agir que sur commande...

– Oui, mais...

– Pas de mais. On va y arriver. Faites-moi confiance. »

La mort d'Emma l'avait salement touché. Autant que moi, sinon davantage.

On arriva à Highgate et on attendit Jane et Vicky à la station de métro. Je remarquai un type qui marchait de long en large. Il piétinait sur place près de la sortie de la station. Il avait l'air d'un comptable ou de quelque chose dans ce goût-là. Pas dangereux pour un sou, mais jamais un professeur ne m'aurait semblé dangereux non plus, jusqu'à hier. Je le tenais à l'œil et n'en disais rien à Carson. Il n'avait déjà que trop tendance à la parano. On était là depuis cinq bonnes minutes quand Alice nous rejoignit.

« Ça ne vous embêterait pas que je parle de ce prof avec votre fille et Vicky ?

– Pas du tout. C'était prévu. »

Je m'étais plutôt attendu à quelque agent du MI-5, comme ce type à la gueule de comptable, alors c'était plutôt une bonne surprise.

« Content que ce soit vous. »

J'ajoutai, pour couvrir mon embarras :

« Vous voyez ce type, là-bas ? À gauche de la porte ?

– Bien sûr.

– Où ça ? demanda Carson.

– Je ne vais pas le montrer du doigt. Il est là depuis notre arrivée, et je me demande s'il n'était pas dans le métro avec nous.

– Non, dit Alice. Il attend à cet endroit depuis le début de l'après-midi.

– Vous le connaissez. »

Une constatation, pas une question.

« Naturellement, mais mieux vaut avoir l'air de ne pas le remarquer. Il est très sensible.

– Qu'est-ce que ça veut dire ? s'étrangla Carson.

– On parle de Philippe. C'est un de ceux qui vous filent depuis cette histoire d'otage. Je crois qu'il s'attendait à ce que vous quittiez la station tout de suite. Jane et Vicky en ont également un aux fesses, maintenant.

– Sécurité ? feula Carson.

– Du moins on l'espère. »

Lorsque Jane et Vicky émergèrent de la rame, deux minutes plus tard, je m'aperçus presque simultanément de deux choses différentes. La première, c'est qu'elles étaient suivies. Ou plutôt escortées, à distance raisonnable. Dès qu'il nous découvrit tous les trois, il sortit de la station sans se retourner. Plus adroit ou plus expérimenté que le nommé Philippe. La deuxième chose, c'est que Jane était dans une fureur noire. Alice le perçut tout de suite, et s'éloigna légèrement. Jane avait un journal roulé sous le bras et se contenait à peine :

« Vous avez vu ça ? Qu'est-ce que c'est que cette merde ?

– Vu quoi ? »

Elle déroula le journal d'une secousse. C'était un exemplaire du *National Sun Express*. La manchette principale hurlait à la une : « CALMOS, LES FILLES ! PAPA EST LÀ ! » L'on y voyait une photo de Carson, Sarah Mitchell et moi à la table du petit déjeuner.

« Il ne porte pas son pistolet à table », disait la légende. Et puis, en plus petit sous la manchette : « DU NOUVEAU DANS L'AFFAIRE DE LA PETITE CHÉRIE [1] AMÉRICAINE ».

Je parcourus l'article en vitesse. Rien de neuf dans tout ce verbiage. Aucune fausse citation non plus. Jusqu'à preuve du contraire, Sarah Mitchell ne m'avait pas fait dire ce que je n'avais

1. En anglais, jeu de mots entre *Sweetheart* signifiant « chéri » et *Sweet Tart* pouvant être traduit par « douce pute ». (NdT.)

pas dit. Elle en avait simplement rajouté à la pelle avec sa manchette, la légende de la photo et le sous-titre.

« Qu'est-ce que c'est que ce foutu torchon, p'pa ? »

Ce fut l'affaire de quelques minutes, mais je n'avais jamais vu Jane dans un tel état. Je l'avais connue plus d'une fois furieuse. Mais jamais aussi *vexée*. Carson eut le bon esprit de ne pas appuyer derechef sur le fait que j'avais été seul à parler.

Alice s'était rapprochée et Jane la désigna tout à coup d'un index accusateur.

« C'est qui, elle ? Une autre journaliste ?

– Non. Une fliquette qui doit vous parler. »

Jane, même en rage, restait une fille bien élevée. On bavarda en marchant et elle acheva de décompresser.

« Je n'aurais pas dû te sauter dessus comme ça, p'pa, mais cet odieux jeu de mots avec sa "petite chérie". C'est la troisième fois qu'elle l'utilise dans une manchette. Si je ne me retenais pas...

– Maintenant, on le sait, affirma Carson. Ça ne se reproduira plus. »

Bonne intention, mais un peu vaine.

« Nous aussi, elle nous avait interviewées, rappela Vicky. On lui avait parlé du prof qui draguait Emma, à moins que ce soit le contraire. C'est la première fois qu'elle l'a qualifiée de "petite chérie", sans la nommer. Elle était sûre qu'ils étaient partis ensemble.

– Alors qu'il était toujours là ?

– Elle n'avait pas pris la peine de vérifier, p'pa. Elle l'avait écrit, c'est tout.

– Une vieille habitude, soupira Alice.

– Elle a toujours fait ça ?

– À peu près.

– Alors, ce n'est pas seulement avec nous ?

– Oh, non. Entre elle et son rédacteur en chef, ils publieraient n'importe quoi pour vendre du papier. »

Jane se retourna vers moi.

« Tu avais besoin de lui dire que tu étais mon père ?

– Elle le savait déjà. Et oncle ou frère, ça n'aurait rien changé. »

Jane souriait enfin. Jaune, mais c'était un sourire.

« Frère, tu charries ! »

On avait atteint le carrefour de Southwood Lane et de Castle Yard, la première surface à peu près plane du chemin conduisant à l'appartement des filles. Comme il n'y avait plus personne à portée d'oreille, Alice en profita pour amorcer les débats :

« Vous connaissez un professeur du nom de Robert Northwood ?

– Sûr, dit Vicky. Pourquoi ?

– Emma sortait avec lui de temps en temps ? »

Silence. J'avais peur d'une violente récidive de ma fille, mais elle répondit enfin :

« Deux ou trois fois.

– À dîner, pour la soirée, ou juste un café ?

– C'est important ?

– Oui. Très... peut-être.

– Ça va... »

Jane respira profondément, rejeta l'air inhalé, murmura :

« Elle est sortie souvent avec lui. Dix, quinze fois ? On ne la surveillait pas. C'était parti d'un café, et ensuite... Elle couchait avec lui, c'est certain.

– Vous connaissiez le but de leurs sorties, habituelles ou inhabituelles ?

– Une fois, dit Vicky, on a visité tous les quatre une station de métro fermée.

– Une seule fois, j'imagine ?

– Un truc unique. Exceptionnel. On avait emporté à déjeuner. On est monté et descendu par une espèce d'escalier en colimaçon... »

Alice fronçait les sourcils.

« Quelle station ?

– Quelque chose comme... Downey ? C'est ça, Jane ?

– Un peu plus loin, je crois.

– Dans quel coin de Londres ?

– Près du palais de Buckingham, mais un peu derrière. Plutôt vers Piccadilly.

– Hyde Park ? Green Park ? énuméra Alice. Ce sont les stations le long de Piccadilly.

– J'ai dit une station fermée, rappela Vicky. Désaffectée. Abandonnée.

– Down Street, affirma Jane. La station bouclée de Down Street. »

Alice opina du bonnet.

« Génial. Mais pourquoi cette fantaisie ? Vous savez ?

– Il écrit un livre sur le métro, dit Jane. Sur les égouts, les boyaux souterrains, le Londres du sous-sol...

– C'est sa marotte, appuya Vicky. Il nous avait invitées à faire tout le tour...

– Extraordinaire ! Vous vous êtes amusées ? »

Jane haussa les épaules.

« C'était assez marrant. Vieux comme tout, avec cet escalier en spirale d'une bonne centaine de marches. Plein de trucs historiques... Hé, p'pa, tu devrais te payer ça. Je suis sûre que ça te plairait. Un abri aérien de la Seconde Guerre mondiale. Avec encore pas mal de bric-à-brac militaire et tout un tas de fourbis... »

Ça, c'était l'ancienne Jane d'avant la prise d'otage. Enjouée, enthousiaste. Pendant une minute ou deux.

« Vous avez une raison de vouloir savoir tout ça ? »

Alice jeta un regard circulaire. Moi *idem*. Les deux seules personnes en vue étaient ce Philippe et l'autre agent de sécurité de l'autre côté de la rue.

« Savez-vous quelque chose sur les opinions politiques du professeur Robert Northwood ?

– Non », dit Jane.

Vicky se borna à secouer la tête.

« Pourquoi ? »

Alice ne chercha pas à tergiverser ni ne tenta de noyer le poisson sous des paroles évasives. Elle y alla carrément, c'est une justice à lui rendre.

« Il est membre d'un mouvement qui vise les mêmes objectifs que ceux qui ont kidnappé Emma. »

Rien de tel pour plomber une conversation. Voire une soirée. Même sur la Southwood Lane à Highgate, proche banlieue de Londres en Angleterre.

17

Jeudi 13 novembre 2003
Sous-sol du Chameau
17 h 48, GMT

Pour Anton et Hamza, c'était l'heure du souper. Ils étaient au sous-sol d'un restaurant situé de l'autre côté de l'allée, derrière la vieille station de Down Street. Ils s'y étaient introduits aux petites heures du matin, Anton tirant sur la porte tandis que, pour débloquer le crochet intérieur, Hamza pressait le ressort d'acier qui maintenait le battant en place lorsqu'il était ouvert.

Marwan leur avait enseigné cette méthode qu'il employait quand il avait besoin d'accéder au local secret. Il ne leur avait jamais dit qui la lui avait enseignée, à lui, mais ça ne pouvait être qu'un des employés du restaurant Le Chameau.

Une petite ouverture, sous un comptoir, leur avait livré l'accès à la station abandonnée. Puis ils avaient dissimulé leurs affaires personnelles avant de se glisser dans le restaurant, en quête de nourriture.

Ignorant qui pouvait être leur allié à l'intérieur, ils appréhendaient d'être vus alors qu'ils puisaient de quoi manger dans les produits disponibles : oignons, abricots, prunes et poissons séchés. Plus, à la grande joie d'Hamza, quatre petites caisses de ce qu'ils prenaient pour du fromage de chèvre, quoique sans aucune certitude, car les étiquettes étaient en arabe. Tout eût été pour le mieux s'ils n'étaient en train de boire leur dernière bouteille d'eau potable.

« Au moins, dit Hamza, c'est propre ! »

Il admirait le sol carrelé dans les teintes crème, vert et vert foncé.

« Un vrai palais, ironisa Anton. On se croirait à Windsor… mis à part les plafonds à moins d'un mètre cinquante… Et j'ai horreur de ces poiscailles ! »

Hamza savait que la hauteur des « plafonds » était supérieure à l'estimation d'Anton d'une bonne trentaine de centimètres, mais, pour éviter toute dispute, il préféra grogner en réponse :

« Des poiscailles, comme tu dis, qui ont cuit dans l'huile d'olive et les aromates !

– Arrête de déconner. Ferme-la et bouffe. Et puis dégote-nous une autre cantine !

– Tu ne veux pas un peu de fromage ?

– Il peut pas être pire que ce poisson ! »

Hamza força le couvercle d'une des caisses, souleva le papier d'emballage marron, sortit son couteau de poche pour tailler une large tranche du fromage blanchâtre. Heureux de constater que son prélèvement ne se voyait guère, il en coupa trois autres tranches et réajusta le couvercle de la caisse.

Il allait la replacer sur son étagère quand un bruit de porte ouverte, au rez-de-chaussée, et le vacarme d'une descente précipitée dans l'escalier le rejeta en arrière. Anton, moins émotif, monta coller son oreille à la porte refermée. Il éteignit la lumière et redescendit vers Hamza à la lueur de sa lampe de poche.

« T'es où ? »

Planqué derrière une vieille table recouverte d'oignons, Hamza ralluma brièvement sa propre torche. Anton le rejoignit en vitesse.

« Si on repassait tout de suite à l'intérieur de la station ?

– Trop bruyant. Écoute. Ils sont deux. »

À l'extinction des lampes avait succédé une obscurité d'encre. Il faisait plus clair dans le restaurant et la lumière filtrait, en haut de l'escalier, par une fente étroite. Au bout de quelques minutes, la fente disparut.

« Ça va, conclut Anton. Maintenant, on repasse dans la station. On reviendra quand ils seront rentrés chez eux.

– Et ça ? »

Hamza portait toujours la caisse de fromage.

« Emmène-la. Ils ne le verront même pas. Plus sûr de l'emporter que de la laisser en rade. »

L'issue s'ouvrant directement sur la station se trouvait sous un vieux comptoir recouvert de marbre. Une fois libérée, elle révélait une ouverture horizontale fermée jadis par une plaque de fonte écartée depuis belle lurette. L'un derrière l'autre, ils parcoururent un court tunnel d'environ trois mètres de long. Tout juste assez pour réveiller la claustrophobie latente d'Hamza qui poussait devant lui la caisse de fromage.

« Grouille, bon sang ! »

Hamza, il en était sûr, allait mourir en route et rester bloqué dans ce tronçon de boyau dont il ne pourrait jamais ressortir en marche arrière. Mais cet étouffoir faisait partie du vieux système de ventilation menant à ce qui avait été les toilettes réservées au public.

« T'es pas la moitié d'un trouillard », remarqua Anton lorsqu'ils se retrouvèrent enfin hors du tunnel.

Trop soulagé pour répliquer, Hamza haleta : « Pas de ma faute ! »

Anton lui reprit la caisse de fromage. Ils traversèrent la zone à peine éclairée des anciennes « toilettes » et débouchèrent, par une porte battante, sur ce qui restait d'un quai. Ils poursuivirent leur chemin, selon les instructions reçues, vers l'endroit où les voies désaffectées disparaissaient dans les ténèbres.

Ils rallumèrent leurs lampes de poche pour sauter sur les rails sommairement recouverts et pousser la porte d'acier donnant sur la vieille salle des générateurs, où ils avaient laissé leurs affaires. Les moteurs électriques, les boîtes de connexion, les câbles étaient toujours intacts. Sous une épaisse couche de poussière, mais intacts.

Anton revissa complètement l'unique ampoule. Plus prudent que de laisser le commutateur proche de la porte à la disposition de tout autre visiteur. Un système qu'ils avaient employé, par trois fois, lors de leur intrusion.

« Je me demande comment Marwan a pu découvrir ces putains de caves !

– Ses visites guidées, lui rappela Hamza. Il dit qu'il écrit un bouquin sur ce monde souterrain.

– Et l'entrée par le restaurant ?

– Il y bouffait souvent, et il avait un bouquin avec lui qui traitait de la question. »

Anton rouvrit la caisse de fromage.

« Je croyais que c'était lui qui écrivait un bouquin là-dessus.

– Ce sera pas le premier, mais il fait des recherches pour que ce soit le meilleur.

– C'est lui qui te l'a dit. »

Encore sous le coup de sa hantise, Hamza portait sa bouteille d'eau à ses lèvres.

« Pas exactement, mais je sais écouter.

– Bordel de merde !

– Qu'est-ce qui te prend ? »

Anton recrachait avec dégoût le fromage auquel il s'était attaqué.

« Il est dégueulasse. J'aurai jamais assez faim pour bouffer cette merde ! »

Hamza en détacha un petit morceau.

« Peut pas être si mauvais. Ça doit être de la feta. Peut-être un peu tournée. »

Il mâcha brièvement. Recracha en vitesse, les yeux ronds.

« C'est pas du fromage !

– Tu vois ! »

Anton achevait de se racler la gorge. Hamza confirma, médusé.

« Non, c'est pas du fromage. Ça sent le fromage, mais c'en est pas. Qu'est-ce que c'est ?

– Quelque chose que tu mangeras pas en tartines au petit déjeuner. Heureusement qu'elle nous a donné une boîte de corned-beef. »

Anton tira de sa poche un gros oignon.

« Je vais couper ça en tranches. Qu'on se rince la gueule de ce goût infect ! »

Hamza promenait sur leur future cachette un regard dubitatif.

« Combien de temps... »

Il y eut un violent appel d'air, un grondement continu. Puissant. Assourdissant. Le vacarme d'une rame de métro passant à quelques mètres au-dessous d'eux, sur l'une des voies en activité de la ligne de Piccadilly.

Hamza termina la phrase qu'il avait commencée :

« Combien de temps tu crois qu'on va pouvoir se terrer là-dedans ? Elle a parlé d'une semaine.

– Plutôt une quinzaine, à mon avis.

– Vraiment ?

– Mais moi, je vais pas y rester. Je me tire dans un jour ou deux. À moins que Marwan lui-même vienne m'expliquer les choses de la vie !

– Souhaitons que ce soit lui et pas ce M. Kazan. »

Le passage d'une autre rame l'empêcha d'en dire davantage. Perdu dans ses pensées, Hamza essayait de lutter contre une nouvelle crise de claustrophobie. Il essayait de se répéter qu'il y avait une autre sortie, le fameux escalier en spirale à destination de la surface. Il subsistait un peu partout des vestiges de « fléchage ». Y compris un panneau « Sortie » en carreaux écornés, marron et crème. Alors que le bruit s'atténuait un peu, il demanda : « À quelle profondeur on est, d'après toi ? »

Anton eut un geste de lassitude.

« Sans doute pas plus de douze-quinze mètres. Pourquoi ? Ça te reprend, la panique ?

– Non. Je me disais juste... En cas d'incendie... »

Le bruit assourdissant reprit encore une fois. C'était l'heure de pointe, sur la ligne de Piccadilly. Heureusement que tous les métros stoppaient à minuit. Qu'ils puissent au moins dormir. Hamza ne s'était jamais senti aussi seul de sa vie. Pamela lui manquait plus qu'il ne l'eût cru possible. Mais comment l'inviter à descendre ici ?

Highgate
18 h 30

Pas question d'aller au Gatehouse, après cet article. Jane proposa Zizzi, un restaurant italien, juste derrière le Gatehouse. Excellente idée. À peine installée, Alice s'excusa auprès de nous et dégaina son portable. Pendant qu'elle discutait à voix basse, Jane chuchota :

« C'est qui en fait, celle-là ? Un chien de garde ? Ou Vicky et moi avons-nous vraiment besoin de sécurité ?

– Elle est à la pêche aux infos. Et votre sécurité est déjà assurée.

– Assurée ? Par qui ?

– Quand on repartira, rappelle-moi de te montrer les deux flics qui vous collent aux fesses depuis ce matin.

– Quoi ? Je n'aime pas beaucoup l'idée qu'on soit surveillées. »

Dieu merci, je connais bien ma fille.

« Pas surveillées. Protégées contre ceux qui pourraient vous surveiller... pour de mauvaises raisons. »

Elle approuva d'un hochement de tête. Parce qu'au fond, sans doute, elle était juste un peu plus inquiète que réellement offensée.

« C'est elle, l'organisatrice ? »

En désignant Alice qui discutait toujours dans son téléphone, à quelques pas de là.

« Elle ou son chef direct.

– P'pa ! Elle n'est pas plus vieille que Carson.

– Vrai. Mais je crois qu'elle connaît bien son boulot ! »

On nous apporta les menus. J'en profitai pour jeter un œil au décor. Propre, moderne, avec une bonne atmosphère. Le genre d'endroit qui me botte. Et avec une verrière. L'idéal pour observer ce qui se passe alentour.

Tout le monde commanda des Calzone, de différentes sortes. Je me fis la remarque qu'à la maison j'aurais dû courir mes trois kilomètres pour brûler les calories. Mais ici, je marchais tellement que je pouvais manger à peu près ce que je voulais. J'ai toujours été fort en maths.

« Qu'est-ce que tu me paies si je cafte pas à m'man ?

– Le DVD que tu voudras pour Noël. Valable pour tout le séjour, bien sûr.

– Même *Le Seigneur des anneaux 2* ?

– Banco !

– Avec les scènes supprimées, le tournage, les interviews et autres bonus ? »

Qu'est-ce que je risquais ? Je pourrais toujours l'emprunter.

La Calzone était fantastique. Juste avant le café, Alice s'informa :

« Ça ne vous ennuie pas que j'invite quelqu'un pour le dessert ? »

Ce qui voulait dire qu'on allait prendre un dessert. Elle était pas belle, la vie ?

« Je vous dis qui c'est avant qu'elle se pointe. Sarah Mitchell, en chair et en os.

– Quoi ? »

Jane préparait une deuxième explosion.

« Permettez-moi, implora Alice. Elle ne sait pas qui je suis. Je me suis présentée comme votre avocate, en ajoutant que je vous avais conseillé de lui reparler. Telle que je la connais, elle doit s'attendre à une demande d'indemnisation. »

Elle marqua une pause, visiblement très concentrée.

« Je ne peux pas entrer dans les détails, mais je veux savoir ce qu'elle sait sur ce professeur Northwood, et surtout comment elle l'a su. »

Allongeant la main, elle s'empara du couteau de table de ma douce enfant.

« Simple précaution. »

Elle le lui rendit tout de suite, avec un sourire. Bien joué. La tension avait baissé d'un cran.

« Pourquoi voulez-vous savoir tout ça ? questionna Vicky.

– Si vous relisez l'article en tenant compte de mon point de vue, vous verrez qu'elle a glané certaines informations... »

L'arrivée de Sarah Mitchell lui coupa la parole. Elle se leva.

« Ho ho, par ici. »

Le comportement d'Alice changea en un instant, passant d'une assurance sans faille au comportement hyperexpansif de quelqu'un qui ne sait pas trop sur quel pied danser. Style jeune avocate encore inexpérimentée. Du beau travail de comédie. J'étais très impressionné.

Pas Sarah Mitchell. Son premier mot fut pour préciser :

« J'espère que c'est important. J'ai une autre interview ce soir.

– On ne va pas vous garder longtemps », promit Alice.

Désignant le journal roulé posé sur la table auprès de Jane, Sarah Mitchell affirma sans rire :

« Les gros caractères sont de mon rédacteur en chef. C'est un truc qu'il fait souvent.

– Ben voyons ! » grogna Jane.

Avec une telle expression et sur un tel ton que je faillis lui reprendre son couteau pour de bon. Non qu'elle ne fût pas capable d'attaquer à main nue, si les choses se gâtaient...

« J'ai juste besoin de quelques détails, expliqua Alice. Pour conseiller utilement ces messieurs-dames. »

La journaliste l'observait attentivement.

« Vous êtes sûre d'avoir le droit de pratiquer ? Vous faites si jeune...

– Oh ? Merci beaucoup. Nous ne sommes pas là pour nous affronter, mais pour envisager une collaboration loyale, en allant jusqu'au fond des choses. »

Sarah Mitchell parut surprise. Elle ne s'y attendait pas. Alice poursuivit dans cette veine. D'après elle, les autorités nous passaient les infos au compte-gouttes. En contrepartie, on ne leur disait pas tout ce qu'on savait.

L'hameçon était lancé. Convenablement appâté.

« On devrait pouvoir trouver un terrain d'entente, admit la journaliste. Il me faudrait quelque chose de spécial... »

Qui lui permettrait de trahir la confiance de quelqu'un d'autre ? J'avais ma petite idée là-dessus.

« Écoutez. On a eu une affaire de terrorisme dans le comté de Nation, l'année passée. On aimerait établir s'il s'agit de la même clique ou d'un mouvement analogue, voire affilié, si vous voyez ce que je veux dire ?

– Vraiment ? Quel genre, votre affaire ? J'ai besoin de faits concrets. »

Très intelligemment, Jane entra dans le jeu.

« Mon père a failli se faire tuer. Un autre officier s'est fait descendre. Et il y a eu d'autres victimes. Une tentative d'empoisonnement chimique volontaire, à partir d'une usine à viande. C'est bien ça, p'pa ?

– Exactement.

– On ne peut rien vous divulguer, intervint Carson. Mais je peux me faire faxer le formulaire adéquat, et si vous le signez, on pourra vous dire tout ce qui n'est pas couvert par la sécurité nationale. »

Un gros bon point pour Carson. Il raisonnait comme un avocat général.

« Empoisonnement chimique ? » releva Sarah.

Je me penchai en avant.

« Ricin. »

Elle accusa le coup.

« Sans blague ? C'est fascinant, mais pas le genre de choses qui intéresse mes lecteurs. »

Le moment ou jamais d'en rajouter une couche :

« Ils se passionneront si vous citez des noms associés, de près ou de loin, à ce Robert Northwood. J'ai mes sources, et je peux les rapprocher de ceux que je connais déjà. »

Après un temps, pour le suspense :

« Les féds se sont vu forcés de nous communiquer les noms des victimes. Surtout celles du comté de Nation. On avait déjà identifié le rapport avec certains groupes.

– Sûr de ça ? interjeta Carson, s'adressant directement à moi.

– Certain. Avec les FARC, tout spécialement. Mais aussi avec al-Qaida. »

Parler entre nous, de temps à autre, prêtait à notre bluff commun un pourcentage supplémentaire « d'authenticité ».

« Vraiment ? Et le rapport avec ce qui se passe ici est prouvé ? »

Sarah Mitchell « mordait » de plus en plus, le regard allumé et les coudes sur la table.

Les yeux dans les yeux, pour elle toute seule, j'enchaînai :

« Alors, vous savez, cette organisation que fréquente le prof... »

Je sortis mon calepin pour ne pas me planter.

« Ce... Mouvement réformiste londonien pour la libération de Khaled al-Fawwaz et d'Ibrahim Eidarous et les Lions du front pour le jihad en Angleterre.

– Oui ?

– Trop lourd pour être vrai. On ne peut même pas fabriquer, à partir de là, un sigle vraisemblable... MRLLKFIELFJA ! Le nom sur toutes les lèvres ! Vous avez une idée de qui peuvent être ces fumistes ?

– Aucune.

– Et c'est ça que vous voulez échanger contre de vraies infos ?

– Ce qu'il veut dire, amorça Alice, c'est que...

– Je sais parfaitement ce qu'il cherche. C'est un flic. Je les ai contactés. C'était facile.

– Sans blague ? gouailla Jane.

– J'ai tout simplement consulté leur site Internet. Je leur ai envoyé un e-mail sur l'adresse indiquée. Et le prof m'a répondu à partir de l'adresse informatique de l'université. C'est lui le président du groupe !

– C'est pas vrai ? »

Jane m'avait devancé d'un dixième de seconde.

« Bête comme chou, sourit Sarah Mitchell. Même un flic pourrait faire ça tout seul, non ? »

Je regardai Alice. Elle me dédia un clin d'œil. Ils l'avaient fait.

Sarah enchaîna :

« Un que je n'ai pas identifié, c'est Imad, le vice-président ou quelque chose dans ce goût-là. Sûrement un nom de code. Comme Robert Northwood, appelé Marwan. Vous pouvez l'écrire sur votre petit calepin. »

Je m'empressai de suivre le conseil. Ostensiblement.

« Autre chose ?

– Il y a aussi une secrétaire. Ayat. Mais son vrai nom, c'est Hanadi. »

Les yeux d'Alice vacillèrent. Avait-elle ignoré ce dernier détail ? Ou pensé que Sarah Mitchell ne pourrait jamais l'obtenir ?

« Avant que je ne vous en dise davantage, se reprit notre journaliste intrépide, j'aimerais entendre aussi un nom ou deux.

– Skripkin. Yevgenny Skripkin. Membre du MRLP. Mouvement réformateur pour la liberté du peuple.

– Oui, je crois que je m'en souviens. »

Alice était positivement atterrée. Je décidai de ne plus citer de noms propres.

« Il en était. C'est bon pour ce soir ?

– On est à Londres, ici. Avec une connexion chez les culs-terreux. Ça, c'est de l'inédit !

– Je ne vous le fais pas dire. »

Skripkin était un doux crétin compromis jusqu'à l'os, mais sans aucune valeur intrinsèque. Du moins pour ce que j'en savais.

« Et que pensez-vous de l'intérêt du professeur Northwood pour le sous-sol londonien ? relança la journaliste. Mes sources me disent que la question l'a toujours passionné. »

Ses sources ? Il devait s'agir de son site Internet.

« Ça n'a rien à voir, trancha Jane. Il organise même des visites guidées, le dimanche, pour ses amis et connaissances. Il écrit un livre historique, d'après lui. On a fait la visite, toutes les trois, d'une vieille station abandonnée. Une minute... »

Elle tira d'une poche son *Londres de A à Z* et le feuilleta rapidement.

« Voilà. C'est près de Piccadilly.

– Et c'est là, ajouta Vicky, qu'il a commencé à draguer Emma. »

Jane releva la tête.

« C'est vrai. Elle nous a emmenées, mais je crois qu'il ne nous attendait pas. Elle seulement. »

Jane se reporta à son guide de poche.

« C'est tout près du palais de Buckingham.

– Une visite de la station d'Hyde Park ? »

Sarah Mitchell était sceptique.

« Non, non. Tout près d'ici. Elle est abandonnée. Il y en a pas mal, des comme ça. »

Et Jane, les yeux sur son guide :

« Down Street, voilà. La vieille station de Down Street.

– Jamais entendu parler, reconnut Sarah Mitchell.

– Pourtant, elle existe. Un vieux bâtiment rouge. Avec un resto par-devant. »

Elle montra l'emplacement à Sarah Mitchell, sur le plan.

« Exactement là.

– Je vais en parler à mon rédacteur. Je dois le voir demain. Quand aurez-vous vos dossiers ? Il me faut la preuve que c'est pas du bidon.

– Demain ou après-demain. »

Je précisai :

« Tout dépend du mode d'envoi.

– Un coup de fil dès qu'ils sont là. On reparlera alors. »

Dès qu'elle eut disparu, Alice soupira :

« Bravo et merci. Je pensais faire l'essentiel de la conversation.

– Fâchée ?

– Au contraire. Vous avez tous été très brillants. Mais, par pitié, plus de noms propres.

– Skripkin égale zéro.

– Je n'en doute pas. Mais épluchons les noms avant de les partager, d'accord ?

– Bien sûr. »

Je n'étais pas inquiet. J'avais pris plaisir à jouer avec les nerfs de Sarah Mitchell et même avec ceux d'Alice, et je me sentais de très bon poil.

« Et juste... Jane ? Pour n'importe qui sauf nous, vous ne vous souvenez pas du nom de cette vieille station de métro. Tout dans le vague à partir de maintenant.

– D'accord.

– Tout s'est tellement bien passé. On l'a lancée sur une voie de garage.

– Et moi, je suis contente. Sincèrement. Je crois qu'on a une bonne chance de retrouver Emma saine et sauve. »

Ma fille qui cultivait cette illusion ! Et que je n'avais pas le droit de détromper jusqu'à nouvel avis. Je ne me sentais plus du tout de bon poil. J'avais presque oublié que la pauvre Emma était morte.

On raccompagna les filles chez elles. Elles invitèrent Alice à grimper, mais elle refusa. Je crois qu'il y avait un bon commencement de sympathie entre elles trois.

On discuta de choses et d'autres, comme des films récents et des programmes de télé. Les jeunes n'avaient jamais vu ne serait-ce qu'un épisode du *Prisonnier* ou de *Chapeau melon et bottes de cuir.*

Inévitablement, Emma revint sur le tapis.

« Personne n'a une idée d'où elle peut se morfondre ? »

Je ne pouvais pas répondre « à la morgue » et me bornai à hausser les épaules.

« Impossible à dire d'après la cassette, sinon "en Angleterre". Je ne pense pas qu'ils aient pu la sortir des frontières. Pas encore, en tout cas.

– Ça dépend, dit Vicky. J'ai vu un truc à la télé, une fois, un mec plein aux as qui avait réussi à expatrier...

– Que n'a-t-on pas fait à la télé ?

– En plus de ça, dit Jane, pourquoi l'emmener à l'étranger ?

– Pourquoi pas ? » la contredit automatiquement Carson.

Bien sûr, il y avait toujours une possibilité. Que Jane évoqua sans trop y croire :

« Pourquoi pas dans cette station de métro abandonnée... où le professeur Northwood passe une bonne partie de son temps ? Il pourrait l'y garder bouclée, non ? »

Je secouai la tête.

« Si j'ai bien vu la cassette, à la télé, l'arrière-plan était celui d'une pièce normale.

– Un décor ! N'importe quel théâtre improviserait ça en cinq secondes. »

Que dire contre ça à ma propre fille ?

« Les terroristes vont au plus simple, décréta Carson. Moins cher, plus facile et moins de chances de se tromper. Ils n'aiment pas les complications inutiles. »

Où avait-il étudié la mentalité du terroriste de base ? Mais connaissant Jane, je savais qu'on n'en avait pas terminé avec cette hypothèse.

Vicky continua :

« On n'a pas de cours demain après-midi. Toi non plus, Jane ? Pour une fois, on peut couper à celui du matin. Je suis de ton avis. Je crois qu'on devrait vérifier. »

Je m'entendis soupirer :

« Vous êtes bien pareilles, toutes les deux.
– Alors, p'pa ? On y va tous ensemble ?
– Si on chargeait plutôt les flics d'aller y faire un tour ? »

J'essayais de me montrer raisonnable, mais je n'y gagnai que deux mauvais regards de la part des filles.

« Écoutez, je les appelle demain et je vois ce qu'ils disent. Et si ça ne les intéresse pas, je leur demande si on peut y aller, d'accord ? »

Je n'avais aucune envie de descendre fourrager dans une station de métro désaffectée, mais elles brûlaient de faire quelque chose. Après tout, si c'était possible, ce serait bon pour leur moral.

Mais j'étais bien sûr qu'on ne trouverait, dans les profondeurs de la ville, ni Emma, ni ses kidnappeurs.

18

Jeudi 13 novembre 2003
Appartement d'Hanadi, Brewery Square
21 h 54, GMT

Hanadi devait faire face à un sérieux dilemme. Il lui répugnait de téléphoner à Marwan depuis qu'elle savait qu'il avait ordonné la mort de l'otage. En outre, elle avait peur pour Hamza et Anton. Si Marwan avait tant changé, tout était à craindre. Elle ne voulait pas que la police découvrît un jour que c'était elle qui l'avait appelé pour lui apprendre le décès d'Emma. Cela équivaudrait presque à en endosser la responsabilité et à terminer ses jours en prison. Appeler la police serait une meilleure solution. Mais non sans en informer Marwan, Imad et les autres. S'il s'avérait que Marwan et Imad l'avait volontairement dupée, peut-être alors qu'elle les appellerait. Mais pas maintenant, c'était impossible.

Hanadi n'était pas spécialement à cheval sur la religion. Elle n'y voyait pas l'élément central de son existence. Élevée dans une famille religieuse, toutefois, la morale avait pour elle force de loi. Elle avait besoin de connaître l'étendue réelle de ses devoirs envers Marwan et envers l'ensemble du mouvement. Elle avait besoin d'un guide.

Elle téléphona à un collègue musulman dont elle respectait le sens élevé de la morale. Il avait étudié à fond les textes religieux et creusé ces questions plus que n'importe quelle autre de ses connaissances. Il n'était pas imam mais elle savait qu'il admirait les mouvements islamistes, y compris celui qui prêchait le jihad.

Son verdict fut qu'une exécution, sans discrimination d'âge, de sexe ou de circonstance, était permise par leur religion, « si cette mort était justifiée aux yeux du Mojahed ».

Le Mojahed. Les guerriers de Dieu.

« Même une femme ?

– Si c'était indispensable aux yeux du guerrier. Pourquoi cette question ? »

Elle en avait eu le souffle coupé.

« Simple curiosité. À la suite d'une discussion avec un collègue du cabinet. Je voulais seulement avoir ton avis.

– Je vois. Tu l'as. Autre chose, Hanadi ?

– Non. Tu vas bien ?

– Tout comme toi, j'espère. »

Elle s'adressa ensuite à un conseiller musulman qu'elle connaissait depuis l'école et lui posa les mêmes questions.

« Capturer et tuer une femme ? Ce serait une tache indélébile sur toute la communauté musulmane. Impossible de le tolérer.

– Même à la suite d'un accident ?

– Une prise d'otage accidentelle ? »

Il éclata de rire.

« Invraisemblable.

– Non. Mais concernant la mort. Une mort accidentelle. Cela changerait-il la situation ?

– Ah, Hanadi. Ton étude de la loi t'a transformée. C'est un argument de juriste. Moralement, ce serait un désastre. Accidentellement ou non. Tu le comprends ?

– Oui. Merci de m'avoir répondu.

– Hanadi ? »

Il la rappela alors qu'elle s'apprêtait à partir.

« Dis-moi que tu n'es pas impliquée dans quoi que ce soit d'équivoque. »

La question surprit la jeune avocate. Il lui fallut quelques secondes pour répondre :

« Moi ? Bien sûr que non. Tu me connais. Logique avant tout.

– Si tu as besoin de parler, Hanadi, tu me trouveras toujours à ce numéro. »

Elle le remercia, consciente de ne lui avoir pas dit toute la vérité. Elle devait se montrer plus avisée, plus circonspecte.

Vers qui se tourner, à part ces deux-là ? À contrecœur, elle décida que les deux garçons ne mourraient pas d'une première journée dans la vieille station de métro. Elle allait prendre rendez-vous avec le membre le plus respecté de la firme, sir Henry Culbertson, et le consulter sur un cas théorique. C'était un homme courtois. Elle recevrait, de sa bouche, le meilleur conseil.

La mort d'Emma Schiller l'avait durement frappée. Le plan si clairement exposé par Northwood-Marwan avait été simplement d'enlever l'Américaine, d'exprimer une exigence et de la relâcher ensuite, quel que fût le résultat. Elle l'entendait encore : « Si nous obtenons la libération de quelques-uns des prisonniers de Belmarsh, un bon point pour nous. Si nous n'obtenons rien et la relâchons saine et sauve, un bon point tout de même. Nous aurons fait preuve de compassion. Et nous pourrons toujours prétendre que c'était un coup de pub, avec l'assentiment et la collaboration d'Emma. Notre parole contre la sienne. Les feuilles à scandale vont adorer. La publicité est le principe moteur de tout mouvement. »

Il avait eu l'air très satisfait de lui-même.

Comment, mais comment un plan aussi modéré, aussi « raisonnable », avait-il pu déboucher sur une telle ignominie ?

Vendredi 14 novembre 2003
7 h 22

On s'était couchés de bonne heure. Vers minuit. Et je n'avais pu trouver le sommeil. C'est ce qui arrive parfois, quand on est trop fatigué. Je pris deux comprimés, puis quatre, et me réveillai à 7 h 22. Je me sentais en bien meilleure forme. Tandis que Carson continuait de ronfler dans son pieu, je me concoctai un café instantané et pressai le bouton de la télé en ayant soin de couper le son pour ne pas déranger Carson. Je regardai défiler les titres de CNN pendant une demi-heure. Le président Bush serait le 18 parmi nous. Les gens se plaignaient de la situation en Iraq. Je changeai de chaîne pour passer sur Sky News. L'Angleterre se préparait à la Coupe du monde de rugby. Avec une belle confiance puisqu'ils ne l'avaient jamais remportée. Il ne faut jamais perdre confiance.

Je me composai un deuxième café, ouvris mon ordi portable et pris connaissance de mes e-mails.

Le premier était de Sue.

ON A VU LES CASSETTES COMME TU T'EN DOUTES. ELLE N'A PAS TROP MAUVAISE MINE. ON ESPÈRE. SAIS-TU QUELQUE CHOSE AU SUJET

DE LEURS EXIGENCES ? TOUT CE QU'ON ENTEND ICI C'EST QUELQUE CHOSE AU SUJET D'UNE LIBÉRATION DE PRISONNIERS.

TOUT VA BIEN. RIEN DE NEUF AU BOULOT. VOUS ME MANQUEZ TOUS LES DEUX. GROSSE BISE À JANE DE MA PART.

JE T'AIME.

SUE

Ça réchauffait le cœur. Mais c'était d'autant plus dur de ne pas pouvoir leur dire qu'Emma était morte. Surtout après que ces cassettes avaient réveillé les espoirs de tous.

Le deuxième était de Sally :

JE SAIS QUE TU NE T'AMUSES PAS ET JE SOUHAITE QUE TU PUISSES PRENDRE UN PEU DE BON TEMPS TÔT OU TARD. DOSSIER EXPÉDIÉ HIER PAR AVION. COURRIER URGENT. LAMAR A FAIT UN COUP DE SANG. UNE IDÉE DU PRIX QUE ÇA COÛTE ?

CONTACTÉ HESTER. VA TE JOINDRE PAR E-MAIL.

IMPOSSIBLE DE TROUVER GEORGE. SON BUREAU NE RÉPOND PAS.

DOIT ÊTRE EN MISSION QUELQUE PART.

BESOIN D'UNE COORDINATRICE ? MA VALISE EST PRÊTE.

SALLY

Cool. Le dossier était en route.

Le troisième e-mail était de Lamar.

DONNÉ ORDRE SALLY ENVOYER PAQUET. PAS DE PROBLÈME. CRAMPONNE-TOI. TOUT LE MONDE EXCITÉ PAR CASSETTE. D'ACCORD AVEC TOI.

Ce n'était pas signé, mais toute signature eût été superflue. J'étais stupéfié qu'il eût répondu lui-même.

Le quatrième était d'Hester Gorse, agent spécial, service des enquêtes criminelles d'Iowa.

SALUT CARL !

JE NE T'ENVIE PAS CETTE MISSION. J'AI VU EMMA SUR BANDE HIER SOIR. ELLE N'A PAS L'AIR TROP ÉPROUVÉE MAIS CE N'EST PAS UNE BONNE IDÉE DE RAVIVER À CE POINT LES ESPOIRS. ON DIRAIT QUE CES SALOPARDS NE SAVENT PAS QUOI EXIGER SI TU VOIS CE QUE JE VEUX DIRE ?

VU SALLY. ELLE T'ENVOIE LE DOSSIER COMPLET.

J'AVAIS PRIS QUELQUES NOTES ET JE VAIS TE LES FAIRE SUIVRE.

GEORGE EST SUR UN COUP EN RAPPORT AVEC LA SÉCURITÉ NATIONALE. MOI AUSSI J'ESSAIE DE LE JOINDRE MAIS SANS SUCCÈS JUSQUE-LÀ.

BONNE CHANCE.

HESTER

Bon. Le dossier était en route. Je regardais par la fenêtre les chiens qui promenaient leurs maîtres dans le parc de Kensington. C'était une belle journée ensoleillée, les gens portaient des polos ou des vestes légères et les chiens vaquaient à leurs affaires de chiens. Pratiquement aucun n'était en laisse à l'intérieur du parc et ils s'en donnaient à cœur joie. C'était un plaisir de regarder le parc et la circulation aux alentours. J'aurais pu y passer la journée.

La sonnerie du téléphone et le réveil de Carson me rame nèrent sur terre.

C'était le sergent Trowbridge.

«J'ai reçu le rapport d'autopsie ce matin par e-mail. Vous venez ou je vous l'envoie ?»

Je lui donnai mon adresse e-mail.

« Parfait. Seules omissions, le nom et le sexe de la victime, au cas où le document s'égare. Ça ira ?

– Parfait.

– S'il vous inspire des commentaires, n'hésitez pas à m'en faire part. Toujours par e-mail. Si c'est urgent, usez du téléphone. Je ne consulte mes e-mails que deux fois par jour.

– Compris. À propos, le dossier sur notre affaire de terrorisme en Iowa va arriver par courrier fédéral express. Aujourd'hui ou demain.

– Épatant. Vous devriez peut-être en référer à Blyth. C'est sa branche.

– OK.»

Il avait l'air très occupé et commença même une autre conversation avant de raccrocher. C'était très gentil de m'avoir appelé.

Je retournai à mon ordinateur et le rapport était là.

VICTIME : ÂGE : 33

LIEU DU DÉCÈS : INCONNU DATE DU DÉCÈS : INCONNUE

MÉDECIN LÉGISTE : MALLAMPALLI

DATE AUTOPSIE : 13/10/03

DIAGNOSTIC ANATOMIQUE FINAL :

FRACTURE DU CRÂNE. OS TEMPORAL GAUCHE. RÉCENTE.
2 CM FRACTURE MAXILLAIRE ET 1 CM FRACTURE ARÊTE NASALE.
FRACTURE CARTILAGE NASAL.
BLEUS ET PLAIES, VISAGE ET COU, RÉCENTS.
MARQUES LIENS AUX DEUX POIGNETS, RÉCENTES.
MARQUES LIENS AUX DEUX CHEVILLES, RÉCENTES.
PLAIES AUX DEUX GENOUX, RÉCENTES.
PLAIE AU COUDE DROIT, RÉCENTE.
BLEUS AUX BRAS DROIT ET ÉPAULES, RÉCENTS.

CONGÉLATION *POSTMORTEM.*

AUTOPSIE INDIQUE : ASPIRATION DE SANG ET DE VOMI.
LARYNX COMPLÈTEMENT OBSTRUÉ PAR SANG, VOMI ET MUCOSITÉS.

TOXICOLOGIE SUIT. CONCLUSION INITIALE : AUCUNE SUBSTANCE TOXIQUE N'A CONTRIBUÉ DIRECTEMENT À SA MORT.

CAUSE DE LA MORT : ASPHYXIE.

Net et définitif. Ils n'avaient pas joint les feuillets annexes et c'était bien comme ça. Tout ce qu'ils contiennent, ce sont des détails comme le poids du foie. J'avais là plus qu'il n'en fallait pour reconstituer tout le tableau. En fait, elle s'était noyée. Dans le sang et le vomi aspirés qui avaient totalement bloqué le conduit respiratoire. Une mort horrible, mais probablement rapide. J'espérais qu'elle avait perdu connaissance avant le processus final.

« Qu'est-ce que c'est ? s'informa Carson en montrant mon ordinateur.

– Rapport d'autopsie. Prenez votre café avant de le lire.

– Vous pouvez me résumer ? »

J'exauçai son vœu.

« Je souhaite qu'ils épinglent le ou les salopards responsables de cette horreur.

– J'aimerais leur mettre la main dessus avant eux », râla Carson

En tant que flic, on apprend à ne pas dire ce genre de chose. On enquête, on arrête, on accuse et le tour est joué. C'est une satisfaction en soi. Mais, de toutes les façons, même si j'avais voulu, je n'aurais pas pu. Je n'étais même pas un citoyen agréé. Rien qu'un touriste.

« Ce serait chouette, Carson, mais on n'a pas la moindre chance. À moins de cogner sur tout ce qui bouge. Jusqu'à tomber sur le coupable.

– Ouais.

– Ça représentera au moins deux millions de personnes. Avant que le hasard ne s'en mêle.

– J'ai pigé, Carl. Inutile d'appuyer.

– À condition de rester *intra-muros*...

– Ça va. On fait quoi, aujourd'hui ? »

Je le regardai verser de l'eau chaude dans un bol, puis y ajouter le café soluble.

« On va visiter cette station. Pour faire plaisir aux filles.

– Une foutue perte de temps, non ?

– Probablement. Mais puisque le prof s'y intéresse... Et je pense sincèrement que ça les aidera, toutes les deux. »

Il consulta sa montre.

« La relève de la garde, c'est bien à 11 heures ? On pourrait voir ça, et visiter ensuite la station. J'ai cru comprendre que c'était tout près.

– Mais y a-t-il une visite aujourd'hui ? Je suis sûr qu'on ne pourra pas entrer sans guide.

– Les lois sur la responsabilité sont légèrement différentes par ici. On te dit uniquement d'être prudent. Et si tu te plantes, c'est pour ta poire.

– Quel langage, cher maître ! Allons toujours voir. »

Sur le chemin du petit déjeuner, je demandai au concierge ce qu'il fallait faire pour visiter la station désaffectée de Down Street. Il me jeta un regard ambigu, mais accepta de se renseigner. En revenant de la salle à manger, on s'arrêta sur le chemin de la sortie.

« Il y a bien des visites guidées, messieurs. Mais seulement deux par an, et vous les avez manquées toutes les deux. »

Remontés dans la chambre, on appela les filles à Highgate. La nouvelle les déçut cruellement.

« Tu as de bons contacts, p'pa. Vois si tu peux organiser quelque chose. Peut-être avec quelqu'un qui nous accompagnerait.

– Très peu probable. Il n'y a sûrement pas de guide disponible.

– Essaie, tu veux ? »

Sur le ton qu'elle avait eu pour m'emprunter les clefs de la voiture familiale, il y avait de ça bien des années.

Elle reçut la même réponse :

« D'accord... Je peux toujours essayer.

– Bravo ! Oh, les deux rigolos de la sécurité sont passés nous voir. On aurait peut-être dû leur dire qu'on séchait les cours, ce matin ?

– Pas grave.

– Un des deux va prendre sa matinée contre notre promesse de rester ensemble, Vicky et moi. »

Bonne initiative.

« Tu sais quoi ? Je parie que si on la fait, cette visite, le gars de la sécurité va la faire avec nous.

– C'est vraisemblable.

– Alors, tout ce qu'il nous faut, c'est un guide... ou juste la clef ! »

J'appelai le bureau de Blyth. Un de ses hommes promit de lui faire la commission et dit que le boss me rappellerait dès qu'il aurait une minute. Je lui donnai le numéro de mon nouveau portable et il le nota.

« C'est tout ?

– Oui.

– Génial. Il vous rappelle. »

Au moins, personne chez Blyth n'était intouchable.

Blyth rappela alors qu'on déjeunait avec Jane et Vicky dans un restaurant nommé Prezzo, sur High Street.

« Je me suis renseigné. On peut vous arranger ça pour demain matin.

– C'est vrai ?

– On vous a trouvé un guide, mais il reste le problème de la sécurité. Tout le monde est mobilisé pour la visite.

– Comment ça, tout le monde ? Oh ? Pour *l'autre* visite ?

– On est supposés aligner quatorze mille hommes sur le terrain pour la sécurité du président Bush.

– Seigneur Dieu !

– Il ne sera pas de trop, lui non plus. Pour votre visite de demain, j'ai bavardé avec mon ami O'Toole qui dirige l'administration du métro. Il partage nos soucis pour Emma, et nous souhaite de la récupérer très vite. »

Évidemment, il avait dû mentir, là aussi.

« Quelqu'un de chez moi va vous sacrifier son jour de sortie. Une pure volontaire. Alice, naturellement, qui a beaucoup sympathisé avec les demoiselles. Vous avez rendez-vous à 9 heures pétantes, au portail de Down Street. Comptez une heure ou deux pour la visite.

– Elle n'est pas obligée de faire ça.

– Non, mais elle tient à le faire. Elle est de bonne compagnie et pleine de ressources.

– J'ai vu ça. »

Jane et Vicky furent heureuses d'être débarrassées de leurs chevaliers servants potentiels. Elles n'avaient pas le sentiment de courir un danger quelconque et je partageais leur conviction. Partiellement, je le confesse, à cause de la mort cachée d'Emma. Une autre prise d'otage, à ce stade, était hautement improbable.

On passa l'après-midi chez les filles, à Highgate, en suivant les infos et en appelant notre hôtel de temps à autre pour savoir si le paquet envoyé de Maitland était arrivé. J'y refis un saut afin d'y récupérer mon ordi portable, sans me perdre à l'aller ni au retour. J'en tirai une certaine fierté, mais ce plan du métro, avec ses lignes de couleurs différentes, était incontestablement d'un grand secours.

Quand je rentrai à Highgate, je découvris que les trois autres, dont Carson, avaient fait leur marché. Nous étions à présent les heureux possesseurs de torches électriques, d'un contingent d'eau en bouteilles et d'une provision de cookies. Ainsi que d'une petite trousse de premier secours.

« Tout ce dont on pourra avoir besoin, résuma fièrement Jane.

– Même la trousse de premier secours ?

– Sûr, p'pa. Si jamais on retrouve Emma, on sera peut-être heureux de l'avoir. Sans pessimisme, tu vois ? Juste au cas où. »

Elle était si touchante que je faillis lui dire la vérité. Faillis seulement.

« Et ces cookies ?

– Délicieux. C'est pour demain. »

Elle ressemblait de plus en plus à sa mère.

« Tu emportes ton caméscope ? S'il y a des indices à relever... »

Là encore, je ravalai ce que j'avais sur la langue.

« Pas de magnétophone ?

– Je n'en ai pas emporté. »

Après tout, je n'étais pas venu faire une enquête classique sur le théâtre d'un crime déjà perpétré.

« Moi j'en ai un, p'pa. »

Elle me tendait un modèle de poche.

« Pour enregistrer mes cours. Et avec une cassette vierge. »

19

Samedi 15 novembre 2003
Thistle Road
High Street Kensington

Quand on descendit pour le petit déjeuner, le concierge fit de grands signes pour attirer mon attention. J'avais un paquet, et quel paquet ! Le courrier fédéral spécial contenant mes deux dossiers sur l'affaire Skripkin et nos démêlés terroristes de 2002.

Il devait peser dans les cinq kilos et, d'après le récépissé qui l'accompagnait, son expédition en express avait coûté cent vingt-huit dollars. Pas spécialement impressionnant à première vue, sauf si l'on sait que le budget mensuel de la police de Maitland pour couvrir les frais de poste est d'environ trente dollars.

On remonta le tout dans la chambre où je vidai mon sac pour y insérer les dossiers. Carson s'amusait comme un petit fou.

« J'imagine Lamar distribuer le courrier à la main dans toute la région parce que tu as dépensé trois mois de budget postal !

– Non. Il attendra que je rentre pour que je les porte moi-même à domicile ! »

Et je ne plaisantais qu'à moitié.

J'appelai le bureau de Blyth, priai la dame qui me répondit d'annoncer à son boss que j'avais les dossiers attendus, et lui confirmai le numéro de mon nouveau téléphone portable. J'ajoutai que j'aurais les dossiers sur moi pour les apporter tout de suite où ça l'arrangerait.

« Vous n'allez tout de même pas les trimbaler toute la journée !

– C'est là qu'ils seront le plus en sécurité.

– Quoi ? Avec tous les pickpockets qui traînent dans la capitale ! »

Carson se fit un devoir d'exprimer la même inquiétude.

« Non seulement c'est pas prudent, Carl, mais c'est complètement dingue.

– Si je suis attaqué, vous me ferez un rempart de votre corps pendant que je me barrerai en courant.

– Non, Carl, ça ne tient vraiment pas debout.

– Alors, asseyez-vous. »

Jane et Vicky étaient en classe. On disposait donc de toute la matinée et d'une bonne partie de l'après-midi. Faute d'une meilleure idée, on se décida pour le musée impérial de la Guerre. Un endroit comme un autre où passer le temps en attendant la suite.

On se retrouva à la station nord de Lambeth, sur la ligne de Bakerloo, après un arrêt inattendu dans une station de correspondance appelée Willesden Junction, dans la direction opposée à notre destination. Non seulement on avait intérêt à suivre les plaques indicatrices murales, mais également les plans affichés dans toutes les rames.

J'aime bien voyager en métro et ne considérais pas cette erreur comme du temps de perdu. Mon portable sonna alors qu'on revenait dans le bon sens.

« Oui ? »

C'était Blyth.

« J'ai cru comprendre que vous aviez reçu vos dossiers ?

– Exact.

– D'après le volume de votre voix, je dirais que vous êtes quelque part dans le métro ?

– On va au musée impérial de la Guerre.

– Bon choix pour tuer le temps. Vous y serez bientôt ?

– Dans environ une demi-heure, je pense. On sort tout juste de Willesden Junction. »

Un léger temps.

« Qu'est-ce que vous êtes allés foutre à Willesden Junction ?

– On a choisi le mauvais quai et pris la direction opposée. »

Un aveu qui eut le don de provoquer l'hilarité de tous les voyageurs à portée d'oreille.

« Félicitations ! On se retrouve au musée dans une heure ? Ça vous laissera le temps d'en voir un petit bout.

– OK.

– Sous les gros canons, ajouta Blyth.

– Quels canons ?

– Vous ne pouvez pas les manquer. »

Et la communication fut coupée. Sous les gros canons, c'était vague.

Très précis, au contraire. Devant le musée, trônaient deux énormes canons de 37. L'écriteau m'apprit qu'ils faisaient seize mètres vingt de long et pesaient cent tonnes. Braqués à l'oblique, ils dominaient le paysage environnant.

On se balada dans le musée pendant une vingtaine de minutes, puis on revint juste à temps pour voir Blyth et Trowbridge remonter l'allée, sous la menace des gros canons.

« Si on entrait ? proposa Blyth. On va s'installer dans un bureau et consulter vos dossiers. Peut-être avec un café ou un thé ? »

À l'homme qui nous accueillit, et qu'il appelait Freddy, il nous présenta comme « deux de ses bons amis américains », et Freddy, très obligeamment, nous installa dans un bureau qui, j'imagine, devait être le sien.

On prit le café en épluchant les dossiers. Quand on en vint à Mustapha Abdullah Odeh, Blyth releva la tête.

« Celui-là, je le connais. Il a sévi également chez nous un petit bout de temps. Je ne m'attendais pas à le trouver là.

– Le FBI n'a pas voulu que son nom soit publié. J'ignore comment ils ont fait, mais apparemment ils ont réussi.

– Vous vous êtes contentés de le boucler discrètement ? dit Trowbridge.

– En quelque sorte. Après que je lui ai logé une balle dans la peau.

– Quoi ? »

C'était la surprise du chef.

« Non, je ne l'ai pas tué. Je l'ai juste touché à la jambe. Mais il a été soigné dans un hôpital local.

– Pourquoi cette balle dans la jambe ?

– Le rapport spécifie, releva Blyth, qu'il vous braquait avec un fusil de chasse.

– Ouais. Alors que je braquais son complice qui tentait de ramasser un AK-47 dont je venais de le désarmer. J'étais pris entre deux feux, alors j'ai tiré sur Odeh pour que l'autre ne puisse pas récupérer trop rapidement sa putain d'arme automatique.

– Une situation excitante », commenta Trowbridge.

Avec juste assez d'ironie, me sembla-t-il, pour ne pas m'offenser.

« Non, c'est un truc qui est arrivé comme ça. Pas de quoi s'exciter. Impossible de faire autrement, c'est tout !

– Je me mets à votre place », approuva Blyth.

Et Trowbridge, curieux :

« Qu'est-il arrivé à l'autre type ?

– Il y est resté.

– C'est vous qui l'avez tué ?

– Même pas. Pour être honnête, je suis sorti à toute pompe après avoir blessé Odeh. C'est un sniper du FBI qui a descendu le deuxième type quand il est sorti derrière moi en canardant à tout va avec son AK-47.

– Oh ? »

Trowbridge semblait un peu déçu. Blyth souriait.

« Je l'aurais descendu moi-même si je n'avais pas été planqué derrière un arbre, auprès d'une auge à cochons… et si la nuit n'avait pas été aussi noire.

– Un vrai western, conclut Blyth. Vous devriez écrire un livre ! »

20

Samedi 15 novembre 2003
Down Street, Londres
9 h 04

On repéra de loin Alice qui nous attendait à l'entrée de la station. On leva le bras pour la saluer, et elle nous rendit la politesse.

La façade de la station abandonnée était en brique rouge, la porte d'entrée actuelle se trouvait sur le pan droit du bâtiment et un « minimarché » nommé Mayfair occupait la moitié gauche.

Un monsieur d'un certain âge sortit du minimarché et s'en vint à notre rencontre.

« Je m'appelle John Hicks. C'est moi qui vais vous piloter. Heureux de vous être utile. »

Poignées de main à la ronde.

« Votre avocate... »

Il désignait Alice.

« ... me dit que vous espérez trouver des indices.

– C'est exact. »

Cette chère Alice était toujours aussi prévoyante.

« Notre amie Emma, qui a été enlevée, a fait cette visite avant nous.

– Nous aussi, intervint Vicky. C'est un endroit fascinant.

– Comme c'est vrai, confirma Hicks en s'attaquant à la grande porte. Et saturé d'Histoire avec un grand H. Je vous raconterai tout ça au fur et à mesure. Vous n'aurez même pas besoin de me poser des questions. Si vous découvrez quelque indice, vous me faites stopper. Juste en guise de préambule, il s'agit d'une des stations dessinées, à l'origine, par le célèbre Leslie Green. Très caractéristique. »

Il semblait avoir quelque peine à l'ouvrir, cette porte. Alice, en pantalon et imper noirs, désigna les sacs à dos que portaient Jane et Vicky.

« Vous avez l'intention de camper ? »

Jane éclata de rire.

« Non. On a apporté tout un tas de trucs dont on peut avoir besoin.

– Voyons ce que nous allons découvrir, alors. Si seulement nous parvenons à entrer... » répondit Alice.

Un brusque courant d'air signala l'ouverture de la porte. Hicks expliqua : « La surpression provient du passage des rames. C'est aussi très bruyant. La voie principale de Piccadilly passe tout près, et... »

Un nouveau bruit et un nouveau courant d'air signalèrent, alors qu'on entrait, le passage de la rame suivante.

Je remarquai aussi, en descendant l'escalier de béton qui menait à l'étage inférieur, une forte odeur d'huile, de métal surchauffé, avec un brin d'ozone et un zeste de moisissure.

Hicks s'arrêta sur les premières marches d'un escalier en colimaçon.

« Prudence recommandée. Tenez-vous vers l'extérieur, là où les marches sont les plus larges. Ce serait trop bête de glisser. »

Le conseil était judicieux, surtout pour celui qui prendrait la tête du cortège, car si quelqu'un perdait pied derrière lui, toute la colonne lui tomberait dessus, en avalanche.

Les murs étaient carrelés en marron et en crème. Ou peut-être en marron et blanc, au départ ? C'était une très vieille station. Par contraste, la cage d'aluminium de l'escalier en spirale faisait presque neuve. Comme toutes les spirales, les marches se rétrécissaient considérablement au contact du pilier central. D'où le bien-fondé du conseil de poser les pieds à l'autre bout des marches. Alors qu'on entamait la descente, je jetai un œil de là-haut par-dessus la rampe. L'endroit était assez bien éclairé, mais, Dieu, que la terre était basse ! Cela semblait descendre à plus de vingt mètres.

« L'escalier est très bien entretenu, précisa la voix de John Hicks entre deux passages de train invisible. Il servirait d'issue de secours pour évacuer les passagers en cas d'accident souterrain, entre Green Park et Hyde Park Corner. C'est la raison pour laquelle l'éclairage est également maintenu en permanence. »

Logique. Ainsi que les flèches blanches sur fond vert accompagnées de la légende : SORTIE DE SECOURS EN CAS D'ACCIDENT OU D'INCENDIE.

« Ça va, p'pa ? »

Jane connaît ma tendance au vertige.

« Ça va ! On reprendra cet escalier au retour ?

– Oui. Mais il est moins redoutable à la montée.

– Repose-moi la question à ce moment-là. »

À mon âge, mes genoux commencent à faiblir au bout de quelques marches. Je ne les avais pas comptées, mais il devait y en avoir soixante-quinze à quatre-vingt-cinq dans cette cage infernale.

« C'est le niveau le plus bas, là-dessous ?

– Le niveau des anciens quais, riposta M. Hicks. C'était la ligne de Piccadilly, à l'époque. »

Un autre courant d'air, un gémissement qui s'amplifiait de seconde en seconde, annoncèrent le passage suivant.

« Elle a été posée en mille neuf cent... »

La voix du conférencier s'engloutit dans le vacarme alors que le train passait sous nos pieds. Quand le vacarme décrut, ainsi que le courant d'air, Hicks parlait toujours :

« ... Churchill au début de la guerre. Avant la construction des abris ministériels. Il détestait cet endroit. »

Je dégainai mon appareil numérique et pris une photo plongeante.

« Au début, il y avait des ascenseurs. Mais ils sont hors d'usage depuis longtemps. Trop dangereux. On avait souvent des invités indésirables. Des sans-logis. Mais aussi quelquefois des jeunes. Surtout des hooligans. Ils taguaient les murs. Je suppose qu'ils avaient besoin de se distraire ? »

M. Hicks parlait tout le temps. Moins pour nous, semblait-il, que pour lui-même.

« Les équipes d'entretien leur font la chasse. Dieu les bénisse ! »

Une autre rame arriva. Je tendais l'oreille pour ne pas perdre une bribe du discours de M. Hicks.

La présence de portes, à mi-descente, m'intrigua. L'une d'elles donnait sur un local vide. Hicks ouvrit l'autre. Il y avait là, n'ayons pas peur des mots, des chiottes antiques. En métal, pas en céramique. Et dans l'état correspondant à leur ancienneté.

« Vous voyez comment la poussière s'accumule. Avec les portes fermées, les rafales provoquées par les rames ne font pas le ménage comme partout ailleurs. Certains affirment que Churchill a utilisé ce vieil équipement, mais ça n'a jamais été prouvé. »

Je remarquai que Jane se penchait vers les toilettes. Elle vit que je la regardais et se retourna vers moi.

« Au cas où je repérerais des traces d'utilisation récente. »

Je décidai d'en faire autant.

« Pas beaucoup de chances de relever des empreintes de pas dans toute cette saleté. »

Hicks s'étonna :

« Vous pensiez que quelqu'un pouvait être entré par où nous sommes passés ?

– On ne sait pas vraiment ce qu'on espère trouver.

– Certains d'entre nous, expliqua Jane, pensent qu'ils ont pu garder Emma Schiller au sein de ces ruines. »

M. Hicks y réfléchit une minute avant de riposter :

« Une hypothèse fort peu probable, mademoiselle, quoique pas totalement impossible. Et puisque le Yard ne l'a pas encore retrouvée... Mais les équipes d'entretien rangent du matériel par ici, et descendent de temps à autre. Plus l'inspection mensuelle par la sécurité pour s'assurer que la sortie de secours est dégagée. Mais bien sûr ils n'explorent pas tous les recoins... »

Une autre rame l'interrompit. Elles allaient beaucoup plus vite et faisaient beaucoup plus de bruit que lorsqu'elles entraient et ressortaient des stations.

« Vous aimeriez qu'on jette un coup d'œil dans tous ces recoins ?

– Oh, oui ! » soupira Jane.

Le cri du cœur. Avec M. Hicks en avant-garde, on descendit un autre escalier de béton, notre guide émoustillé expliquant, entre deux passages de rames :

« Les rails originaux ont été enterrés, comme vous pouvez le voir, et la tranchée comblée avant d'être convertie en abri anti-aérien, de 1939-1940 à 1944-1945. »

L'ancien quai mesurait une centaine de mètres, avec un autre escalier de béton vers le milieu.

« On arrive, reprit M. Hicks, au pont qui traverse la ligne est de Piccadilly. La première ouverte à l'origine... »

Je cherchais toujours des empreintes avec Jane et Vicky. Aucune trace de semelle récente, surtout de baskets. Toutes estompées par la poussière qui s'y était redéposée au cours des semaines. Les carreaux du sol étaient crème et pourpre, les empreintes disponibles particulièrement distinctes sur fond pourpre.

« Tu vois quelque chose, p'pa ?

– Rien de frais, mais dans tout cet espace... »

Je laissai ma phrase en suspens et j'ignore si Jane tira la même conclusion : il y avait là largement assez d'espace pour y construire un décor de théâtre représentant une petite chambre.

« Oui, comme je le disais, p'pa... »

On monta l'escalier, on parcourut la passerelle, on atteignait l'ancien quai d'en face quand ma fille et moi, on repéra, en même temps, les empreintes fraîches.

Des baskets, en deux traces parallèles.

« Seigneur Dieu, p'pa...

– J'ai vu. »

Nettoyeurs ou clodos, mais sûrement pas Emma, en raison de la pointure, et sans doute pas non plus ses kidnappeurs.

On s'arrêta pour réfléchir alors qu'une autre rame passait en grondant, au-delà d'une mince épaisseur de terrain. D'après le bruit et la puissance du courant d'air, il devait même y avoir un tronçon de boyau, quelque part, qui communiquait directement avec une voie en service. Je consultai M. Hicks alors que le bruit décroissait rapidement :

« Ça passe nettement plus près, non ?

– Absolument. La sortie de secours est là-bas...

– Vous reconnaissez ces empreintes, monsieur ? questionna Alice.

– Non, mais ça ne m'étonne pas. Les ouvriers portent des bottes. Est-ce que ce sont des traces de bottes ?

– Il s'agit de semelles souples. Tennis ou baskets.

– Bizarre », admit Hicks en reprenant sa marche.

Je le rattrapai par un bras.

« Une seconde. Évitons de les piétiner. Elles peuvent constituer une preuve. »

Autant jouer le rôle jusqu'au bout. Malgré la question de Carson :

« Une preuve de quoi ? »

Mais il prit soin de les contourner.

Je demandai à Jane si elle avait un crayon et un bloc-notes. Réponse affirmative. Je fis un croquis grossier des marques de semelles.

« Quelqu'un a un mètre ? »

Vicky. Un mètre de couturière qu'elle portait toujours sur elle pour faire les vide-greniers, à l'intention de sa mère. Cool. Je notai les dimensions, puis posai le crayon auprès des empreintes, et pris deux ou trois photos. En plaisantant :

« Ne taille plus jamais ce crayon.

– Pourquoi ? »

En le remettant dans son sac.

« Il me sert d'étalon. Raccourcis-le et la longueur des empreintes augmente. Je parle par expérience. »

Encore une rame dans le tunnel en service. Alors qu'on parvenait à un autre local adjacent.

Les anciens WC à l'usage du public, signala M. Hicks. Pas de lumière là-dedans, alors faites attention où vous mettez les pieds... »

Hicks, Carson et Jane entrèrent les premiers dans ces lieux pudiquement baptisés « toilettes ». Alice les suivait, avec moi derrière à courte distance et Vicky fermant la marche.

J'allumai ma torche électrique avant de pénétrer dans le local encombré. Et j'entendis très distinctement M. Hicks s'exclamer : « Qui êtes-vous ? »

Simultanément, Jane cria : « Papa ! »

Et Carson : « Faites gaffe ! »

Quelqu'un jaillit du local sombre. Il fonçait droit sur moi. Je fis un pas de côté pour l'intercepter et il décrivit, sur l'élan de sa course, une sorte d'embardée. Sans y penser vraiment, je le frappai au front, de l'extrémité de ma torche électrique. Un coup presque impossible à parer. Tout ce qu'il put voir, ce fut le culot de la torche, une demi-seconde avant de la prendre en pleine gueule. La force de mon attaque et la violence de son élan se conjuguèrent pour la projeter à la renverse. Son contact avec le sol produisit un son très réconfortant, et le faisceau de ma lampe retournée révéla deux yeux vitreux au-dessous d'une marque en demi-lune, au centre du front, qui commençait à bleuir et à pisser le sang.

Un couteau gisait près de lui, sur les dalles. Lame dépliée. Je l'envoyai dinguer du bout du pied, et je me penchai en avant, quand Jane m'appela pour la seconde fois : « Papa ! »

Oubliant mon adversaire groggy, je me précipitai, à grand bruit, dans l'obscurité dense. Une nouvelle rame approchait, mais je n'avais d'yeux que pour l'homme de petite taille qui décochait à Carson un gnon que l'avocat esquiva. Cet autre type avait également un couteau au poing.

Alice le toucha d'un coup de pied à l'arrière des mollets et l'homme s'écroula. Il n'était pas à terre qu'elle lui tordait le poignet d'une prise imparable. Le couteau lui échappa, glissa hors de vue. Utilisant le bras tordu comme un levier, elle le renversa sur le ventre, assurant sa prise d'un genou appliqué au niveau des reins. Tout s'était passé si vite que Carson avait à peine eu le temps de reprendre son équilibre. J'étais sincèrement très impressionné.

Assise par terre, le dos au mur, Jane déclara sans élever la voix, avec une sorte de stupéfaction intense : « Il m'a poignardée. Je n'arrive pas à le croire... »

Je tombai à genoux auprès d'elle.

« Où ça ?

– Là. »

Elle pointa de l'index sa clavicule gauche.

Je tirai son polo de côté. Elle avait une profonde coupure, d'une dizaine de centimètres, entre le cou et l'épaule. Je pensai tout de suite à l'artère brachiale, mais le sang ne jaillissait pas par saccades. Il coulait.

« Où est la trousse de premier secours ? »

C'est à ce moment précis que Vicky se mit à crier depuis la pièce à côté. Je pigeai vaguement que notre premier adversaire, moins groggy que je ne l'avais cru, s'était relevé et profitait de l'intervention du second pour se ruer vers la sortie.

Je ne voyais plus rien en dehors de ma fille, mais, déjà, Alice se ruait à l'extérieur du local, laissant à Carson le soin de s'asseoir sur le deuxième suspect.

« C'est Vicky qui l'a... la trousse », dit Jane d'une pauvre voix tremblante.

Sous le choc.

J'essayai de déchirer son polo, mais les ourlets tenaient bon. J'ôtai mon pull et mon T-shirt. De quoi confectionner une compresse provisoire.

« Là. Pour le moment. Comment te sens-tu ?

– J'ai la tête qui tourne.

– Normal. Pas de problème. C'est normal que tu te sentes étourdie. C'est bon signe. »

On dit n'importe quoi, dans ces cas-là.

« J'ai froid. »

Ses yeux ne quittaient pas les miens.

« Est-ce que je vais mourir ?

– Bien sûr que non ! »

Avec toute la conviction dont j'étais capable. La blessure n'était sûrement pas mortelle, mais entre choc et perte de sang, j'avais une peur atroce.

« Bon, je préfère ça. »

J'avais sorti mon téléphone portable.

« C'est quoi ici, le 911 ? »

La question lui arracha un petit sourire.

« 999. »

Impossible de passer l'appel.

« Ça ne marchera pas, souffla Hicks, durement ébranlé. Ça passe seulement dans les stations ouvertes à cause des antennes. Comment va-t-elle ?

– Bien jusque-là, mais il nous faut une assistance médicale. Le plus tôt sera le mieux.

– Oui. Il y a une antenne de secours dans l'autre tunnel. »

Et il disparut au pas de gymnastique.

« Il fait tellement noir, dit Jane.

– Je vais voir si on peut te transporter dans un endroit plus éclairé. Mais je ne voudrais pas te déplacer tout de suite. »

En lui disant cela, je lui cachai l'œil droit d'une main, et braquai ma lampe dans son œil gauche. Contraction instantanée de la pupille. Parfait. Je pressai deux doigts contre son cou. Pouls fort et clair. Encore mieux.

« Tu n'as pas les doigts engourdis ?

– Non.

– Fais-les bouger pour moi.

– Comme ça ?

– Pas de picotements ni rien ? »

Je cherchais à retenir son attention afin de retarder ou de réduire le choc émotionnel.

« Non. Pas vraiment. »

Aucun nerf d'atteint non plus.

« OK, tu es très courageuse. Garde ton bras sur tes genoux, comme ça. Ne bouge pas. Laisse se former le caillot. »

Vicky nous rejoignit enfin.

« Jane ! Oh, mon Dieu ! Est-ce qu'elle va bien ? »

Il y avait des larmes dans sa voix. J'indiquai, d'un coup de menton, l'homme que Carson maintenait à terre.

« C'est l'autre ordure qui l'a blessée. Au couteau. Tu as la trousse de premier secours ?

– Oh, mon Dieu. Oui... »

Elle se débarrassa de son sac à dos, en tira la trousse. Il y avait tout ce qu'il fallait là-dedans. À commencer par deux grosses compresses de gaze hydrophile.

« Pourquoi ? sanglotait Vicky en déchirant l'enveloppe de la première compresse.

– Pourquoi quoi ?

– Pourquoi il lui a fait ça ?

– Je n'en sais rien. »

J'appliquai cette première compresse, dans le faisceau de ma lampe.

« C'est lui ? chuchota Jane, un peu dans le cirage.

– Qui ça, lui, mon ange ? Essaie de ne pas bouger ton bras.

– C'est lui, le couteau ?

– Tous les deux avaient un couteau. »

Je regardai Carson. Assis de tout son poids sur le deuxième homme, il veillait efficacement à le clouer au sol.

« Mais pourquoi ? » répéta Vicky.

Bonne question. On avait dû interrompre les activités d'une paire de vandales ou de sans-abri ou quelque chose comme ça. Ils avaient paniqué. Et je ne me pardonnerais jamais d'avoir laissé Jane descendre dans cet endroit, sachant d'avance qu'elle n'y trouverait pas Emma.

« On a dû interrompre quelque chose », opina Carson.

Peut-être une histoire de drogue ?

« J'ai soif. »

Je débouchai ma bouteille et la lui tendis. Elle s'en empara de la main droite. Je ne voulais pas la faire boire, pour voir comment elle s'y prendrait.

Elle en but trois longues gorgées. Sans trembler, ou alors imperceptiblement.

« Merci, p'pa. »

Aucune nausée immédiate non plus.

« Garde-la. Tu vas te déshydrater un brin, alors bois un coup de temps en temps. »

J'éclairai la bouteille et, Dieu merci, n'y relevai aucune trace de sang. Je ne pensais pas que la lame ait pu toucher un poumon, mais on ne sait jamais. Par bonheur, l'eau était claire. Je demandai à Vicky où était passée Alice.

« Le premier type... celui que vous avez stoppé... il s'en est remis et il a pris la fuite. J'ai crié, et elle est partie comme une trombe.

– Vous auriez mieux fait de le laisser filer.

– Alice l'a loupé de peu. Il a rampé dans une espèce de trou...

– Parti ?

– Malheureusement, dit Alice en réintégrant la pièce. J'ai pas pu le suivre dans ce boyau avec mon gabarit. Comment va Jane ?

– On a besoin d'aide. Je pense que tout ira bien. »

Juste un petit mensonge.

« Mais je ne veux pas qu'elle remonte ces marches.

– Vous avez appelé le 999 ?

– Ça ne passait pas. Comment tu te sens ?

– OK. »

Un faible OK.

« Hicks est allé téléphoner là où ça passe.

– Je peux jeter un œil ? »

Alice écarta la compresse ensanglantée, examina la blessure.

« Pas d'artère touchée ?

– Non. »

Quand Alice et moi, on plaça la deuxième compresse, je vérifiai, dans le sang qui inondait le fond de la blessure, l'absence de toute bulle. Il n'y en avait pas. Donc, pas de blessure au poumon. Un premier miracle.

« Merci, mon Dieu.

– Pourquoi ? murmura Jane.

– Pas de bulle dans la blessure. Rien au poumon. L'essentiel, quoi.

– Merci, p'pa. »

Une fois la compresse remise en place, Alice se pencha sur le prisonnier.

« Qu'est-ce que tu foutais ici ? »

Pas de réponse. Il se débattait un peu, mais dans sa position il ne pouvait pas faire grand-chose et Carson était plutôt costaud. Alice fouilla soigneusement le sale type et fit du contenu de ses poches un petit tas bien en ordre. Portefeuille, téléphone portable, quelques paperasses et clefs diverses.

Elle ne dit pas si elle avait trouvé dans le portefeuille une carte ou quoi que ce soit d'autre prouvant l'identité du salopard.

« Qu'est-ce que tu foutais ici ? »

Toujours pas de réponse.

« Demandez-lui pour Emma », suggéra Jane.

Doucement, mais j'aurais juré qu'il l'avait entendue.

Après ça, dans l'attente des secours, on s'évertua à garder Jane hydratée et protégée du froid. Quatre flics arrivèrent d'abord. Ils connaissaient leur boulot. Deux d'entre eux redressèrent le captif et le garèrent dans un coin, sous étroite surveillance. L'un des deux autres examina superficiellement la blessée pendant que le quatrième relevait tous les noms. Alice leur révéla sa fonction et son identité, leur raconta brièvement ce qui s'était passé. Dès qu'elle parla de l'autre type, un des flics se retira en sa compagnie pour lancer un premier avis de recherche.

L'arrivée des pompiers et de l'ambulance me soulagea d'un grand poids. J'avais eu l'impression qu'ils mettaient des heures à venir, mais le coup de fil de M. Hicks ne remontait, en fait, qu'à une douzaine de minutes.

Le prisonnier remonterait à pied jusqu'à la voiture de police qui l'attendait dehors. Pour Jane, ils décidèrent qu'on stopperait une rame, qu'on y chargerait la blessée, sur son brancard roulant, et qu'on la ramènerait en escalator à partir d'une autre station pourvue de cette commodité. Je ne savais pas qu'ils pouvaient faire ça, mais ils le firent. Derrière Jane sur son chariot, on franchit donc l'issue de secours entre Down Street et la ligne active de Piccadilly. Deux rames plus tard, l'une d'elles stoppa, tout le monde embarqua dans un wagon partiellement réservé et vogue la galère jusqu'à la station de Green Park. Il n'y avait pas beaucoup d'autres passagers dans le wagon, mais ils mouraient tous de curiosité. Même pour des Anglais. À Green Park, on retrouva l'ambulance et deux voitures de police qui nous conduisirent aussi vite que possible au service des traumatismes de l'hôpital Saint-Thomas, de l'autre côté de la Tamise.

Je voyageai dans l'ambulance avec Jane. Elle sombrait dans les vapes, à présent que les secours étaient arrivés et qu'elle se sentait de nouveau en sécurité. Quand on passa devant le

Parlement, à grand renfort de sirènes, elle regarda par la fenêtre et murmura « Waou ! » Puis elle dut s'endormir un moment.

Je m'adressai à l'auxiliaire médical qui l'observait attentivement :

« Elle m'a l'air d'aller aussi bien que possible. Qu'est-ce que vous en pensez ?

– Vous êtes son père ?

– Oui. Et flic par-dessus le marché.

– Très bien. Pas de blessure de sortie. Il semble que la lame ait été déviée par la clavicule. On a besoin d'une radio pour le cas où des esquilles d'os se baladeraient. Pas de lésion apparente des vaisseaux sanguins essentiels, ce qui est une très bonne chose. Peut-être un petit coup à l'omoplate. Elle s'en tirera sûrement sans séquelles. »

Jane fut de nouveau auscultée par une infirmière dès qu'elle franchit les portes. C'est là que je compris que ce que j'appelais la salle des urgences était en réalité l'unité des accidents et urgences.

Je m'occupai des formalités de son admission alors qu'elle alternait les périodes d'inconscience et de lucidité qui la rendaient impropre à tout dialogue suivi. Ils l'emmenèrent dans une salle d'examen et d'opération, la quatrième salle d'une longue série de cinq larges pièces immédiatement à gauche après les portes battantes. Plusieurs silhouettes en blouse et portant un masque antiseptique l'y attendaient et le rideau se referma. Nous restâmes à attendre dehors. C'est à ce moment-là que je piquai une violente colère contre moi-même. Je ne pouvais pas dire tout ce que je pensais à Carson, étant donné que Vicky était encore avec nous. Mais je ne cessais de me répéter que si j'avais dit à Jane que son amie Emma était morte, on ne serait jamais allés visiter cette saloperie de station dans l'espoir imbécile d'y relever quelque indice. Si j'avais été plus sérieux, j'y serais allé moi-même en premier. Je *savais* qu'on n'y trouverait aucune trace d'Emma, alors, quel besoin avais-je d'exposer ma propre fille aux couteaux de ces...

Aux couteaux de ces quoi ? J'essayai de me detendre en parlant aux deux autres :

« C'était qui, ces fumiers, d'après vous ? Celui que j'ai assommé n'avait pas l'air d'un clodo. Alors ? Deux membres d'un groupe ? Des dealers ?

– Sais pas, reconnut Carson. Ils n'étaient pas à leur place, ça, c'est sûr.

– Ils étaient plutôt minables, opina Vicky. Mais pas spécialement paumés. Juste comme des gens qui ne se lavaient pas depuis quelques jours.

– Comment Alice a-t-elle pu laisser filer le mien ? »

Je ne m'étais pas encore posé la question.

« Il a plongé dans une petite ouverture carrée, à peu près haute comme ça, dit Vicky. Elle le tenait presque, mais elle n'a pas pu le suivre dans ce trou noir...

– Vous auriez dû la voir désarmer et culbuter l'autre type », dis-je.

Vicky leva les yeux vers Carson.

« Oh, j'ai cru que c'était toi. C'est elle qui a fait ça ?

– On y était ensemble, se défendit Carson. Elle est... rapide. Plus rapide que moi, cette fois-ci. »

Sacré Carson. Je sortis mon portable et le vérifiai. Chargé à bloc.

« Vous allez appeler votre femme ? s'informa Carson.

– Dès que je sais quelque chose de sûr. Pour l'instant, elle ne sait rien, alors, elle ne se fait pas de soucis.

– Et vous ?

– Je suis sûr que ça va aller. Bon Dieu, je l'espère ! C'est une dure à cuire.

– Et comment ! approuva Vicky. Elle ira bien ! »

Elle n'en avait pas l'air beaucoup plus sûre que moi. J'en ai vu tellement qui avaient tout pour survivre sans bobo, et puis... la complication imprévue. Quelque chose qui n'avait pas été décelé et qui se manifestait à retardement. Je broyais du noir quand une infirmière ressortit de la salle d'opération, le sourire aux lèvres.

« Tout va bien. On la prépare pour une petite intervention. Ça ne vous ennuie pas d'aller attendre là-haut ? On vous l'amènera quand le chirurgien l'aura recousue. »

Elle ne me dit pas combien de temps durerait cette attente. Ils ne le disent jamais. On espère simplement que ça ira très vite, et on est toujours déçu.

Deux heures plus tard, environ, un toubib nous rejoignit « là-haut » et nous demanda : « Vous êtes avec Jane ? »

Je lui dis qui j'étais.

« Tout est parfait. On va la garder jusqu'à lundi. L'angle de la blessure a fait toute la différence. La lame a coupé la clavicule sur la moitié de son diamètre. Une chance qu'il n'y ait pas eu fracture. Si la lame était passée par-dessous et non par-dessus, cela n'aurait pas été pareil. Là, le couteau a juste effleuré l'artère brachiale et peut-être lésé un nerf ou deux, mais dans l'ensemble on n'a eu qu'à la recoudre. La radio n'a montré aucun débris. Elle a perdu pas mal de sang, mais on l'a transfusée.

– Formidable !

– Vous pourrez la voir dans quelques minutes. J'ai cru comprendre que vous étiez policier, aux États-Unis ?

– Oui.

– Alors je n'ai pas besoin de vous dire qu'il a fallu un coup très violent pour entamer l'os de cette manière. Si le couteau avait été moins bien aiguisé, la clavicule aurait cassé au lieu de se laisser entailler gentiment.

– Ou si l'angle avait été différent... Ou le coup encore plus fort...

– Elle a eu une sacrée chance.

– Si l'on peut dire... Merci, docteur. Merci pour tout. »

Je décidai d'attendre de l'avoir vue avant d'appeler Sue. Les mères veulent des informations exactes.

Quelques minutes plus tard, une infirmière m'introduisit dans sa chambre. Elle n'était pas réveillée, mais il n'y avait aucun tube en vue, à part deux petits drains au niveau de son épaule et un goutte-à-goutte dispensant une solution saline. Elle était pâle, mais respirait normalement. Tout ce qui m'importait pour l'instant.

J'appelai Sue à la maison. Il était 15 heures à Londres, donc 9 heures du matin à Maitland, Iowa.

Sue répondit à la troisième sonnerie.

« Salut !

– Bonjour ! Je ne m'attendais pas à t'entendre si tôt. »

Et puis la célèbre intuition féminine. Comme ça, tout de suite :

« Est-ce que tout va bien ?

– Pas trop mal. Mais Jane est à l'hôpital.

– Quoi ? Quand ? Où ?

– À Saint-Thomas, ici, à Londres.

– Elle est malade ? Elle a eu un accident ?

– Non, elle n'est pas malade. Elle a été légèrement blessée au cours d'une visite guidée, ce matin.

– Comment ? Blessée où ? Que lui est-il arrivé ? »

Je faisais un mauvais boulot et je le savais. Ces tergiversations ne nous conduisaient nulle part.

« Écoute, on est tombé sur deux sales types, dans une station de métro désaffectée. Un des deux avait un couteau et c'est comme ça que Jane a été blessée.

– Oh, mon Dieu !

– Elle va très bien. Je suis auprès d'elle et je la regarde. Tout va bien pour elle.

– Passe-la-moi.

– Elle n'est pas encore en état de te répondre. Il faut attendre qu'elle se réveille.

– Comment ça, qu'elle se réveille ?

– Il a fallu la recoudre. À l'épaule. »

Un silence.

« Comment est cette coupure ?

– Vraiment pas grave. Un chirurgien s'est occupé d'elle et elle va bien. On ne voit même plus la blessure. »

C'était vrai. Le pansement la cachait.

« Elle sort quand ?

– Probablement lundi.

– Lundi, lundi... J'arrive. Je crois que je pourrai être là lundi. »

Jane, en ouvrant les yeux, me sauva en partie de la conversation.

« J'ai... soif.

– Tout de suite. »

J'attrapai, sur sa table de nuit, la tasse et la paille recourbée. Elle aspira une gorgée d'eau.

« À qui tu parles ? » répétait Sue au bout du fil.

Jane reconnut la voix de sa mère et lui répondit assez fort, toutes proportions gardées.

« C'est toi, m'man ?

– Je crois qu'elle veut te parler. »

Si elle le voulait ! La conversation fut brève, mais pendant ce temps-là je me promis de ne pas essayer d'empêcher Sue de rappliquer à Londres. C'était un cas de force majeure familial prévu par les règles de son école. Et s'ils m'avaient obtenu un passeport en vingt-quatre heures, ils pourraient en faire autant pour elle. On prendrait un crédit sur deux ans, s'il le fallait.

Quand je récupérai le téléphone, la première chose que je lui dis fut :

« Appelle-moi dès que tu connais l'heure de ton vol. Essaie d'atterrir à Heathrow, c'est le plus pratique. Je viendrai te chercher.

– D'accord. »

Je pouvais entendre qu'elle venait de pleurer.

« Elle va très bien, chérie. Juste encore un peu dans le coaltar. Mais je sais qu'elle aimera t'avoir auprès d'elle pendant quelques jours. Juste pour que tu saches qu'elle sera bientôt sur pied. »

Quand je raccrochai, Jane me demanda : « M'man rapplique ? »

Une de ces questions qui n'attendent pas de réponse.

« Devine ! »

Elle eut un petit sourire.

« Est-ce qu'elle pourrait amener Margaret ? »

Margaret était la petite chienne de Jane.

21

Samedi 15 novembre 2003
16 heures

Je poireautais dans la salle d'attente, en compagnie de Carson et de Vicky, tandis que deux infirmières s'occupaient de Jane, quand deux femmes s'y présentèrent. Elles n'étaient pas ensemble, mais débarquèrent du même ascenseur à une minute d'intervalle.

La première n'était autre que Sarah Mitchell, sans photographe, même si je cherchai à le repérer, instinctivement, d'un bref regard circulaire.

« Comment va-t-elle ?

– Bien.

– Une idée de qui est son agresseur ?

– Écoutez... »

Et ma voix sonnait fatiguée, ne fût-ce qu'à mes propres oreilles.

« Je n'ai vraiment pas le temps maintenant.

– Je le sais, mais... »

À ce moment, l'autre femme sortit de l'ascenseur. C'était Alice.

Je lui fis signe et me hâtai de la rejoindre, avec cinq bons mètres d'avance sur la redoutable Sarah Mitchell.

« Madame Peel[1], je présume ? »

Alice rougit alors que j'enchaînai :

« Vous avez fait un boulot fantastique dans cette fichue station.

– Comment va-t-elle ?

1. Héroïne de *Chapeau melon et bottes de cuir.*

– Ça va aller. »

Je me retournai en entendant des voix derrière moi. Carson parlait avec Sarah Mitchell. Au moins, cette fois, il ne pourrait m'accuser des fuites. Malheureusement, les voix se rapprochaient.

« Il faut qu'on parle », me souffla Alice.

À Carson, Sarah Mitchell et Vicky, elle lança, trois tons plus haut : « Excusez-moi. J'ai un conseil pour M. Houseman... »

J'avais oublié qu'elle était censée être mon avocate.

En la suivant, je jetai à Carson un regard entendu. Il ne parut même pas s'en apercevoir. Il n'avait d'yeux que pour Vicky. Laquelle souriait en hochant la tête. Qu'ils se débrouillent, tous les deux, avec la Sarah.

On parcourut un couloir, on passa devant la salle des infirmières pour atteindre un recoin désert, près d'une large fenêtre.

« Voici notre bureau personnel, dit Alice. C'est parfait. Alors, pour commencer, ils étaient mal attifés, mais pas miséreux. »

Je savais à qui elle faisait allusion.

« J'en étais sûr. »

Histoire de dire quelque chose.

« Le service spécial m'assure que notre prisonnier n'est pas membre d'un gang. Pourquoi était-il là ? On n'en sait rien encore. Il avait sur lui des papiers en règle et refuse de parler, pour l'instant. Il n'est encore sous le coup d'aucune accusation, mais on va l'inculper d'une tentative de meurtre. »

Parfait.

« Comment s'appelle-t-il, si vous avez le droit de me le dire ?

– Jamal Essabar.

– Moyen-Orient ?

– Oui, mais ça ne signifie pas grand-chose... et certainement pas ce que vous pensez.

– Et qu'est-ce qu'il fait ?

– On enquête. Je suis venue aussi vite que je pouvais. On le sait peut-être à présent.

– Simple curiosité.

– Bien sûr, je comprends. Avez-vous remarqué cette caisse de fromage derrière moi quand je l'ai plaqué au sol ? »

Maintenant qu'elle en parlait, cela me disait quelque chose.

« À peu près longue comme ça ?

– Voilà. En bois. Étiquetée "Fromage" en arabe. L'ouverture où le premier type s'est engouffré donne directement dans le sous-sol d'un restaurant oriental. C'est là qu'ils ont volé, dans les caves du resto, plusieurs de ces caisses. J'ai regardé quelle quantité de fromage pouvait manquer dans la caisse en question. Pour tenter de déterminer depuis combien de temps ils se cachaient dans les sous-sols.

– Excellente idée. »

J'étais sincère. C'était du bon travail de flic. Digne de Sherlock.

« Il en manquait très peu.

– Tant pis.

– On s'interroge à présent sur ses origines.

– Pourquoi ? »

Je pensais à autre chose, et sa réponse inattendue me déconcerta.

« J'ignore pourquoi. Il y a quelque chose, dans ce fromage, qui intrigue nos experts. J'ai peut-être une idée de ce qui les chiffonne. On m'en a parlé alors que je venais vous rejoindre.

– Vous avez des experts en fromage ?

– Pas précisément. On a trouvé aussi des couvertures et un peu de nourriture. Deux cartons de soupe assortis à un carton vide jeté dans un coin. Je dirais qu'ils bivouaquaient sur place depuis un jour ou deux, maximum.

– Mais vous savez pourquoi ils étaient là ?

– Pas encore.

– Et rien sur l'identité de l'autre type ?

– Non. »

Elle baissa un peu plus la voix.

« On a deux hommes qui peuvent leur correspondre sur vidéo. On les voit, hier soir, sortir d'une voiture et marcher vers le restaurant.

– Vous aviez l'endroit sous surveillance ! »

J'étais étonné. Impressionné, mais très étonné.

« Oh, non. Il y a des caméras un peu partout dans Londres. C'est la police métropolitaine qui les gère, et ils gardent les films un bout de temps. On leur a demandé ceux qui pouvaient concerner la voie d'accès de nos squatters. La caméra du carrefour Down Street-Brick Street nous les a offerts sur un plateau.

– Je ne savais pas ça. »

Alice me jeta un regard interrogateur. Je précisai :

« Au sujet des caméras. C'est cool.

– Plutôt utile.

– Je n'en doute pas. Si on essayait ça aux États-Unis, la ligue des droits de l'homme ferait des convulsions.

– Ici, on a récolté quelques murmures. Mais quand les caméras ont commencé à apporter des preuves dans certaines affaires criminelles, elles ont été très appréciées.

– Je ne peux pas croire qu'on soit tombé sur ces ordures. Nom d'un chien, j'aurais été davantage sur le qui-vive, si je n'avais pas su ce que je savais.

– Au sujet d'Emma ?

– Bien sûr. Ce maudit petit secret rend les choses de plus en plus difficiles.

– C'est vrai. Et de façon tout à fait inattendue. »

Elle tira son organiseur d'une poche et le consulta.

« Ah, oui. J'allais oublier le plus important. Pourrez-vous identifier l'autre homme, si vous le revoyez ?

– Sans problème. Je m'en souviens avec précision. »

Elle fronça les sourcils.

« Il faisait noir, et vous n'avez eu que quelques secondes pour...

– Son front s'agrémente d'un joli croissant imprimé par l'envers de ma torche électrique. Il commençait tout juste à saigner quand je l'ai vu, mais ça devrait donner un sacré bleu et une énorme bosse. À part ça, trapu, tête carrée, cheveux bruns, une barbe pas très fournie. Les yeux marron. Une veste marron... et sans doute le regard encore un peu vitreux, si vous l'alpaguez rapidement. »

On revint sur nos pas dans le corridor.

« Vous savez, je dis toujours à Jane qu'il n'y a pas de coïncidences. Pas dans la vie en général. Et rarement dans les affaires sur lesquelles on travaille.

– Réellement ?

– Ces deux types n'auraient pas dû être là. Alors je serais tenté de conclure qu'ils n'ont aucun rapport avec votre affaire.

– Logique.

– Vous ne savez pas encore que Sue, ma femme, sera bientôt là pour voir Jane.

– Quelle merveilleuse idée.

– J'en suis sûr. Mais c'est quelqu'un de plus à qui je vais devoir mentir. Savez-vous quand le sort d'Emma va pouvoir être révélé au public ? Voilà un secret qui commence à peser de plus en plus lourd dans la balance !

– Peut-être après réception de la troisième cassette. Ça vous est de plus en plus difficile, je suppose ?

– Naturellement. »

Son portable sonna. Je m'éloignai discrètement et ralliai le groupe aggloméré devant la chambre de Jane. Carson racontait comment la blessée avait été poignardée et comment lui-même avait contribué à désarmer l'agresseur. Je n'essayai pas de l'interrompre. C'était indépendant de l'histoire d'Emma et ses exagérations le rendraient encore plus pénible quand il entrerait dans des détails qu'il ne connaissait pas. Rationalisation ? Sans doute. Mais j'en avais tellement ma claque, de toute cette histoire.

Juste alors qu'il terminait sa péroraison, Alice rejoignit le groupe. Elle paraissait contrariée et je souhaitai, *in petto*, qu'elle ne se soit pas fait taper sur les doigts pour avoir passé tout ce temps avec nous.

À la première pause dans le brouhaha de la conversation, Sarah Mitchell déclara :

« J'ai une proposition, si l'un d'entre vous peut prendre le temps de l'écouter.

– À savoir ? »

Pas question d'autres manchettes auxquelles Jane serait mêlée. Surtout revues et corrigées par Sarah Mitchell.

« Je crois que... »

Elle avait tellement baissé la voix que tout le monde se penchait vers elle pour l'entendre.

« ... mais, attention, ça doit rester entre nous. Pas un mot aux autorités, d'accord ? »

Silence dans le rang.

« Je crois que je peux vous mettre en contact avec le professeur Northwood. »

Les yeux d'Alice s'écarquillèrent, mais elle ne prononça pas une syllabe.

« Sans blague ? »

J'y mettais tout le scepticisme dont j'étais capable.

« C'est un homme qui n'est pas facile à joindre.

– J'ai mes sources. Mais en échange, il faut que vous fassiez quelque chose pour moi.

– Ben, voyons ! Je ne vois vraiment pas ce que nous pourrions faire pour vous.

– Compte tenu du ton de ce dernier article, improvisa Alice dans son rôle d'avocate, si vous décidez de parler à cette femme, monsieur Houseman, gardez-vous bien de le faire une seconde fois en dehors de ma présence. À quoi bon risquer un procès en diffamation ? »

À ma grande surprise, Sarah Mitchell se borna à soupirer, puis rétorqua :

« Très bien. Pas d'objection. Mais que ça ne sorte pas de ce petit groupe. C'est la condition absolue.

– Je suis contrainte d'en parler à mon supérieur... J'imagine que vous devez en faire autant avec votre rédacteur en chef ! »

Son sourire était désarmant, et notre intrépide journaliste ne se fâcha pas.

« Mais à personne d'autre, j'insiste. Personne.

– Absolument personne, je vous en donne ma parole, jura solennellement Alice.

– Ce que j'aimerais, c'est que nous fassions, ensemble, une nouvelle visite à cette station de Down Street. Je comprendrais parfaitement, monsieur Houseman, que vous ne soyez pas disponible. Je préférerais que vous soyez là, mais après ce qui est arrivé à votre fille...

– Croyez que j'y suis très sensible.

– J'ai tout de même un cœur ! Alors, qu'en pensez-vous tous ?

– Avec des photos à la clef, je suppose ? dit Alice.

– Naturellement. Ce sera une sorte de reconstitution.

– Alors je dois préciser que, bien qu'accompagnant mon client, aucune photo de moi ne sera prise.

– Vous êtes timide à ce point-là ? » lança la journaliste avec une lourde ironie.

Et la réponse jaillit sur le même ton :

« Conduite professionnelle ! Nous servons mieux les intérêts de nos clients si nous ne sommes pas au centre de l'article. »

C'était non seulement vraisemblable, mais certainement vrai.

« Faites-moi confiance, trancha Sarah Mitchell. Vous ne serez pas au centre de l'article. Et personne ne vous prendra en photo.

– Vous viendrez ? »

Elle s'adressait à Carson qui me consulta du regard. Je lui dédiai, discrètement, un petit signe affirmatif. Avec Alice dans le coup, il ne risquait pas grand-chose. Elle le dominerait toujours dans tous les domaines, avec une main liée derrière le dos !

« Sûr, dit-il. Et vous, Vicky ? »

L'acceptation spontanée de la jeune femme me surprit. Sa motivation essentielle était sans doute de retrouver et de sauver Emma, et j'en éprouvai un pincement au cœur. Puis il me vint à l'idée qu'elle n'avait peut-être pas envie de laisser Carson livré à lui-même.

J'intercalai doucement :

« Et ça nous rapportera quoi, en échange ?

– Laissez-moi le temps de consulter mes sources.

– Le contact promis, d'abord ! Ainsi que la première rencontre. Non qu'on n'ait pas confiance, chère madame, mais ce sera comme ça et pas autrement !

– J'accepte. À moins qu'il me faille deux ou trois jours pour obtenir ce rendez-vous. Je ne marcherai pas pour des infos périmées ! Votre président arrive jeudi et vous ne serez plus, à partir de là, les seuls Américains intéressants ! Ah, encore une petite condition, si je peux me permettre.

– Laquelle ? s'enquit calmement Alice.

– L'exclusivité. Pour notre visite de la station comme pour la rencontre avec le prof.

– Comment pouvez-vous parler d'exclusivité, dans le cas du prof ?

– Tout simplement parce que je serai de la partie. Et je suggère que l'avocate y soit aussi. Pour le cas où les débats tourneraient au vinaigre ! »

Sitôt après le départ de la journaliste, Alice remarqua :

« Juste alors que j'espérais pouvoir tirer cette affaire de la gabegie...

– De la quoi ?

– De la pagaille générale. Bref de ce que vous appelleriez, là-bas, un sacré bordel !

– Vous avez raison. C'est exactement ce qu'on dirait... là-bas !

– Retournez auprès de votre fille, Carl. J'ai quelques coups de fil à donner. »

22

Samedi 15 novembre 2003
16 h 45

Blyth se reporta à la liste imprimée posée sur son bureau, pianota un numéro de téléphone et dit : « Passez-moi John. C'est Adrian. »

L'inspecteur-chef John Bassingham prit immédiatement la communication.

« Blyth ? J'allais vous appeler.

– Moi d'abord, John. Des nouvelles de qui vous savez ?

– Pas encore.

– Il vient de m'appeler. Ils ont découvert pas mal de Semtex dans un sous-sol.

– Oh, merde !

– Exactement ce que j'ai dit, John.

– Où ça ?

– Une station de métro abandonnée. Down Street. Exactement sur la ligne de Piccadilly, entre Hyde Park et Green Park.

– “Pas mal”, ça fait combien ?

– Dans la station même, quelque cinq kilos. »

La voix de l'inspecteur-chef exprima un certain soulagement.

« Ça pourrait être pire.

– Oui mais ce n'est pas fini, John. Ils en ont trouvé davantage dans le sous-sol d'un restaurant proche de la station. Il semble qu'on puisse passer directement du resto à la station.

– Ne m'obligez pas à vous redemander combien, Adrian. J'ai horreur que vous ayez l'air de vous amuser. »

Blyth s'esclaffa.

« Touché, John. Quarante et un kilos pour être exact.

– Nom de Dieu. C'est pas vrai !

– En réalité quinze kilos, de Semtex et vingt-six kilos de Torpex/RDX. Mais la différence entre les deux est infime.

– Vingt-six kilos de RDX ?

– Absolument.

– Ce qui peut signifier qu'il y a des fournisseurs différents. Et peut-être deux cibles. »

Le Torpex/RDX était connu pour son utilisation subaquatique, alors que le Semtex était normalement employé pour des explosions en milieu sec.

« Ou pas ! continua Blyth.

– Qui est derrière tout ça ?

– C'est toute la question, John. Rien de la part des indics. Aucune info d'aucune origine. À ce propos, le Semtex est clairement de production post-Lockerbie.

– Vous y avez trouvé des traces métalliques ?

– Exactement. »

Le Semtex était fabriqué en République tchèque. Afin de le rendre détectable par les portiques des aéroports, depuis le crash du vol 103 de la Pan Am à Lockerbie, en décembre 1988, les producteurs de l'explosif plastique responsable de la catastrophe y ajoutaient à présent des traces de métal.

« Sans parler de cette fameuse odeur. »

L'odeur, elle aussi, avait été ajoutée à un produit naguère pratiquement inodore.

« Comment avez-vous été impliqués dans cette histoire ? questionnait Bassingham, perplexe.

– Plus ou moins indirectement par cette Américaine prise en otage.

– Emma Schiller ?

– Et l'une de ses colocataires. Elle recherchait sa trace, avec son père flic et une autre amie, dans cette station abandonnée.

– D'où la découverte des explosifs ? Invraisemblable, Adrian !

– Notre Alice était avec eux. Ils sont tombés sur deux squatters dans la vieille station et l'un des deux a poignardé la colocataire américaine d'Emma Schiller. Il a pu s'échapper par une issue qui, semble-t-il, peut mener au restaurant.

– Qui diable est déjà au courant ? s'inquiéta Bassingham.

– Seulement nous, pour les explosifs. La métropolitaine s'est occupée de l'agression, et les pompiers ont évacué la blessée.

Plus de peur que de mal. Down Street est une sortie de secours en cas d'incendie. Ah, et aussi un nommé Hicks qui fait régulièrement visiter tout le bazar. L'un des types est actuellement sous interrogatoire. Il est à Paddington Green, si tu veux l'interviewer.

– Islamiste ?

– Paraît-il.

– Bon Dieu ! pesta Bassingham. J'espérais... J'espère que ça n'a rien à voir avec nos petits copains de Finsbury Park.

– Rien. Du moins jusque-là. »

La mosquée de Finsbury Park avait été pillée, par deux fois, afin de servir de QG et de réserve de matériel à des éléments terroristes reconnus. Qu'elle n'ait rien à voir avec l'enlèvement d'Emma Schiller était une nouvelle archipositive.

« Qui interroge le prisonnier ?

– Pour le moment, juste la métropolitaine. Alice y a partiellement assisté, mais seulement en qualité de témoin. On ne doit y aller que sur la pointe des pieds. Quels que soient ces emmerdeurs, je veux réellement voir la troisième cassette promise avant d'entamer quoi que ce soit.

– Moi de même. Je vais juste leur envoyer deux bonshommes. La métropolitaine est au courant pour les explosifs ?

– C'est eux qui les ont découverts, John.

– Alors, le public ne va pas tarder à apprendre pour la station de métro, l'agression, les explosifs et la blessée. Elle a survécu, j'espère ?

– Oui. Mais c'est gentil de t'en informer, John. »

Il était rassuré que Bassingham ne lui ait pas demandé comment ces gens-là avaient pu décrocher l'autorisation de descendre dans cette station de métro.

Bassingham rugissait à l'autre bout du fil.

« Une foutue journée, Adrian. Il est évident que la connexion avec l'otage va finir par sauter aux yeux, et...

– En tant que simple coïncidence, John.

– Pourquoi y étaient-ils descendus, dans ces putains de sous-sol ? Tu n'es pas en train de jouer les cachottiers, John ?

– Bien sûr que non. La connexion avec ce professeur... »

Blyth se reporta à l'un des dossiers disposés en éventail sur son sous-main.

« ... Northwood et son mouvement anti-Belmarsh est évidente, et je ne te ressers pas le nom complet. Trop long. Trop amateur pour qu'on le rapproche de tous ces explosifs.

– Peut-être justement pour être considéré comme un enfantillage ?

– Possible. Mais la passion de ce Northwood pour les vieilles stations de métro et le sous-sol londonien est indubitable. Il avait déjà fait visiter celle-ci aux trois filles, voilà un bout de temps. C'est pour ça qu'ils se sont imaginé que l'otage pouvait y être bouclé d'une façon ou d'une autre. »

Bassingham se taisait, au bout du fil. Enfin :

« Qui a mis au jour ce rapport avec le prof ?

– Les médias, bien sûr. Tu ne devrais pas seulement parler aux représentants du *Times*, John.

– Qui dans les médias ?

– Tu connais une certaine Sarah Mitchell, du *National Sun Express* ?

– La spécialiste des manchettes à sensation ?

– En personne ! Je vois que tu ne lis pas que le *Times* !

– Qu'est-ce que tu as pris comme mesures préventives ?

– Notre Alice se fait passer pour l'avocate des Américains. Ils ont discuté avec cette Sarah Mitchell, aujourd'hui même, à l'hosto, et elle croit savoir où joindre le prof.

– Bravo.

– Alice s'est également débrouillée pour assister à la rencontre.

– Comment cette journaliste a-t-elle pu découvrir le rapport avec Northwood ? »

Blyth jubilait intérieurement d'avoir pris cette avance sur Bassingham, mais ne l'aurait avoué sous aucun prétexte.

« Elle en a parlé aux Américains hier matin, au petit déjeuner. Pas plus d'une heure avant qu'on ne reçoive l'info de votre branche spéciale.

– Remarquable !

– Elle semble avoir repéré Northwood toute seule comme une grande. Elle a également cité ses penchants politiques. Avec une belle exactitude.

– N'empêche, amorça Bassingham, qu'avec la visite de M. Bush, le 18, cette quantité d'explosifs est assez contrariante. Je suppose qu'il faut en informer les Américains.

– Oui. Je connais un des membres de leur avant-garde. On a déjà travaillé ensemble. Il doit arriver cet après-midi. Si on dînait tous les trois ensemble ? Tu pourrais être au « Ten » à 20 heures ?

– J'y serai. Si seulement je disposais de ton budget... Et concernant la blessée, elle est dans quel hôpital ? Je vais lui assigner un factionnaire.

– Elle est chez Tommy. C'est une gentille attention, John. Son père y sera très sensible.

– Oh ? Le shérif du bled perdu de l'Iowa ?

– Shérif adjoint, comme il te le dira lui-même. Tu sais qu'il est au courant qu'Emma Schiller est morte.

– Oui. On en a bavardé ce matin. Il a gardé ça pour lui, j'espère ?

– Alice l'affirme.

– Dis donc, on a bientôt une discussion budgétaire. J'ai la ferme intention de solliciter des fonds pour te la piquer, ton Alice.

– Essaie toujours, John. Mes amitiés à Molly. »

Après avoir raccroché, Blyth déchiffra la petite note qu'il avait griffonnée tout en parlant. Elle se composait de quatre mots : « Épingler d'abord le prof. »

Le MI-5 était un service de sécurité dont la fonction première consistait à glaner des renseignements dans le vaste domaine du contre-terrorisme. La section de Blyth collaborait avec les unités policières antiterroristes. Dans ce cas particulier, la branche spéciale de la police métropolitaine connue sous le nom de code SO13. C'était le boulot de la SO13 d'amener les terroristes devant la justice, sur la base des renseignements que lui fournissait la section du MI-5 d'Adrian Blyth. Alors que le mandat de la SO13 était d'appréhender en vue d'un jugement, celui du MI-5 était d'étouffer dans l'œuf toute opération terroriste sur le territoire du Royaume-Uni.

Le MI-5 s'encombrait de beaucoup moins de complexité légale que la police traditionnelle. Du point de vue de Blyth, le travail était fait si la future opération terroriste décelée était annihilée purement et simplement. Les poursuites engagées, par la suite, étaient à ses yeux secondaires. D'où cette prudence acquise au cours de longues années d'expérience dans la transmission des infos à la police. Arrêter trop tôt un coupable potentiel pouvait entraîner de lourdes conséquences. Rien de tel qu'une ou plusieurs arrestations prématurées pour tarir les sources d'information disponibles.

Avec cette idée bien en tête, il appela Alice sur son portable. Elle lui répondit à la deuxième sonnerie, de cet « Allô ! » ensoleillé qu'il eût reconnu entre mille

« Comment ça marche, avec nos cousins d'Amérique ?

– Très bien, je pense.

– Parfait. J'ai bien peur que le fromage appartienne à deux types de produits pas très comestibles. Il y en a pas mal à l'endroit en question et davantage ailleurs où nous ne sommes pas encore allés. Peux-tu être au bureau... disons dans une demi-heure ?

– Comme si j'y étais.

– Bien. Il y a une jeune femme que j'aimerais te présenter. »

Il raccrocha. Alice était l'une de ses inquisitrices virtuoses, dans la catégorie « en douceur ». Les gens avaient tendance à tout lui raconter, elle leur inspirait une confiance totale, particulièrement les sujets de sexe féminin et les informateurs habituellement plus coriaces.

Samedi 15 novembre
Hôpital Saint-Thomas
19 h 50

J'étais dans la chambre de Jane et je la regardais dormir. Elle avait encore une petite mine, mais les joues un peu plus colorées qu'à son admission. Ils lui avaient donné ce qu'il fallait, et elle s'était rapidement endormie. Avant ça, elle m'avait transmis son regret de n'avoir pas trouvé Emma, et voulait savoir si nous ne disposions pas d'infos qui ne lui auraient pas été communiquées.

« Tu n'as pas à me protéger, p'pa. Si tu sais quelque chose, tu peux me le dire.

– Je sais que je peux. Rendors-toi. »

Rien n'est plus pénible que de voir souffrir son enfant. Quel que soit son âge, c'est toujours son enfant, et on ne se le pardonne pas. Je culpabilisais de nouveau. Ce ne serait pas arrivé si je n'étais pas venu à Londres. Bien sûr, j'aurais appris qu'Emma avait été kidnappée. Et tuée. Même si je n'avais pas bougé de mon bled. Mais tout le reste ? Si je n'étais pas venu, jamais Jane n'aurait entendu parler de Blyth. Ni connu Alice.

Jamais on ne serait descendus dans cette station de métro si Blyth n'avait arrangé les choses. Le tout avait découlé de ma présence en Angleterre.

Je bus un peu de café froid. Le rapport avec Northwood aurait existé, avec ou sans moi. Je ne pouvais pas me le reprocher. Mais ma présence avait démesurément gonflé la portée déjà disproportionnée de ce maudit article.

Si je n'étais pas venu, Jane aurait su tout de suite que son amie était morte. Elle et Vicky auraient été les seules à pouvoir l'identifier. Mais je l'avais fait à leur place et le MI-5 m'avait sommé de garder le secret. En étant sur place, j'avais recueilli une information qui aurait pourtant dû nous empêcher de descendre sous terre à la recherche d'une pauvre fille déjà morte. Mais je ne l'avais pas dit. Pensée lancinante entre toutes. Je ne l'avais pas dit parce que Jane n'avait pas encore le droit de le savoir. Besoin, sûr, mais pas le droit. Toute ma formation, toute mon expérience professionnelle se rebellaient contre cette interdiction arbitraire. N'étant pas dans la police, quand aurait-elle le droit de savoir ?

Eh merde !

L'extrême fatigue n'arrangeait pas les choses. Cette rumination en vase clos tenait du masochisme. Je savais que si je ne cessais pas de gamberger, je finirais par tout lui déballer, en vrac. Ce serait une catastrophe, surtout pour la sécurité britannique. J'avais entendu parler du secret d'État, mais je n'en avais cure. Les lois internationales leur permettraient-elles de me boucler si je craquais ? Et que deviendrait Jane, dans ce cas-là ? Ce ne serait sûrement pas la meilleure façon de lui venir en aide.

Qu'est-ce que j'avais fait depuis mon arrivée, sinon causé la blessure de Jane ? Était-ce à ma qualité de flic qu'on devait la présence d'un homme de garde dans le couloir ? Pour une fois, aurais-je au moins servi à quelque chose ?

Samedi 15 novembre 2003
Hampstead Heath
21 h 16

Alice et Blyth pénétrèrent dans l'immeuble anonyme bâti à l'intérieur du parc, échangèrent un salut avec le jeune homme de service au comptoir de réception et grimpèrent directement au troisième étage. Dans la pièce 302, ils firent la connaissance du technicien qui allait enregistrer la rencontre, et qui leur offrit le spectacle de la jeune personne assise dans la pièce 306 en compagnie de Geoffrey, l'un des trois assistants de Blyth.

Vêtue d'un jean, d'un sweater à capuche et chaussée de baskets cette jeune personne était la petite amie de Jamal Essabar, alias Hamza. Elle s'appelait Pamela Arpino, elle avait dix-neuf ans et n'était pas du tout rassurée. On l'avait informée qu'elle parlait à un représentant du gouvernement de Sa Majesté, sans lui préciser le nom de l'administration.

« Si vous me disiez au moins pourquoi on m'a amenée ici... »

Le son numérique ultramoderne du système de transmission reproduisait même le léger tremblement de sa voix.

Conformément aux instructions reçues, Geoffrey lui répondit du ton distant, légèrement ennuyé, qu'il avait adopté dès le début : « Comme je vous l'ai dit, quelqu'un va arriver bientôt qui va vous expliquer de quoi il retourne. »

Le regard traqué de la jeune Pamela se promenait incessamment dans la pièce aux murs nus, sans s'arrêter nulle part.

« Je ne sais même pas si je *devrais* vous parler !

– Vous êtes libre de partir. Mais je ne saurais trop insister sur le fait qu'il est de votre intérêt de patienter encore un peu jusqu'à ce que cette histoire ait été réglée. »

Alice ne put s'empêcher de sourire. Geoffrey n'était pas maladroit, lui non plus. Lui dire qu'elle était libre de partir était le meilleur argument pour qu'elle restât sur place.

« Elle est là depuis ... ?

– Cinquante et une minutes, dit le technicien après avoir consulté le cadran inclus dans le coin de l'image. »

Alice relut ses notes.

« On n'a vraiment pas beaucoup d'informations.

– Je m'en remets entièrement à vous. J'ai pleine confiance en vos capacités. »

Blyth pensait ce qu'il disait. Il s'agissait d'un de ces interrogatoires particulièrement difficiles où le sujet interrogé n'avait commis aucune infraction, ni, dans le cas présent, probablement aucun délit. Pas beaucoup de leviers utilisables par l'enquêteur.

Alice baissa les yeux vers les trois feuillets du dossier. L'un d'eux réunissait trois photos du captif prises dans l'après-midi. Les deux autres attestaient que le couteau saisi sur Jamal Essabar ne recelait aucune trace de sang. Ce n'était pas lui qui avait poignardé Jane Houseman. La lame, en revanche, portait quelques traces infimes de Semtex. Le reste était à découvrir.

« Je crois que je vais y aller. Il faut bien commencer quelque part...

– Je serai dans la galerie. Si vous avez besoin de quoi que ce soit, servez-vous du téléphone. »

Toutes les pièces étaient équipées d'un téléphone fixe qu'Alice utiliserait en cas de besoin. Elle donnerait ainsi l'impression que cet appareil était le seul lien avec l'extérieur, ce qui empêcherait Pamela de se croire filmée par une caméra cachée. En admettant, contre toute vraisemblance, qu'elle y ait seulement pensé.

Alice frappa doucement à la porte de la 306. Elle perçut la voix de Geoffrey à travers le battant : « Un moment, je vous prie. »

La porte s'ouvrit, il l'introduisit dans la pièce en disant :

« C'est la personne que nous attendions. Je vous présente Pamela. Pamela, c'est...

– Alice », dit Alice en tendant la main.

Avec ses points de suspension, Geoffrey lui avait donné toute licence de se présenter sous un autre nom, mais pourquoi ne pas garder le sien ?

« Ravie de vous rencontrer. »

Geoffrey regardait sa montre.

« Si vous n'avez pas besoin de moi...

– Pas du tout. On va se débrouiller toutes les deux. »

Une fois la porte refermée, Alice s'informa :

« Vous a-t-on dit pourquoi vous étiez ici, Pamela ?

– Non. »

Toujours ce petit tremblement dans la voix.

Alice lui montra sa carte.

« Je suis du MI-5, le service de sécurité. »

Pamela ouvrit de grands yeux, visiblement impressionnée. Alice continua : « Nous aimerions que vous nous parliez d'un jeune homme que vous connaissez, qui s'appelle Jamal Essabar. »

Très inquiète depuis quelque temps sur le sort de Jamal, qu'elle ne voyait plus depuis octobre et qui ne lui parlait que de loin en loin au téléphone, Pamela s'exclama : « Il lui est arrivé quelque chose ? »

Ce fut tout ce qu'elle trouva à répondre.

« Vous avez des raisons de penser qu'il lui est arrivé quelque chose ? »

La voix d'Alice exprimait une sollicitude parfaitement simulée. En fait, Pamela avait toutes les raisons de penser que ce qui était « arrivé » à Jamal s'appelait tout simplement MI-5. Comme la plupart des Anglais, elle se représentait cette agence comme un organisme énigmatique, omnipotent, capable de tout, même de tuer au nom de la Couronne. Sa conviction était totalement fausse mais transpirait néanmoins très clairement dans son attitude. Elle était sur ses gardes et entendait bien y rester.

« C'est ce qu'on pense tout de suite quand la police frappe à la porte, non ? »

Alice acquiesça d'un hochement de tête. Poussant les photos vers Pamela, elle lui expliqua : « Elles ont été prises cet après-midi. Je l'ai aperçu moi-même, et il m'a paru en parfaite santé. »

Pamela s'empara de la feuille offerte. Il lui parut, à elle, très fatigué, très tendu, sous sa chevelure en désordre.

« Qu'est-ce que vous lui avez fait ?

– Quelques heures plus tôt, je m'étais trouvée dans l'obligation de le frapper pour le désarmer et le maîtriser. Il avait un couteau dont il menaçait les personnes présentes. Je ne lui ai causé aucune blessure grave. »

Pamela secoua la tête. Affirmativement, toutefois. Alice lui semblait parfaitement capable d'avoir maîtrisé Jamal.

« Je ne le vois pas du tout menacer qui que ce soit avec un couteau. »

Elle parlait lentement et choisissait soigneusement ses mots.

« Vous êtes sûre que c'était bien lui ?

– Je le lui ai confisqué. Mais ça n'intéresse que la métropolitaine. Et cela vous place dans la position de lui être utile.

– Comment ça ?

– J'essaie de comprendre ce qui lui est arrivé. Vous pouvez sans doute m'y aider. Comment vous êtes-vous rencontrés ?

– À l'école. Au King's College. Ici, à Londres. On était en science informatique.

– Quelle année ?

– En seconde.

– Vous appreniez à préparer des banques de données ?

– Oui.

– Et des logiciels ?

– Oui. »

Alice souriait.

« Soyez patiente. Bientôt, vous participerez à un projet personnel beaucoup plus intéressant. Elle remonte à quand, votre vraie rencontre ?

– À l'année dernière. On suivait les mêmes cours. »

Alice poursuivit un instant cet interrogatoire sans grande importance, simplement destiné à brosser une toile de fond et mettre la jeune femme en confiance. Mais il fallait bien passer aux choses sérieuses.

« Quand l'avez-vous vu pour la dernière fois ? »

Les traits de Pamela s'assombrirent.

« Le 28 octobre, je crois. C'était un mardi.

– En classe ? »

Alice retenait son souffle. Le mardi 28 octobre était la date de l'enlèvement d'Emma Schiller.

« Non. Il séchait les cours depuis un jour ou deux. Peut-être trois. Il disait qu'il avait à faire quelque chose d'important. Sa politique, sûrement. On s'est vus ce jour-là vers 16 heures.

– Où ? »

Pamela défiait Alice du regard.

« Dans mon appartement.

– C'est votre vie privée », dit Alice.

Pamela se détendit.

« Désolée. Il est très porté sur la religion. Il essaie d'éviter ce genre de chose. D'être seul avec moi dans un endroit clos. Ses parents le lui reprocheraient.

– Naturellement. Vous avez leurs noms ? »

La jeune femme haussa les épaules.

« Non. Je ne sais même pas s'il les a toujours. Il ne m'en a jamais parlé. Je ne les ai jamais rencontrés, mais il lui arrive de dire papa et maman. Il n'est pas sûr qu'ils réagiraient bien s'ils me voyaient.

– Pourquoi ?

– Je ne suis pas musulmane. Non que ça fasse une différence pour lui, mais il a peur de leur réaction... si vous voyez ce que je veux dire ?

– Je le vois très bien. Vous ne vous êtes donc pas revus durant quelque temps.

– Il avait dit qu'il serait absent pendant quelques jours. Il espérait qu'on se reverrait, mais la semaine a passé.

– Vous avez tout de même fini par vous revoir ?

– Juste quelques minutes. Dans le parc de Chiswick. Celui qui est près de la route. Près de ces vieilles toilettes publiques qui servent maintenant d'entrepôt, je crois. Juste quelques minutes, mais il m'a retéléphoné après... »

Il était devenu très important, aux yeux de Pamela, de convaincre Alice du sérieux de leur relation.

« Je vous crois. Je suis sûre que vous lui avez manqué pendant qu'il était... où ça ? »

Relevant la tête, Alice sourit à Pamela.

« Excusez-moi, vous ne le savez pas, bien sûr. Il vous a téléphoné de chez lui ? De l'école ?

– D'un appartement.

– Un appartement ?

– C'est ce qu'il m'a dit.

– Mais pas son appartement ?

– Non.

– L'appartement de qui ?

– Il a dit que c'était le sien. »

Alice poussa un petit éclat de rire.

« Excusez-moi. J'ai dû mal comprendre. Je pensais que vous aviez dit que ce n'était pas son appartement personnel.

– Oh, zut, il a dit simplement qu'il allait en louer un autre... pour quelque temps.

– Pourquoi diable... »

Pamela était proche des larmes. Sa lèvre tremblait.

« Je ne sais plus... Vous êtes un peu plus âgée que moi, vous... Qu'est-ce que vous en pensez ? »

Alice s'éclaircit la gorge.

« Eh bien... Allons jusqu'au fond des choses. Qu'est-ce qu'il a dit au juste ?

– Il n'a rien dit. Vous croyez que ça pourrait signifier...

– Une autre femme ?

– Non. Je ne sais pas. Et vous ? »

Alice passa sans effort au rôle de grande sœur : « Entre nous, il y a toutes les chances que vous ne le sachiez jamais. Les hommes sont comme ça. »

Toujours bon de placer les choses dans un contexte général. Pamela soupira.

« Il ne vous a pas dit où il était, cet appartement ? Donné l'adresse ou le numéro de téléphone ?

– À Chiswick. »

Pamela plongea une main dans son sac à dos, puis interrompit son geste.

« Si je vous le dis, je pourrai voir Jamal ?

– Impossible de vous le promettre, à ce stade. »

La main ressortit du sac à dos qui retomba sur le plancher, aux pieds de sa propriétaire.

« Je ne me souviens pas de l'adresse. »

Pas de ça, Lisette ! conclut mentalement Alice.

Elle décida de changer de tactique.

« Pourquoi serait-il en possession d'explosifs ?

– Quoi ?

– Des explosifs. Plastiques, pour être exact. Pourquoi en détiendrait-il ? »

Si elle avait voulu perturber Pamela, elle y était parvenue.

« Oh, mon Dieu, c'est à cause de cette histoire de Belmarsh, j'en suis sûre. Que voulaient-ils le forcer à faire ?

– Quelle histoire de Belmarsh ?

– Oh, cette libération de prisonniers politiques que mijote son groupe de dingues. Des vrais cinglés, tous autant qu'ils sont !

– Quel groupe ? »

La vieille sensation familière montait au plexus d'Alice. Celle de l'enquêteur conscient de toucher au but de son entreprise.

« Je l'ai là ! s'étrangla Pamela en ouvrant son sac à dos... Voilà... Le Mouvement réformiste londonien pour la libération de Khaled al-Fawwaz et d'Ibrahim Eidarous. »

Elle remit à Alice une feuille de couleur verte.

Dans la salle 302, Blyth jubilait à mi-voix : « On la tient ! »

Alice, dans la 306, insistait doucement :

« Comment a-t-il pu se trouver embringué dans un truc pareil ?

– Par cet enfoiré de professeur Robert Northwood. C'est lui qui l'a enrôlé. »

Dans la 302, Geoffrey s'exclama : « C'est plus un sac, c'est une pochette-surprise ! »

Alice épela le nom de Northwood en lui demandant si c'était bien lui.

« C'est ça !

– Il est professeur ? De science informatique ?

– Non, d'anglais. Jamal avait un cours avec lui.

– Et quel rapport avec ça ? »

Alice agitait le feuillet vert.

« Ce vieux bonze de Northwood aurait voulu être arabe ! cracha Pamela, méprisante.

– Allons donc. Être arabe, ça ne veut rien dire.

– Il trouve ça romantique, probablement. À cause d'une des filles, je le parierais. Il n'arrête pas de draguer des filles dont il pourrait être le père. Il se prend pour un don Juan. Un grand séducteur. Le cadeau du ciel à la gent féminine !

– Il y croit vraiment ?

– Plutôt deux fois qu'une. Certaines lui font du gringue pour avoir de bonnes notes, c'est le bruit qui court. Vioc comme il est. Beurk !

– Il a quel âge ?

– Au moins cent ans. En tout cas, plus de quarante.

– Si vieux que ça ? »

Dans la 302, Blyth murmura pour lui-même : « Tu n'en fais pas un peu trop, Alice ? »

« Écoutez, dit Pamela. Vous en savez déjà beaucoup et je n'aiderai pas Jamal en faisant les choses à moitié. »

Là-dessus, elle replongea dans l'éternel sac à dos, en tira un petit carnet de notes qu'elle ouvrit à une certaine page et le tendit à Alice.

« Voici l'adresse de son appart spécial à Chiswick. Il ne me l'a jamais donnée, mais je l'ai suivi un jour. C'est l'adresse. Je ne sais pas quel appartement.

– Il ne s'est aperçu de rien ?

– Non. Et j'avais un peu honte de ne pas lui avoir fait confiance. »

Alice décrocha le téléphone.

« Vous m'excusez une seconde ? Une ou deux petites choses que je veux faire vérifier...

– Non, allez-y. Vous me permettrez de le voir ?

– Toujours sans garantie... Allô ? J'ai une adresse à Chiswick que je vous demande de vérifier... »

Elle la dicta à Geoffrey. Se retourna vers Pamela.

« Une petite faim ? »

Pamela, surprise, acquiesça.

« Sois sympa, Geof, dit Alice dans le téléphone. Une seconde... Un bon curry, ça vous va, Pamela ? »

Puis, à Geoffrey, sur un second signe affirmatif de Pamela : « Deux currys à emporter. Je n'ai pas le numéro, mais c'est à ce joli petit resto que tu connais... »

23

Samedi 15 novembre 2003
Chiswick, Londres, Angleterre
23 h 58, GMT

L'inspecteur-chef John Bassingham, de la branche spéciale SO13, parcourait le décor du regard, attentif à ne pas se fourrer dans les jambes des techniciens au travail. Près de lui, se tenait Adrian Blyth, du MI-5. À peine le mandat de perquisition en poche, Bassingham avait prévenu Blyth, et tous deux étaient arrivés à dix minutes d'intervalle.

« Alice bavarde toujours avec elle ?

– Quand je suis parti, elles festoyaient toutes les deux en copines, à nos frais. D'ici à 2 heures du matin, Alice saura tout ce qu'il y a à savoir.

– Regarde autour de toi, Adrian. Je dirais que c'est ici qu'ils ont enregistré les cassettes. »

En découvrant les taches de sang sur le matelas, la marque d'un objet rond lancé violemment contre le mur et les tronçons de ruban adhésif épars dans la cuisine, le premier enquêteur des services scientifiques de la brigade antiterroriste arrivé sur les lieux avait barré l'appartement au personnel non-technique. Cette technicienne de haut niveau était sur l'affaire depuis la réception de la première cassette et n'avait pas chômé entre-temps. Elle établit, pour son propre usage, une liste comprenant l'ordinateur portable, le trépied de la caméra et le grand sac de plastique noir contenant des objets volumineux. À la fin de son inventaire, elle s'approcha de l'inspecteur-chef Bassingham.

« C'est ici que tout a été fait. Le trépied de la caméra... et ce grand sac noir, là, qui contient apparemment un projo et un second trépied.

– Vraiment ?

– John, intercala Blyth, j'aimerais que tu laisses aux nôtres le soin d'étudier le contenu de l'ordinateur portable.

– Nous pouvons nous en charger, objecta l'experte. Nous en sommes parfaitement capables.

– Vous l'êtes indubitablement. Mais j'ai des raisons de croire que certaines des informations accumulées dans cet ordinateur sortent de votre compétence.

– Sans blague ? »

Elle était un peu désarçonnée, sinon vexée, car le MI-5 invoquait fréquemment cette excuse, et le procédé la heurtait dans son amour-propre.

Bassingham lui conseilla :

« Laissez-le-leur. C'est eux, les experts. On nous passera tout ce qui nous intéresse, pas vrai, Adrian ?

– Évidemment, John. »

La technicienne, qui connaissait Blyth, ne pouvait que s'incliner. Mais elle se promit de tout raconter en détail dans son rapport. À toutes fins utiles.

« Ils semblent avoir eu l'intention de revenir, observa Blyth.

– Très probablement. Et puis ils ont eu peur de le faire. »

Blyth supputa, rêveur :

« Je serais très surpris d'apprendre que celui qui a filé entre les pattes d'Alice, au métro, soit revenu ici. En revanche, je le vois très bien se ruer chez notre professeur. Je suis sûr que mon équipe de jeunes fous aura épluché ce portable dans une heure ou deux. Celui qu'on tient a plutôt l'air intelligent. Ce serait chouette qu'il ait tenu ses rapports à jour.

– Espérons-le. Une bonne chose que tu aies tout ton monde sous la main. Vous êtes généralement plus chanceux que nous. Moi, si j'y touche, l'ordi ne contiendra que des parties de cartes ou d'échecs.

– Laisse-nous quelqu'un à demeure. On a intérêt à rester très groupés sur cette affaire. Pas de trace de notre fromage ? demanda Blyth.

– Aucune. »

Un des chercheurs les rejoignit.

« J'ai trouvé quelques numéros de téléphone. Vous voulez que je vous les copie ? »

Les documents trouvés ne seraient pas disponibles avant un certain temps, après analyse par les experts.

« Bien sûr, dit Blyth. John en sera également très heureux. »

Quand ils se retrouvèrent seuls tous les deux, Bassingham murmura :

« C'est plutôt facile de retrouver leur prof caché, tu ne trouves pas !

– C'est vrai que c'est assez simple. Côté Sarah Mitchell, la demande d'interception est en cours de traitement au secrétariat. C'est pourtant un truc qu'ils détestent faire. Tout ce qui touche à la presse...

– Je sais bien.

– Mais on a un dossier impec. Ça devrait marcher.

– C'est sûr !

– Ce qui m'ennuie le plus, c'est l'implication possible d'étrangers dans ce méchant merdier.

– Lesquels ? Afghans ? Iraniens ?

– Non. Américains. Quiconque a lâché l'adresse de ce professeur à Mme Mitchell ne l'a pas fait par hasard. C'est probablement fondé sur son traitement de l'histoire, mais aussi parce qu'elle était la seule à avoir fait parler les Amerloques.

– Tu crois qu'ils prendraient un deuxième otage ? »

Blyth secoua la tête.

« Difficile à dire. Je ne le pense pas, à moins qu'ils sachent qu'on a trouvé le premier. Cela m'inquiète un peu.

– Tout dépendra s'ils l'apprennent... Nous entrons dans la partie plus risquée.

Près du Tower Bridge, rive sud
Appartement d'Hanadi
Londres, Angleterre
11 h 26

Depuis qu'il avait, d'extrême justesse, échappé à la poursuite d'Alice, Anton était resté caché plus d'une heure dans les WC d'un McDo proche de Marble Arch. Dès qu'il se trouvait seul, il sortait de sa cabine et refaisait provision de papier hygiénique sec et humide pour tamponner son front. Il en profitait pour se regarder dans un miroir. L'endroit où le grand type costaud l'avait frappé de l'envers de sa lampe tournait au pourpre foncé, avec une coupure incurvée sous laquelle un lambeau d'épiderme pendait sur son front comme un couvercle mou. Il appuyait dessus dans l'espoir de réduire les dégâts ou tout au moins de les rendre moins horribles à voir. Il alternait compresses d'eau chaude et froide et les élancements produits le rendaient enragé.

Quand des clients entraient, il s'était aperçu qu'en arrondissant les lèvres et en alternant grognements et bruits de pets, il était suffisamment effrayant pour que personne ne s'attarde. Il savait que ça ne durerait pas au-delà du rush de midi, mais n'avait pas encore trouvé d'autre idée de planque.

Il se remémorait l'expression terrifiée de la fille qu'il avait poignardée, et souhaitait ardemment l'avoir tuée.

Qu'est-ce qu'ils foutaient là, de toute manière ? Et ce grand type avec sa lampe. Si jamais il le retrouvait, il le tuerait lui aussi, par Allah ! Le fait qu'il eût été terrassé, puis pourchassé par une femme dure à semer s'effaçait déjà de son esprit. Seule comptait la vengeance.

Et la faim.

Il était si concentré qu'il n'entendit pas la sempiternelle question « Y a quelqu'un ? » et dut se mettre à brailler lorsque le préposé au nettoyage tenta d'ouvrir la porte derrière laquelle il se tenait.

« Une minute !

– Oh, pardon ! J'attends dehors », répondit une petite voix.

Au bout d'un moment, il risqua un œil au-dehors. Personne en vue, mais le seau et la serpillière étaient là, dans le passage. Sous le coup d'une inspiration soudaine, il frotta son front jusqu'à le refaire saigner, écarta le seau d'un shoot de footballeur et se jeta contre la porte d'entrée en hurlant : « Saloperie de balayeur ! »

Ça marcha même mieux qu'il ne l'avait escompté. Le patron, après avoir pansé sa blessure et renvoyé l'employé qui avait laissé son seau où il ne fallait pas, lui offrit un énorme sandwich McDo, des frites et un Coca-Cola.

Il engloutit le tout rapidement, mais joyeusement, et quitta le restaurant avec un bandage qui lui évitait d'attirer l'attention des passants. En marchant posément, il parcourut les huit kilomètres qui le séparaient de l'appartement d'Hanadi, où il arriva vers 14 heures. Elle était chez elle, mais fut fortement contrariée, et par sa nouvelle visite, et par son apparence. Contrariée, le mot était faible, mais c'est celui qu'elle employa.

Il tenta de lui expliquer tout ce qui s'était passé dans la station de métro désaffectée, mais n'y parvint guère, dans la mesure où il n'en avait qu'une idée fort nébuleuse. Il s'énerva tout de suite et piqua une crise de colère.

Hanadi le calma en préparant du café et l'équivalent d'un bon souper impromptu.

Le principal souci d'Hanadi était de chasser cet intrus hors de chez elle aussi vite que possible et pour la dernière fois. Avec cette préoccupation en tête, elle appela la seule personne à qui elle pouvait faire confiance. Imad. Dès qu'elle entendit sa voix, au bout du fil, elle lui dit :

« Viens immédiatement. C'est vital. C'est absolument vital. »

Elle raccrochait quand Anton émergea de la salle de bains et voulut savoir : « À qui tu téléphonais ? »

Prise au dépourvu, Hanadi répliqua :

« Imad.

– Un appel longue distance, alors, puisqu'il est rentré en Syrie. »

Anton avait reçu cette information du professeur Northwood qui avait paru très perturbé par l'idée que ledit Imad allait se battre, là-bas, contre des troupes anglaises et américaines.

« Mais non, il n'est pas reparti.

– Le prof ne te dit pas tout.

– Tu veux une aspirine ?

– Non.

– De la glace ?

– Je supporte la douleur. Ne me traite pas comme une femme. »

Elle crut entendre son propre père.

Pour Hanadi aussi, la journée avait été longue. Au cours de son rendez-vous, à midi, avec sir Henry Culbertson, le principal avocat du cabinet juridique qui l'employait, elle lui avait exposé la situation hypothétique d'une amie proche qui avait besoin de conseils. Elle ne l'avait pas dupé une seconde, mais, avec sa courtoisie habituelle, il l'avait laissée aller jusqu'au bout de son histoire. Puis il avait feint de réfléchir quelques secondes avant de lui répondre : « Votre amie a été très, très imprudente. Quoi qu'elle fasse, ne s'ouvrent devant elle que des voies qui conduisent à la catastrophe et à la désillusion. Elle a participé, sciemment, à un crime abominable qui a commencé par un kidnapping et s'est soldé par un meurtre, si accidentel qu'il pût avoir été. Même si son intention initiale était noble, elle a décuplé sa culpabilité en restant complice des conspirateurs. Erreur fatale. J'ai bien peur que, dans sa situation, sa seule chance, son unique option, à présent, soit de se rendre à la police, de tout leur expliquer et de collaborer à l'arrestation de ces... misérables ! »

Il attendit une réponse qui ne vint pas. Et conclut :

« Hanadi, ce cabinet ne peut que recommander à votre amie un bon avocat. Mais nous ne nous engagerons pas autrement dans cette aventure. Nous risquerions d'y perdre notre bonne réputation. »

Tout juste si elle avait pu bégayer « je comprends », d'une toute petite voix. Sir Henry avait été son dernier espoir, mais la voie lui était désormais interdite.

« Merci, sir Henry », dit-elle avant de se tourner vers la sortie.

Il la rappela. Elle se figea sur place. Il acheva de la surprendre en contournant son bureau pour venir la rejoindre près de la porte.

« Hanadi... Dites à votre amie que plus elle hésite à se remettre entre les mains de la police, plus elle perd toute chance d'une quelconque remise de peine. Chaque minute qui passe aggrave sa situation. »

Il lui ouvrit la porte.

« Et merci d'être venue me voir », ajouta-t-il alors qu'elle s'éloignait.

L'énormité des récents événements l'avait anéantie. Les changements survenus dans son statut social et son emploi du temps quotidien, mais aussi et surtout l'horreur de penser qu'elle avait effectivement contribué à kidnapper, donc à causer la mort d'une innocente. Rentrée chez elle, elle avait cherché le numéro de New Scotland Yard dans l'annuaire, l'avait noté sur une feuille de calepin, et était même allée jusqu'à pianoter le commencement du numéro, à deux reprises. Puis avait raccroché parce qu'elle ne pouvait se résoudre à trahir... qui ou quoi ? Ses amis ? Seul Imad était un ami. Et ça, c'était un puissant facteur dissuasif. Son sens de la loyauté, son désir de faire libérer les prisonniers de Belmarsh ? Pas vraiment dans la mesure où elle risquait de les rejoindre. Sa religion ? Assurément. Sa famille ? *Idem.* Sa profession, pour laquelle elle avait travaillé si dur, consenti tant de sacrifices ? Sans le moindre doute. Penser à sa profession la ramena à sa famille. La seule fois où son père l'avait félicitée ? Le jour où elle avait décroché sa licence de droit ! Toute la charpente de son existence passée, présente et future s'écroulait autour d'elle, et par sa seule faute. Elle n'avait plus aucune porte de sortie. Jamais elle ne s'était sentie aussi seule, aussi désemparée.

Imad serait son ultime recours, mais quand elle lui dirait qu'elle avait songé, ne fût-ce qu'un instant, à trahir la cause, ne prononcerait-elle pas elle-même sa condamnation à mort, dans l'opprobre et le déshonneur ? Même à lui, elle était désormais condamnée à mentir.

Elle avait envie de s'enrouler dans une couverture, de se pelotonner dans son lit et d'y dormir à jamais, en oubliant tout.

Le seul obstacle, c'est qu'elle n'en aurait ni le temps ni la force.

Dimanche 16 novembre 2003
Une petite cabane de chasseur, près de Bothel
Région des lacs, au nord-ouest de l'Angleterre
2 h 30

Évoluant dans une bienheureuse ignorance des événements qui s'étaient déroulés depuis qu'il avait vu, pour la dernière fois, Emma Schiller vivante, bien portante, agressive, Robert Northwood se servit une rasade de brandy et se prépara pour la nuit. Il avait déjà pris un certain nombre de décisions au sujet d'Emma. Et était parvenu, une fois de plus, à se persuader qu'il avait tout bien en main, tant son propre destin que celui de son petit groupe de kidnappeurs. Il se sentait toujours beaucoup mieux dans la solitude, face au reflet de sa propre supériorité.

Son intention était de rappeler l'école dès lundi afin de se porter malade jusqu'au mardi et de n'avoir à revenir à Londres que le mercredi 19. Il aurait tout loisir, entre-temps, de s'occuper d'Emma.

Sa longue expérience des femmes lui avait appris que plus on essayait de les convaincre, moins elles se déclaraient d'accord. Son intention était donc d'apparaître à l'improviste dans l'appartement où Emma serait cloîtrée, et de la libérer avant que quiconque pût l'en empêcher. Peut-être même au prix d'une bagarre simulée avec Anton et Hamza ? Non. Trop dangereux. Hamza serait capable de jouer le jeu correctement jusqu'au bout. Pas Anton. Mieux valait leur téléphoner mercredi, s'assurer qu'ils seraient ailleurs et voler au secours d'Emma. Il l'amènerait chez lui où l'attendraient une douche et une bonne nuit de sommeil avant de l'emmener voir la police. Elle ne lui refuserait pas ça, après ce qu'il aurait fait pour elle.

La séduction, comme il l'exprimait en son for intérieur, suivrait tout naturellement. Il avait eu maintes fois l'occasion de constater que lorsqu'une femme avait dormi dans ses bras, elle n'avait qu'un désir au monde : renouveler l'expérience et la renouveler encore, au moins deux ou trois fois. Aujourd'hui même, il en avait parlé avec sa sœur, mais, naturellement, leur proche parenté faussait l'opinion qu'elle avait de son frère.

« La première fois pour l'aventure, Bobby, disait-elle, et les deux ou trois autres fois pour se convaincre qu'elle ne s'est pas simplement conduite comme une idiote. »

Qu'elle eût raison ou tort, Emma n'aurait aucune envie de rompre leur relation avant plusieurs jours. Au moins deux ou trois. Avec tous les arguments qu'il avait en tête, il la persuaderait même de reprendre le projet initial. C'était dans ces périodes bénies de songe creux et de solitude que l'image qu'il avait de lui-même touchait carrément au sublime.

Sensiblement à la même heure, dans l'appartement d'Hanadi, Anton subissait un passage à tabac qui allait le laisser pratiquement sans connaissance.

24

Lundi 17 novembre 2003
Aéroport d'Heathrow, Londres
9 h 25, GMT

Je retrouvai Sue au comptoir des changes, juste après avoir récupéré ses bagages au tapis roulant de l'American Airlines. Je l'aperçus le premier, qui poussait le chariot chargé de ses trois valises, complètement perdue dans la foule agitée. Je brandissais une pancarte faite d'un rectangle de carton blanc que m'avait fourni Vicky et sur lequel j'avais inscrit « SUE » en énormes capitales d'imprimerie. Elle me repéra et leva un bras.

Je la serrai très fort contre moi.

« Seigneur, c'est si bon de te voir...

– Pourquoi tu es venu ? Où est Jane ?

– Elle sort aujourd'hui de l'hôpital. Vicky est auprès d'elle. Tout va bien.

– Moi aussi, je suis contente de te voir. Tu as loué une voiture ?

– Taxi. Plus rapide. »

Cette allusion à la rapidité du transport écarta toute question sur le prix de la course. Quand on est marié depuis des années, on y pense automatiquement. En poussant devant moi les bagages, je m'informai :

« Où veux-tu te loger ? Avec moi à mon hôtel ou avec Jane chez elle ? »

Je connaissais d'avance la réponse.

« Avec Jane, bien sûr. Est-ce que l'avocat général ne partage pas ta chambre ?

– Si.

– Alors où irait-il ? Pas chez Jane et Vicky ?

– On se serait arrangés autrement. »

Et je donnai au chauffeur l'adresse des filles à Highgate.

En chemin, Sue alterna entre l'inquiétude et l'admiration. Je crois que Londres l'aurait totalement éblouie si elle n'avait été obnubilée par Jane.

« Comment c'est arrivé ? »

L'une des questions de la première heure et le thème général des dix ou douze suivantes. Je tentai de me justifier, mais c'était peine perdue. Le destin, la déveine ou une malheureuse coïncidence, aucun de ces mots n'expliquait tout. Et le fond récurrent de l'affaire, c'était que non seulement j'avais entraîné Jane dans une embuscade, mais que je n'avais pas su la protéger. Alors que j'étais auprès d'elle.

Je ne pouvais pas lui dire que j'avais baissé ma garde, sachant qu'Emma était morte, et que donc je n'avais eu aucun espoir de la retrouver dans cette station abandonnée ni d'y relever quelque piste pouvant nous conduire à ses kidnappeurs. C'était une explication, mais je la gardai pour moi.

Nous étions au beau milieu de cette conversation où j'essayais tant bien que mal de trouver une explication valable, quand mon téléphone sonna. Sauvé par le gong !

« Ici, Houseman. »

C'était Blyth.

« Je m'en voudrais d'interrompre vos retrouvailles avec votre femme... »

Son entrée en matière me surprit. J'ignorais qu'il était au courant.

« Pas grave. Quoi de neuf ?

– Nous allons avoir besoin de discuter un peu avec vous, aussitôt que possible. Il est arrivé quelque chose de... pour le moins regrettable. Ça ne prendra que quelques minutes.

– Bien sûr. Quand voulez-vous qu'on se rencontre ?

– Aussi vite que possible. C'est peut-être important, ou peut-être pas. Une de ces situations irritantes...

– Je conduis ma femme à Highgate pour déposer ses bagages chez Jane et ensuite on file à l'hôpital. Disons dans une heure ?

– Parfait. Alice est déjà à Saint-Thomas. Avec Vicky et M. Hilgenberg. Et probablement votre fille, si elle est suffisamment requinquée.

– Oh ? »

Je pensais qu'elle le serait, mais déplorais qu'ils estiment nécessaire de l'importuner à cette heure.

« Quel est le problème ?

– Ligne non protégée. Alice vous le dira quand vous y serez. Juste une info qui nous manque. Rien de sinistre ni de redoutable. »

On arriva à l'appartement de Jane, on déposa les bagages de Sue, fit un petit tour aux toilettes et repartit aussitôt pour le métro.

« C'est très joli, par ici, Carl. C'est un des quartiers de Londres ?

– Oui, mais ça dépend à qui tu le demandes.

– Je crois que, derrière le canapé, je peindrais le mur en plus clair.

– Pardon ?

– Le mur derrière le canapé. Quand tu sors de chez Jane.

– Il est de quelle couleur, actuellement ? »

Incroyable, tout ce qu'elle pouvait remarquer au premier coup d'œil !

« Bleu. »

On entamait la descente vers la station.

« Et là-bas ? Qu'est-ce qu'on voit ?

– Le centre de Londres. Celui des guides. »

Nouvelle sonnerie de mon portable. Carson.

« Je sors d'une conversation avec des gens importants. »

Probablement du MI-5.

« Vous ne savez pas encore que les deux petits salopards de Down Street sont les auteurs du kidnapping d'Emma, en rapport avec le professeur ?

– Quoi ? Quoi ?

– Ouais.

– Ils vous l'ont dit ?

– Pas exactement comme ça, mais ils m'ont demandé si on avait parlé à qui que ce soit de notre descente dans les catacombes. Qui que ce soit qui ait pu avertir nos agresseurs. Ce qui voudrait dire que ce n'était pas une coïncidence. »

Exactement ce que je pensais.

« On vous rejoint d'ici trois quarts d'heure.

– Ils sont en train d'interroger Vicky maintenant. Et puis ce sera le tour de Jane.

– Elle en est capable ?

– Écoutez, elle s'est habillée et elle est descendue prendre un café avec nous. Oui, je pense que ça va.

– Parfait. Je vais annoncer la bonne nouvelle à sa mère. »

Et c'est exactement ce que je fis en raccrochant.

« Elle marche ? demanda Sue.

– Rien ne l'en empêchait, une fois recousue. Carson la trouve en pleine forme. »

Jamais assez pour sa mère. L'occasion de materner sa fille était trop belle.

« Elle sort quand ?

– Carson ne me l'a pas confirmé.

– Je ne t'ai pas entendu le lui demander. »

On approchait d'Archway Road et la diversion me sortit provisoirement de l'auberge.

« C'est joli par ici.

– Très. Oh... à l'hôpital, il y aura sans doute deux flics en train de les interroger sur ce qui s'est passé.

– Encore ?

– Questions de routine, je suppose. Du genre « n'auriez-vous pas aperçu quelqu'un d'autre planqué dans les ténèbres ?

– Les ténèbres !

– Je plaisantais. Il ne faisait pas si noir. »

On entra dans la station.

« C'est propre ici. »

Puis, sous le coup d'une pensée soudaine :

« J'ai oublié de prendre un parapluie.

– Ne t'inquiète pas. Ciel couvert ou non, il n'est pas tombé une goutte depuis qu'on est là. »

On descendit à Westminster, histoire de lui faire traverser le pont et de lui montrer le Parlement, et Big Ben juste en face. Je ne lui dis pas que je l'avais fait exprès. On avait regagné la surface à midi pile. Excellent timing car Sue put profiter des douze coups de Big Ben et ne cacha pas son enthousiasme :

« Merveilleux !

– Cool, pas vrai ?

– Formidable ! Mais j'espère qu'on n'a pas beaucoup à marcher. »

Incroyable mais vrai : il s'était mis à pleuvoir. Pas fort, mais assez pour qu'on traverse le pont en vitesse. Trop vite pour apprécier à fond le décor environnant, mais on ne peut pas tout avoir. À notre gauche, s'élevait la statue de la reine Boadicea avec son chariot. Je glissai à l'oreille de Sue :

« Rappelle-moi de te parler d'Alice.

– Alice ? demanda-t-elle, sa veste de tailleur ramenée sur sa tête en guise de parapluie.

– Je n'ai jamais rencontré une femme qui ressemblait autant à Emma Peel. Elle s'occupe de nous et elle est sensationnelle. »

À l'hôpital, Jane, Vicky, Carson et Alice nous attendaient dans le hall.

Après de nombreuses embrassades et effusions entre Sue, Jane, Vicky, et Alice tout près de se joindre à la brochette, elles finirent par nous informer que Jane avait reçu son bon de sortie et qu'elles nous attendaient pour repartir à Highgate.

Quand Sue et Alice firent connaissance, Jane précisa : « J'aurais voulu que tu la voies estourbir le sagouin qui m'a blessée. »

Sue remercia chaleureusement Alice qui s'en défendit :

« Il semble que je n'aie pas assommé le bon. Son couteau ne portait aucune trace de sang. Le vrai coupable est celui que M. Houseman a sonné !

– Vraiment ? »

Je n'étais pas mécontent de cette mise au point.

« Vraiment. C'est une des choses dont il faut qu'on parle. Mais allons déjeuner d'abord. »

Chère Alice. On s'entassa dans un taxi. À cause de la pluie.

Highgate
15 h 26, GMT

Une fois arrivés à Highgate, et malgré ses protestations, Jane dut se changer des pieds à la tête, enfiler un peignoir, se rouler en boule sur le canapé et boire une bonne tasse de chocolat chaud.

On alluma la télé. Rien sur l'agression subie par cette pauvre Jane. Deux autres événements prenaient toute la place : la visite de plus en plus imminente du président des États-Unis et la victoire de l'Angleterre sur la France dans la demi-finale de la Coupe du monde de rugby. Jamais l'Angleterre ne l'avait remportée, et voilà que l'équipe anglaise accédait à la finale qui aurait lieu le samedi suivant contre l'Australie. Après vérification dans tous les sondages, la coupe de rugby grillait la visite présidentielle d'une bonne longueur.

Je confessai, ingénument, que je n'avais jamais assisté à une partie de rugby.

« Un match, rectifia Alice.

– OK. Jamais vu quand même.

– Regardez le prochain à la télé. C'est très excitant.

– Je tâcherai d'y penser.

– En attendant, on peut bavarder un brin ? Avez-vous parlé à qui que ce soit de votre expédition sous terre ? »

Après un bref instant de réflexion : « Personne. »

Elle soupira.

« Ni aucun des autres, semble-t-il.

– C'est grave ? »

Elle passa en revue le reste de l'assistance, qui ne nous prêtait aucune attention.

« Vous vous souvenez de notre conversation à l'hôpital ? Au sujet des coïncidences ?

– Parfaitement.

– Jusqu'à preuve du contraire, c'en était une.

– Vous m'avez perdu en route.

– Non seulement les deux suspects connaissent le professeur Northwood, mais ils sont membres du groupe qui a enlevé Emma.

– Comment ça ?

– C'est le petit qu'on a coincé qui nous l'a dit. Son appart, à Chiswick, est bien celui qu'on cherchait. Il y avait toutes les preuves souhaitables et également de quoi faire le rapprochement politique.

– Nom de Dieu. »

Dans ma barbe, mais assez fort tout de même pour capter l'attention unanime.

« Qu'est-ce qui se passe ? » demanda Jane.

Je regardai Alice, pas question de lui piquer le crachoir.

« Jusqu'à preuve du contraire, les deux parasites souterrains ont participé au kidnapping d'Emma. »

Jane s'étrangla : « C'est pas vrai ! »

Et se remit à trembler. Tout comme Vicky.

« Je n'ai pas le droit de tout vous dire, poursuivit Alice. Mais on en a pratiquement les preuves. »

Alors que tout le monde parlait en même temps, je chuchotai à l'oreille d'Alice : « Vous allez leur dire la vérité ? »

Elle secoua la tête.

« Il faut que j'appelle le boss. Il aura peut-être le temps de passer nous voir. »

Dehors, la pluie avait cessé. Mais maintenant qu'on était à l'abri...

Sue s'occupant de Jane, on alla chercher des plats à emporter chez Zizzi, vers 18 h 30. Alice et moi en étions chargés pour la communauté. Sur le chemin du retour, je lui suggérai :

« Dites-moi comment vous avez tiré toutes ces conclusions.

– Ce n'est pas une certitude absolue, mais le cher professeur Northwood est un spécialiste de ces visites guidées. Ce n'est sans doute pas pour se servir des lieux à des fins terroristes, mais il est fasciné par ce qu'il appelle le Londres souterrain.

– Coïncidence improbable, non ?

– À première vue.

– Qu'est-ce que vous savez de plus, sur ces deux types ?

– Oh, on a récupéré un téléphone portable, un ordinateur, les enregistrements vidéo non encore utilisés, bref, tout ce dont on a besoin.

– Fantastique !

– Celui que vous avez marqué au front s'appellerait Anton. Vous pourriez l'identifier ?

– Aucun doute. Et combien d'autres ?

– Sans doute plusieurs. Dont deux, au moins, sous les ordres directs du professeur Northwood. Un dans le groupe, un autre, disons... indépendant. La branche spéciale a saisi des documents. Les choses avancent.

– Assez pour qu'on révèle la mort d'Emma ?

– Pas si vite. On attend toujours la troisième cassette.

– Je croyais que vous l'aviez récupérée ?

– Les rushes, je pense. Ils ont fait plusieurs enregistrements. Mais ils ne semblent pas avoir pu monter l'ensemble. »

On s'était arrêtés à Pond Square Park, face à face pour couvrir le dos de l'autre d'une éventuelle écoute clandestine.

« Il y a tout un tas d'explosifs dans le coup...

– C'est pas vrai ! À l'appartement du prof ?

– Non, ailleurs. Mais je ne peux pas vous en dire plus pour l'instant.

– Je vois.

– Et avec l'arrivée de votre président, on ne peut pas se permettre de courir de risques. »

Une préoccupation qui, j'ai le regret de le dire, m'avait totalement échappé.

« Oh, oui, bien sûr... c'est évident. »

Les services de sécurité britanniques devaient être sur les dents.

« Vous pensez vraiment que l'affaire Emma Schiller puisse être en rapport avec la visite de Bush ?

– On n'en sait rien.

– Je sais que je ne suis pas en position de m'exprimer sur la situation, mais... je ne vois pas comment il pourrait y avoir un rapport.

– Je ne suis pas très sûre qu'on puisse le voir, nous non plus. Mais ce serait une catastrophe si quelque chose arrivait et qu'on n'ait pas réussi à le prévoir. »

Dans un sourire :

« Occupons-nous pour notre part de tout ce qui a un lien avec Emma, et maintenant avec Jane. OK ?

– Ça marche pour moi. Vous pensez qu'il y a un risque ? »

Elle haussa les épaules.

« Je n'en sais rien. »

19 h 26
Appartement d'Hanadi
Près du Tower Bridge, rive sud
Londres, Angleterre

Anton se réveilla assis contre le canapé d'Hanadi. Il s'aperçut qu'il ne pouvait respirer que par la bouche. Il fronça son nez et sentit le sang se coaguler dans ses narines. Il avait un mauvais goût dans la bouche, sa gorge était totalement desséchée, et il ne pouvait ouvrir qu'un seul œil.

Au bout de quelques secondes, il parvint à se redresser un peu, et la douleur lui parvint de son bras droit, des côtes et de la nuque. Il gémit, et ce faible effort lui donna l'impression qu'on lui arrachait les lèvres.

« Ne bouge pas, lui conseilla Hanadi. Tu veux un peu d'eau ? »

Il voulut répondre oui mais finit par acquiescer d'un signe.

« Vide-la-lui sur le crâne », ordonna Imad.

Hanadi l'assassina du regard, et porta le verre d'eau à la bouche d'Anton.

Après une petite gorgée, Anton tourna la tête afin de promener autour de la pièce son seul œil utilisable.

Imad et deux autres types l'observaient. Assis en demi-cercle comme à un spectacle. Anton les avait rencontrés lors de ses rares incursions à la mosquée de Finsbury Park. Ils restaient souvent debout à l'extérieur du bâtiment, et ne semblaient rien faire d'autre qu'observer les gens qui entraient et sortaient. On lui avait dit qu'ils étaient algériens, mais il n'avait aucun moyen de s'en assurer.

« Salut ! croassa-t-il.

– Ta gueule, jappa Imad. Espèce d'idiot. »

Anton se souvenait vaguement d'avoir réaffirmé, sous la raclée, que c'était Hamza qui avait tué Emma. Puis d'avoir avoué, plus tard, que c'était lui le vrai coupable, mais accidentellement. Il se souvint vaguement d'avoir affirmé que cela était justifié par le jihad. Juste avant de sombrer totalement dans l'inconscience.

« C'était un... accident.

– Tu te répètes ! Peu importe que tu l'aies tuée. Elle était sans importance. »

Anton le regarda. Il ne comprenait pas pourquoi Imad était dans une telle colère si la fille était sans importance.

« Tu ne nous as pas tenus au courant, expliqua Imad. C'est là ta faute. Tu nous l'as caché en déplaçant le corps. C'était incroyablement débile. Impardonnable. Tu es venu et revenu ici, au risque de compromettre Hanadi. C'est encore pire. »

Anton tenta de répliquer : « On avait peur de ce que vous penseriez... On avait... »

Dans un hoquet :

« ... peur.

– Sans blague ? Et c'est pas fini. Toi et Hamza, vous avez conduit la police à cette station de métro. C'est là votre plus grand crime. »

Anton n'y comprenait rien. Qu'est-ce que leur planque avait à voir... Hanadi ne comprenait pas, elle non plus, mais s'abstenait de tout commentaire.

« On m'a dit que vous aviez volé et emporté une caisse de fromage. Exact ? »

Anton approuva d'un signe de tête qui lui fit un mal de chien.

« Vous en avez mangé ? »

Leur reprocher un bout de fromage !

« Oui.

– Vous lui avez trouvé bon goût ?

– Non. »

S'ils pouvaient comprendre qu'ils y avaient à peine touché, peut-être renonceraient-ils à lui taper dessus davantage ?

« Un très... mauvais goût. »

Imad ne le quittait pas de l'œil. Jusque-là, Anton ne semblait pas avoir réalisé.

« Ce fromage était très important pour nous. Il avait été placé là parce que jamais les flics n'auraient eu l'idée d'aller l'y chercher. Vous les y avez amenés tout droit. »

Anton ne réagissait plus.

« Non seulement vous avez fait ça, mais vous en avez transporté une caisse dans votre planque. Vous leur avez laissé une piste exploitable. »

Imad concevait mal comment les choses s'étaient passées, mais demeurait persuadé que c'était la police qui avait surpris Anton et Hamza dans la station de métro abandonnée. Hamza était bel et bien sous clef, et Anton avait dû son salut à l'étroitesse du passage reliant la station au sous-sol du resto. Les perquisitions de la police avaient débouché sur la saisie de tout le « fromage ». À la suite, vraisemblablement, de la dénonciation de quelque informateur. Qui ne pouvait être personne d'autre que Robert Northwood ou bien Hanadi en personne. Non, ça, c'était impensable.

« Il y a quelqu'un d'autre qui veut te parler. Tu peux t'y préparer. Il est très en colère parce que vous ne nous avez rien dit de votre erreur impardonnable... »

Imad lui-même sentait renaître sa fureur. Puis il dit : « La troisième cassette a été expédiée. »

Highgate
19 h 41, GMT

Blyth nous téléphona alors qu'on dînait, annonçant son intention de venir nous voir. Lui et Trowbridge débarquèrent peu de temps après la fin du dîner.

Si Alice avait trouvé grâce aux yeux de Sue, et je crois que c'était le cas, Blyth et Trowbrige achevèrent de la conquérir. Blyth en particulier se montra charmant, précisant que si elle avait besoin de quoi que ce soit pendant son séjour, elle n'aurait qu'à l'appeler.

« Merci, minauda Sue, mais pour l'instant tout va bien.

– Ne sous-estimez pas le théâtre londonien, par exemple. Notre service peut vous obtenir des places gratuites pour tout ce qui se joue actuellement. Vous n'auriez même pas, conclut Blyth à l'adresse de Jane, à applaudir trop fort.

– J'adorerais ça, avoua Jane.

– Et je suis sûr que le sergent Trowbridge va s'occuper de régler vos agapes. »

Trowbridge eut une petite grimace, mais approuva gracieusement : « Ce sera un plaisir. »

Après un court moment, Blyth demanda s'il pouvait me voir un instant et je l'accompagnai au-dehors.

« Aucun signe nouveau de Sarah Mitchell ?

– Pas un mot.

– Ça va venir. Le rendez-vous sera pour le 20 ou quelque chose dans ce goût-là.

– D'accord. »

Je ne cherchai pas à savoir comment il le savait.

« Je regrette d'avoir à prolonger l'attente, mais il y a des circonstances atténuantes. Alice vous a parlé des explosifs ?

– Elle y a fait allusion.

– Il y en avait un paquet. Vous connaissez le Semtex ?

– De nom, seulement. C'est un peu comme le C4 ?

– Pas loin. Il y en avait deux caisses étiquetées comme étant du fromage dans la station où vous avez fait ces mauvaises rencontres. Elles en renfermaient environ cinq kilos. »

Je me représentai les quelques explosions qu'il m'avait été donné de voir dans ma vie. Cinq kilos, c'était très supérieur à tout ce que j'avais pu voir en action. Je me souvenais de la déflagration d'un kilo de C4. Il avait été placé dans un container de

Tupperware muni d'un couvercle et rempli d'eau, le tout disposé dans un vieux camion Dodge. Nous étions installés à une centaine de mètres quand il avait explosé. L'explosif avait projeté l'eau à travers le toit du camion, à travers un siège, à travers le plancher du véhicule, et coupé en deux la colonne de direction. Tous ces dégâts avaient été occasionnés par la colonne d'eau créée par l'explosion. L'impact, à près de cent mètres, m'avait donné l'impression d'être frappé par un polochon de ma taille. Pas assez pour me renverser, mais suffisant pour me stopper sur place. Tout ça pour un kilo d'explosif plastique. Cinq kilos déclencheraient une sorte de cataclysme.

« Et il y en avait bien davantage dans un souterrain adjacent. Quarante et un kilos, d'après mes renseignements. »

Je fis, de tête, une règle de trois. C'était vertigineux.

« Bordel de merde !

– J'allais le dire. L'ensemble a été localisé beaucoup trop près du palais de Buckingham pour notre tranquillité d'esprit.

– Je ne savais pas que c'était aussi proche.

– De la vieille station de Down Street au palais, il n'y a pas beaucoup plus de cinq cents mètres. »

Encore un peu de mathématiques. C'était plus compliqué avec les kilomètres qu'avec les kilogrammes.

« Ça ferait combien en milles ou en pieds ?

– Oh, environ deux cents pieds, un peu moins.

– Juste un tiers de mille... et vous pouvez les parcourir sous terre ?

– Il y a un égout. Il n'est pas connecté à quelque autre souterrain, et il y a des caméras sur le parcours. C'est un luxe qu'on doit à l'IRA. Entre ça et la visite de votre président, quatre patrouilles circulent également là-dessous. Non, nous ne sommes pas trop inquiets au sujet de cet égout. Mais l'explosif peut aussi se projeter par-dessus les murs. Dans un véhicule ou pis encore dans deux véhicules : un pour faire le trou, l'autre pour passer au travers... On n'en a pas terminé avec les nuits blanches.

– Ouais. J'ai perdu le planning. Il arrive quand ?

– Votre président ? Demain.

– Jésus-Christ !

– Non, George Bush, répondit-il avec malice. De toute manière, on a encore besoin de vous. On veut que vous alliez à ce rendez-vous avec Northwood. Je l'ai croisé, et je suis sûr que ça marchera beaucoup mieux avec vous.

– D'accord. Mais alors rien que moi, d'accord ? Et peut-être Carson. Mais personne d'autre.

– Juste vous et ceux que vous décidez d'inviter.

– Ça va se passer comment ?

– On a fini par le localiser. Une cabane dans la région des lacs. Il est sous surveillance constante et le sera tout du long jusqu'à votre rencontre. On a visité son appartement et il est maintenant également sous haute surveillance. Il est considéré comme non-violent. Aucune arme chez lui, à part les couteaux de cuisine. Il y a un risque d'évasion, bien sûr, mais sans violence.

– Bon à savoir. J'espère que vous ne comptez pas sur moi pour l'alpaguer.

– Si vous pouviez simplement vous cramponner à sa ceinture... »

Il s'esclaffa.

« Alice ne sera pas loin et je suis sûre qu'elle sera de taille à le coincer.

– Moi aussi.

– J'ai appris que vous la compariez à Mme Peel.

– Oui. Mais Alice est encore meilleure. »

Je le regardai droit dans les yeux.

« Pourquoi avez-vous besoin de moi ?

– Pour la vraisemblance et l'authenticité. Je veux qu'il se sente bien avec vous, et quel meilleur endroit que son propre appartement ? Une présence, avec Alice dans le rôle de votre avocate. Sarah Mitchell va lui poser des tas de questions qui flatteront son ego. On veut qu'il vous dise des choses qu'il ne nous dirait pas à nous, ou pas facilement.

– Eh bien...

– Il ne vous proposera pas un marché. C'est lui qui va se sentir coupable... quand vous lui apprendrez la mort d'Emma Schiller.

– Il ne le sait pas ?

– Nous pensons qu'il l'ignore, si bizarre que cela puisse paraître. La nouvelle devrait le déstabiliser.

– Comment peut-il ne pas le savoir ? »

Blyth me l'expliqua. Quand il eut terminé, j'étais sûr que ce n'était pas du bidon. Ça sonnait trop vrai. Mes années d'expérience avec des petits criminels sans envergure repliés sur eux-mêmes me disaient que ça n'avait rien d'impossible. Bon sang, jusque dans l'affaire de terrorisme dont je m'étais occupé, avait régné, çà et là, cette sorte d'inconscience tranquille.

« Oui, il est possible que ce soit arrivé comme ça.

– C'est ce que nous pensons.

– Croyez-vous que Jane puisse être encore menacée, ou qui que ce soit de notre groupe ? »

Il réfléchit un instant.

« Je n'en sais rien.

– Quelqu'un va continuer de veiller sur eux ? Particulièrement en mon absence ?

– Quelqu'un veille déjà sur eux. »

Je me sentis un peu mieux, mais je savais, aussi, qu'on était loin d'en avoir terminé avec les nuits blanches.

25

Mardi 18 novembre 2003
Maison de la Tamise, Londres
9 h 10, GMT

Adrian Blyth quitta son briefing matinal et prit l'ascenseur pour regagner son bureau. Il assistait rarement à ce briefing, mais sa présence y était cette fois indispensable. La veille au soir, le MI-5 avait communiqué les informations concernant l'incident de la station de Down Street au FBI, à Washington DC. Il avait surtout été question des explosifs mais aussi de l'identification des deux sujets musulmans nés en Angleterre. Le lien avec l'enlèvement de la jeune Américaine, Emma Schiller, avait été le troisième point important.

La possibilité d'un complot d'inspiration islamiste contre George Bush et la classe régnante d'Angleterre avait frappé le FBI comme la foudre. Aux dernières nouvelles, le FBI s'efforçait de convaincre le président de différer sa visite ou tout au moins d'en modifier profondément le programme. Le décalage, d'abord franchement discuté, fut finalement exclu. La modification du programme et de l'itinéraire, en revanche, était clairement envisagée, ainsi qu'une nouvelle répartition des forces de sécurité mobilisées. Blyth doutait que ces changements de la dernière heure pussent être acceptés. Trop de risques de fausses manœuvres et d'augmentation de la tension parmi des effectifs déjà surmenés. Comme toujours, Blyth avait vu juste.

Quand il poussa la porte de son bureau, sa secrétaire parlait au téléphone.

« C'est l'inspecteur-chef Bassingham », dit-elle en lui remettant un petit mémo.

Elle se retira alors que Blyth s'emparait du téléphone.

« John, c'est très chic à vous de m'appeler.

– Vous aviez raison, lui dit Bassingham. Les Yankees ne veulent rien changer aux dispositions prévues.

– Je pense que c'est mieux comme ça. On va juste déplacer quelques petits contingents, histoire d'augmenter la couverture de protection. »

Le mémo l'informait que la directrice désirait le voir aussitôt que possible.

« Leur réaction ne s'est pas arrêtée là, enchaînait Bassingham. Je viens de parler à l'un des assistants du président Bush qui s'appelle Rich. Ils ont ces espèces de minicanons qu'ils peuvent monter sur leurs gros véhicules, tu vois, comme nous sur nos hélicos.

– L'arme de poche d'un Chinois, ricana Blyth.

– La même. C'est du 5,56 millimètres et ils veulent l'avoir sur les motos d'escorte.

– Tu rigoles ?

– J'ai bien peur que non. Ils veulent les avoir tout le long du parcours. »

Blyth eut la vision mentale du carnage que pourrait occasionner cet arrangement. Le minicanon tirait cent projectiles par seconde. Dans une rue de Londres bourrée de spectateurs, comme toujours dans ces cas-là, une simple rafale d'une ou deux secondes hacherait une foule. À bord d'un véhicule motorisé, la précision serait plus que discutable.

« Ça, c'est tout à fait impossible. Ils pourraient tuer des centaines de personnes en moins d'une seconde.

– Exact, soupira Bassingham. Malheureusement, je n'ai pas mon mot à dire.

– Moi non plus, John, mais le secrétaire a le sien. Je vais m'en occuper. Seigneur Dieu.

– Pendant que vous y serez, ils comptent aussi amener d'Allemagne des hélicoptères armés. Et ils demandent l'autorisation de les utiliser dans notre espace aérien, pour couvrir les routes.

– Qui est cet agent Rich ? Le docteur Folamour déguisé ? »

Le rire de l'inspecteur-chef Bassingham sonna légèrement contraint.

« J'ai des soupçons. Je me demande s'il ne serait pas un brin nouveau dans ses fonctions.

– Rassure-le. Nous assurons la sécurité. Ils pourront nous assister sans sortir de leurs méthodes de travail habituelles. Agents, flingues sur la hanche et liaisons permanentes. Leur service secret a toujours bien bossé avec nous. Je sais que le président Bush manque de popularité dans certains milieux, mais ils doivent savoir qu'il sera en sécurité parmi nous. Populaire ou non, on l'abritera des averses.

– Tu devrais en discuter avec Eliza. »

Eliza n'était autre qu'Eliza Manningham-Buller, directrice générale du MI-5.

« Je la soupçonne de s'y préparer. J'ai là un mémo qui requiert ma présence.

– Génial. J'ai foi en elle. »

Blyth l'avait également. Manningham-Buller avait été un agent de liaison émérite avec les services secrets américains, dans les années 1990, et connaissait mieux que personne les labyrinthes de Washington. Elle avait également conservé de solides relations avec tout un tas de gens haut placés.

« Elle va huiler les rouages, prédit Blyth. On ne peut tout simplement pas se permettre de grincer à notre extrémité de la chaîne.

– Et comment, Adrian. À propos, il y a encore eu un petit développement qui devrait faire un peu plus bouger les choses.

– S'il te plaît, dis-moi que c'est une blague.

– Malheureusement pas. La BBC vient juste de recevoir une nouvelle cassette, de la part des rigolos qui ont enlevé Emma. »

Après un court silence :

« Et qu'est-ce qu'elle dit, John ?

– Je ne l'ai pas vue moi-même. Je dois la visionner bientôt. Tu m'envoies quelqu'un ?

– Oui. Et invite aussi les Américains. Ils ont un grand sens de l'humour. »

Highgate
11 h 35, GMT

La nuit dernière, il avait été décidé que, malgré la présence des gars de la sécurité postés à l'extérieur, je passerais la nuit chez les filles. Ce fut une nuit pleine de tension, non parce que j'avais peur d'une attaque à la mitrailleuse, mais parce que Sue et moi avons cette tendance à discuter des événements de la journée avant de céder au sommeil. C'est ce que l'on fit et l'on parla aussi de ce qui s'était passé depuis mon arrivée à Londres. Je fus donc obligé d'essayer de tout dire à Sue sans tout dire à Sue. Ce fut particulièrement compliqué de justifier mon attitude si détendue dans la station de Down Street sans pouvoir lui dire qu'Emma était morte. Sue ne m'accusait pas d'avoir mal veillé sur Jane, mais l'implication était sous-jacente. Et d'autant plus pénible que je culpabilisais déjà comme un dingue.

« Sincèrement, Sue, ces deux types n'auraient pas dû se trouver là !

– Mais Jane avait raison, pas vrai, puisqu'elle pensait que ce drôle d'endroit pouvait avoir joué un rôle dans le kidnapping d'Emma.

– N'empêche qu'ils n'avaient aucune raison d'être là ! D'accord, ils ont participé à l'enlèvement, mais rien ne prouve encore qu'Emma s'y soit trouvée à aucun moment. Donc, ils n'avaient aucune raison d'être là ! »

Comment l'en persuader sans trahir cette histoire de frigo et de fuite nocturne des deux salopards à Stevenage ?

« Je ne vois pas pourquoi tu t'obstines à l'affirmer, Carl. »

Que lui dire de plus ?

« Tu dois être horriblement fatiguée. Le décalage horaire et tout le bazar...

– Tu changes de sujet ! »

Pris en flagrant délit, toujours se rabattre sur le secret professionnel :

« En fait, j'avais une raison de suivre l'idée de Jane, parce que je sais quelque chose que ma fonction de flic m'interdit de révéler. »

Un long, très long silence me fit espérer qu'elle s'était endormie. Cela aurait été trop beau !

« Tu crois que je le répéterais, si tu me le disais ? »

Et sa voix charriait des glaçons.

« À qui ? Au balayeur du coin ?

– Je ne peux pas te le dire, tu le sais. »

Là, elle pivota carrément sur elle-même et me tourna le dos, marmonnant quelque chose entre ses dents.

« Tu disais ?

– Je disais : balivernes. »

J'allais lui ressortir notre vieille conversation sur les devoirs du personnel assermenté lorsqu'elle condescendit à lancer par-dessus son épaule :

« Bonne nuit, chéri.

– Bonne nuit à toi... chérie. »

L'on passa une agréable matinée chez les filles. Sue et Vicky s'acharnaient à chouchouter Jane tandis que moi, je partais retrouver Carson à la station de métro avant de passer prendre des plats à emporter chez Zizzi.

Alors qu'on retraversait le petit parc, Carson amorça :

« Vous savez, on est à l'étroit là-haut. Pourquoi vous ne me laisseriez pas rentrer à l'hôtel... avec Vicky ?

– C'est pas sérieux ?

– Peut-être que si. »

Il m'en coûtait de le lui dire, mais j'avais décidé, la nuit précédente, que je serais bien mieux à l'hôtel.

« Je vais revenir à l'hôtel ce soir. Toutes mes affaires sont là-bas.

– Vous auriez pu me dire de vous les faire livrer ici. Je l'aurais fait avec plaisir.

– C'est le comté qui paie cette piaule, bonhomme. Pas de fantaisies.

– Ah bon. »

Le moins que je puisse dire est que ce n'était pas de bon cœur.

« Qu'est-ce que ça veut dire, ah bon ?

– Rien. »

Je m'arrêtai de l'autre côté de la rue.

« Venez voir une seconde, vous voulez ?

– Qu'est-ce que...

– Il est arrivé quelque chose dans cette chambre, pendant que je n'y étais pas ? »

Il rougit jusqu'à la racine des cheveux.

« Eh bien...

– Allez-y, je vous écoute.

– Elle avait besoin de parler à quelqu'un, vous voyez ? Elle avait un peu la trouille, vous étiez ailleurs et on avait du temps devant nous...

– Vous parlez de qui ? »

Doux Jésus, faites que ce ne soit pas Jane.

« Vicky, bien sûr. Qui d'autre ? »

Merci, mon Dieu.

« Je pensais plutôt à Sarah Mitchell.

– Vous plaisantez ! »

Mais la question était réglée. Ce soir, je rentrerais à l'hôtel.

« Je vous préviens tout de même, Carson. Si vous vous montrez goujat avec cette fille, c'est moi qui te tordrai le cou.

– Je vous pardonne d'avance. Parce que ça l'aura bien valu. »

Jane se sentait un peu faiblarde. On joua au Scrabble jusqu'au retour d'Alice. Après avoir salué tout le monde, elle me demanda de l'accompagner à l'extérieur. Sue fronça les sourcils, mais nul autre que moi ne le remarqua.

On se planta devant la porte. Alice déclara :

« La BBC a reçu une troisième cassette.

– Vous rigolez ! »

Un truc que je dis un peu trop souvent. Il faudra que je varie mon vocabulaire.

« Ils exigent une rencontre avec votre président, le 20 au soir. S'il refuse, non seulement ils tueront Emma, mais il y aura d'autres conséquences. »

J'y pensai une seconde.

« Ils ont dû filmer tout ça avant dimanche dernier. Je suppose que les conséquences suggérées font allusion aux explosifs.

– Je suis d'accord avec vous, mais on ne peut pas savoir si c'est tous les explosifs qu'ils ont en réserve. On ne met jamais tous ses œufs dans le même panier. Si toutefois les explosifs sont dans le coup.

– Oui, mais qu'est-ce qu'ils pourraient faire d'autre ?

– Peut-être un second otage ? Un incendie ? Difficile à prévoir.

– Parce qu'on ne sait toujours pas qui ils sont au juste. »

Moins une question qu'une simple déclaration.

« Pour autant qu'on en sache, vous ne tenez que les échelons inférieurs. Et le professeur Northwood ne me paraît pas non plus le personnage à occuper le haut de l'échelle. C'est ça ?

– À peu près.

– Alors il reste encore un certain nombre d'incertitudes ?

– Oh, oui, complètement. Et cela a fait grimper la tension d'un cran. Chez vos copains américains aussi.

– Je comprends ça.

– On a pensé à coffrer tout de suite Northwood, mais le plan ne change pas. Avec l'accord des gens de votre sécurité. »

Comme je n'avais pas, moi-même, de « gens de *ma* sécurité », j'en déduisis qu'elle parlait de ceux du président. J'étais un peu surpris qu'ils se soient déclarés d'accord. Je n'ai croisé que deux services secrets dans toute ma carrière, et ni l'un ni l'autre ne m'avait fait l'effet d'aimer les risques inutiles. Je le dis à Alice. Qui maugréa :

« Il faudrait qu'on puisse se faire une idée de l'ampleur exacte du mouvement. C'est frustrant, je vous l'accorde, mais on ne peut pas encore balancer ce professeur à Paddington Green pour le cuisiner gentiment... avec son avocat sur le dos nuit et jour !

– Vous voulez que je le tabasse pour votre compte ? »

Elle éclata de rire.

« Non, non... Non que ce soit une mauvaise idée. Juste un peu compliquée à mettre en œuvre. Quand on le verra, laissez-moi assumer le plus gros de la conversation. Dans mon meilleur langage juridique.

– Mon avocate ! C'est pour ça que je vous paie aussi bien. Quoi qu'il en soit, je doute qu'il soit au courant de tout. Pour Emma comme pour les explosifs.

– Nous sommes à peu près sûrs qu'il n'est au courant de rien... pas même de sa rencontre imminente avec Sarah Mitchell et vous.

– Alors, comment...

– Il prend apparemment une semaine sabbatique, en province. Sarah Mitchell a découvert la date de son retour en s'adressant à l'école. De notre côté, on a contacté sa sœur. Qui ne touche pas une bille, mais ne nous fait pas de cachotteries. »

Comment avaient-ils gagné ses bonnes grâces ? J'appris qu'un couple de la branche spéciale lui tenait compagnie et serait là quand Robert Northwood reviendrait de ses courtes vacances. Le couple s'était présenté comme des associés de son mari et payait le séjour. Encore une question de ressources.

« Sarah Mitchell connaît l'existence de la troisième cassette ?

– Peut-être pas encore, mais ça ne va pas tarder. La BBC a donné son accord pour ne pas la diffuser tout de suite. En parler avant l'heure serait désastreux pour Sarah. Ceux qui vont lui passer l'info l'en avertiront on ne peut plus clairement.

– OK, vous connaissez ce genre de stratégie. On opère toujours jeudi ?

– Oui. Après-demain. Elle l'a confirmé. Et vous le fera savoir aujourd'hui. »

Elle semblait très sûre d'elle. Au point que je commençais à me demander si l'intrépide journaliste ne travaillait pas carrément sous leur contrôle. Ce qui était bien. Cela signifiait qu'il n'y aurait pas de mauvaise surprise de ce côté-là.

« OK.

– On se retrouve demain tous les deux, et avec Carson s'il désire être du voyage, pour mettre tout ça au point. Après midi, mais avant 16 heures.

– Puis-je vous poser une question, si vous promettez de ne pas rire ?

– Posez toujours.

– Sarah Mitchell ? Elle ne travaillerait pas pour vous, par hasard ?

– Certainement pas, le ciel en soit loué ! »

Elle pouffait de rire. J'avais éclairé sa journée !

Jane n'ayant pas encore récupéré toute son énergie, on passa le reste du mardi à jouer au Scrabble, à manger du pop-corn et à se promener en compagnie de Sue et de Vicky. On regarda les manifs anti-Bush à la télé. Peut-être même encore plus antiaméricaines que réellement anti-Bush. Je me demandais combien de temps ça durerait.

Jane était encore trop convalescente pour sortir. On eut donc encore recours aux plats à emporter. Carson et Vicky s'en chargèrent, et cette fois pas chez Zizzi, mais au Gatehouse. J'avais choisi purée-saucisses. Sue désapprouva du regard, mais s'abstint d'émettre la moindre critique.

Je revins sur ma décision de rentrer à l'hôtel avec Carson, surtout après la remarque d'Alice au sujet d'un éventuel second otage. Ma place était à Highgate, pas ailleurs. Carson fut un peu déçu quand j'ajoutai que la place de Vicky était également à Highgate.

Il voulait être au rendez-vous avec Robert Northwood, et je n'y voyais pas d'inconvénient. J'en discutai avec lui, Sue surprit quelques mots et je mis une bonne heure à la rassurer.

« Je suis venu pour donner un coup de main. C'est exactement ce que je fais. Ils me l'ont demandé, j'ai accepté. C'est parfaitement raisonnable.

– Tu es sûr que ce n'est pas ton idée ?

– Absolument. Je n'ai pas mon mot à dire sur ce qui se passe ici. Je collabore avec eux uniquement quand ils me le demandent. »

Pour une raison quelconque, elle parut soulagée que je n'essaie pas de contrôler les événements. Je n'étais clairement pas en mesure de le faire, mais puisqu'elle était plus heureuse comme ça, tout était pour le mieux dans le meilleur des mondes.

Puis Sue voulut savoir :

« Vous irez aussi, Carson ?

– Bien sûr.

– Est-ce bien prudent ? »

J'intercalai : « Ne parle pas comme une prof ! »

C'était l'une de nos formules signifiant : « Mêle-toi de ce qui te regarde ! » Celle de Sue était : « Ne parle pas comme un flic ! »

Jane vint à mon secours : « Ce n'était pas l'idée de papa de descendre dans la station de métro, m'man. C'était la mienne. J'ai voulu y aller. Il n'a fait que me suivre. Sincèrement. Je crois qu'il n'y tenait pas du tout. Si ç'avait été son idée, il ne m'aurait pas laissée y aller. »

Comment savait-elle que c'était un sujet de dispute entre sa mère et moi ? Je me le demande. Un de ces trucs tacites entre mère et fille ? Quoi qu'il en soit, on changea de sujet.

Après souper, on regarda *Air Force One*, l'avion présidentiel, se poser sur le tarmac, à Heathrow. La couverture télévisée fut constante tout le long du trajet, du départ des motos d'escorte à leur arrivée au palais de Buckingham. L'événement fut commenté par une série prestigieuse de reporters et de présentateurs télé. On n'en perdit pas une miette, et on liquida une autre provision de pop-corn.

« Ils n'ont pas l'air tellement heureux d'être là, constata Carson.

– Je crois que c'est un euphémisme. Tu sais quoi ? Je n'ai pas voté pour George Bush et je me fous qu'on le sache. Mais tout ce déploiement m'incommode ! »

Ce qui paraissait être le sentiment général. Un sentiment qui s'accentua quand on annonça que le président ne s'adresserait pas au Parlement parce que plusieurs de ses membres avaient refusé de jurer qu'ils ne hueraient ni ne siffleraient l'éminent personnage.

« Ça n'arriverait jamais au Congrès, dit Sue. Je croyais les Anglais beaucoup plus dignes. »

Carson exposa : « J'ai étudié le système parlementaire britannique. Il s'y passe couramment ce genre de chose. C'est moins terrible qu'on ne le pense. »

Jane s'esclaffa :

« Ils s'en prendront à quelqu'un d'autre la semaine prochaine Peut-être encore à nous, les "Amerloques".

– Qui ça, ils ? » demanda Sue.

Jane lui montra le journal. Celui qui parlait de la petite chérie américaine.

Cela tint Sue éveillée toute la nuit. Elle souffrait encore du décalage horaire mais la poussée d'adrénaline, sous le coup de l'indignation, fut pour elle le coup de grâce. Le fait que j'aie été cité, et que cette même Sarah Mitchell était maintenant celle avec qui nous allions devoir coopérer... Bref, ce fut une nuit sans sommeil. Blyth connaissait son bonheur de n'avoir à se soucier que de petites choses aussi insignifiantes que la sécurité du président Bush !

26

Mercredi 19 novembre 2003
Résidence de l'inspecteur-chef Bassingham, Londres
6 h 38, GMT

Réveillée de bon matin, Molly Bassingham répondit au téléphone à la seconde sonnerie.

« Ici, Bassingham...

– Pourrais-je parler à monsieur l'inspecteur-chef ? Je suis le sergent Trowbridge. »

Encore ensommeillée, elle passa l'appareil à son époux moins réveillé qu'elle :

« C'est le sergent Trowbridge.

– Oui ? bâilla Bassingham.

– Il y a du nouveau, monsieur Bassingham. Je crois que vous feriez bien de venir tout de suite. »

L'inspecteur-chef Bassingham poussa un long soupir et s'assit sur le bord de son lit.

« Je suis levé. Je vous écoute.

– Il semble qu'un reporter du *Mirror*, un certain Ryan Parry, ait réussi à se faire passer pour un valet de pied au palais de Buckingham.

– Quoi ?

– Il l'a fait même fait sous son vrai nom. En négligeant simplement de dire qu'il était reporter. Il a donné un de ses collègues comme référence. Un crétin débile n'a pas procédé aux vérifications nécessaires. C'est le même type qui a floué la sécurité à Wimbledon, l'été dernier.

– Quand ?

– Pardon, monsieur ?

– Quand a-t-il été engagé ? Combien de temps a duré son imposture ?

– Deux mois, monsieur.

– Deux putains de mois ! »

Bassingham en perdait l'usage de la parole.

« À quoi avait-il accès ?

– On n'a encore aucune certitude, mais le journal prétend qu'il se tenait juste derrière le président à son arrivée. Il avait aidé à disposer les fruits et les gâteries dans les chambres réservées au président et à sa suite.

– Nom de Dieu, jura Bassingham à mi-voix.

– C'est lui qui devait servir le petit déjeuner à Mme Rice, la conseillère à la Sécurité nationale des États-Unis, et à M. Powell, le secrétaire d'État. »

Bassingham émit une sorte de gémissement, presque un râle.

« Comment l'a-t-on coincé ?

– Eh bien, monsieur, éructa Trowbridge, on ne l'a pas réellement coincé.

– Alors qui ? Ce ne sont quand même pas les Américains ?

– Oh, non, monsieur. J'oserais dire qu'ils étaient aussi étonnés que nous. Voilà, monsieur, il semble qu'il ait tout bonnement déserté son poste, tard, la nuit dernière. Avant que personne ne sache qui il était vraiment. »

Après un court silence, l'inspecteur-chef Bassingham osa enfin poser la question terrible :

« Et comment avons-nous appris tout ça ?

– C'est dans le journal du matin, monsieur.

– Jésus-Christ ! »

Bassingham se sentait vidé. Saigné à blanc.

« Il semble qu'il ait pris des photos, poursuivit Trowbridge. Il prétend qu'il avait un appareil sur lui à toute heure du jour, et que pas un des membres du service de sécurité ne l'a repéré.

– Envoyez-moi une voiture. Dans pas plus de deux minutes.

– Elle est déjà devant chez vous, monsieur. »

L'inspecteur-chef Bassingham raccrocha. Molly l'observait.

« Mauvaises nouvelles, chéri ? »

Il ne savait pas par quoi commencer.

La journée d'Adrian Blyth avait commencé plus tôt que celle de son ami John Bassingham, par un jogging dans le parc à 6 heures tapantes. Il reçut son premier appel sur son portable, d'un membre de son équipe qui avait « ausculté » l'appartement de Robert Northwood. Cette auscultation n'avait pas négligé l'ordinateur, chargement compris des dossiers ouverts sur un enregistreur portable.

« Il se peut que nous ayons ici quelques documents intéressants, spécifia l'agent Rose.

– Très bien, pouffa Blyth. Vous avez dû vous lever à 4 heures ! Qu'est-ce que vous avez ?

– Ce petit groupe dont Northwood est membre comprend une personne nommée Ayat qui est secrétaire-archiviste ou quelque chose d'analogue. Elle tenait les minutes de leurs réunions. »

Non sans un petit rire narquois :

« Elle les a envoyées à Northwood par e-mail. Adresse e-mail enregistrée au nom d'Hanadi Tamish. On cherche maintenant son adresse de résidence.

– Des minutes de leurs réunions ? Ça paraît tellement stupide.

– Ça l'est. Il n'y a que trois personnes qui parlent, les seules, généralement, qui assistaient aux réunions. Plus deux ou trois autres à l'occasion, dont le petit mec qu'on a sous les verrous.

– Celui-là constitue un bon indice, dit Blyth.

– En vérité, monsieur. Un autre est cité sous le nom d'Anton, et nous pensons que c'est celui qui a échappé à Alice, dans la vieille station de métro.

– Superbe.

– Le rapport le plus intéressant est sans doute celui-ci : M. Northwood et un nommé Imad, troisième membre principal, ont eu une discussion, dûment enregistrée, en juin dernier, concernant les tactiques et les cibles qui sèmeraient le désordre dans la ville de Londres.

– Vraiment ? »

Blyth terminait son quatrième parcours.

« Tel que ?

– Un kidnapping. Northwood proposant celui d'une Américaine, sans citer son nom. Afin de "séparer l'alliance", selon son terme.

– Voyez-vous ça ! haleta Blyth en atteignant le bout de ce quatrième parcours.

Autre thème de projet : faire sauter en partie le barrage de marée de la Tamise. »

Blyth ralentit sa course jusqu'à marcher d'un pas vif.

« Encore ! »

La destruction totale ou partielle de ce barrage de marée était l'un des thèmes favoris de tous les cinglés qui se manifestaient sur le territoire de Londres.

« C'est tellement peu original ! tellement scolaire !

– La quantité de Semtex suggérée est d'une demi-tonne.

– Je vois. Peut-être pas si scolaire que ça, après tout. La possession d'un tel poids de Semtex ajoute une certaine crédibilité. Disent-ils de quel poids ils disposent effectivement ?

– Non. Dans aucun autre échange il n'est question de Semtex ni d'un autre explosif. En fait, la secrétaire-archiviste a demandé comment on épelait le mot Semtex.

– Intéressant. Qui le lui a dit ?

– Le nommé Imad. Il savait de quoi il parlait.

– Mais une demi-tonne !

– C'est ce qui est dit.

– Je lirai aujourd'hui tous ces registres, mais dites-moi déjà, qu'en pensez-vous ? »

Rose hésita.

« Je dirais qu'il existe un autre groupe séparé de celui-ci. Mais intimement associé. »

Il semblait hésiter.

« Quelque chose qui cloche ? s'inquiéta Blyth.

– Je n'y penserais même pas si j'ignorais qu'ils possèdent tous ces explosifs, mais les trois principaux participants ne me font pas du tout l'effet d'individus susceptibles de savoir où se procurer du Semtex. »

Blyth trouva cette opinion fort intéressante. Rose était un vieux de la vieille aux instincts affûtés par sa longue expérience.

« Vous me les apportez sur mon bureau pour midi, d'accord ? »

Blyth rentrait chez lui quand son téléphone portable sonna une fois de plus. C'était l'inspecteur-chef John Bassingham, avec les infos de la dernière heure.

Après que Bassingham lui eut donné tous les détails concernant cette terrible histoire du valet de pied du palais de Buckingham, Blyth eut ce propos désabusé :

« Eh bien, j'ai comme l'impression qu'on va avoir du mal à convaincre les Américains de notre maîtrise absolue dans le domaine de la sécurité, pas vrai, John ?

« Sans parler du ministre de l'Intérieur, du Premier ministre et de la reine, se lamenta Bassingham. Dieu du ciel, quel merdier !

– Le mot est faible.

– J'aimerais tordre le cou de ce Ryan Parry.

– C'est pas lui qui avait foutu la panique à Wimbledon, l'été dernier ? »

Silence de part et d'autre. Enfin :

« Inutile de s'arracher les cheveux, John. Il y a visiblement un trou dans les services de sécurité qu'il importe de boucher coûte que coûte.

– La pire mesure à improviser de toutes pièces au plus mauvais moment.

– Qui est à la barre, sur ce coup de maître ?

– Percy, j'en ai bien peur. C'est lui qui dirige les opérations au palais.

– Un échec sanglant, déplora Blyth. Il va y avoir des dossiers de retraite à liquider dans le secteur. Mais j'ai peut-être quelque chose de moins démoralisant... »

Il rapporta à Bassingham le contenu de sa communication précédente. Les deux services travaillaient en liaison sur le dossier Northwood, et Bassingham en entendrait parler, de toute manière, dans la matinée. Ni l'un ni l'autre n'avait envie que leur commune entreprise sombre dans les remous issus du palais royal.

« Le premier rayon de soleil, merci, dit Bassingham. J'arrive au bureau. Je crois qu'on peut s'apprêter à vivre une de ces journées interminables...

– Je n'avais pas pigé que tu étais dans ta voiture. Si je peux faire quelque chose, n'hésite pas à me rappeler.

– À tout hasard, fais-moi déposer un formulaire de candidature, conclut Bassingham avant de raccrocher. »

Highgate
10 h 02, GMT

« Hé, p'pa. Vite ! »

J'étais en train de me raser, et n'entendis pas la suite, s'il y en avait une.

« Quoi ? Qu'est-ce que tu dis ?

– Entre, bon sang ! »

Elle était dans le salon, fascinée par ce qu'elle voyait sur l'écran de la télé. À savoir un attelage royal, avec laquais en livrée et chevaux de cirque, ou presque.

« Un de ces types est journaliste !

– Quoi ?

– Le valet de pied... celui-là ! »

Désigné par le cercle indicatif apparu au-dessus de sa tête. Je devais avoir l'air particulièrement idiot avec ma crème à raser sur les joues et mon impression de tomber de la lune.

« Il s'est introduit à Buckingham sous un faux prétexte. Il y était depuis des mois à prendre des photos en cachette. Derrière Bush, et Rice, et Powell, et toute la famille royale. Et personne ne l'avait remarqué.

– Ça alors !

– Comme tu dis. Il a quitté son boulot hier soir. Personne ne s'en doutait. Il n'en est pas à son coup d'essai. Il avait cité un copain de bistrot en guise de référence ! »

Jane s'écroulait de rigolade et j'avais quelque peine à partager sa joie. Déformation professionnelle. Je regardai jusqu'au bout la séquence qui montrait le même valet de pied à l'une des fenêtres du palais, adressant un signal discret à quelque complice embusqué hors champ. Peut-être avec une caméra portative ?

« Je vois déjà tomber les têtes.

– Du haut de la Tour ! jubilait ma fille.

– Pas celles que je connais, j'espère.

– C'est-à-dire ?

– Blyth pourrait être sur la liste. Si toutefois la sécurité du palais est de son ressort. Et peut-être Trowbridge. La branche spéciale est sûrement dans le coup.

– Alice ?

– Je ne pense pas. »

Tant pis pour ma barbe, j'avais trop envie de rester devant la télé. Crème à raser ou pas, je m'assis sur le bord du canapé.

« Tu as oublié quelque chose ? s'informa Sue en entrant et en me voyant barbouillé de crème à raser.

– Faut que tu voies ça, m'man ! C'est incroyable. Vicky va en entendre parler à l'école. »

Sous le coup d'une idée qui me passait par la tête, je m'exclamai sans réfléchir :

« J'espère que ce foutu journaliste ne travaille pas avec Sarah Mitchell.

– Sûr que non, p'pa. Il est du *Mirror*. Une exclusivité. Ils le répètent à chaque fois qu'ils diffusent cette histoire.

– C'est drôle, non ? Inquiétant, dans un sens, mais quand même vraiment drôle. »

Tout le monde était de cet avis. Je résumai mon sentiment en une courte phrase.

« Je n'aimerais pas être dans les souliers du ou des responsables.

– Tyburn, se remémora Jane. Le lieu de pendaison public. La colline de Tyburn. C'est là qu'ils pendaient les gens coupables d'incompétence. Vous croyez qu'on devrait y aller faire un tour ? »

Palais de Buckingham
10 h 44, GMT

L'agent du service secret américain chargé de coordonner les mesures de sécurité pendant le séjour du président Bush en Angleterre s'appelait Ralph Vincent. Il se tenait dans la cour intérieure du palais de Buckingham, parmi les véhicules qui amenaient des renforts de personnel. À l'intérieur, le président avait rendez-vous avec les leaders des partis britanniques conservateur et démocrate. Séparément. Ensuite, tout le monde partirait pour le palais de Whitehall où Bush ferait un discours. Puis il y aurait cette rencontre avec les familles de soldats britanniques tués en Iraq.

Vincent bavardait avec son homologue anglais, Percy Uxbridge, de retour d'une brève entrevue avec le secrétaire d'État à l'Intérieur.

« Je suis sincèrement désolé, disait Vincent. C'est une chose qui pouvait arriver à n'importe qui.

– Sympa de votre part, mais tout de même...

– Vous avez fait un sacré boulot de votre côté, mais il va falloir prévoir des effectifs supplémentaires pour baliser le terrain en avant-garde.

– C'est déjà prévu pour le reste de la visite. En plus, on va vérifier tout le personnel engagé dans les trente-six derniers mois. Ainsi que les membres des familles qu'il rencontrera dans le courant de l'après-midi.

– Trente-six mois en arrière, vous ne croyez pas que c'est un peu fort de café ?

– Ça n'a rien à voir avec votre président. C'est aussi la liste de tous ceux qui pourront se trouver à proximité des royaux, des parlementaires et autres membres du gouvernement.

– Ça va coûter cher, déplora Vincent.

– Exact. Tous ceux du MI-5 font actuellement douze heures par jour, avec les cadres supérieurs disponibles vingt-quatre heures sur vingt-quatre. Et votre groupe va conduire une opération de nettoyage ?

– Oui. Sachez que l'on apprécie en haut lieu que vous nous laissiez agir librement sur votre sol.

– Il nous serait difficile de présenter des objections après ce malheureux incident. Puis-je avoir l'assurance qu'aucun de vos agents n'est à la solde du *Washington Post* ? »

Vincent ne put s'empêcher de rire.

« Aucun danger, Percy. Il serait abattu sans sommations. »

Un grondement coupa leur conversation, lointain d'abord puis enflant dans un crescendo fulgurant. Bientôt, un CH-53E de la marine des États-Unis apparut dans le ciel. Gris sur le fond gris des nuages, il était difficile à repérer. Il resta un instant au-dessus d'eux, en vol stationnaire, puis disparut au-delà du palais de Buckingham.

« C'est celui-là ? questionna Uxbridge.

– Oui. C'est celui qui le récupérera, s'il se produit un quelconque incident. S'il n'est pas blessé, ils le conduisent tout droit à Wethersfield, au E-4B. Nom de code Gordo. S'il est blessé, il ne va pas à Gordo, mais à l'hôpital le plus proche. Si son état de santé le permet, il part directement pour l'*Air Force One* à Heathrow. *Air Force One* est pourvu d'une installation médicale très complète. Ce que Gordo ne possède pas. »

Il pressa son oreille d'une main afin d'écouter quelque communication radio par l'intermédiaire d'une oreillette invisible. Alors que son collègue britannique relançait :

« L'hélicoptère embarque également la limousine ?

– Naturellement. Si la limousine est toujours opérationnelle, elle monte la rampe d'accès à l'hélico, on ferme et bonsoir. Si elle a été mise en panne, on la colle dans un autre véhicule. On a des LZ stationnées tout au long de la route. La RAF nous a beaucoup aidés sur ce point.

– Je crois qu'on devrait rentrer, maintenant. Je ne peux pas vous dire à quel point je déteste tout ce micmac. Toutes nos prévisions, tous nos préparatifs ont été bouleversés. Il a fallu procéder à une répartition différente de tout le personnel, et le moindre défaut de transmission pourrait créer une énorme pagaille. »

Great Portland Street
11 heures, GMT

Assis dans son magasin d'antiquités avec le *Mirror* en main, M. Kazan achevait de lire l'article dépeignant l'imposture de ce journaliste, au palais de Buckingham. Il s'immobilisa sur sa chaise, le regard fixe, le cerveau en ébullition. Il avait entre les mains une catastrophe potentielle et devait réfléchir aux différentes solutions. Il lui fallait utiliser ses atouts avec la plus grande prudence. Le nombre de terroristes disponibles dans la capitale anglaise possédant les caractéristiques opposées de patience infinie et d'esprit de sacrifice était pitoyablement restreint. Ceux qui étaient capables d'occuper un emploi au palais de Buckingham encore plus rares. L'exploit de ce journaliste risquait de leur compliquer la tâche et Kazan avait envisagé un instant de déclencher leur attaque sans plus attendre. Puis il y avait renoncé. D'abord parce que la tempête qui devait se propager au palais ainsi que le remaniement des dispositifs de sécurité rendaient plus que problématique le succès de l'opération. Ensuite parce que les mesures préliminaires envisagées, telles que le camion de fruits truffé de bombes, n'avaient plus guère de chances d'être mises en place.

Demain même, il serait peut-être trop tard. D'autres enquêtes seraient entreprises dans le sillage de ce maudit reporter. Et l'article du *Mirror* ayant révélé toute la vanité du système de sécurité, les autorités, ridiculisées, allaient forcément redoubler d'efforts. Jusqu'où pousseraient-elles leurs investigations, Kazan l'ignorait, mais le risque de les voir découvrir prématurément les trois hommes infiltrés dans la place n'était pas négligeable. Qu'ils se fassent prendre sans avoir achevé leur mission était impensable. Mieux vaudrait un échec sanglant qu'un renoncement de la dernière heure.

Les doigts de M. Kazan battaient la mesure sur le dessus d'une table ancienne. Sacrifier l'un des trois dans une action de petite envergure n'avait aucun intérêt. C'était possible, mais inutile. En outre, Nadeem avait bien spécifié que trois était le nombre minimal nécessaire pour commettre un acte qui en vaille la peine, et Nadeem savait de quoi il parlait.

Les trois hommes devraient être rapidement évacués. Leur identité devrait être modifiée aussi vite que possible et ils seraient gardés en lieu sûr, au moins pendant quelque temps. M. Kazan avait toujours considéré les kamikazes comme des éléments peu dignes de confiance, une opinion qu'il gardait pour lui-même. Si ceux-ci étaient démasqués prématurément, n'auraient-ils pas l'impression d'avoir été abandonnés par leurs frères d'armes et n'en subiraient-ils pas un tel choc psychologique qu'ils finiraient par craquer sous les interrogatoires ?

Il fallait les sortir de là avant qu'il ne soit trop tard. Et dans des conditions qui permettraient de les réemployer, à l'avenir, après briefing et reconstruction morale. Fort de cette conclusion, M. Kazan allongea la main jusqu'au téléphone.

« Nadeem ? Il faut les sortir de là, tous les trois, dès ce soir. »

Il écouta l'argument auquel il s'était attendu :

« La décision a été prise au plus haut niveau, à grand risque. »

Cela sous-entendait qu'il venait d'avoir une communication avec quelqu'un qui s'abritait des bombes américaines à la frontière palestino-afghane et qui risquait sa vie chaque fois qu'il communiquait avec l'extérieur. Ce n'était pas vrai mais cela aurait pu l'être et produisait, à chaque fois, son plein effet. M. Kazan jouissait de l'entière confiance de ses supérieurs, et le savait.

À la fin de la conversation, il resta un long moment immobile, attendant le retour de la sérénité. Des années d'efforts annihilés par le zèle d'un idiot de journaliste... « Debout ! s'ordonna-t-il à lui-même en se levant. Ils sont intelligents. Ils pourront peut-être apprendre à voler... »

L'intention d'utiliser les trois infiltrés d'une autre manière naissait déjà dans les profondeurs de son esprit retors.

Highgate
15 h 09, GMT

Tandis que Jane faisait une sieste réparatrice comme le lui avait conseillé sa mère, on continua à suivre les événements sur la télé du salon. Il y était toujours question de la finale imminente de la Coupe du monde de rugby, qui se jouerait le jeudi pendant que la France et la Nouvelle-Zélande s'affronteraient pour la troisième et la quatrième place. On évitait soigneusement, avec Sue, de reparler des événements qui avaient valu cette blessure à notre fille. Du moins l'évitais-je, et Sue calquait son attitude sur la mienne. On avait convaincu Jane de dormir en lui promettant de l'emmener souper au restaurant le soir même, lorsque Vicky rentrerait de l'école avec Carson, son chevalier servant. On les attendait, en fait, quand Alice me téléphona.

« C'est pour ce soir, vers 23 heures.

– Ce soir ?

– À son retour chez lui. Par le train. Il faut qu'on le fasse ce soir parce qu'il y a des changements de planning dans le service.

– À cause du *Mirror* ?

– Vraisemblablement. On perd demain tous nos hommes, sauf deux. C'est pourquoi on doit le faire ce soir.

– D'accord.

– Sarah Mitchell ne vous a pas encore contactés ?

– Pas encore.

– Alors, c'est nous qui allons l'appeler. Je suis à peu près sûre qu'elle préférerait demain soir, mais je vais lui dire que ça ne marchera pas à cause d'un rendez-vous médical pour Jane. Je vais exiger que ce soit aujourd'hui.

– Vous croyez pouvoir y arriver ? »

J'avais envie de l'entendre.

« Elle a eu ses infos par le secrétariat de l'école. Tout ce qu'ils lui ont dit, c'est qu'il sera là pour son cours de jeudi, à 10 h 45. Nous, en revanche, on sait où il est, et quel train il va prendre. Il ne sera là à l'heure dite que s'il débarque du train ce soir. Pas demain en fin de matinée.

– Bon boulot.

– Quelqu'un de chez nous est déjà dans le train avec lui pendant qu'on en parle. Ils sont partis à 14 h 10 et ils arriveront à 19 h 24 à la gare d'Euston. Dix minutes en taxi et il sera chez lui.

Je vais appeler Sarah Mitchell qui aura trois heures pour prendre le rendez-vous et nous y amener. »

Ça me paraissait un peu juste et je le lui dis :

« Si jamais quelqu'un lui parle entre-temps...

– Impossible. Il ne recevra aucun coup de téléphone, excepté celui de Sarah Mitchell. Et s'il essaie de téléphoner lui-même, il tombera toujours sur des sonneries pas libres !

– Vous pouvez faire ça ?

– On a aussi légèrement détraqué son ordinateur. Rien d'irréversible ni de difficile à remettre en service. Pas d'e-mail. Pas d'Internet. »

Autant en avoir le cœur net jusqu'au bout :

« Et s'il redescend appeler d'une cabine publique ?

– Il sera beaucoup trop occupé.

– La télé ?

– Il n'en a pas.

– D'accord. Mais cette histoire d'interview ne va pas lui mettre la puce à l'oreille ?

– Là-dessus, on peut faire confiance à Sarah Mitchell. Elle peut s'introduire n'importe où.

– Je vous crois. Et pendant que je vous tiens, vous connaissez un endroit sympa où souper ce soir ? On sort Jane, sa mère et moi.

– Elle se sent assez bien ?

– Oh, oui. En pleine forme.

– Vous aimez vous habiller un peu ? Ce genre de truc ?

– Pourquoi pas ?

– On va réserver pour vous. Avec Vicky et Carson ?

– Sûr.

– Je vous rappelle dans dix minutes. Je connais un endroit super, et je passerai vous y prendre avant l'interview. »

QG de MI-5
Thames House, Londres
16 h 41, GMT

« Non, c'est pas comme ça que ça marche, trancha l'officier en charge. Si vous finissez à 22 heures, vous finissez à 22 heures. Pas le temps de rentrer à la maison ni de traîner en route. 22 heures, c'est 22 heures. Mais s'il vous faut une demi-heure pour gagner votre point de contrôle, alors, barrez-vous à 21 h 30.

– Je regrette, dit l'un des agents, déçu.
– Avec toutes les heures sup qu'on accumule en ce moment... pas d'histoires ! La fin du service, c'est à la fin de votre assignation spéciale et pas avant, d'accord ?
– D'accord.
– Si vous voulez gagner le double, émigrez et entrez au FBI.
– J'ai compris. Mais s'il ne se passe rien...
– Foutez-moi le camp ! »

À Londres, ce jour-là, il n'y avait pas moins de 14 000 officiers et membres des services de sécurité sur la brèche pour la visite du président Bush. En raison des manifs de protestation, les agents étaient rares en dehors du centre de la ville. Le personnel de sécurité du métro était débordé par l'importance des foules qui allaient se poster sur l'itinéraire du président des États-Unis. En dehors du centre de Londres, c'était ce que la BBC qualifiait de « surveillance policière minimale ». Tout cela malgré la suppression des congés, des vacances et de l'extension des heures de service.

Au nombre de ces agents surmenés figuraient Alice, qui avait pris son service à 14 heures, ainsi que les deux équipes affectées à la résidence de Robert Northwood sur Ashburnham Road de Londres. D'autres se répartissaient déjà, discrètement, autour du 10 Downing Street où le président américain devait rencontrer le Premier ministre britannique. Afin de renforcer leur présence sur place, plusieurs groupes avaient été déplacés sans plus de précision. Avec les nouvelles règles de sécurité, les deux agents de l'équipe bleue devraient quitter leur poste à environ 23 h 30. Ce léger détail serait communiqué à Alice grâce à une adresse mail départementale à environ 19 h 40. Les deux équipes d'Alice seraient ainsi uniquement en place devant les trente premières minutes de l'interview de Robert Northwood.

Highgate
17 h 05, GMT

Alice me rappela quelques minutes après cinq heures. Elle s'excusa d'avoir un peu tardé, en raison d'occupations diverses qui n'avaient pas été prévues dans son emploi du temps.

« J'ai réservé pour vous dans un restaurant de Piccadilly Circus. 19 h 30 au Criterion. C'est l'un des restaurants les plus vieux et les plus sélects de Londres. Vous allez vous y plaire. Surtout Sue.

– Merveilleux. »

Et je le pensais.

« Je vous recommande particulièrement le canard.

– Vous ne pouvez pas vous joindre à nous ? »

La pause était éloquente.

« Hélas. J'ai bien autre chose à faire.

– Vous savez, Alice, ça ne ferait que rendre votre couverture d'avocate encore plus vraisemblable. »

Je lui devais bien ce compliment indirect. Et puis elle était de si bonne compagnie.

Il me sembla qu'elle couvrait le téléphone pour parler à quelqu'un d'autre. Puis elle répondit : « J'en serais enchantée. Merci. »

Je quittai Highgate pour filer à mon hôtel et revêtir mes plus beaux atours. Chemise, pantalon décontracté, plus ce parka que Sue m'avait imposé. J'avais oublié de prendre une cravate. Je m'arrêtai dans une boutique pour homme, juste avant la station de métro. Cinq minutes plus tard, et quelques livres en moins, j'avais une cravate.

Quelques minutes après mon retour à l'hôtel, le téléphone sonna. Sarah Mitchell me demandait si le rendez-vous pris pour 23 heures chez le professeur Northwood me convenait. Chère Alice. Je donnai mon accord à Sarah Mitchell et m'excusai de ne pas être disponible le lendemain. Elle répondit que tout était parfait et on s'en tint là. Elle ne me demanda pas comment allait Jane ni pourquoi elle avait besoin d'une nouvelle consultation médicale.

« Je confirme avec lui et je vous rappelle.

– OK, mais je ne serai plus à cet hôtel. Vous voulez bien noter le numéro de mon portable ? »

Je changeai de vêtements. On tend à oublier certains détails quand on est excité ou pressé ou les deux. Pourquoi Sarah Mitchell ne m'avait-elle pas interrogé sur la santé de Jane ? Alice lui en avait-elle parlé ? Je finis par conclure que ça n'avait aucune importance.

Tout le monde sauf Alice était à Piccadilly Circus sur le coup de 19 heures. On passa quelques minutes à regarder Jane fouiller dans des disques du label Tower Records. En un quart d'heure, elle acheta trois CD de groupes rock dont j'ignorais l'existence.

On entra au Criterion à 19 h 30 précises, accueillis par Alice déjà assise à une petite table, près de l'entrée.

« Par ici », dit-elle en nous conduisant à notre table réservée, au fond de la salle.

Le décor était somptueux. Feuilles d'or au plafond, murs de marbre, tableaux accrochés aux murs. Nous avions l'impression de dîner dans un petit musée d'une élégance folle.

« Créé en 1870, précisa Alice.

– C'est quel style ? voulut savoir Sue.

– Un de mes amis dit que c'est néo-byzantin Avant que j'oublie, c'est pour nous, alors profitez-en.

– Oh, non, protesta Sue. C'est pour nous, vraiment... »

Hypocrite, va !

« J'insiste, dit Alice. D'ailleurs, c'est déjà fait ! »

Les prix des plats figuraient sur le menu et je suis très fort en calcul mental. J'atteignis un total de deux cent quarante livres. Soit environ quatre cent trente dollars. Sans le vin qui, si ma mémoire est fidèle, allait chercher dans les quarante-cinq livres la bouteille. Je notai mentalement de révéler à Sue le chiffre global. Qu'elle sache à quoi elle avait échappé.

Après les commandes, Alice me demanda si Sarah Mitchell s'était bien manifestée.

« Oh, mais oui ! Elle voulait s'assurer que l'heure me convenait. Elle va me rappeler sur mon portable pour confirmer. »

Alice souriait.

« Vous savez, Sue, le porc est presque aussi bon que le canard. »

Tout, en fait, était absolument délicieux. J'en profitai, sans même penser qu'on avait quelque chose à faire après le souper.

Sarah Mitchell confirma le rendez-vous vers 21 heures. On était bons pour l'interview.

On prit congé, Alice et moi, à 21 h 45. Sue semblait un peu stressée, et Jane voulait être du voyage. Tout le monde le lui déconseilla. Surtout Sue.

« Tu en as largement fait assez... Comme dit ton père, ça te fera une belle jambe si tu es morte ! »

J'ai beau détester qu'on me cite, je n'allais pas dire le contraire.

« Oh, p'pa, ça va pas être dangereux, au moins ?

– Sans doute pas. Mais c'est aussi ce que je croyais la dernière fois. Non, je blague. Mais je suis d'accord avec Sue. Vous finissez tranquillement votre dessert. »

Alice remit son téléphone dans sa poche.

« La voiture nous attend, Carl. Désolée de précipiter le mouvement.

– Merci pour ce merveilleux dîner, rétorqua Sue. Quelle magnifique soirée ! »

Alice et moi étions déjà debout. Je tapai sur l'épaule de Carson.

« Tu es sûr que tu ne veux pas venir avec nous ?

– Certain. Je vais plutôt raccompagner ces dames à la maison. »

Dehors, il pleuvait. Je courus avec Alice jusqu'à la voiture.

« Il finit toujours par pleuvoir, à Londres.

– C'est seulement la deuxième fois depuis que je suis ici. »

Je lui ouvris la portière. Une vieille habitude bien ancrée. Elle eut le bon esprit d'y pénétrer en souplesse pour que je n'aie pas l'air trop idiot, je l'y rejoignis et elle me présenta l'homme assis au volant :

« Carl Houseman, c'est Mark. Vous vous êtes déjà rencontrés, je crois.

– Oui, je me souviens très bien. Chuck ou Dave, dans le code de Blyth ?

– Il ne le précise pas, sourit Mark. Bien que, en secret, j'aimerais que ce soit Dave.

– Moi, j'espère que je suis toujours Véra, dit Alice. On a rendez-vous avec Sarah au coin de la place, dans Burnaby Street. Juste pour que vous sachiez à peu près où on est. »

On avait immédiatement bifurqué dans Haymarket, une des rares rues de Londres dont je connaissais le nom. Alice aurait pu tout aussi bien me lire le parcours du GPS, ça n'aurait pas changé grand-chose à mon sens de l'orientation dans cette ville incompréhensible.

Alice sortit un plan de son sac.

« On va monter chez lui vers 22 h 55. Il y a deux équipes de surveillance. L'équipe bleue derrière la baraque et la verte par-devant, planquée dans une pièce, juste en face. Les deux peuvent entendre tout ce qui se dit dans l'appartement. On sera prévenus si quelque chose va de travers.

– OK.

– Vous êtes là pour essayer de savoir si Emma lui a dit quoi que ce soit avant de disparaître. Vous ne savez pas qu'elle est morte et, théoriquement, lui non plus. Ça ne devrait donc présenter aucun problème. Sarah Mitchell va essayer de lui soutirer des confidences, et on va la laisser faire. D'accord ?

– Et comment !

– À elle d'opérer. Au moins au début. Rien de ce qu'il pourra dire au sujet d'Emma ne vous fera perdre votre sang-froid ?

– Ne vous en faites pas.

– Bravo. Tôt ou tard, on lui dira pourquoi nous sommes là. »

Y penser lui rendit le sourire.

« Un moment qui devrait valoir le ticket d'entrée ! À ce moment-là, je voudrais que vous évacuiez Sarah Mitchell du secteur, si c'est possible pour vous.

– Bien sûr.

– Lui, il ne faudra pas le laisser descendre dans la rue. Si elle fait quoi que ce soit d'imbécile ou de dangereux, vous pourrez légalement m'assister, même s'il faut la retenir de force.

– Et sans lui faire le moindre bleu ?

– Exactement. Mais avec fermeté. Si nécessaire, les deux équipes arriveront à la rescousse et procéderont à l'arrestation officielle de notre beau professeur.

– Ça me botte.

– Moins on fera de bruit, mieux ça vaudra.

– Si vous avez besoin d'un coup de main avec Northwood...

– Une hypothèse hautement invraisemblable.

– Mais au cas où ?

– Si je contracte une migraine, d'accord. Vous êtes la raison principale de son acceptation, Carl. Sarah lui a tout dit à votre sujet. Du moins le peu qu'elle sait.

– Vraiment ?

– Faites-moi confiance. Si je ne me trompe pas, il voit en vous une bonne occasion de renforcer son image de marque.

– Parfait. Vous êtes une personne pleine de ressources.

– J'ai horreur, on a tous horreur de gâcher l'argent des contribuables. »

Avant de garer la voiture, on passa devant l'appartement du professeur Northwood, juché tout en haut d'un immeuble blanc de trois étages. Larges fenêtres encadrées de noir, deux portes d'entrée séparées par une immense baie, avec un petit escalier menant à chacune des portes. Impossible d'en voir plus à travers la vitre de la portière brouillée par la pluie.

« L'appartement de droite, au troisième. Il y a de la lumière. »

Les rideaux étaient ouverts sur l'extérieur mais tout ce que je pouvais voir était le plafond blanc.

Alice consulta sa montre alors qu'on longeait, vers le nord, un interminable pâté de maisons, avant de revenir en arrière. Il était à peine plus de 22 heures.

« On se gare ici, décida Alice, l'œil fixé sur son plan. Il faut qu'on voie si Sarah Mitchell amène quelqu'un avec elle ou non. Elle devrait arriver par ici. »

C'est-à-dire Burnaby Street où Mark se rangea le long du trottoir de gauche. Je ne m'y habituais pas. Voir se garer de ce côté-là était toujours aussi déconcertant.

Une sensation plus familière ne tarda pas à m'envahir. L'espèce de tension qui s'installe quand on « planque » avant une visite ou une arrestation. Pas vraiment de la peur, mais de l'excitation à l'idée qu'il ne faut pas tout faire foirer.

Malheureusement, l'adrénaline a tendance à ralentir votre perception du temps. Ce fut une longue attente.

Je suis quasiment sûr que les deux autres avaient à peu près la même sensation, car on entama une de ces conversations de flics qui font passer le temps un peu plus vite.

« Vous avez une idée de pourquoi ils font tout ça ?

– C'est-à-dire ? s'enquit Mark, laconique.

– Enlever Emma. Et puis la tuer. Pourquoi la tuer, surtout à ce moment-là ?

– Je me le demande aussi, admit Alice. C'était particulièrement stupide, alors je doute que cela ait été prémédité. À mon avis, c'est plutôt le résultat d'une fausse manœuvre. Ça expliquerait que Northwood ne soit pas au courant.

– Sans doute. Et leur motif à l'origine ?

– Une partie d'entre eux sont des islamistes radicaux. D'après les dossiers que vous nous avez donnés, vous avez déjà eu affaire à ce type de cinglés ?

– Ces dossiers sont très intéressants, opina Mark. Je n'aurais jamais cru qu'un truc de ce genre puisse arriver dans une zone rurale. L'Iowa, c'est ça ? »

Dieu le bénisse !

« Ouais, l'Iowa. Personne n'en a été plus surpris que nous autres provinciaux.

– Vous ne travailliez pas sur ces dossiers avant qu'ils ne se manifestent ?

– Fichtre non. On ne savait même pas qu'ils étaient là !

- Vous voulez une idée de ce qu'ils sont, pour la plupart ? On a quelques tuyaux sur la personnalité d'un certain Imad. Un ami de Northwood. Vous n'avez probablement jamais entendu parler de lui. On pense qu'il a subi un stage dans un de ces camps d'entraînement terroristes du Moyen-Orient. Sans doute un protégé de Ben Laden. Endoctriné jusqu'à plus soif.

– Ensuite ?

– À la base, il estime tout à fait respectable de tuer quiconque s'oppose au jihad, ou dont la mort peut servir la cause du jihad. »

C'était la première fois que j'entendais qualifier de « respectable » cette sorte de fanatisme.

« Il considère, ajouta Mark, que les Occidentaux n'ont pas le droit d'exister. Si vous en voyez un, vous avez le droit de le capturer. De lui prendre tout ce qu'il possède. Y compris de le tuer. Les non-musulmans n'ont pas d'existence réelle.

– Comment ça marche avec la communauté musulmane en général ?

– Ici en Angleterre ? Deux poids, deux mesures, dit Alice. Du moins pour ce que j'en sais. Les musulmans que je connais sont des gens très bien qui désapprouvent cette folie radicale et ne veulent pas être jugés sur les mêmes critères.

– À peu près pareil aux États-Unis.

– Les difficultés proviennent surtout de ceux qui s'estiment plus intelligents, plus cultivés, mieux motivés, bref, tellement merveilleux que pas un terroriste ne voudra jamais leur faire le moindre mal. »

Je ne pus m'empêcher de hausser les épaules.

« Même truc, dans l'ensemble, qu'avec les dealers de drogue, les gangs de motocyclistes, les bandes de quartier... tout ça bien avant que le terrorisme ne devienne un sujet quotidien.

– Je crois que vous avez raison, Carl, reconnut Alice. Même si je n'ai jamais été flic de rue moi-même.

– Alors, faites-moi confiance. La plupart des gens sont comme ça. J'ai connu un type, dans le temps, qui avait une collection de pièces anciennes d'une valeur d'un million de dollars. Il n'avait jamais pensé qu'un cambrioleur pourrait aller jusqu'à lui taper dessus, parce qu'il pensait qu'il pourrait toujours lui parler d'homme à homme.

– Je suppose, pouffa Mark, qu'il a fini par se faire assassiner ?

– Non. Mais sa maison a brûlé, une nuit. Beaucoup de pièces ont fondu. Il avait fait installer un chauffage au bois pour économiser du fric, et la cheminée a pris feu.

Au terme d'un bref silence, Alice se mit à rire.

– Non mais, sans blague, qu'est-ce que les musulmans raisonnables font pour remédier à tout ça ?

– À peu près ce qu'on ferait si on n'était pas dans la police.

– Ouais, on peut pas vraiment leur en vouloir. C'est un peu comme les boutiquiers de Chicago dans les années 1920 et 1930. Ils payaient pour leur protection, vu que les flics n'y suffisaient pas. Le genre de chose qui déplaît, à la longue !

– Ça se comprend.

– Comment le prof a-t-il pu se fourrer dans ce merdier ? Il n'est même pas musulman.

– Au départ, il ne devait pas soupçonner que cet Imad était aussi mouillé là-dedans. Je crois que c'est là qu'il s'est fait avoir. Je ne suis pas du tout sûre qu'il se soit jamais rendu compte dans quoi il mettait les pieds.

– C'est Imad qui leur a procuré les explosifs ?

– Oui, mais où les a-t-il trouvés, mystère.

– Et l'enlèvement d'Emma. Pourquoi ?

– Franchement, dit Alice, on n'y voit qu'un seul objectif, en dernière analyse. Ils l'ont enlevée avec l'intention de la tuer, pour donner du poids à leurs revendications. Je suis à peu près sûre que Northwood ne l'a jamais compris pleinement.

– Mais pourquoi l'y ont-ils mêlé ?

– C'est un Anglais non-musulman. Cela permettait de compliquer le problème et de disperser notre attention.

– Vous croyez que ces gars-là sont si malins ?

– Non, dit Alice. Pas le moins du monde. Mais quelqu'un l'est. Quelque part. »

27

Mercredi 19 novembre 2003
Ashburnham Road, Londres
22 h 50, GMT

Vers 22 h 50, une voiture passa près de nous, tourna au coin de la rue, et la lueur de ses feux de freinage nous indiqua qu'elle s'y arrêtait, tout juste hors de vue.

« Je crois que c'est notre Sarah Mitchell, dit Mark.

– C'était elle, confirma Alice. Donnons-lui une toute petite avance avant de la suivre. »

Sonnerie du portable de Mark.

« Elle est debout près de sa voiture. L'équipe bleue nous dit qu'elle paraît très énervée. Ah... et qu'il y a quelqu'un d'autre dans la voiture.

– Bon pour nous, conclut Alice. Allons faire la connaissance de monsieur le professeur. »

Il pleuvait toujours, mais sous la forme d'un mince crachin froid comme la banquise. Tout était vernissé, et les lumières de la ville avaient cette couleur jaune qui m'avait déjà frappé à Highgate. Rien à signaler sinon le changement, au carrefour, du rouge au vert. Un paysage à suspense.

Sarah Mitchell nous repéra dès qu'on apparut au coin de la rue. Alice, parfaite comédienne, lui dédia un grand geste du bras, en s'exclamant d'une voix excitée :

« Oh, c'est par ici ? On s'est garés dans la mauvaise rue ! »

L'opinion que Sarah Mitchell devait avoir d'Alice était apparemment assez peu flatteuse pour qu'elle ne relevât pas ce commentaire.

« Désolée pour l'heure indue

– Aucune importance

– Ça doit être cette porte », dit Sarah Mitchell en montant les marches.

Alice me chuchota, au passage :

« Cameraman dans sa voiture. »

Je ne me retournai pas et suivis les deux femmes à l'intérieur de l'immeuble.

Les marches étaient en bois verni et la lumière prodiguée par un lustre qui pendait du troisième étage dans la cage de l'escalier. Plus élaboré quoique moins efficace qu'une lumière d'hôtel. Les marches craquaient un peu, et la rampe branlait un tantinet. Rien qu'un peu de colle ne puisse arranger.

En l'absence d'un tapis dans l'escalier, il avait dû nous entendre arriver depuis le deuxième étage. Quand on atteignit le palier du troisième, la porte s'ouvrit et le professeur Robert Northwood apparut dans l'encadrement.

« Madame Mitchell », claironna-t-il d'une voix sonore, aux intonations distinguées.

Ils se serrèrent la main et lorsque ses yeux se posèrent sur la longue silhouette bien roulée d'Alice, ses yeux la détaillèrent des pieds à la tête, de haut en bas et de bas en haut.

« Je m'appelle Alice, et je représente M. Houseman. »

Il jugea bon de prendre les deux mains d'Alice dans les siennes en se déclarant enchanté. Il essayait de marquer quelques points, à toutes fins utiles. Il serra aussi la mienne, sans prendre les deux. Sans m'infliger non plus le même regard. Peut-être parce qu'il aurait dû lever les yeux un peu trop haut ?

« Monsieur Houseman. Tout ce chemin depuis l'Iowa, c'est bien ça ? »

Sa main était ferme et sèche. Aucun symptôme de nervosité. Et il avait prononcé correctement Iowa. Pas comme la plupart des citoyens de la côte est des États-Unis qui avaient tendance à mélanger l'Iowa, l'Ohio et l'Idaho dans le même panier.

« Et qui plus est, d'une toute petite ville. Mais on fait de notre mieux.

– J'en suis sûr. Entrez donc, je vous prie. »

C'était un endroit agréable, mais assez ordinaire. Je supposais qu'il avait une femme de ménage qui devait passer une fois par semaine. Il y avait un petit canapé, trois bons fauteuils, et un grand secrétaire contre l'un des murs. Une table à café, deux guéridons, c'était à peu près tout pour le living-room. À ma droite, s'ouvrait une autre pièce meublée d'étagères chargées de bouquins, certains reliés, d'autres brochés. Au fond, la cuisine me parut, de loin, très moderne et tout aussi bien tenue. En entrant, nous avions immédiatement tourné à gauche, le mur de droite étant en partie une grande fenêtre.

« Vous disposez d'une vue magnifique.

– Surtout par une telle nuit pluvieuse. La pluie ajoute un parfum de mystère, vous ne trouvez pas ?

– Oh, si ! » dit Alice.

Le prof prit les manteaux de ces dames. Je gardai mon parka. Il ne faisait pas froid, mais j'avais compté sans la pluie.

« Vous n'avez pas de parapluie ?

– Pas avec moi. Je l'ai laissé à l'hôtel. À peine s'il a plu depuis que je suis à Londres.

– Ce n'est pas tellement courant, commenta la journaliste.

– Mais asseyez-vous donc. Un peu de vin, peut-être ? Ou du café ? Je viens d'en faire, et j'y ajoute ma propre cardamome. »

Les femmes optèrent pour le vin, le prof et moi pour le café.

Une fois servis et confortablement installés, il déclara :

« J'ai lu votre article évoquant M. Houseman, Sarah. Intéressant. Votre coursier me l'a apporté voilà une heure ou deux. Je vous en remercie.

– De rien », dit Sarah Mitchell.

C'était ma réplique :

« Alors, vous connaissez le but de mon voyage. Avec un brin de politique par-dessus le marché.

– Comme c'est intéressant.

– D'où cette visite.

– J'espère pouvoir vous être utile, mais je ne vois pas très bien ce que... »

Sa façon de s'exprimer disait qu'il était sur ses gardes, mais ne se sentait nullement provoqué. Bonne entrée en matière.

« Eh bien, je sais que vous connaissez Emma. Dans une certaine mesure. »

Je l'observais attentivement. Il n'eut aucune réaction.

« En réalité, dans une large mesure. Nous avons eu une petite aventure. C'est pourquoi j'ai le souci de sa sécurité. »

Il posa sa tasse, se pencha en avant, jouant le témoin sincère et confidentiel.

« Je n'aurais pas dû vous le dire. Beaucoup pensent que la faculté et les étudiants ne devraient jamais fraterniser, mais, mon Dieu, elle a plus de trente ans, et je ne vois pas très bien ce qu'on peut reprocher à cette... fraternisation, comme ils disent... Ce n'est pas comme s'il s'agissait d'une adolescente ! »

L'argument produisit son effet sur Sarah Mitchell. Je rétorquai :

« Aucun problème avec ça. Ce que j'aimerais savoir, c'est si elle vous a semblé inquiète avant son enlèvement. Voire angoissée. Avait-elle reçu des menaces ? Se plaignait-elle d'être suivie ? »

L'objectif était de le déconcerter. Je pus voir qu'il était atteint.

« Oh, non, pas du tout. Elle n'a jamais exprimé le moindre souci de cette sorte. Jamais. Elle se souciait juste un peu de... comment dire ? De la façon dont ses compagnes de chambre pouvaient juger notre... relation. Mais c'était tout.

– Naturellement. »

Puisqu'il avait lu l'article, il savait pertinemment que j'étais le père de Jane. Je le rassurai tout de suite :

« Jane m'a dit que vous sortiez ensemble. Je ne pense pas qu'elle y voyait le moindre mal. En fait, elle m'a dit qu'elle avait fait avec Emma, Vicky et vous-même une visite guidée.

– Oh ? Bien sûr. Je m'intéresse au Londres souterrain. Particulièrement aux vieilles stations de métro abandonnées. C'est l'une d'elles qu'on a visitée ensemble. Je comptais sur cette expédition commune pour faire taire les mauvaises langues.

– Très intéressant ! » souligna Alice.

Il reporta son attention sur elle. Toute son attention. Et je dis bien toute. C'était quelque chose à regarder.

« Encore plus qu'intéressant. Fascinant. Vous aimeriez y participer ? Je peux vous arranger ça.

– Ce serait très spécial, dit Alice.

– Autre chose... » ajoutai-je.

Il se retourna vers moi. Avec un peu moins d'intérêt.

« Oui, monsieur Houseman ?

– Très bon café ! »

Le compliment me valut un sourire.

« Je ne voudrais pas avoir l'air de suggérer quoi que ce soit, mais... »

La technique de l'approche en zigzag, à laquelle il n'avait vraisemblablement jamais été confronté, mais version légèrement revue et corrigée.

« Je vous en prie...

– C'est juste que le nom du groupe qui l'a kidnappée... il est très proche de celui dont vous êtes président... ce nom à rallonge autour d'Eidarous et de Belmarsh. »

Là, il s'était visiblement raidi.

« Et puis ?

– Je me demandais si vous pourriez m'en dire un peu plus sur cet autre groupe ? Le vôtre ne s'occupe que de pétitions. Rien à voir avec le kidnapping. Se pourrait-il qu'il y ait eu des... disons des contacts avec cet autre groupe qui porte à peu de chose près le même nom ? »

Quand il releva les yeux vers moi, cette fois-ci, je jure que je détectai une certaine condescendance dans son regard.

« Oh, ça n'a strictement rien à voir. Mon groupe est purement politique. Aucun contact imaginable entre les deux. Nous n'évoluons ni dans les mêmes milieux ni dans les mêmes domaines.

– Ah, j'en avais peur. »

Je m'efforçais d'avoir l'air profondément abattu. Une attitude qui pousse fréquemment le sujet aux confidences.

Le téléphone d'Alice sonnait dans sa poche. Elle y répondit, murmura : « Excusez-moi ! » et se leva pour s'approcher de la fenêtre avant d'enchaîner : « Bien mieux, maintenant. »

« C'est ce que j'ai essayé de leur expliquer, moi aussi, intervint Sarah.

– Je vous demande pardon ?

– Au sujet de la différence entre les deux groupes.

– Oh ? Je vois... Je suis si content que vous aimiez mon café, ajouta-t-il à mon adresse. Une autre tasse ?

– Avec plaisir. »

Il se leva et repassa dans la cuisine. Je vis qu'il observait mon reflet dans la vitre de la baie. Comme j'observais le sien et ne tenais pas à ce qu'il s'en aperçût, je m'extasiai : « Ce que je peux aimer cette vue ! »

Dans une petite pièce, juste en face de la rue, les deux hommes de l'équipe verte suivaient, écoutaient, enregistraient le spectacle en cours. Jusque-là, rien n'avait spécialement suscité leur intérêt. Edward, le chef d'équipe, venait de prendre une communication sur son portable.

« C'est Mike, annonça la voix familière du patron de l'équipe bleue. On lève le siège.

– Quoi ?

– On se barre. On fout le camp.

– C'est une blague ?

– Pas du tout. Tu as reçu le mémo. On doit être au numéro 10 demain matin. Je viens d'appeler le bureau et ils disent de faire nos valises. »

Edward n'en revenait pas.

« Demande à parler au superintendant. Ça ne peut être qu'un malentendu.

– J'ai eu le bureau du superintendant. Ils m'ont dit que je pouvais disposer. Je croyais que tu le savais ?

– J'avais cru comprendre qu'il fallait qu'on aille jusqu'au bout de notre assignation. On en a encore pour deux heures.

– Des clous. On déménage deux heures plus tôt à cause de cette pantomime au sujet du faux valet de pied. Tu aurais dû le savoir. »

Edward se tourna vers son partenaire.

« La bleue se retire, Danny. On les rappelle deux heures plus tôt.

– C'est pas vrai.

– Si. Alors, il faut qu'on assure les deux positions. Tu vas aller là-bas derrière. Moi, je reste ici.

– Il flotte. Pourquoi je resterais pas ici ? »

Danny plaisantait. Il était nettement plus jeune qu'Edward.

« À cause de mon grade supérieur, idiot. Exécution ! »

Edward jeta un œil à la maison d'en face.

« C'est pas comme si ça bougeait dur. Tu ne crois pas qu'on ferait quand même mieux d'appeler pour signaler la division des effectifs ? »

Danny enfilait son imper.

« Ça risquerait de rompre le charme. Alice est à la hauteur.

– Sûr. Vas-y. Profite bien de ta douche. »

« Encore un peu de vin ? suggéra Robert Northwood.

– Non, merci, déclina Alice.

– Y a-t-il encore quelque chose que je puisse faire ? »

Sarah Mitchell questionna :

« Savez-vous si Emma a couché avec d'autres membres de la faculté ?

– Pas à ma connaissance. J'espère que cette interview ne va pas descendre dans le grivois.

– Oh, non. Je me demandais si vous n'aviez pas une photo de vous deux ensemble.

– J'ai bien peur que non. »

Il se foutait de nous. Alice dut ressentir la même impression, car elle cessa d'y mettre des gants :

« Avant qu'on donne dans les ragots, je crois qu'il reste quelques menues informations dont j'aimerais vous faire part.

– Tout ce qui puisse nous aider à la retrouver saine et sauve. »

Je l'aurais étranglé volontiers pour lui apprendre à vivre.

« Mais d'abord, dit Alice en fouillant dans son sac, je m'appelle Alice Tennent et je travaille pour le gouvernement. »

Elle lui montra sa carte.

« Plus précisément pour MI-5. »

J'ignore qui reçut le plus grand choc, Robert Northwood ou Sarah Mitchell, mais c'est Northwood qui parla le premier :

« Vous allez m'abattre ? »

Sérieusement. Alice ne broncha pas.

« Certainement pas ! Mais je suis habilitée à vous dire qu'Emma Schiller est morte. »

Tandis que Sarah Mitchell se remettait assez vite pour commencer à griffonner fébrilement, Robert Northwood parvint tout juste à protester :

« Non !

– Si. Le shérif adjoint Houseman l'a identifiée.

– Je confirme la triste nouvelle. Emma Schiller est bien morte. Aucun doute là-dessus.

– Ce n'est pas possible. Pas possible.

– Je crois que Jamal Essabar, alias Hamza, a tenté de vous joindre, mais n'y est pas parvenu. »

Deuxième coup au but d'Alice, presque aussi fort que le premier.

« Ce n'est pas possible, répéta Northwood en consultant sa montre. On n'est que mercredi. Le 19.

– Et il importait de la garder en vie jusqu'au 21 ? J'ai bien peur que quelqu'un ait changé le programme. »

À ce stade, elle avait surchargé Northwood de beaucoup d'informations, toutes néfastes. Elle recula légèrement. Pas question de le laisser sombrer dans la catatonie.

« Il se peut que cela ait été une fausse manœuvre. Vos deux petits assistants sont tellement... amateurs ! »

Robert Northwood était légèrement verdâtre.

« Alors, c'est fini ?
– Pour vous, incontestablement.
– Comment l'avez-vous découvert ?
– Vos associés ont voulu se débarrasser du corps. Il a été retrouvé à l'arrière d'une voiture qu'ils avaient volée. »

Elle s'abstint de préciser que cette découverte avait été l'œuvre du hasard.

« Il faut que je voie mon avocat... »

Parce qu'il regardait sa montre, une fois de plus, je consultai la mienne. Il était 23 h 25.

Northwood se leva, s'approcha des fenêtres. Pas d'assez près pour sauter, et ce n'était pas son style, de toute manière. Mais assez pour qu'il pût voir l'autre côté de la rue. Il se tint un bon moment immobile, les mains jointes devant lui, à hauteur de poitrine, la tête courbée. On aurait pu croire qu'il priait, mais il contemplait, fixement, le spectacle de la rue.

« Vous attendez quelqu'un ? lui demanda Alice.
– Une jeune femme. Personne que vous puissiez connaître. En fait, elle est mon avocate.
– Hanadi Tamish ? »

Northwood prit le temps de respirer. Haleta en fin de compte : « Naturellement. Vous mettez le téléphone sur écoute, c'est ça ? »

Alice haussa les épaules.

« Il va falloir que nous lui parlions, nous aussi. »

Danny, le second membre de l'équipe verte, examinait son nouveau point de vue depuis la rue mouillée. Il savait que l'équipe bleue s'était cantonnée dans une voiture, tout près d'ici, mais il ne voyait absolument pas comment ils pouvaient apercevoir, de leur place, l'appartement de Northwood. Il avait déjà fait l'aller et retour à pied, par trois fois, depuis le carrefour jusqu'au fond de l'impasse, et ne voyait toujours rien de plus qu'un vague reflet de la cuisine.

Il décida d'aller voir, de l'autre côté de l'immeuble, s'il n'y trouvait pas un meilleur poste de guet.

Mark, qui avait conduit Alice et Carl Houseman à l'adresse de Northwood, surveillait Burnaby Street dans son rétroviseur. Il avait vu une voiture quitter le voisinage, mais n'avait attribué ce départ qu'à l'un des résidents locaux. Un peu plus tard, il vit un homme tourner dans Ashburnham Road et marcher lentement vers Burnaby Street. L'homme semblait n'avoir d'autre but que de se balader de long en large. Mark appela Edward, le chef de l'équipe verte.

« Je vois un type qui se promène vers la planque de l'équipe bleue. Tu leur dis de l'interpeller ? »

Edward éclata de rire.

« Pas la peine. C'est sûrement Danny.

– Et qu'est-ce qu'il fout dehors ?

– L'équipe bleue s'est tirée. Ils sont de service demain au numéro 10. »

Mark n'en croyait pas ses oreilles.

« Je les ai remplacés par Danny. Tu écoutes Alice ?

– Je n'ai pas ce qu'il faut dans ce véhicule.

– Elle a dit qui elle était, et le sujet a pété un plomb.

– Comment ça ?

– Il s'est planté devant sa fenêtre, et il a dit qu'il attendait son avocate. »

Mark n'aimait pas ça du tout.

« Je crois que je vais monter en renfort.

– Alice est tout à fait capable. Et elle a ce shérif américain avec elle.

– C'est rien de plus qu'un flic de cambrousse. Et pas très jeune. Je préfère y aller. Ou me trouver plus près, pour le moins. Je serai dans l'immeuble avec mon téléphone.

– Je vais le dire à Danny. Tu te fais trop de mouron.

– Jamais trop », riposta Mark en se disposant à quitter sa voiture.

Deux minutes plus tard, alors que Mark s'éloignait de sa voiture et que Danny n'avait pas encore découvert l'endroit idéal, une autre voiture vint se garer à moins de quinze mètres de celle que Mark venait d'abandonner. Hanadi se pencha pour parler à l'homme qui tenait le volant.

« Trouve un moyen de prévenir mes parents.

– Bien sûr. Tu justifies la confiance qu'on a en toi. Que Dieu t'assiste ! »

Elle remonta Burnaby Street vers l'ouest, et traversait Ashburnham Road quand Edward la repéra de sa planque.

Il décrocha son portable et appela Alice alors qu'Hanadi grimpait déjà l'escalier de Robert Northwood.

Imad descendit de voiture au bout d'un moment, afin de s'assurer que l'avocate allait faire son travail jusqu'au bout, et Anton prit la place du conducteur.

« Attends-moi au coin de Damer Terrace, ordonna Imad. Si tu n'entends rien de particulier dans le quart d'heure qui vient, va à Clissold Park et laisse la voiture près de Greenway Close. Tu as bien compris ?

– Oui.

– S'il y a un gros problème, va à la mosquée, dis-leur que tu as besoin d'un téléphone.

– Oui. »

Imad s'éloigna, et Anton démarra vers Damer Terrace.

Le téléphone d'Alice sonnait. Elle passa dans la cuisine pour répondre. Je me levai et m'appuyai sur le dossier du canapé, entre Northwood et la porte. Mieux vaut prévenir...

« Vous êtes sûr que c'était elle ? me demanda-t-il.

– Certain. »

Il avait encore quelque peine à retomber sur ses pieds.

« J'ai toujours autant de mal à le croire. Vous êtes sûr que c'était bien Emma ?

– Même réponse.

– Je suppose que ça ne changera rien pour vous, mais je peux vous dire que je regrette. Je regrette sincèrement.

– Et moi, je peux vous dire que je m'en fous. »

Les yeux dans les yeux. Il recula comme si je l'avais giflé.

« Je n'aurais pas dû partir avant que tout soit terminé. »

Il dit cela moins pour moi que pour lui-même. Près de la fenêtre, Sarah Mitchell adressait des signes à quelqu'un. Évidemment à son cameraman.

« Vous savez, s'écria soudain Northwood, d'une voix forte, sans la venue de votre président, rien de tout cela ne serait arrivé. »

La phrase attira l'attention de Sarah, ce qui était l'effet recherché. Elle se retourna d'un bond, en interrompant ses gestes cabalistiques.

« Vous parlez de l'Iraq ? »

Question attendue.

« Naturellement. C'est une ignominie, une guerre illégale, une...

– Mettez-y une sourdine, vous voulez ?

– La vérité est dure à entendre.

– Alors, attendez les nouvelles de vos amis. Ne perdez pas votre temps à m'endoctriner. Gardez vos arguments pour le tribunal. Peut-être que ça marchera : "C'est à cause de ce diable de Bush qu'elle est morte !" Faiblard, mais sans doute votre meilleure chance d'émouvoir un jury. »

Alice revint de la cuisine.

« Une femme vient d'entrer dans l'immeuble et monte l'escalier. Vous attendiez vraiment Hanadi Tamish ?

– Bien sûr. Elle, c'est vraiment mon avocate. Je l'avais avertie que je me sentirais mieux si elle assistait à cette rencontre.

– Quand avez-vous fait ça ?

– Quand j'ai cru qu'il s'agissait d'une véritable interview.

– À quelle heure ? »

Je n'oubliais pas qu'il était censé, à ce moment-là, ne pouvoir joindre personne au téléphone.

« Je n'en sais rien. J'ai essayé de l'appeler en rentrant. Sa ligne était tout le temps occupée. Je suis descendu chez Mme McGonagall pour prendre mon courrier. On a bavardé. J'ai appelé de chez elle et j'ai obtenu la communication. Il devait être à peu près 22 heures. Vous devriez le savoir puisque c'est vous qui avez mis mon téléphone en rideau. »

Son visage s'éclaira.

« Je vois, je vois. Vous n'avez pas pu en faire autant avec la ligne de Mme McGonagall ! »

Apparemment, Londres et l'Iowa avaient plus de points communs que je ne l'imaginais.

« Vous allez lui ouvrir la porte et la faire entrer. Vous ne ferez rien pour l'en dissuader. Vous ne lui direz rien avant que je n'aie pu me présenter dans ma fonction véritable. C'est bien compris ?

– Oui. Vous aurez ma collaboration absolue. »

Il s'assura, d'un coup d'œil, que Sarah Mitchell le notait bien sur son calepin.

Je me demandais quand nous cesserions d'avoir cette peste sur le dos. Elle avait déjà tout ce qu'il lui fallait pour satisfaire le rédacteur en chef de son torchon quotidien. Des noms propres allaient bientôt jaillir de toutes parts et j'étais sûr que, pas plus que moi-même, Alice ne désirait les lui faire entendre.

« On ira ouvrir tous les deux, spécifia-t-elle. Je vous rattraperai au vol, si vous tentez de fuir. Carl, emmenez Mme Mitchell dans la cuisine, voulez-vous ? Notre visiteuse doit entrer comme une grande avant de soupçonner notre présence. »

Je pris le bras de la journaliste, sans galanterie particulière.

« Quand elle sera entrée, ajouta Alice, il faudra que vous partiez, Sarah. Mesure officielle.

– C'est un ordre ?

– Exactement. »

Robert Northwood semblait avoir quelque velléité de résistance.

« Vous êtes vraiment du MI-5 ?

– Vraiment, absolument, monsieur Northwood. Allez répondre à la porte, et pas de bêtises. Il y a des officiers tout autour de cet immeuble. Votre coopération sera dûment enregistrée. »

Sarah Mitchell griffonnait à plein gaz.

« Formidable ! Formidable ! »

Elle commençait à respirer l'odeur enivrante du scoop majuscule. Tirant son portable de sa poche, elle débita rapidement :

« Robbie ? Amène-toi juste devant et glane tout ce que tu peux. Il va y avoir des flics plein la rue dans une minute. Je suis là-haut avec le MI-5. Non, non, c'est pas un canular. Filme l'appart depuis la rue. Grouille ! »

Alice n'avait jamais envisagé d'empêcher Sarah Mitchell de faire son boulot. Après tout, on le lui avait promis, ce scoop, et il serait beaucoup plus gros que tout ce qu'elle avait espéré.

On frappait à la porte, et le portable d'Alice se remit à sonner, au mauvais moment.

« Qui est là ? » cria Northwood, bien inutilement.

Je n'entendis pas la réponse alors qu'il ouvrait la porte.

À ce moment-là, sans doute pour être sûre de figurer sur les photos prises d'en bas par son cameraman, Sarah Mitchell se rapprocha de la baie, et je me demandai si la nouvelle venue l'aperçut ou non depuis l'entrée.

« Bienvenue, Hanadi. »

Dans le reflet de la fenêtre, je distinguai une silhouette féminine. Plutôt petite sous son imper gris anthracite, avec une écharpe roulée autour de la tête, à la mode musulmane. Toujours dans la vitre, je la vis lever les yeux vers Northwood avant de baisser la tête.

L'explosion projeta le prof en arrière, à travers la vitre et trois étages plus bas, dans la rue. C'est exactement ce qui se passa, je le sais. J'y étais.

28

Mercredi 19 novembre 2003
Ashburnham Road, Londres
23 h 22, GMT

Je retrouvai suffisamment mes esprits pour me hisser hors du verre et des autres débris épars sur le sol de la cuisine. Il y avait dans l'air une lourde poussière de plâtre, et je n'y voyais rien. J'étais complètement déboussolé. Mes oreilles carillonnaient. Plus aucune lumière dans le salon. La seule lumière visible provenait de la rue.

Du côté de l'entrée, la moitié du mur où se tenait la porte n'était tout simplement plus là. Quant à la porte elle-même, catapultée par la violence de l'explosion, elle s'était écrasée contre le mur de la bibliothèque. Alice gisait sur le plancher, tout près, beaucoup trop près de ce qui avait été l'entrée. Elle reposait sur le flanc gauche, face à moi. Elle était couverte de plâtre et d'un peu de sang, et ne remuait pas du tout.

À travers le nuage de poussière, je distinguai Sarah Mitchell, proche de la fenêtre. Elle non plus ne bougeait pas. Il n'y avait plus ni vitre, ni trace de l'encadrement, tout avait volé vers l'extérieur, et le vent froid de la nuit s'engouffrait à travers la façade béante.

Je n'avais pas réellement entendu l'explosion. Trop proche, trop forte pour que j'aie pu la percevoir en tant que telle. Et j'étais complètement sourd à présent, avec une sorte de sifflement aigu au fond des oreilles.

Pour autant que j'en puisse voir, la visiteuse avait totalement disparu. Mais d'après l'espèce de magma rouge et rose collé au plafond et sur ce qui restait des murs, j'avais une assez bonne idée de ce qu'elle était devenue. En m'approchant d'Alice, je vis que le palier, de l'autre côté de la porte, avait également beaucoup souffert.

Une odeur âcre régnait sur les décombres, au sein d'un mélange épais de poussière et de fumée, mais rien ne semblait brûler alentour. Je n'étais d'ailleurs pas vraiment inquiet à l'idée qu'il y ait un incendie ou pas. J'étais complètement anesthésié.

En me penchant sur Alice, je faillis lui tomber dessus. J'avais eu le tort d'allonger le bras, et le plâtre avait cédé sous ma main tendue. Quand je retrouvai mon équilibre et m'agenouillai auprès d'elle, je constatai qu'elle respirait, mais elle ne répondit pas à l'appel de son prénom.

« Espèce de crétin, elle doit être complètement sourde, elle aussi ! »

Je la secouai doucement par l'épaule. Elle ouvrit les yeux, mais ne broncha pas. Comme un idiot, je lui fis un signe de la main, en souriant connement.

Du mouvement, au-delà du mur disparu, attira mon attention. C'étaient Mark et deux autres types qui cherchaient un moyen de parvenir jusqu'à nous sans crever le palier éventré ni tomber au rez-de-chaussée. Ils n'étaient qu'à trois ou quatre mètres de moi, mais comment franchir ce gouffre ?

« Appelez... une ambulance ! »

Je les vis remuer les lèvres, mais ne perçus pas un mot.

« Alice... Elle a besoin d'une ambulance. »

Mark pigea le premier. Articula : « OK ! »

Pendant qu'ils redescendaient, j'allai voir où en était Sarah Mitchell, qui tentait désespérément de s'asseoir.

« N'essayez pas de bouger. »

Elle leva la tête et dit quelque chose.

« Quoi ? »

J'observai ses lèvres de très près. Devinai : « Ne criez pas ! »

J'en déduisis que son ouïe avait été moins gravement touchée que la mienne. J'aurais bien voulu m'asseoir, mais il n'y avait plus un meuble disponible, alors je finis par m'accoter au mur.

Mark agitait les bras à distance réduite. Il avait réussi à franchir le trou du palier. Je me retournai dans cette direction et vis qu'Alice avait pu s'asseoir. Mark me lança : « Ne bougez pas ! Je vais vous aider. »

Alice tourna la tête vers moi, et me regarda d'un air abasourdi. Puis elle se laissa repartir en arrière et porta ses deux mains à ses oreilles.

Je braillai : « Moi, ça va. Je suis juste sourd ! »

À mon tour, je portai mes mains à mes oreilles, puis les en écartai. Pas de sang.

« Ça carillonne. J'entends rien d'autre ! »

Je devais gueuler comme un âne, car Mark recula en se couvrant les oreilles.

« Assieds-toi, bon sang ! »

Il avait trouvé le moyen d'entrer. Il remit une chaise sur ses pieds. Elle avait l'air intacte. Esquintée, mais intacte.

Je m'assis dessus. Très lentement, très prudemment. Je n'avais mal nulle part et sans doute rien de cassé. La poussière de plâtre, dans la lumière jaune issue des lampadaires d'en bas, donnait à toutes choses un aspect irréel, comme un décor de cinéma. La bibliothèque, avec ses ampoules miraculeusement épargnées, semblait appartenir à un univers parallèle et hautement improbable.

Mark aida Sarah Mitchell à se remettre sur pied. Elle avait cet air un peu hébété que nous devions probablement tous arborer. Ses lèvres bougeaient, mais je n'entendais pas une syllabe.

Mes yeux erraient à l'aventure et je pensais à des trucs insensés. Un rapport pour cambriolage que j'avais laissé inachevé sur mon bureau, à Maitland. J'en avais retenu tous les détails. J'aurais pu les réciter par cœur, sans me tromper d'une virgule.

Puis je pensai à notre marché aux viandes. Je secouai la tête et me rendis compte que je regardais un gros morceau de viande. Les hanches et une des jambes de quelqu'un. Une seule. Je me retournai précipitamment vers Alice. Elle était entière. Je me souviens de m'être dit « Ouf ! ».

Alice paraissait plus petite, dans son état présent. Je la voyais respirer en passant ses mains sur son visage et sur sa tête. Ma propre figure commençait à me démanger incroyablement. C'était la même sensation qu'on éprouve au pied quand on s'est assis dessus trop longtemps. Une drôle d'impression.

Je me sentais absolument inutile, mais je me tenais tranquille. Je me souvins, tout à coup, que les victimes d'explosions peuvent très bien avoir subi de graves dégâts internes, sans en souffrir sur le coup. Je remarquai que mon parka, quoique pratiquement intact, avait changé de couleur sous la poussière de plâtre environnante. C'était mon seul parka et il était probablement foutu. Sue allait en faire une maladie.

Petit à petit, les choses devinrent de moins en moins importantes et je ne me rappelle presque rien de cette soirée agitée.

29

Jeudi 20 novembre 2003
Ashburnham Road, Londres
0 h 57, GMT

Debout sur le trottoir en face de l'immeuble sinistré, Blyth regardait les rideaux flotter à travers la brèche du troisième étage. La rue était jonchée de verre cassé et de débris de toutes sortes. Le corps d'un homme non identifié avait été dissimulé aux regard des passants par une couverture imperméabilisée d'un jaune agressif. D'après les premiers rapports, il s'agissait bel et bien de Robert Northwood, mais un simple coup d'œil n'avait pas permis à Blyth d'en acquérir la certitude. Le visage ressemblait à une aubergine piétinée par un cheval de bonne taille.

Les services d'urgence évacuaient les survivants à l'aide de palans et Blyth assista au transport de la dernière victime jusqu'à l'ambulance. On lui avait dit qu'il s'agissait d'Alice, qu'elle paraissait en relativement bonne condition quoique fortement traumatisée, à la lisière de l'inconscience. Il avait assisté, auparavant, à la descente suspendue de Sarah Mitchell et du shérif adjoint Houseman et avait même pu échanger quelques mots avec l'Américain. Il lui avait paru en assez bonne forme, quoique tout à fait incapable d'entendre ce qu'on lui disait. Tout juste de confirmer, en termes elliptiques, le récit de Mark.

« Une femme est venue frapper à la porte, avais-je, en faisant l'impossible pour me concentrer et parler d'une voix normale. Petite. Écharpe sur les cheveux. C'est elle qui s'est sacrifiée. Sans aucun doute. Si je parle trop fort, c'est parce que je n'entends absolument rien... »

Le palan porteur stoppa à six mètres du sol pour permettre à l'opérateur de régler son atterrissage. Alice fut déchargée sur son brancard et parvint à esquisser un petit geste de la main.

« Tu n'as pas l'air au mieux de ta forme, constata Blyth »
Elle lui sourit.

« Il ne faut pas se fier aux apparences... C'est juste mes oreilles qui bourdonnent et ma figure qui me démange...

– Rendez-vous à l'hôpital... »

Il les regarda l'embarquer dans l'ambulance, puis rejoignit Henry Morris qui dirigeait l'équipe d'enquête après l'explosion.

« Résultats aussitôt que possible, Henry. »

Morris avait rapidement accédé au troisième étage par une poutre d'aluminium lancée au-dessus du gouffre des étages inférieurs. Il était important que toutes les victimes eussent regagné la terre ferme avant de remonter là-haut, hissé par le palan, avec son équipe et son matériel.

« Attentat-suicide, selon toutes les apparences. Tu as un suspect, Adrian ?

– Une femme. Probablement une certaine Hanadi.

– Pas d'échantillons d'ADN disponibles. On a ce qui ressemble à une tête humaine incrustée dans le plâtre du plafond, à quatre ou cinq mètres de là. Et un bout de guêpière sur le plancher. On trouvera d'autres traces. Mais un échantillon d'ADN clairement identifié nous comblerait de joie. »

Blyth savait que les têtes des kamikazes, surtout ceux qui transportaient leurs explosifs dans un harnais sanglé autour du corps, avaient tendance à jaillir vers le haut, à la verticale. L'action des explosifs était tridimensionnelle, avec une force égale dans tous les sens. L'énorme pression engendrée par la déflagration arrachait tout simplement les têtes et les propulsait vers le ciel. Dans le cas d'une explosion à l'air libre, on les retrouvait parfois très loin du lieu de l'attentat. En espace clos, un plafond stoppait l'ascension de la tête quoique, dans certains cas, il arrivait qu'on la retrouvât juste sous le toit, plusieurs étages au-dessus, mais les possibilités d'identification étaient alors souvent plus que réduites.

« La branche spéciale a déjà demandé le mandat de perquisition pour son appartement. On y dénichera peut-être des choses intéressantes.

– Espérons-le. »

Morris baissa les yeux vers la couverture jaune.

« L'explosion semble s'être produite à l'entrée de l'appartement. Sans doute même devant la porte. Je dirais que le gars sous la couverture jaune devait être juste de l'autre côté de la porte, à l'intérieur. »

Il loucha vers la façade mutilée.

« Comme il doit peser dans les soixante-dix kilos... tu as une idée de l'explosif, Adrian ?

– Semtex... à vue de nez.

– Probable. Alors je dirais plusieurs kilos de cette saloperie...

– Compatible avec un kamikaze de sexe féminin ?

– D'après le contexte, pourquoi pas ? »

Morris souriait. Lui et Blyth se connaissaient depuis de nombreuses années.

« Les femmes portent en général dix à quinze kilos de rembourrage. Les hommes parfois le double. Une simple moyenne, bien sûr.

– Oui. Je n'ai jamais compris comment quelqu'un pouvait en arriver là.

– Psychologiquement, les kamikazes sont difficiles à comprendre. Ils sont tellement... impétueux ! »

Blyth lui jeta un mauvais regard.

« Pas d'humour déplacé, je t'en prie. Mais je t'écoute.

– Dommage, j'en avais une bonne. D'après mes potes israëliens, il y a des poids standard. Mais trente ou quarante kilos n'auraient rien laissé de la baraque. En réalité, si il ou elle avait pris le temps d'entrer et de refermer la porte, il n'y aurait pas eu un seul survivant.

– Sûr de ça ?

– Certain. J'ai pu échanger quelques mots avec ton Alice, là-haut. Elle est encore sous le choc, mais le premier examen n'a rien révélé d'inquiétant. Elle m'a dit qu'elle et le grand Américain ont été partiellement protégés par la porte ouverte. Plus exactement, que ni lui ni elle n'avaient eu le temps de bien voir la visiteuse parce qu'elle était de l'autre côté du battant. Il s'ouvrait sur la gauche, et vers l'intérieur. Bois solide et gonds costauds. Un mélange de facteurs favorables, dans le cas qui nous occupe !

– À quoi ça tient, parfois...

– L'autre nana, celle qui était près de la fenêtre, est la plus amochée. Quelqu'un de chez toi ?

– Pas vraiment.

– Quelqu'un de l'autre bord ?

– Non plus. Un élément neutre.

– Et celui qu'ils ont ramassé à l'étage au-dessous ? Il s'est pris une bonne moitié de plafond sur la tronche.

– Qui ça ?

– Sans doute quelqu'un dont c'était pas le jour. Il était sur le palier du deuxième quand tout a pété. Apparemment sans provocation de sa part !

– On sait qui est ce type ?

– Les flics s'en occupent. Il est bon pour l'hosto, comme tout le monde. »

Hôpital Saint-Thomas
Centre-ville, Londres
1 h 50

Le médecin qui s'occupait de Sarah Mitchell courait vers la salle d'opération, auprès du brancard roulant. Sarah Mitchell sortait de la radio. Elle était calme et parlait presque normalement. Elle se plaignait de nausées et d'une grande lassitude. C'était ce qui inquiétait le médecin. À mesure qu'il lui parlait, elle semblait de plus en plus indifférente à son propre sort.

Les rayons X avaient révélé ce que, dans le jargon médical, on appelait la forme du papillon blanc. Poumons éclatés par l'énorme pression produite. Sans doute avait-elle eu la bouche ouverte au moment de l'explosion, quoique le résultat eût été peut-être le même. L'intervention chirurgicale s'imposait, d'urgence, mais étant donné l'envergure du papillon, sa survie était d'autant plus improbable qu'elle souffrait d'autres lésions internes.

La pression sanguine était basse, la respiration très accélérée et elle était extrêmement déshydratée.

Intubée en cours de route, maintenue sous double perfusion et sous oxygène, elle passa sur le billard exactement quatorze minutes après son admission. Dix-neuf autres minutes plus tard, elle était morte.

2 h 10

Ils m'avaient piqué mon parka et je me dis que je ne le retrouverai pas. J'avais été radiographié, interrogé, examiné, soumis à de nombreux tests, foutu à poil et ausculté sous toutes les coutures. En chemise d'hôpital, avec une aiguille dans la veine et une canule sous le nez, j'étais sans défense aux mains de deux infirmières. L'une me lavait le visage et l'autre m'irriguait les yeux.

Celle qui me promenait sur la figure des cotons imbibés de je ne sais trop quoi n'arrêtait pas de me consoler : « Là... là... nous allons bientôt aller mieux, n'est-ce pas ? »

Elle, je l'ignorais. Mais moi, sûrement, puisque je commençais à l'entendre. Le carillon était toujours là, mais ne noyait plus tout le reste. C'était un peu comme essayer de soutenir une conversation dans une rue très fréquentée.

« Je vous entends, mais je ne sens toujours pas grand-chose.

– C'est bien. Je vais vous appliquer un onguent, vous allez ressentir une sensation de fraîcheur. Ne vous inquiétez pas. »

Je découvrais l'autre infirmière avec l'impression de nager sous l'eau. C'était la première fois qu'on m'irriguait les yeux, et je mis un bout de temps à comprendre que cette sensation de nage sous-marine provenait de l'eau qui me coulait dans les mirettes.

L'irrigation cessa, remplacée par une forte lumière.

« Bravo, déclara une voix féminine. Parfait. Je suis le docteur Benton, et vos yeux vont aussi bien que possible.

– Bonjour, docteur.

– Vous avez un peu la figure enflée, et quelques brûlures, j'en ai peur. Pas trop douloureux ?

– Non, pas vraiment.

– L'onguent va vous faire du bien. Vous n'avez rien de sérieux. Premier degré, seulement.

– Merci beaucoup.

– Vos radios sont excellentes. Comment vous sentez-vous ?

– Comme engourdi. Mentalement, surtout. Mais les choses s'éclaircissent. »

Elle consultait le diagramme affiché au pied de mon lit.

« Je vois. Vous vous êtes sorti d'une violente explosion, c'est bien ça ?

– Tout à fait.

– Une fuite de gaz.

– Pardon ?

– Une grosse fuite de gaz. Une conduite crevée ou quelque chose comme ça, dans l'appartement où vous étiez. »

Il me fallut une seconde ou deux. Ensuite, eurêka ! Une fuite de gaz. Si ça marchait pour les Britanniques, je n'allais pas contredire la thèse officielle.

« Oui, je me souviens. L'odeur, d'abord, et puis... »

Toutes les activités en cours s'étaient interrompues, dans la chambre.

« Vous ne seriez pas en train de nous mener en bateau, par hasard ? »

Le docteur Benton semblait plutôt vexé. J'avais dû en mettre une couche un peu grosse. Essayez d'en juger, au sortir d'une explosion. Vous m'en direz des nouvelles.

« Higgins, dit la doctoresse sans me quitter de l'œil, il faut qu'on lui examine la tête. Dans une petite heure ? »

La réponse de l'infirmière Higgins m'échappa totalement, mais une heure plus tard j'étais dans une espèce de gros tube blanc. Un scanner ou quelque chose d'analogue.

« Vous vous souvenez de la personne avec qui vous étiez ?

– Pas besoin de ce genre de détails pour l'instant. Ça viendra plus tard. »

Je reconnaissais la voix. Celle de Blyth. Ils avaient dû m'administrer un sédatif parce que je commençais à me rendormir.

« Comment va Alice ?

– Parfaitement bien », dit Blyth.

Et sa voix, sa présence s'effacèrent.

5 h 31

À mon réveil suivant, je trouvai Sue à mon chevet.

« Hé ! Comment tu vas ?

– Moi ? Mon Dieu ! Dis-moi plutôt toi, comment tu vas ?

– Pas mal, je pense. »

Mais non sans une méchante raideur de tout le visage.

« Surtout si je n'essaie pas de sourire.

– On dirait que tu es trop resté au soleil... sans t'enduire de crème.

– Ah, oui. Une réaction thermique. Je peux avoir un peu d'eau ? »

Là-dessus, je replongeai dans les vapes. Ça n'arrêtait pas de sonner, au fond de mes oreilles. Et je tombais de sommeil.

7 h 38

Quand je revins à la surface, je me sentais un autre homme. À part ma figure qui était toujours aussi chaude et tendue au point que je ne risquais pas de sourire.

« Ça va mieux, chéri ?

– Je te le dirai plus tard.

– Une explosion de gaz ! Seigneur, qui aurait cru ça ? »

Inutile de protester. Une explosion de gaz, si c'était ce qu'ils voulaient, ils l'auraient. La compagnie du gaz irait au pétard et publierait un démenti. Mais ça demanderait du temps.

« Oui, un sacré boum. Comment vont tous les autres ?

– Alice va bien. Je l'ai vue il y a une heure, et elle m'a chargée de t'embrasser pour elle. On me dit que tu seras debout et capable de te déplacer dans quelques heures, mais si tu ne te sens pas assez bien, reste tranquille.

– On verra ça quand je me mettrai debout.

– Attends une infirmière.

– D'accord. Alors, tu m'embrasses ou pas ? »

Elle se pencha pour déposer un baiser léger sur mon front.

« Je ne t'ai pas fait mal ?

– Bien sûr que non. »

Elle m'embrassa une seconde fois et se redressa.

« On a l'impression qu'on peut te faire mal. »

Extraordinaire. Je me levai sous la surveillance d'une infirmière et j'eus un mal de chien à la persuader que je pouvais aller tout seul aux toilettes. Elle me raccompagna jusqu'à mon lit. Un peu plus tard, je me rallongeai, et c'est tout ce dont je me souviens.

8 h 22

Deux toubibs me réveillèrent aux aurores. Ils m'examinèrent les yeux en y braquant un rai de lumière intense, me demandèrent si j'avais eu récemment d'autres blessures à la tête et finirent par décider que je pouvais prendre un petit déjeuner et faire un tour dans le corridor. J'étais assis sur mon lit, une tasse de café à la main en expliquant à Sue que j'allais bientôt pouvoir me balader dans la cour, en peignoir d'hôpital, quand Blyth fit son entrée.

« C'est chouette de vous retrouver debout et prêt à affronter un monde hostile. »

Je venais de voir mon reflet dans un miroir et rectifiai doucement :

« Debout, d'accord. Pour le reste, j'ai plutôt l'air d'une tomate que d'un preux chevalier. Comment va Alice ?

– Plutôt bien, avec un menu traumatisme cérébral. Côté tomate, vous faites la paire.

– Et Sarah Mitchell ? »

Je lus la réponse sur son visage.

« Elle ne s'en est pas sortie. Énormes dommages internes. Indolores, d'après ce qu'on m'a dit, mais elle n'a pas tenu plus de deux heures.

– Quelle vacherie ! Je croyais pourtant l'avoir vue parler à Mark.

– Elle était encore pleinement consciente, à ce moment-là. Mais tout son système vital était en train de déclarer forfait, petit à petit...

– C'est une horreur... Et Northwood ?... J'ai comme l'impression de l'avoir vu s'envoler par la fenêtre.

– On en parlera plus tard. Et vous, chère madame, comment allez-vous ? » conclut Blyth à l'adresse de mon épouse.

Great Portland Street
Londres
9 h 35, GMT

Un individu bien connu de M. Kazan pénétra dans la boutique, attendit le départ d'un autre client pour déposer un sac en papier sur le comptoir et repartit sans avoir prononcé une parole. Le sac en papier contenait un téléphone portable flambant neuf et une feuille pliée en quatre sur laquelle figurait le numéro d'un autre téléphone portable.

M. Kazan passa dans l'arrière-boutique, ferma le rideau et composa sans attendre le numéro.

Anton répondit à la première sonnerie.

« Vous ne saviez pas, questionna Kazan, qu'il y avait d'autres personnes avec lui ?

– Comment aurions-nous pu...

– Vous auriez dû le savoir !

– Son téléphone était constamment occupé. Imad n'a pas pu le contacter, même sur son ordinateur. S'il était tout le temps au téléphone, il devait être seul. C'était logique.

– Excepté qu'il n'était pas seul, contra M. Kazan. Ce n'était donc pas si logique. Qui étaient ces autres personnes ?

– Aux nouvelles, ils n'ont identifié que Northwood et cette Sarah Mitchell. Elle travaillait pour un journal. C'est elle qui avait interviewé l'Américain.

– Je sais lire les journaux. Qui sont les autres ? Ils disent qu'il y avait deux hommes et deux femmes à l'hôpital. Qui sont-ils ? Débrouille-toi pour le découvrir et passe-moi Imad.

– Imad est l'un des deux hommes.

– Quoi ?

– À l'hôpital. Imad est l'un des deux.

– Imad ? Notre Imad ?

– Il la suivait. Il devait attendre au premier étage, pour le cas où elle renoncerait à se sacrifier et redescendrait l'escalier. Il l'avait équipée d'un détonateur commandé à distance. Si jamais elle hésitait. Mais pour ça, il fallait qu'il sache où elle était. »

M. Kazan ne répondit pas.

« Il a dû la suivre de trop près. Il a été gravement blessé.

– Transporté à Saint-Thomas ?

– Il y est encore. Je l'ai fait vérifier par quelqu'un de la mosquée. Ils ne divulguent pas la nature des blessures si l'on n'est pas parent de la victime. Ils nous ont dit tout de même que ses jours n'étaient pas en danger.

– Connaissent-ils son identité ?

– Comment pourrais-je le savoir ?

– En te faisant passer pour un parent.

– Sous quel nom ? »

M. Kazan n'avait aucune idée du vrai nom d'Imad, ni même s'il lui arrivait de l'utiliser.

« Je te le dirai dans moins d'une heure. Ne bouge pas d'où tu es. »

Kazan entreprit d'imaginer ce qui serait essentiellement un plan de sauvetage. Si Imad avait été identifié, il était déjà en état d'arrestation ou sous étroite surveillance. Toutefois, il restait une chance qu'il n'en fût rien. Si tel était le cas, le mieux serait de le faire libérer par ses amis. Kazan allait en mesurer la possibilité auprès d'un employé de l'hôpital. Découvrir, d'abord, sous quel nom il y était inscrit, et puis l'en faire sortir d'une manière ou d'une autre. Avec l'aide d'un certain Anton qui, s'il se faisait prendre, ne serait pas une grande perte.

Les sources d'information de M. Kazan étaient nombreuses, et parfois très complexes. Il appela un homme qui en appela un second en rapport avec une infirmière de l'hôpital Saint-Thomas, laquelle obtint l'info désirée et la transmit à Kazan par la même filière. Une info exacte, mais incomplète. Imad avait été admis sous son véritable nom. Il avait une vertèbre cervicale fêlée, souffrait d'un traumatisme, et ne pouvait ou ne voulait pas parler. Aucun détail sur la présence de la police. Comme il n'ouvrait pas la bouche et refusait toute coopération, il était gardé à vue jusqu'à l'intervention éventuelle d'un membre de sa famille.

M. Kazan était convaincu que plus le temps passerait sans amener cette intervention familiale, plus il serait difficile d'arracher Imad aux griffes d'une police de plus en plus intéressée. Le plus tôt serait le mieux.

Il rappela Anton.

Salle de consultation des médecins
Hôpital Saint-Thomas
Centre de Londres
10 h 11, GMT

« Il s'appelle Imad Imadhi, d'après sa récente identification, dit le docteur Benton. Il a la vertèbre C-3 craquelée, et un fort traumatisme. On devrait pouvoir lui délivrer son bon de sortie, mais nous ne sommes pas certains d'arriver à communiquer avec lui.

– Qu'est-ce que vous voulez dire par là ? questionna Trowbridge. Il refuse de parler, ou il est dans l'incapacité de vous comprendre ?

– Il ne s'agit nullement d'amnésie, expliqua le docteur Benton. Ni d'incapacité cérébrale. Il se retranche dans le silence, pour quelque raison connue de lui seul. Il semble être arabe. J'ai pensé qu'il pouvait refuser de parler à une femme et j'ai prié le docteur Givens de le faire à ma place. Il n'y est pas arrivé non plus. »

Blyth leva les yeux de ses notes.

« Étant bien entendu que le docteur Givens est de sexe masculin ?

– Oui, bien sûr. L'un de nos conseillers parle couramment l'arabe et n'a pas eu plus de succès. À en juger d'après certaines de ses réactions aux choses qui lui sont dites, je suis sûre qu'il comprend l'anglais. »

Trowbridge consulta le formulaire d'admission.

« Il n'avait sur lui que son portefeuille, un gros couteau de poche, deux clefs de destination inconnue, l'universel téléphone portable et un peigne. »

Le docteur Benton haussa un sourcil.

« Tel était le contenu de ses poches lors de son admission ?

– Conformément au reçu officiel, dit Trowbridge, dûment délivré en présence de votre administrateur, qui s'est montré fort complaisant.

– Merci.

– Il récupérera le tout à son réveil. Avec reçu et inventaire certifié.

– Merci, docteur, conclut Blyth. On en a encore pour une seconde. Si vous voulez bien faire savoir que la pièce est toujours occupée. »

Le docteur Benton se leva.

« Je souhaite que vous trouviez qui lui a fait ça.

– Moi aussi, madame. »

Dès que le docteur fut sortie, Blyth rappela :

« On se penche sur les numéros de son portable. J'espère qu'on aura les résultats très vite.

– Il est ingénieur, dit Trowbridge. Il a travaillé pour une firme de Cranford. Il habite près d'ici, à Southhall, Hayes Road. Personne dans l'immeuble de Northwood ne le connaît ni ne sait pourquoi il pouvait se trouver sur le palier de ce deuxième étage. On a aussi l'ordinateur portable de Northwood ou ce qu'il en reste. Il était dans la rue. Le disque dur semble intact. On en tirera peut-être quelque chose.

– Comme cet Imad Imadhi a le même prénom qu'un des participants au kidnapping d'Emma Schiller, il se peut qu'il ait également transporté la kamikaze. L'équipe de surveillance ne sachant pas très bien comment cette femme est arrivée, appuya lourdement Blyth, sarcastique, il se peut qu'il lui ait servi de chauffeur. Quoi qu'il en soit, aucun autre véhicule n'a été signalé à cette heure, à cet endroit. Aucun taxi non plus, après vérification auprès des compagnies.

– Elle habitait peut-être dans le voisinage ? »

Blyth s'étira sur sa chaise.

« C'est également en cours de vérification et ça devrait maintenant être sur votre bureau. Je parierais volontiers que M. Imadhi connaissait au moins l'une des victimes. Ou Sarah Mitchell, ou Northwood, ou la kamikaze. Ou bien deux sur les trois. »

Il pianota un numéro sur son portable.

« Ici, Blyth. Sois gentil, poste un officier digne de confiance devant la chambre d'un certain Imad Imadhi. Il est hospitalisé ici. Oui. Un seul fera l'affaire, étant donné qu'il a le cou à moitié cassé. Mission d'observation, pour l'instant. C'est ça. Parfait. »

Il rangea son téléphone.

« Si c'est lui qui l'a amenée, où est sa voiture ?

– Une excellente question. La voiture n'a certainement pas été vue par le cameraman de Sarah Mitchell. Il était dehors dans la rue quand c'est arrivé.

– Et il n'a rien vu ?

– Non. Il est photographe, il devrait avoir l'œil. Mais non, c'est le genre qui peut faire du très bon boulot, à condition qu'on lui montre quoi filmer ou photographier et sur quel bouton appuyer. Il a vu des tas de gens. Il pleuvait, avec la lumière intérieure allumée, et il lisait un magazine. Il dit être incapable d'identifier qui que ce soit. Il se souvient d'avoir vu passer du monde, mais sous la forme de silhouettes indistinctes, sous la pluie. Ce qui a d'ailleurs été confirmé par l'équipe de surveillance. De toute façon, dans la foule qui s'est agglomérée finalement dans la rue, la plupart étaient probablement de chez nous.

– Équipe de surveillance comprise ?

– Oui.

– Heureux, soupira Blyth, qu'ils aient tout de même servi à quelque chose. Juste pour te requinquer, Henry Morris a qualifié les kamikazes d'"impétueux". »

Trowbridge s'esclaffa.

« Celle-là, il faut que je la retienne.

– Retiens surtout qu'elle n'est pas drôle. Juste un exemple de l'humour noir d'un type qui gagne sa vie en désamorçant des bombes.

– Je n'y avais pas pensé.

– Mark a vu la femme entrer dans l'immeuble. Il pense qu'elle est venue par Burnaby Street. Sans garantie de sa part.

– Mais il l'a vue entrer ?

– Oui et il l'a suivie en lui laissant quelques secondes d'avance. Elle s'est arrêtée sur le palier du second. C'est là que Mark est redescendu au premier pour appeler Alice. Il craignait que la femme l'ait repéré. Mais alors qu'il téléphonait, un type plutôt mince et de taille moyenne est entré au rez-de-chaussée, et s'est engagé dans l'escalier. Imadhi. Mark a pu se planquer pour le laisser passer. Après le cataclysme, il est monté quatre à quatre, en enjambant Imadhi sur le palier du second. Il dit que l'ingénieur était assis par terre, couvert de plâtre, et ne bougeait pas.

– Assommé par la chute d'un morceau de plafond, si je ne m'abuse ?

– Apparemment, oui. Il a été pris en charge par le premier sauveteur débarqué sur les lieux. Il n'a pas prononcé une syllabe, a rapporté l'assistant médical, bien qu'il ait eu l'air de comprendre ce qu'il lui disait. Depuis lors, il n'en a pas dit davantage.

– Suite de traumatisme. Normal. »

Blyth émit un rire sardonique.

« À moins qu'il ne soit complètement sourdingue. Ou qu'il ait oublié tout son anglais. Ou qu'il soit mort subitement sans que personne ne s'en rende compte... ou encore qu'il ait simplement décidé de fermer sa gueule ! »

Trowbridge décida de ne pas surenchérir. Et pour dissiper sa tension naissante, Blyth rappela :

« C'est pour ça qu'il faut un de nos hommes devant sa chambre, au plus vite !

– Ce n'est peut-être pas ça qui va être le plus facile. Avec la mobilisation des effectifs pour la visite de Bush.

– Priorité absolue ! Et n'oubliez pas d'annuler votre abonnement au *Mirror* !

– Dieu m'en garde ! C'est notre meilleure source d'infos », répartit Trowbridge, imperturbable.

Puis, devant la mimique effarée de Blyth, il ajouta, bien vengé :

« À cause de leurs horoscopes.

– Ne servez pas ça aux Américains. Après l'histoire du faux valet de pied, ils seraient foutus d'y croire. Et comme tout ça était connecté avec ce putain de mouvement revendicatif... »

Hôpitale Saint-Thomas
Londres
13 h 02, GMT

Sue avait appelé Carson à l'hôtel et l'avocat général m'avait apporté un caleçon, un sweater, des chaussettes propres et mes baskets. Puis il était allé chercher les filles à Highgate.

Je fis ma première balade en compagnie d'une infirmière qui n'aurait pas pu me soutenir si j'avais trébuché et encore moins me retenir si j'avais tourné de l'œil. Non que j'aie risqué de lui jouer un tour pareil, mais je suis à peu près sûr qu'elle y pensait très fort. Sue nous accompagna sur trois allers et retours, parmi des patients qui me semblaient tous en beaucoup moins bonne forme que moi-même.

On jeta un œil dans la chambre d'Alice où les stores baissés maintenaient une pénombre apaisante. Elle dormait paisiblement. Un spectacle qui me fit chaud au cœur.

Je finissais de déjeuner quand Jane, Vicky et Carson arrivèrent. La sollicitude des filles acheva de me ragaillardir. Une infirmière vint m'informer que j'allais assez bien pour être transféré dans une salle commune. Elle précisa : « Jusqu'à votre sortie, ce soir. »

Ni l'un ni l'autre de mes voisins ne paraissait disposé à nouer la conversation, et l'un toussait avec un acharnement qui m'aurait inquiété si j'avais dû passer une autre nuit en sa compagnie. Mais je sortais, en principe, ce soir.

Et puis Blyth et Trowbridge apparurent, tout surpris de ne pas m'avoir trouvé dans mon ancienne chambre. Même le MI-5 pouvait donc être pris en défaut de temps à autre ?

Après s'être enquis de ma santé et de celle de Jane, ils voulurent savoir si je me sentais assez vaillant pour répondre à quelques questions.

« Naturellement, voyons ! »

Impossible, évidemment, de bavarder ici, parmi des témoins désœuvrés à l'oreille tendue. On prit rendez-vous cinq minutes plus tard dans une des salles de consultation actuellement inoccupées.

La famille décida que, puisque je n'étais pas encore libre, ils iraient faire, tous ensemble, un peu de tourisme et de lèche-vitrines. Sue voulait à tout prix voir l'abbaye de Westminster et puisque c'était juste de l'autre côté de la Tamise, pourquoi ne pas lui faire plaisir ?

Après leur départ, je m'emparai de mon porte-monnaie avec l'intention de me payer un coca ou son équivalent à la machine distributrice, et marchai d'un pas ferme vers le lieu du rendez-vous, en suivant scrupuleusement les indications qui m'avaient été données. Du moins, je croyais les suivre, mais le complexe hospitalier devait être encore plus labyrinthique que je ne le pensais, car j'aboutis non seulement à la mauvaise salle, mais au mauvais étage. Je me renseignai auprès d'une infirmière, pris un ascenseur, remontai un long corridor, passai devant une chambre devant laquelle se tenait un flic en uniforme à l'air profondément ennuyé. Je lui adressai un petit signe de connivence qu'il me rendit poliment. Le flic de faction qui s'emmerde est une constante de ce beau métier.

Dans un autre couloir, je croisai un type entre deux âges dont l'expression hargneuse me parut vaguement familière. Je ne lui accordai pas plus d'une seconde d'attention en empruntant un autre corridor qui ne pouvait être que le bon.

Raté une fois de plus.

Revenant sur mes pas, je retrouvai le même type. Après s'être dirigé vers la chambre au flic de garde, il exécuta un demi-tour droite et repartit à ma rencontre comme s'il avait oublié quelque chose. Je lui dédiai, au passage, un sourire de guingois, sans voir autre chose en lui qu'un frère d'infortune égaré dans ce labyrinthe. Il ne me rendit pas ma grimace mais me parut encore plus familier.

Pourquoi pas ? C'était la deuxième fois que je le croisais. Et cette fois, je remarquai le bandage qui lui ceignait le front.

Je stoppai net et me retournai pour le suivre des yeux. Et si ce type au front bandé était le salopard que j'avais assommé dans la station abandonnée ?

Bien sûr, l'association d'idées était automatique, mais en dépit de ma certitude de me conduire comme un imbécile, je lui emboîtai le pas.

Je le retrouvai qui attendait l'ascenseur. Accoutré comme j'étais, je pouvais passer pour un fana du jogging. Enfin, avec mon gabarit et mon teint actuel, plutôt pour un marcheur qui aurait un peu trop pris le soleil.

Dans l'ascenseur, il leva les yeux jusqu'à moi. Question de taille. Juste celle qu'il lui avait fallu pour morfler mon coup de lampe. À présent, j'en étais presque sûr. D'après sa façon de me dévisager, je me demandai si l'identification n'était pas réciproque. Histoire de voir, je m'improvisai un vrai sourire, et pointant mon index vers ma joue : « Un sacré coup de soleil ! »

Il ne répondit pas, mais se détourna ostensiblement.

La cabine s'ouvrit. On était dans le secteur des boutiques. Au moins, là, j'étais en tenue correcte. Il pressa le pas vers les grandes portes de l'entrée principale de Saint-Thomas, et j'imitai son exemple. Juste avant de passer à l'extérieur, j'attrapai une infirmière par le bras et lui glissa à l'oreille : « Appelez les flics. »

Elle me jeta un regard effaré.

Pas le temps de lui en dire plus car il s'éloignait d'un pas vif et tournait à gauche vers la fontaine.

Je redémarrai dans son sillage et le rattrapai. Un homme venait à ma rencontre, cramponné à son parapluie ouvert dans le vent et la bruine. J'empoignai, au vol, la main qui tenait le pébroque en articulant soigneusement :

« Appelez la police. C'est important.

– Vous dites ?

– Faut que j'y aille. Appelez les flics ! »

On se dirigeait vers le merveilleux pont de Westminster qui enjambait la Tamise. Circulation abondante, comme toujours, mais pas un seul flic en vue.

Jusqu'à preuve du contraire, il ne m'avait pas encore repéré. Pas vraiment. Il ne se retournait pas pour regarder en arrière, ce qui était un peu déconcertant parce que plus on avançait, plus il ressemblait à n'importe quel passant, et la question se posait, inéluctable : lui ou pas lui ?

Je me plantai sur le chemin d'une jeune femme en imper et souliers blancs. Probablement une infirmière.

« Madame. »

Elle s'arrêta net.

« Appelez les flics. Je sors de l'hôpital. Je file un suspect. Appelez les flics de ma part. Je m'appelle Houseman. »

Entre mes bourdonnements d'oreille et le bruit de la circulation sur la chaussée mouillée, je voyais bouger ses lèvres, mais ne comprenais pas un traître mot. Je me réorientai vers le fleuve. Le type m'avait mis trente bons mètres dans la vue.

« Allez-y, madame ! »

J'entamai un vrai jogging. Je me foutais qu'il me découvrît, à présent. Je rêvais de l'empoigner au collet afin d'en avoir le cœur net. Mais, plus important que tout le reste, que ferais-je si ce n'était pas lui ? Même dans le cas contraire, je ne pourrais pas procéder à la classique arrestation par un citoyen puisque je ne l'étais pas, citoyen de ce putain de pays !

Pourtant, pas question de le laisser filer sans savoir.

On était sur le pont, maintenant, marchant du même pas vers Big Ben. J'atteignis le premier des fameux lampadaires jumelés alors qu'il passait déjà sous le deuxième. Je parvenais à remonter mon retard même s'il marchait de plus en plus vite. Était-il nerveux ? Ou était-ce juste parce qu'il pleuvait de plus en plus fort ?

Le pont devait faire un peu plus de deux cents mètres. J'étais à peu près au milieu, et le gars n'avait plus que douze ou treize mètres d'avance. Je comptais trouver des flics à l'ombre de Big Ben. Je l'espérais fermement. Peut-être à la suite des événements de la nuit précédente, je commençais à fatiguer des jambes. J'ignorais toujours qui était ce type, mais je savais que je ne pourrais pas maintenir cette allure trop longtemps sans précipiter le mouvement et lui mettre la main dessus, vaille que vaille.

À l'extrémité du pont, il s'arrêta pour attendre le changement des feux. Je m'avançai jusque-là, un peu en retrait par rapport à lui. Entre-temps, il avait sorti son portable et pianotait un numéro.

Debout presque à le toucher, je cherchai du regard les flics de service devant le Parlement. Ils n'étaient que deux. Bush repartait aujourd'hui et ne reviendrait pas dans le secteur. Quelques affiches, banderoles et autres tags traînaient encore autour du petit parc, mais une équipe de nettoyeurs en veste de plastique s'évertuait à faire place nette.

J'adressai des grands signes aux flics, m'efforçant d'attirer leur attention. Rien à faire. Je levai les yeux vers les feux tricolores et vis qu'ils étaient sur le point de changer de couleur.

Je me retournai vers les deux policiers, disposai mes mains en mégaphone et braillai : « Vous, là-bas ! »

Toutes les têtes pivotèrent dans ma direction, excepté celles des flics. Je braillai de plus belle et l'un des deux m'honora d'un regard. Je levai les bras, les rejetai en arrière pour les inviter à me rejoindre. Les feux avaient changé, et mon bonhomme était déjà au milieu de la chaussée.

Il se dirigeait vers l'entrée du métro. Le moment ou jamais de faire quelque chose si je ne voulais pas le perdre.

Je traversai la rue à contre-feu et le rejoignis alors qu'il allait s'engager dans l'escalier du métro. Je l'empoignai par le cou. Pas bien joli, mais très efficace.

« Faut qu'on parle. Tout de suite. »

Il ne manquait pas d'énergie. On se retrouva contre la façade d'un immeuble, après un curieux tour de valse.

« Tiens-toi tranquille ! Tu es en état d'arrestation. »

L'effet de choc me permit d'assurer ma prise autour de son cou. Il porta sa main à sa poche en ruant du pied gauche. Un méchant coup au tibia.

Je pliai au niveau des genoux et tâchai de faire jouer mon poids. Je devais peser cinquante kilos de plus que lui et le dominais de vingt bons centimètres. Il tomba sur les genoux en hurlant de rage, mais je ne le lâchai pas. Le contact de ses rotules avec le trottoir avait dû lui faire très mal. Hurlant de douleur, il ruait à présent des deux fers et se débattait comme un possédé. Costaud, malgré sa taille réduite, et bien décidé à foutre le camp. Ses coups de coude dans les côtes commençaient à sérieusement me foutre en rogne.

Il était parvenu à fouiller dans la poche de sa veste et sa main revenait à l'air libre. Je l'empêchai de lever le poing assez haut pour pouvoir cogner, avec ce qu'il y avait dedans. Un petit attroupement s'agglomérait autour de nous. Quelques curieux avides de spectacle et beaucoup de gens pressés d'évacuer les lieux avant que les choses ne tournent, comme parfois, à la bagarre générale. Je vociférai : « Appelez les flics, nom de Dieu ! »

Il était carrément enragé, à présent, et notre danse nous transporta jusqu'à la chaussée où on s'écroula tous les deux. Moi pardessus. Je lui avais capturé le poignet droit et je touchais ce que je pris pour son téléphone portable !

Une main se posa fermement sur mon épaule droite, précédant d'une fraction de seconde la voix, non moins ferme, qui commandait : « Arrêtez ça ! »

Je me tordis le cou pour voir de qui il s'agissait. C'était un des deux flics. Salement en rogne. Je réussis à ahaner :

« Faites gaffe à ce type ! Il a quelque chose dans la main !

– Lâchez-le ! »

Impossible tant qu'il ne ferait pas quelque chose lui-même pour stopper le forcené.

« Juste une minute ! »

Ma brillante réplique coïncida avec le coup de matraque au niveau du coude qui me fit lâcher prise et me rejeter en arrière avec un « Ouille ! » de douleur.

La main droite de mon adversaire jaillit avec une violence inouïe, et je vis la lame d'un couteau passer à deux ou trois centimètres des narines du policier.

Perdant tout équilibre, je partis à la renverse, mais ruai du pied gauche, touchant mon bonhomme en pleine tête.

« Attention ! Il a un couteau ! »

Mieux vaut tard que jamais. La matraque du flic s'abattit sur le poignet volant, le couteau partit à travers le trottoir et l'homme cria quelque chose d'incompréhensible.

J'ignore qui avait fait quoi, mais d'un seul coup la rue fourmillait de flics en uniforme.

Je me retrouvai face contre terre, menotté dans le dos avec la consolation d'apercevoir, du coin de l'œil, qu'ils administraient le même traitement à mon adversaire.

« Appelez le sergent Trowbridge, de la branche spéciale SO13. Dites-lui de rappliquer en vitesse.

– La ferme, dit un des flics.

– Je gueule parce que je suis à peu près sourdingue. Appelez Trowbridge. Il est à Saint-Thomas. Dites-lui que le shérif adjoint Houseman le réclame. D'urgence. »

D'accord, si les rôles avaient été inversés, je n'aurais sans doute pas fait mieux. Moi et l'autre, on nous plaça dans deux paniers à salade différents, gardés à vue le temps d'éclaircir les choses. Simple remarque, les véhicules de police britanniques sont beaucoup trop étroits. Je gisais sur le côté, toujours menotté, les genoux en l'air, à couver ma rogne en silence quand le sergent Trowbridge se montra enfin, hilare, de l'autre côté de la vitre.

Après m'avoir fait libérer :

« Qu'est-ce que vous avez fabriqué ? On a reçu au moins une demi-douzaine d'appels de votre part, depuis qu'on vous a quitté... alors qu'on vous attendait comme convenu dans cette petite salle !

– Le type que je poursuivais... Je crois que c'est celui qui a poignardé Jane.

– Comment ça ?

– Je me suis perdu dans les couloirs. J'ai vu ce type qui repartait dans l'autre sens en voyant un flic devant la porte d'une chambre. Il m'a paru vaguement familier. Je crois que son objectif était la chambre gardée par le flic.

– Sortez-le de là, ordonna Trowbridge. Vous êtes sûr, Houseman ?

– Pas à cent pour cent, mais il doit avoir une méchante blessure au front. Là où je l'ai frappé avec ma torche électrique, dans la station de métro. »

Le flic le plus proche avait un drôle d'air. C'était celui dont une lame volante avait manqué de peu les narines.

« Il a bien failli vous avoir.

– Oui, monsieur. C'était moins une ! »

Alors qu'ils sortaient le salopard, Blyth arriva.

« Comment va notre Américain préféré ? »

Je palpai la boule que je sentais à la hauteur de mon coude.

« Pas trop mal, à part ça... »

Ma manche relevée révéla, sur mon coude droit, une protubérance grosse comme une balle de base-ball. Blyth ouvrit de grands yeux.

« Il vous a drôlement assaisonné.

– Pas lui. »

Je désignai le flic.

« Lui !

– Vraiment ? s'exclama l'homme en uniforme arrivé en compagnie de Blyth.

– Pas de sa faute. Il ne savait pas qui j'étais, et j'avais le dessus. »

Ils amenèrent le prisonnier. Je le regardai sous le nez et conclus : « C'est bien lui. »

En me rendant la pareille, il protesta : « Je n'ai jamais vu ce monsieur de ma vie. »

Je désignai son bandage frontal.

« Enlevez-lui son bandana. Il doit avoir là-dessous un superbe gnon en demi-lune. »

Trowbridge tendit la main pour suivre ma suggestion, et l'énergumène tenta de le mordre. Le flic qui le tenait murmura d'un ton réprobateur : « Allons, allons, vous n'allez pas faire ça ! »

Il obligea l'homme à s'élever sur la pointe des pieds. Cette fois, Trowbridge plaqua fermement une main sur le crâne de l'individu et de l'autre main souleva le bandage. La coupure en demi-lune était là, enflée sur les bords.

« Tu te souviens de moi, maintenant ? Dans la station de métro. »

Aucune réaction.

« Une rencontre un peu brutale avec ma lampe de poche ! Tu ne te souviens pas ? »

Il me reconnut finalement. Et dit : « Dommage qu'elle soit pas crevée ! »

Si je n'avais pas brûlé toute mon adrénaline au cours de la bagarre, je crois que je l'aurais tué sur place. Ou frappé, tout au moins. Mais je me contentai de répondre : « Tu ne pourrais tuer personne qui n'aurait pas les mains attachées, espèce de minable ! »

Hôpital Saint-Thomas
Londres
15 h 12, GMT

Il fallait que je retourne à l'hosto pour que ma sortie devînt officielle. Blyth y revint avec moi et on profita de notre attente pour aller raconter les derniers événements à cette chère Alice. Elle s'en réjouit, au sein d'un demi-brouillard. Je me promis de revenir lui parler avant peu.

En la quittant, on eut une petite discussion, Blyth et moi, histoire de tuer le temps :

« Carl. Vous avez réglé cet incident d'une main de maître.

– En rattrapant ce type ?

– En résistant à l'envie de le tuer, quand il a dit ce qu'il a dit.

– Oh ? Inutile de faire de la taule pour une ordure pareille. Je suis sûr que vous allez pouvoir en tirer quelque chose... même si ça m'aurait vachement plu de l'étrangler...

– On fait ce qu'on peut, tous autant qu'on est. Si je peux, je vais m'arranger pour que vous puissiez voir les enregistrements.

– Quels enregistrements ?

– Ceux des caméras réparties à travers la ville. Je suis sûr que vous devez figurer sur au moins deux ou trois.

– Je n'avais pas pensé à ça.

– Je vais tâcher de vous avoir des copies. Ça pourrait être pas mal, non ? Pour votre retour en Iowa.

– Ce serait super. »

Je consultai ma montre.

« Mes ouailles ne devraient pas tarder à se rentrer. Je suis surpris qu'ils ne soient pas encore là.

– L'abbaye de Westminster est un lieu fascinant, déclara Blyth sans rire.

– On peut considérer que le dossier est bouclé ? »

Une infirmière entra. J'espérais qu'elle allait me dire que je pouvais y aller, mais elle ressortit aussitôt.

« Officiellement, je veux dire.

– Oui, officiellement bouclé. Dans tous ses tenants et aboutissants.

– C'est bien ce que je craignais. Maintenant, il va falloir que j'annonce à ma fille la mort d'Emma Schiller.

– Permettez-moi de m'en charger, suggéra Blyth.

– Je peux le faire.

– Non, j'insiste. Un bien petit service à vous rendre. »

J'y pensai une seconde ou deux.

« D'accord. J'y suis très sensible. »

Je récupérai mon bon de sortie quelques minutes plus tard. On descendit, Blyth et moi, dans le grand hall du rez-de-chaussée où toute la bande nous rejoignit au bout d'un petit quart d'heure. Je ne savais pas comment il allait pouvoir leur annoncer la nouvelle et je pense qu'il n'en savait rien lui non plus, car il suggéra de venir nous retrouver chez les filles, à Highgate, dans une heure ou deux.

Je leur racontai mes derniers démêlés alors qu'on traversait le pont, vers la station de métro. C'était assez rigolo car je pouvais montrer en même temps les endroits exacts où s'étaient déroulés les événements.

« Ici, j'ai intercepté l'infirmière et je lui ai dit... »

Jane était excitée parce que c'était moi qui avais coincé son agresseur. Malheureusement, elle conclut : « Maintenant, je suis sûre qu'on va retrouver Emma... »

Fidèle au rendez-vous, Blyth nous rejoignit à l'heure dite et, quelque temps plus tard, annonça : « Hélas, j'ai bien peur d'avoir de mauvaises nouvelles... »

Sa déclaration entraîna un long silence.

« Emma Schiller... J'ai le regret d'avoir à vous apprendre qu'elle est morte. »

Je crois que tout le monde s'y attendait plus ou moins, mais le choc n'en fut pas moins rude. Pour Jane et Vicky, surtout. Au-delà du choc, Jane réclama des détails.

« Je ne peux pas vous dire grand-chose. Le dossier est encore secret. On sait qu'elle a été tuée après la troisième cassette. »

Subtil. Il ne disait pas « après l'enregistrement de la troisième cassette », laissant à Jane et Vicky toute latitude d'en déduire qu'elle était morte après la *réception* de la troisième cassette et non pas après son enregistrement. Notre incursion dans le métro de Down Street se justifiait *a posteriori*, et j'en étais divinement heureux.

Trois ou quatre minutes plus tard, Blyth dit à Jane : « Vous savez que l'homme appréhendé aujourd'hui par votre père est celui qui vous a blessée ? »

La diversion opéra un moment, mais pas davantage.

« Est-ce qu'elle a beaucoup souffert ? insista Jane.

– Difficile à dire. Mais à ce stade des recherches, je ne le pense pas.

– Pourquoi nous détestent-ils à ce point-là ?

– La faute aux médias, sans doute.

– Mais tuer des gens, objecta Vicky. Je veux dire... »

Blyth haussa les épaules.

« Une minorité fondamentaliste est profondément offensée... se sent extrêmement menacée... et comme elle est suivie par des fanatiques...

– Offensée par quoi ?

– Des idées différentes.

– C'est tout ? Pas plus que des idées différentes ? »

Jane était très en colère.

« Des idées différentes, résuma Blyth, ont causé des millions et des millions de morts. Autant voire plus que les grandes épidémies de jadis...

– Mais kidnapper et assassiner quelqu'un, au hasard...

– Elle était américaine. Ce fut probablement la raison initiale de leur choix.

– Cela aurait pu être tout aussi bien Jane ou moi ? soupira Vicky. C'est ça que vous voulez dire ?

– C'est tout à fait concevable.

– Mais ce n'est pas juste, grogna Jane. Pas juste pour aucun d'entre nous. »

Après un nouveau silence, Vicky relança : « Ce n'était pas une explosion de gaz, n'est-ce pas ? »

Blyth me surprit en reconnaissant :

« Non. Pas du tout.

– Alors quoi ? intercala Sue.

– Un attentat-suicide. Par une femme. Une kamikaze.

– Pourquoi... ?

– Son objectif était de tuer le propriétaire de l'appartement. Vous savez tous qui c'était. Ce que vous ne savez pas, c'est que l'idée de kidnapper Emma Schiller, à l'origine, était de Robert Northwood. Ils ont voulu le réduire au silence avant qu'il ne puisse nous parler. »

Une petite ampoule s'illumina dans ma tête.

« Le pensionnaire de Saint-Thomas. Celui qui avait un flic devant la porte de sa chambre. C'est lui que mon gibier était venu voir ? »

Blyth eut un petit rire de pure satisfaction.

« Vous voyez trop clair pour qu'on vous laisse sortir seul. Oui, c'était un des conspirateurs. Il a été esquinté par la même explosion, sur le palier du second. Une espèce de deuxième vague...

– Kamikaze, lui aussi ?

– Dans un certain sens. L'équipement de la fille était doublé d'un détonateur commandé à distance, en plus de celui qu'elle pouvait déclencher elle-même. S'il avait l'impression qu'elle hésitait, ou qu'elle renonçait à faire le travail, le sien était d'agir à sa place. Malheureusement pour lui, il a attendu un peu trop longtemps.

– C'est lui qui a déclenché le détonateur ?

– On ne le pense pas. Il aurait probablement redescendu l'escalier avant de pianoter le numéro du téléphone portable chargé d'actionner le détonateur. Mais il ne s'attendait pas à ce qu'elle se fasse sauter avant d'être complètement entrée dans l'appartement. »

Je reste stupéfié, après coup, qu'ils s'en soient tenus, officiellement, à l'explication « fuite de gaz ». Et plus encore qu'elle ait été si communément admise. La victoire de l'Angleterre en Coupe du monde de rugby, le 22 novembre 2003, aida beaucoup les services de sécurité à faire passer la pilule. La finale contre l'Australie marquait la première victoire de l'Angleterre. Personne ne parlait d'autre chose, à la télé comme dans la presse.

C'était aussi le quarantième anniversaire de l'assassinat de JFK. J'en parlai avec Sue. Je me rappelais ce qu'on avait fait, ce jour-là. C'est ce qui arrive souvent lorsqu'un événement tragique frappe des millions de personnes au même instant. Ni Carson, ni Jane, ni Vicky n'étaient alors venus au monde. Difficile de penser, à propos de cette époque, que c'était le bon vieux temps. Mais je me surpris à le faire.

Il était temps qu'on rentre à la maison.

DANS LA COLLECTION AILLEURS
AU CHERCHE MIDI

JEFF ABBOTT

Panique
traduit de l'anglais (États-Unis)
par Fabrice Pointeau

Trauma
traduit de l'anglais (États-Unis)
par Fabrice Pointeau

Faux-Semblants
traduit de l'anglais (États-Unis)
par Simon Baril

STEVE BERRY

Le Troisième Secret
traduit de l'anglais (États-Unis)
par Jean-Luc Piningre

L'Héritage des Templiers
traduit de l'anglais (États-Unis)
par Françoise Smith

L'Énigme Alexandrie
traduit de l'anglais (États-Unis)
par Françoise Smith

TOM EPPERSON

L. A. noir
traduit de l'anglais (États-Unis)
par Patrick Raynal

LINDA FAIRSTEIN

Mausolée
traduit de l'anglais (États-Unis)
par Marie Dolan

La Danse de mort
traduit de l'anglais (États-Unis)
par Danièle Mazingarbe

DONALD HARSTAD

Onze jours
traduit de l'anglais (États-Unis)
par Serge Halff

Code 10
traduit de l'anglais (États-Unis)
par Gilles Morris-Dumoulin

-30°
traduit de l'anglais (États-Unis)
par Gilles Morris-Dumoulin

5 octobre, 23 h 33
traduit de l'anglais (États-Unis)
par Gilles Morris-Dumoulin

DAVID HEWSON

Une saison pour les morts
traduit de l'anglais par Diniz Galhos

Villa des mystères
traduit de l'anglais par Diniz Galhos

L'Héritage vénitien
traduit de l'anglais par Diniz Galhos

RICHARD MONTANARI

Déviances
traduit de l'anglais (États-Unis)
par Fabrice Pointeau

Psycho
traduit de l'anglais (États-Unis)
par Fabrice Pointeau

Funérailles
traduit de l'anglais (États-Unis)
par Fabrice Pointeau

7
traduit de l'anglais (États-Unis)
par Fabrice Pointeau

KATHERINE NEVILLE

Le Huit
traduit de l'anglais (États-Unis)
par Évelyne Jouve

Le Cercle magique
traduit de l'anglais (États-Unis)
par Gilles Morris-Dumoulin

Un risque calculé
traduit de l'anglais (États-Unis)
par Gilles Morris-Dumoulin

ARTHUR PHILLIPS

L'Égyptologue
traduit de l'anglais (États-Unis)
par Édith Ochs

JAMES SIEGEL

Là où vivent les peurs
traduit de l'anglais (États-Unis)
par Fabrice Pointeau

PETER WATSON

Un paysage de mensonges
traduit de l'anglais
par Gilles Morris-Dumoulin

RICHARD ZIMLER

Le Dernier Kabbaliste de Lisbonne
traduit de l'anglais (États-Unis)
par Erika Abrams

Les Sortilèges de Minuit
traduit de l'anglais (États-Unis)
par Gilles Morris-Dumoulin

Gardien de l'aube
traduit de l'anglais (États-Unis)
par Erika Abrams

Mis en pages par DV Arts Graphiques à La Rochelle
Imprimé en France par CPI Firmin Didot
Dépôt légal : octobre 2009
N° d'édition : 1446 – N° d'impression : 97162
ISBN 978-2-7491-1446-0